万葉集とその時代

松尾光

笠間書院

はしがき

『香具山は　畝傍ををしと　耳梨と』（日本古典文学全集本『万葉集』巻一・一三）ではじまる大和三山の妻争いっていうのは、絶世の美人だった額田姫王《ぬかたのひめみこ》をめぐる話でしたよね」「額田姫王は大海人皇子（のちの天武天皇）と子までなしたのに、天智天皇に権力づくで自分の後宮に連れて行かれてしまった。でも大海人皇子は蒲生野《がもうの》の薬猟《くすりがり》のときにも、額田姫王に袖をふって愛情のさめていないことを表した。そうした事情を知って、天智天皇は『うつせみも　妻を　争そふらしき』と詠んだのでしたね」「大伴坂上郎女《さかのうえのいらつめ》って、かなり非常識ですよ。自分の娘の坂上大嬢《さかのうえのおおいらつめ》を大伴家持の正妻として嫁がせているのに、娘婿にあたる家持に恋しているという歌を贈るなんて。家持からすれば、妻と岳母（義理の母）の両方から愛を告白されては、さぞ困ったでしょうね」などなど。

こうした質問や感想を、さきごろまで勤めていた高岡市万葉歴史館（富山県高岡市伏木一宮）や奈良県立万葉文化館（奈良県高市郡明日香村大字飛鳥）ではよく拝聴した。「それは違うんです。文学作品ですから、フィクションが入っているのですよ」といって説明すると、「えぇっ、そうなの。違うの！」「これで間違いない、と思っていましたけど」といって驚かれる。

じつは筆者も、その直前といってもよいほど最近まで、そうした方々と同じように思っていた。たしかにちょっと考えてみれば、蒲生野の薬猟りのときにひそかに恋のシグナルを送ったのなら、二人だけのやりとりだったのなら、だれの目に触れるかわからない『万葉集』という書物に、その歌が採られるはずもない。公然たる場所で詠まれた歌でなければ、ひそやかな歌の贈答があったことをどうやって知りうるだろうか。いわれてみれば、その通りである。

『万葉集』は文学的に創作された一作品。そこで展開される世界はあたかも現実であったかのように仮想された空間であり、つまり虚構である。歴史学が扱うような、歴史的事実ではない。そうした記載内容が虚構か事実かどうかはなはだ心もとないような文学作品を歴史資料として用いるのは、その意味でたいへんむずかしい。

そうではあるが、文学作品の話の筋や記事内容はフィクションであろうとも、話を組み立てている材料はその目の前にあった当時の物である。フォークはなかったから書かれているはずもないが、箸はあったから使ったように書いてある。虚構・仮想世界とされる文学作品も、見方・扱い方しだいである。その当時を生きた人がその当時に生きた人に読ませようとした書いたのだから、その当時の人にとって「そういうことがあるだろう」と思われるような設定にしなければ見聞きしてもおよそ理解できない代物になってしまうから、見向きもされなかったろう。登場人物の衣装も、所作《しょさ》も、風景を彩る数々の小道具も、とうぜんその当時のものとして違和感なく不自然でないように書かれたはずである。

そういう場面構成であれば、それらのイメージを形作っている要素はそれ自体で歴史資料として扱える余地がある。筋はどうでも、主人公がどういう運命を辿ろうとも、表現が文学的に優れていようと劣っていようと、そんなことは慮外のことだ。

もちろんそうした作業はあまりに無粋で、日本文学研究者としてはあまりに作品を分解されすぎで、ささいなことにケチをつけられたように思い、芸術性を無視されたと憤慨もされよう。それでも、歴史学の見地からすればどこが文学的な創作で、どこまでが事実として歴史学的に逐えるものなのか。興味がわく。文学資料は、『万葉集』『古事記』だけでない。『日本霊異記』などには庶民生活に根ざした生活資料が多く垣間見られる。そのなかで見きわめをつけられれば、貴族から庶民までのかなり広範な階層の日常生活について実態に即した具体的イメージをもてる資料として使える。そうした観点で書いてきたのが、本書所収の小文である。

前編では、『万葉集』で古歌の作者とされた人は、どうしてそう選ばれたのか。真間手児名《ままのてこな》や菟原処女《うないおとめ》の伝説は、どうして若い彼女たちが自殺して終わらなければいけないのか。古代人の魂はどのように考えられていたのか。持統女帝は、吉野行幸に何を期待していたのか。『日本霊異記』にある防人・吉志火麻呂《きしのひまろ》の母親殺害未遂の話は、どこからを虚構とすべきか。挽歌を詠むのには、どんな社会的なルールがあったのか。こうしたいくつかの問題から、文学作品を通して古代社会の実相を探ってみた。また後編では、飛鳥・奈良時代に起きた歴史的な事件などから、『万葉集』の時代の社会の動きを探っている。もとよりこれらだけで探り出しおおせたわけではなく、この書はまだその一里塚というべきものである。

平成二十一年二月五日父・聰の十三回忌の日に

松尾光識す

万葉集とその時代——目次

万葉歌の背景

万葉集の時代

付録

万葉歌の背景

1　葛城と『万葉集』

一　万葉集の古歌

奈良県立万葉文化館に、開館以来七年ほど奉職した。その間、「『万葉集』は五世紀からの歌が載せられているんですよね」「雄略天皇が若い娘に求愛する歌ではじまるんでしたね」とか繰り返し聞かれた。

『万葉集』（日本古典文学全集本）の冒頭歌はとりわけ著名で、その題詞には「泊瀬朝倉宮《はつせのあさくらのみや》に天の下治めたまふ天皇の代」の「天皇の御製歌」とあって、この歌は雄略天皇の作と明記されている。すなわち、

籠もよ　み籠持ち　ふくしもよ　みぶくし持ち　この岡に　菜摘ます児　家聞かな　名告らさね
そらみつ　大和の国は　おしなべて　我こそ居れ　しきなべて　我こそいませ　我こそば　告らめ　家をも名をも
（巻一・一）

とあるのがそれだ。

もっとも「巻一の冒頭に掲げられている歌だから、きっと最古の歌なのだろう」と思われている向

きがあるが、それは間違いである。『万葉集』のなかには、雄略天皇の時代より古いとされている歌がいくつかある。

まず巻二の冒頭歌は、題詞に「難波高津宮に天の下治めたまふ天皇の代」すなわち仁徳天皇の治世のときの歌だとある。

磐姫皇后、天皇を思ひて作らす歌四首

君が行き　日《け》長くなりぬ　山尋ね　迎へか行かむ　待ちにか待たむ

右の一首の歌は、山上憶良臣の類聚歌林に載せたり。

かくばかり　恋ひつつあらずは　高山の　岩根しまきて　死なましものを

ありつつも　君をば待たむ　うちなびく　我が黒髪に　霜の置くまでに

秋の田の　穂の上に霧《き》らふ　朝霞　いつへの方に　我が恋やまむ

（巻二・八五〜八八）

とあり、歌の作者は磐姫《いわのひめ》皇后となっている。磐之媛は仁徳天皇の嫡妻である。履中・反正・允恭の三代の天皇の生母であり、雄略天皇の祖母にもあたる。仁徳天皇が倭王・讃にあたるとすれば、その正妻として五世紀第一四半期ごろを生きた女性ということになろう。

『万葉集』が同時代の人々の歌集として実質的にはじまるのは、舒明天皇の時代からとするのが通説となっている。この通説を基準とすると、舒明天皇以前に作られたとされる「古歌」には、厩戸皇子（聖徳太子）の歌も入る。すなわち、

家ならば　妹が手まかむ　草枕　旅に臥《こ》やせる　この旅人あはれ

（巻三・四一五）

とあるのがそれだ。この歌は、題詞に「上宮聖徳皇子、竹原井《たかはらのゐ》に出遊《い》でます時に、竜田山の死人を見

て悲傷《かなし》びて作らす歌一首」とある。

『万葉集』二番歌の舒明天皇とされる詠歌の前には、このように磐之媛（仁徳天皇の皇后）・雄略天皇・厩戸皇子の三者の歌がある。

しかしこれらは、題詞に名を挙げられた人たちの実作などでなく、そのとうじ世間で広く歌われていた歌である。それを後世の人たち、あるいは原『万葉集』の編者が、磐之媛などの歌だということにして収録したにすぎない。つまり、歌の作者として仮託《かたく》されたのである。

『万葉集』の冒頭歌が雄略天皇の作とされたのは、編纂のころの歴史観が影響しているらしい。

『日本霊異記』（新編日本古典文学全集本）の第一縁は「電《いかづち》を捉ふる縁」であるが、
少子部栖軽《ちいさこべのすがる》は、泊瀬の朝倉の宮に、二十三年天の下治めたまひし雄略天皇大泊瀬稚武の天皇と謂す。の随身にして、肺脯《しふ》の侍者なりき。天皇、磐余の宮に住みたまひし時に、天皇、后と大安殿に寐テ婚合《くながひ》したまへる時に、栖軽知らずして参ゐ入りき。天皇恥ぢて輟《や》ミヌ。時に当りて空に電鳴りき。即ち天皇、栖軽に勅して詔はく、「汝、鳴雷を請け奉らむや」とのたまふ。答へて白《まう》さく「請けまつらむ」とまうす。天皇詔言はく、「爾らば汝請け奉れ」とのたまふ。栖軽勅を奉りて宮より罷り出づ。緋の縵《かづら》を額に著け、赤き幡桙を擎《さき》ゲテ、馬に乗り、阿倍の山田の前の道と豊浦寺の前の路とより走り往きぬ。軽の諸越の衢《ちまた》に至り、叫囁び請けて言さく、「天の鳴電神、天皇請け呼び奉る云々」といふ。然して此より馬を還して走りて言さく、「電神と雖も、何の故にか天皇の請けを聞かざらむ」とまうす。走り還る時に、豊浦寺と飯岡との間に、鳴電落ちて在り。栖軽見て即ち神司を呼び、輿籠《こしこ》に入れて大宮に持ち向ひ、天皇に奏して言さく、「電神を請け奉れり」

とまうす。時に電、光を放ち明り炫《かかや》ケリ。天皇見て恐り、偉《たたは》シク幣帛を進《たてまつ》り、落ち処に返さしめたまひきと者へり。今に電の岡と呼ぶ。古京の少治田の宮の北に在りと者へり。

とあり、小子部栖軽の没後、彼の墓にふたたび捕捉されたという挿話が続いている。もとより、この話の筋書きは雄略天皇の時代の感覚でない。

『常陸国風土記』(日本古典文学大系本) 行方郡条によれば、

古老のいへらく、石村の玉穂の宮に大八洲馭《しろ》しめしし天皇のみ世、人あり。箭括《やはづ》の氏の麻多智、郡より西の谷の葦原を截ひ、墾《ひら》闢きて新に田に治《は》りき。此の時、夜刀《やつ》の神、相群れ引率て、悉尽に到来たり、左右に防障へて、耕佃らしむることなし。俗いはく、蛇を謂ひて夜刀の神と為す。其の形は、蛇の身にして頭に角あり。率引て難を免るる時、見る人あらば、家門を破滅し、子孫継がず。凡て、此の郡の側の郊原に甚多に住めり。是に、麻多智、大きに怒の情を起こし、甲鎧を着被けて、自身仗《ほこ》を執り、打殺し駈逐らひき。乃ち、山口に至り、標《しるし》の梲《つえ》を堺の堀に置て、夜刀の神に告げていひしく、「此より上は神の地と為すことを聴さむ。此より下は人の田と作すべし。今より後、吾、神の祝《はふり》と為りて、永代に敬ひ祭らむ。冀はくは、な祟りそ、な恨みそ」といひて、社を設けて、初めて祭りき、といへり。即ち、還、耕田一十町余を発して、麻多智の子孫、相承けて祭を致し、今に至るまで絶えず。

とあって、継体天皇の時代(六世紀前期)の箭括麻多智は、夜刀の神と人間が耕作する場所を区分けして神・人の棲み分けをはかり、そのさいには敬意を払って、夜刀の神を長く祭ると約束して折り合った。しかし孝徳天皇の時代(七世紀中葉)の壬生連麿は、其の後、難波の長柄の豊前の大宮に臨軒しめしし天皇のみ世に至り、壬生連麿、初めて其の谷を占めて、池堤を築かしめき。時に、夜刀の神、池の辺の椎株《しひのき》に昇り集まり、時を経れども去らず。是に、麿、声を挙げて大言びけらく、「此の池を修めしむるは、要は民を活かすにあり。何の神、誰の祇ぞ、風化《おもむけ》に従はざる」といひて、即ち、役《えだち》の民に令せていひけらく、「目に見る雑の物、魚虫の類は、憚り懼るるところなく、随尽に打殺せ」と言ひ了はる応時《そのとき》、神しき蛇避け隠りき。

とあり、神に対して「何の神、誰の祇ぞ、風化に従はざる」と批判し、大王の政策には神とても従うべきだと宣告した。さらに、従わないならば撃ち殺してかまわない、と強硬な姿勢まで示している。

『日本書紀』（日本古典文学大系本）推古天皇二十六年（六一八）是年条にも、

是年、河邊臣 名を闕せり。を安芸国に遣して、舶を造らしむ。山に至りて舶の材を覓《ま》ぐ。便に好き材を得て、伐らむとす。時に人有りて曰はく、「霹靂《かむとき》の木なり。伐るべからず」といふ。河邊臣曰はく、「其れ雷の神なりと雖も、豈皇《あに》の命に逆はむや」といひて、多く幣帛を祭りて、人夫を遣りて伐らしむ。則ち大雨ふりて、雷電す。爰に河邊臣、剣を案《とりしば》りて曰はく、「雷の神、人夫を犯すこと無。当《まさ》に我が身を傷《やぶ》らむ」といひて、仰ぎて待つ。十余霹靂すと雖も、河邊臣を犯すこと得ず。即ち少き魚に化りて、樹の枝に挟れり。即ち魚を取りて焚く。遂に其の舶を修理りつ。

とある。河邊某は「其れ雷の神なりと雖も、豈皇の命に逆はむや」と宣告し、神といえども大王の命に逆らえないはずだと断言している。

六世紀前期のころとする伝承なら、神には敬意を払い、折り合いをつけるにとどまるだろう。七世紀前半または七世紀中葉になって、大王の命令には神も従うべきだという感覚がやっと生じたのだから。

もっとも、伝承されているという時代観をそのまま鵜呑みにするわけにもいかない。神々も大王に従うべきだとするのは、『万葉集』にある「川の神も　大御食に　仕へ奉ると　上つ瀬に　鵜川を立ち　下つ瀬に　小網《さで》さし渡す　山川も　依りて仕ふる　神の御代かも」（巻一・三八）という感覚である。すなわちこの感覚は、柿本人麻呂が「大王が神々を祀るのではなく、神々（山・川の神）が大王にお仕えする」と大胆不敵にも詠んでからはじまった。そうした神の上に立つという感覚が宮廷内で受け容れられ、ひとしきり称賛されたあとの八世紀初頭に『常陸国風土記』『日本書紀』が編纂されているから、両書に見られた記述も八世紀初頭ごろの感覚なのかもしれない。その詮索はともあれ、雄略天皇の命令をうけた少子部栖軽が「電神と雖も、何の故にか天皇の請けを聞かざらむ」というのは、ともかくはるか後年にならなければ出てこない感覚である。

ということは、『日本霊異記』にせよ、『万葉集』にせよ、それが雄略天皇の時代の実話かどうかなどどうでもよいことで、編纂物の冒頭は雄略天皇の時代のことではじまらせたかったのだ。

それならば、そうした意識はどこからくるのだろうか。

それは、雄略天皇が、古代のそのとうじ生きていた人々にとって、「現代社会を拓いた」英雄だったからであろう。

雄略天皇は倭の五王の武に比定されている。『宋書』（岩波文庫本）倭国伝によれば、武は、

昔より祖禰躬《みづか》ら甲冑を擐《つらぬ》き、山川を跋渉し、寧処に遑《いとま》あらず。東は毛人を征すること五十五国、

西は衆夷を服すること六十六国、渡りて海北を平ぐること九十五国。王道融泰にして、土を廓《ひら》き
畿を遐《はるか》にす。

と国土の広さを誇示した。さらに、父・済が高句麗を討って宋まで使者を通じさせようとしたが急死したことを述べ、

今に至りて、甲を練り兵を治め、父兄の志を申べんと欲す。義士虎賁《こほん》文武功を効《いた》し、白刃前に交わるともまた顧みざる所なり。もし帝徳の覆載を以て、この彊敵を摧《くだ》き克く方難を靖んぜば、前功を替えることなけん。

といい、宋への通交の障碍となる高句麗を「帝徳の覆載を以て」すなわち宋と協力して葬ろうとまで提案している。

雄略天皇の実名はワカタケルだが、その名は東は埼玉稲荷山古墳出土鉄剣に「獲加多支鹵大王の寺、斯鬼《しき》の宮に在る時、吾、天下を左治し」と刻まれ、西は熊本県の江田船山古墳出土大刀にも「天下治らししめしし獲加多支鹵大王の世」と見えて、日本列島の各地域にまた後世に向けて誇示されてもいる。日本の東西からこの大王名が出土したことは偶然でなさそうで、古代に生きた人々にとってこの名は記憶のなかでもとりわけ画期的な大王だったようだ。

だからこそ物語でも記録でも、通史的な記述をしようというときには、その劈頭というか冒頭にくる話を雄略天皇時代からはじめようとする。そういう古代人の意識・感覚が広くあったからこそ、誰の作ったものか知られないような歌でも、『万葉集』の冒頭歌だから雄略天皇の歌としておこうとなった、と考えられている。(1)

これが、いまや通説となっている。たしかに世間に広まっていた「作者未詳」の歌を、ことさらに雄略天皇の歌と特定するに至った理由は、これならばよく理解できる。

二　葛城氏の影

だがその通説にそって理解するならば、雄略天皇を溯る古歌はいらないはずだ。にも拘わらず、磐之媛の歌が『万葉集』中でもっとも古くなってしまう。そのことは、どう説明できるのだろう。

その答えとまではいわないが、『万葉集』の古歌の作者とされている人は、いずれも葛城氏にかかわりがあるように思える。

そのことを以下に検証してみよう。

まずは、磐之媛。彼女は、葛城氏の出身である。現在実名のわかる日本最古の人とされるのが葛城襲津彦《そつびこ》であるが、彼女はその娘にあたる。『日本書紀』によると、仁徳天皇二年三月に皇后となり、大兄去来穂別《いざほわけ》天皇（履中）・住吉仲皇子・瑞歯別《みずはわけ》天皇（反正）・雄朝津間稚子宿禰《おあさづまわくごのすくね》天皇（允恭）を生んだ。嫉妬深いことでよく知られており、仁徳天皇十六年に夫・仁徳天皇が宮人・桑田玖賀媛《くがひめ》を寵愛すると、これを入内させずに、播磨国造の祖・速待《はやまち》に与えさせて遠くに退けた。さらに仁徳天皇三十年、磐之媛が紀伊に行っている間に仁徳天皇が八田《やた》皇女を妃として入内させたが、これをどうしても首肯しなかった。八田皇女のいる難波宮への帰還を拒み、山背の筒城の韓人・奴理能美《ぬりのみ》の家に滞留し続けた。仁徳天皇はしばしば迎えをよこしたが、聞き入れぬまま、五年後にそこで死没した。『古事記』には、吉備海部直の娘・黒媛が入内したが、磐之媛のねたみを恐れて本国に逃げ帰った、ともある。

大王としては血統を引き継ぐ男子を多数儲ける必要性があり、複数の女性を後宮におくことは不道徳・不誠実と非難されるべきことでもなかった。大王たるものの妻としては、自分をないがしろにするとか好色のための女人集めでなければ、我慢しなければならない立場であったろう。それを一人も認めないというのでは、たしかに嫉妬深いというべきかもしれない。あるいは自分との間に三人も男子の後継者がいるのだから、葛城氏関係者でない皇子を増やしたくないという政治的思惑が働いた示威行動だったろうか。

ところで、皇后は大宝律令制下の名称であろうから、この当時にこうした地位はもちろんなかった。しかし彼女が大王の嫡妻として格別な地位を認められていたらしいことは、藤原安宿媛（光明子）の立后のさいの話にも窺える。

天平元年（七二九）八月、聖武天皇は臣下出身の光明子を皇后に立てようとした。しかし律令の規定では、皇后は皇族出身者しかなれない。そこで「これには前例がある」と言い出した。「朕が時のみには有らず。難波高津宮御宇大鷦鷯天皇、葛城曽豆比古《そつびこ》の女子伊波乃比売《いはのひめ》命、皇后と御相坐《みあひまし》て食国《をすくに》天下政治め賜ひ行ひ賜ひけり」（新訂増補国史大系本『続日本紀』）と説明したのである。

真相はともあれ、磐之媛（伊波乃比売）はかつての大王の嫡妻で、嫉妬深さで知られていた。そこから発想を逆転させて、つよい愛情（究極的には嫉妬）の歌ならば磐之媛を想起し、彼女の作歌なのかと思ってしまう。それがこの万葉歌群の作者を磐之媛に仮託した理由であろう。

雄略天皇も葛城氏にかかわりが深い。

嫡妻は幡梭《はたび》姫《ひめ》皇后だが、間に子がなかった。そこで妾・韓媛《からひめ》の生んだ清寧天皇が後継の大王となったという。この韓媛の父こそは、大臣・葛城円《つぶら》であった。つまり雄略天皇は、葛城円の娘婿にあたるわけである。

葛城との繋がりを窺える挿話が、『日本書紀』雄略天皇四年二月の記事に見られる。

雄略天皇は葛城山に狩猟にいき、すごく長身で、容姿・面貌が自分そっくりの人物に会った。これは神だろうと察しをつけたが、ともかく「誰だ」と問うた。すると、その人物は「現人神（人の姿をとって現われた神）である。まずそっちが先に名乗れ。そのあとでいおう」という。「朕は、幼武尊《ワカタケルノミコト》である」と名乗ると、相手も「自分は一事主神《ひとことぬし》である」と答えた。そののち馬を轡《くつわ》を並べ、一つの鹿を追いかけ、矢を放つにも譲り合い、ともに同等に狩りを楽しんだ、とある。この神こそは「悪しき事なりとも一言、善き事なりとも一言、言ひ離つ神」（新編日本古典文学全集本『古事記』）と恐れられた、葛城山の神・葛城一言主神であった。すなわち雄略天皇は葛城一言主神と遊び、葛城氏の地主神《ちしゅしん》を味方にし、神と肩を並べ神から祝福されるような、有徳の大王とみなされていたのである。

この伝承は、雄略天皇が葛城の神から格別な庇護をうけていたという意味である。

葛城氏では、葛城円が雄略天皇によってその即位前に滅ぼされているが、それは葛城氏の玉田宿禰の系統にすぎない。葦田宿禰系の葛城氏は履中天皇の妻・黒媛を出しており、市辺押羽皇子《いちのべのおしは》の妻となった荑媛《はえひめ》は仁賢天皇・顕宗天皇の生母ともなっている。葛城氏との協力関係、葛城の神の庇護は、なおそのとうじの王権にとっては重要だったのである。

ついで聖徳太子（厩戸皇子）の歌だが、厩戸皇子は周知のごとくとうじの有力者、大臣・蘇我氏の血縁者である。母・穴穂《あなほ》部間人《べのはしひと》皇女は蘇我氏腹の皇女で、蘇我稲目の孫、小《お》姉君《あねぎみ》の子にあたる。蘇我蝦夷とは従兄弟同士である。また厩戸皇子本人も蘇我刀《と》自《じ》古郎女《このいらつめ》を娶って、蘇我馬子の娘婿となっており、その間に山背大兄皇子を儲けている。

この蘇我氏が葛城氏の流れを承《う》けているらしいことは、蘇我馬子の発言から窺える。馬子は推古女帝に、「葛城県《あがた》は、元臣が本居《うぶすな》なり。故、其の県に因りて姓名を為せり。是を以て、冀《ねが》はくは、常に其の県を得りて、臣が封県とせむと欲《ねが》ふ」（『日本書紀』推古天皇三十二年十月癸卯条）といい、葛城氏の名を負う葛城県を本居（生まれた地）とまで表現して、この地の領有を要求した。この申し出は拒絶されたが、蘇我氏を葛城氏の血脈と見なすさいの根拠となっている。

さらにいま一人。舒明天皇は、二番歌の作者とされている。

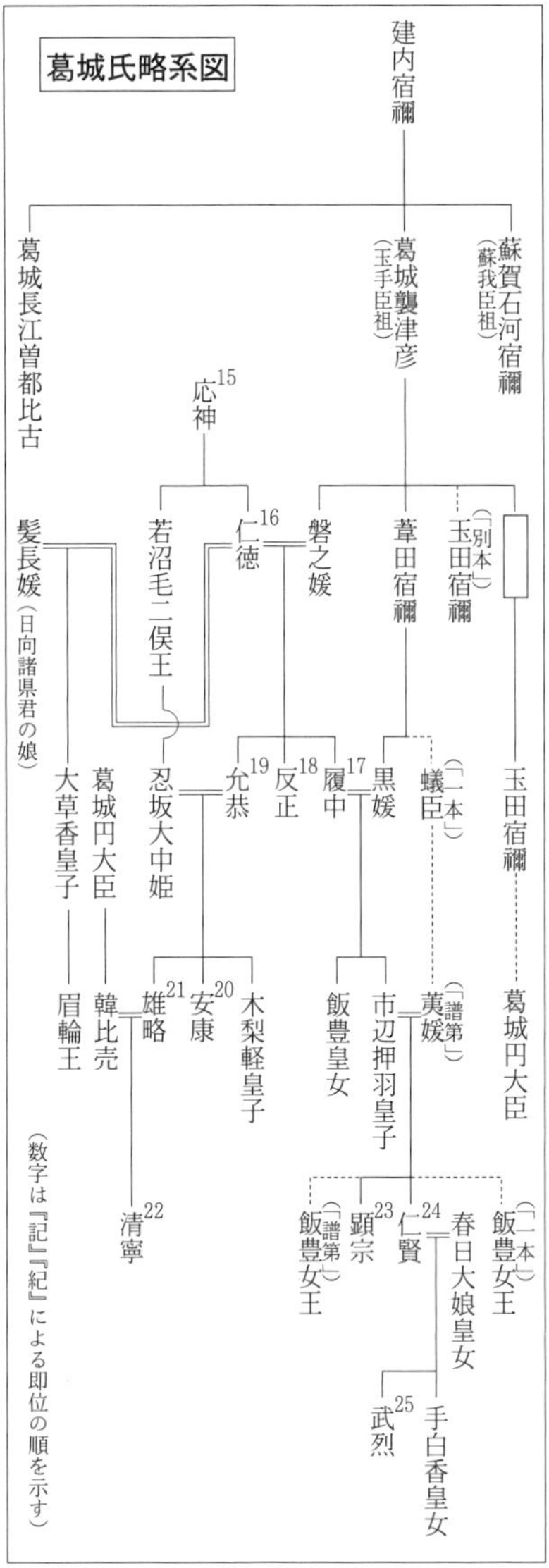

（塚口義信氏「巨大氏族の没落と復活―葛城臣」「臨時増刊歴史読本」三十五巻六号より）

天皇、香具山に登りて望国《くにみ》したまふ時の御製歌

大和には　群山あれど　とりよろふ　天の香具山　登り立ち　国見をすれば　国原は　煙立ち立つ　海原は　かまめ立ち立つ　うまし国そ　あきづ島　大和の国は　（巻一・二）

とあるが、舒明天皇からはじまるとされるのに、作歌がこの一首だけというのは気になる。そう考えると、この歌も原『万葉集』編者が舒明天皇に仮託しただけなのかもしれない。

舒明天皇は葛城と関わりがなさそうだが、じつはその子・中大兄皇子の実名は葛城皇子である。中大兄皇子として著名となってしまったが、これは山背大兄皇子・古人大兄皇子に対する「中」の大兄の意味なのか、詳細は不明である。ともかく彼の実名ではない。『日本書紀』舒明天皇二年正月戊寅条に、

宝皇女を立てて皇后とす。后、二の男・一の女を生《あ》れませり。一を葛城皇子と曰す。近江大津宮御宇天皇なり。二を間人皇女と曰す。三を大海皇子と曰す。浄御原宮御宇天皇なり。

とあり、ただしくは葛城皇子であった。この名の由来を考えるに、弟・大海人皇子の名が大海宿禰《おおあまのすくね》氏に養育されたためだったとすれば、中大兄皇子の名は葛城臣氏（葛城部）に養育されたことに由来すると推測できる。それは、舒明天皇が葛城氏に子の養育を委ねるような関わりを持っていたことを意味している。しかも皇極天皇四年（六四五）六月の乙巳の変で、葛城稚犬養網田に入鹿殺害の先鋒をさせようとしている。秘中の秘の殺害計画を話すなど、裏切られるはずのない確かな味方とみられ、完全に信用されている。その人が葛城の名を負っていることは、中大兄皇子が葛城の範囲で暮らしていたことを如実に物語っていよう。

以上、『万葉集』中で天智朝前の古歌とされているものが、どうしてその作者に仮託されたかの背景を探ってきた。繰り返すが、歌の内容は世間に広まっていたもので、もとより名を挙げられているその本人の歌などでない。だが、『万葉集』では、作者の名がそれに特定されている。その特定された人物は、いずれも葛城と深い関わりをもっている。

だれの作歌とみなしてもよかったはずだし、作者未詳でもよいのに、あえて前記の人の作歌としたのは、葛城に関わりの深い人が仮託される作者の名を決めていったからであろう。

三　木梨軽皇子と軽大郎女の歌

ところで、右に掲げた磐之媛・雄略天皇・厩戸皇子・舒明天皇のほかにも、一組の男女に仮託された古様な歌がある。その男女とは木梨軽皇子と軽大郎女で、その間に次のような相聞歌（恋歌）が交わされたという。

一箇所目は巻二で、

古事記に曰く、軽太子、軽太郎女に奸《たは》けぬ。故にその太子を伊予の湯に流す。この時に、衣通王《そとほりのおほきみ》、恋慕に堪へずして、追ひ往く時に、歌ひて曰く

君が行き　日《け》長くなりぬ　やまたづの　迎へを行かむ　待つには待たじ［ここにやまたづといふは、これ今の造木《みやつこぎ》をいふ］　（巻二・九〇）

右の一首の歌は、古事記と類聚歌林と説ふ所同じくあらず、歌主もまた異なり。因りて日本紀に検《ただ》すに、曰く、「難波高津宮に天の下治めたまふ大鷦鷯天皇の二十二年の春正月、

天皇、皇后に語りて、八田皇女を納れて妃とせむとしたまふ。時に、皇后聴《ゆる》しまつらず。ここに、天皇、歌よみして、皇后に乞ひたまふ云々。（中略）皇后、難波の済《わたり》に到りて、『天皇八田皇女を合《め》しつ』と聞きて大く恨む云々」といふ。また曰く、「遠飛鳥宮に天の下治めたまふ雄朝嬬稚子宿禰天皇の二十三年の春三月、甲午の朔の庚子、木梨軽皇子を太子となす。容姿佳麗にして、見る者自に感《め》でつ。同母妹軽太娘皇女もまた艶妙し云々。遂に窃かに通《たは》けぬ。乃ち悒懐《いきどほり》少しく息む。二十四年の夏六月、御羹の汁凝りて氷となる。天皇異しびて、その所由を卜へしめたまふ。卜ふる者曰く、『内の乱れあり。けだし親親、相奸けたるか云々』とまをす。仍りて太娘皇女を伊予に移したまふ」といふ。今案《かむが》ふるに、二代二時にこの歌を見ず。

とある。二箇所目は巻十三で、

こもりくの　泊瀬の川の　上つ瀬に　い杭を打ち　下つ瀬に　ま杭を打ち　い杭には　鏡を掛け　ま杭には　ま玉を掛け　ま玉なす　我が思ふ妹も　鏡なす　我が思う妹も　ありといはばこそ　国にも　家にも行かめ　誰が故に行かむ　（巻十三・三二六三）

古事記に検すに、曰く、件りの歌は木梨軽太子の自ら死にし時に作る所なりといふ。

とある。

作者とされている木梨軽太子は允恭天皇の子で、後継大王の有力候補者と目されていた。しかし同母妹の軽大郎女と愛し合って通じてしまった。日本の古代では、異母兄弟・姉妹間の婚姻は問題とされなかったが、同母の兄妹が通じ合うことだけは禁忌で許されなかった。『古事記』によると、木梨軽皇子は物部大前《おおまえ》を頼ったがかえって捕縛され、伊予湯に流された。軽大郎女もあとを慕って伊予に赴き、ともに自殺した。そのさいに、右とほぼ同じ歌が詠まれた、とある。ただし「国にも　家にも行かめ　誰が故に行かむ」ではなくて、『古事記』（新編日本古典文学全集本）允恭天皇段では「家にも行かめ　国をも偲はめ」となっている。小異はあるものの、酷似している。右の万葉歌を木梨軽皇子の作歌と見なして、むりはない。

これがその通りであれば、雄略朝をやや溯る話であるのに、この歌は葛城に直接結びつかない。もちろん磐之媛の直系孫だとかいえば繋がるが、少なくとも直接でない。

これらについては、以下のように考えてはどうだろうか。

後者の歌については、原『万葉集』編者は関与していない。これは『古事記』をみて、そこで木梨軽皇子・軽大郎女の作歌と特定されていたので、その記述に摺り合わせたのであろう。

周知のように『万葉集』は、現在二十巻となっているが、その編纂は複雑な過程を辿ったらしい。雑歌・相聞・挽歌で一括《くく》りとすれば、当初は巻一・巻二だけで成り立っていた蓋然性が高い。ついで雑歌・譬喩歌・挽歌・相聞でまた一括りとなるのが、巻三・巻四。こうしたまとまりは、もともとそうした括りができあがっていた「歌集」（つまりそれが原『万葉集』）を、そのまま『万葉集』の最終編者が取り込んだために残されたのであろう。いま筆者の問題としているのは最初の一括りつまり巻一・巻二の古歌についてであって、巻十三の木梨軽皇子・軽大郎女の歌は論ずる範囲の外にある。たまたま巷間に流布していた歌を採録したらば、それが『古事記』に収載された歌と酷似していた、というところであろう。

つぎに前者の歌では、その左注によると「君が行き　日長くなりぬ　やまたづの　迎へを行かむ待つには待たじ」の歌をどういう場面で詠んだのか『古事記』と『類聚歌林』とで判断が異なってい て、とうぜん歌の作者も異なっている。そこで『日本書紀』仁徳天皇二十二年の記事と允恭天皇二十三年・二十四年の記事を見たが、この二つの時代にはこうした歌はない、といっている。ここで『日本書紀』の仁徳天皇代と允恭天皇代の記事を検索しているのは、『古事記』が允恭天皇時代の軽大郎女の作歌とし、『類聚歌林』は仁徳天皇時代の磐之媛の歌と見ていたからである。そして題詞では『古事記』の記載を優先し、軽大郎女の歌と判定している。しかし『万葉集』最終編纂者は、この判断に疑いをもち、『類聚歌林』にある磐之媛説について『日本書紀』を調査し、あわせて軽大郎女説についても『日本書紀』に根拠がないことをあわせて記したのである。

筆者は、こう思う。原『万葉集』では、八五番歌はもともと磐之媛の作と考えられていた。磐之媛が天皇を偲んで作ったという歌群は、八五番から九〇番まで六首であったのだ。その最後尾の歌が、たまたま後年、『古事記』に軽大郎女の作歌として収載されてしまった。そこである時点の『万葉集』編纂者が、最後尾の歌を切り離して、題詞をつけて磐之媛の歌群でないような体裁にした。もともとだれの歌ともわからずに巷間に広く流布していた歌なのだから、『万葉集』が磐之媛作とつければ磐之媛の歌、『古事記』が軽大郎女作とすれば軽大郎女の歌、となりえた。

そう思うわけは、まず八五番から九〇番の歌は、題詞で「難波高津宮に天の下治めたまふ天皇の代」として括られたなかにある。もしも九〇番歌が木梨軽皇子・軽大郎女の間の相聞歌と最初からみなされていたのならば、九〇番歌の前に「遠飛鳥宮に天の下治めたまふ天皇の代」という大王による時代区分があったはずだ。それが見られないのは、もともとこの歌が原『万葉集』編纂者によって仁徳天皇時代の一連の歌群つまり磐之媛の作歌群としてまとめられていたからである。

また九〇番歌の題詞となっている「古事記に曰く、軽太子、軽太郎女に奸けぬ。故にその太子を伊予の湯に流す。この時に、衣通王、恋慕に堪へずして、追ひ往く時に、歌ひて曰く」は、題詞としてきわめて異色である。『万葉集』に「或本の歌に曰く」という題詞の例はあるが、「『古事記』に曰く」という題詞の例はほかにない。「或本の歌に曰く」とするのは、作歌の事情が分からないからそのように書いているのだろう。ここにあるような「軽太子、軽太郎女に奸けぬ。故にその太子を伊予の湯に流す。この時に、衣通王、恋慕に堪へずして、追ひ往く時に、歌ひて曰く」という事情が詳しくわかっているのならば、「古事記に曰く」を略してそのまま本文から書き出せばよいわけで、出典から書き出す必要がない。『古事記』に書いてあるというような話は、左注ですることだろう。つまりこの「古事記に曰く、軽太子、軽太郎女に奸けぬ……」という記述は、原『万葉集』の時代の当初の判断・記載ではなく、後年に差し挟まれた注記である。したがって原『万葉集』は、これを取り除いた形となり、磐之媛の作歌として連続していたと考えられる。

こうして見ると古歌の作者のなかにもともと軽太郎女の作はなかった。本稿の主題とした『万葉集』巻一～巻二あたりのいわゆる原『万葉集』では、磐之媛・雄略天皇・厩戸皇子・舒明天皇が古歌の作者として仮託されていた、ということである。

【注】

（1）岸俊男氏「画期としての雄略朝―稲荷山鉄剣銘付考―」（岸俊男氏『日本古代文物の研究』塙書房刊、一九八八年）

（「礫」二六〇号、二〇〇八年六月）

2　呪われた釣針

一　兄弟の確執

『古事記』(新編日本古典文学全集本)上巻・日子穂々手見命《ひこほほでみのみこと》段にある海佐知毘古《うみさちびこ》(火照命《ほでり》)・山佐知毘古(火遠理命《ほおり》)兄弟の話は、人々によく知られている。

山の幸ばかりを獲っていた弟の山佐知毘古は、ある日、兄の海佐知毘古に日ごろ使っている捕獲用具を取り替えてみようといいだした。しかし慣れていないためか獲物は何も得られず、かえって釣針を取られてしまった。もとに戻すことになったが、すでに失ってしまっている。そこで山佐知毘古は、一〇〇〇本の釣針をもって弁償しようと提案したのだが、兄は虫の居所が悪かったのか、それとももともと取り替えてみようという子どもじみた発案が不愉快であったのか、「もとの釣針を返せ」といってきかない。失ったものをどうやって取り戻したらよいのかわからず、途方に暮れていた。

そのおりに塩椎神《しおつち》に出会い、彼に教えられて海神の宮を訪問する。そして海神の娘・豊玉毘売《とよたまびめ》と結婚し、三年ほど過ごした。滞在が長くなりすぎてふるさとを恋しく思い出すようになり、来宮までの事情を話したところ、釣針を探し出して手に戻してくれた。そこでいよいよ地上に帰るのだが、そのとき海神は、意地悪をした兄を懲らしめるために針の効力を失わせる呪文を教え、さらに塩盈珠《しおみちのたま》・塩乾珠《しおひのたま》を山佐知毘古に手渡した。海神として水を統禦しているから、その力を分与して応援する姿勢を示したのである。兄が襲ってきたときには塩盈珠を出して溺れさせ、謝ってきたら塩乾珠で救ってやれ、というのだ。

地上に戻った山佐知毘古は、兄に釣針を返すとき、教わったとおりに「此の鉤は、おぼ鉤《ち》・すす鉤・貧鉤《まづち》・うる鉤」といって、後ろ手に渡した。ここに示されているように、後ろ手にものを渡すのは呪う行為であり、振り返って相手を肩越しに見るというのも悪意が込められた呪いの形であろう。ともかく、心がふさぎ、たけり狂い、貧乏になり、愚かになる、と呪いをかけたのである。兄はこのために魚が獲れなくなり、高田に作っても下田に作っても、水が涸《か》れた。兄は、弟だけが栄えることを妬《ねた》み、ついに弟を襲った。しかし山佐知毘古は塩盈珠を操って溺れさせ、兄は降参した。兄は、弟にこのさきずっと仕えると約束して許された、という話である。

兄が弟と競って敗れるという筋書きは、ほかの話にもある。

『古事記』中巻・応神天皇段には、秋山之下氷壮夫《したひおとこ》・春山之霞壮夫《かすみおとこ》の話がある。兄神・秋山之下氷壮夫は、伊豆志袁登売《いづしおとめ》という女神を得ようとして失敗した。優れている自分が得られないのだから、弟神・春山之霞壮夫などが得られるわけがない。そう思ったが、弟は「簡単ですよ」という。自尊心を傷つけられた兄は賭けを提案し、もし弟が彼女と結婚できたならば身につけているものをすべて脱ぎ渡し、身長と同じ深さの甕の酒と山海の珍味をやる、と約束した。そこで弟は、母の手と知恵を借りて、藤蔓で衣服や弓矢などを作って準備した。彼女の家に着くと、身につけていた衣服・弓矢などはもとの藤の花に変身し、伊豆志袁登売は藤の美しさ目をとられてその一部を家に持ち込んだ。そのあとについて弟はやすやすと家のなかに入り、彼女との結婚を成就させた。弟は賭けに勝ったのである。

だが、兄はよほど悔しかったのか、約束を果たさなかった。弟は兄の不正を母に訴えた。母はその訴えを是とし、一節竹《ひとよだけ》の葉にくるんだ塩と河の石を、一節竹で作った目のあらい籠に入れさせ、「この竹の葉が青いように、この竹の葉が萎れるように、青くなって枯れよ。塩（潮）が満ち干きするように満ち干きし、石が沈むように沈み伏せ」といって呪詛して、それを兄の家の竈の上に置かせた。このために兄の体は八年間で病み枯れ果てた、という。

そういえば、『古事記』中巻・景行天皇段に出てくる倭建命《やまとたけるのみこと》（小碓命《おうすのみこと》）も弟だった。父・景行天皇から兄・大碓命が朝食・夕食の場に出てくるように呼んでこいといわれ、「明け方、厠に入ったところを捕らえて摑みひしぎ、手足をひきもいで薦に包んで捨ててしまった」と復命したというのだ。

二　優れた弟

このうち海佐知毘古・山佐知毘古の話はインドネシア方面に広く見られる釣針型説話で、それに異境訪問・異類婚などの要素が絡んだものである。

そうではあるが、なぜいずれの話も弟が優れていて、兄が呪われたり殺されたりするのだろうか。ここには現代社会の「人間平等」観念では解けない、古代人らしい心の動きが映し出されているのではないか。

寛政九年（一七九七）にできた『諺苑《げんえん》』（太田全斎著）には「総領の甚六《じんろく》」という言葉がつとに見られるが、長男がお人好しで愚鈍《ぐどん》だというのは、最初の子としてことのほかだいじに育てられるからだろう。それに加えて、江戸時代には長男が家の跡継ぎとほぼ決まっていて苦労しないからでもある。

長子の社会的な優遇は、江戸時代だけのことではない。古代でも、蔭位《おんい》の制では嫡男が優遇された。嫡男は長子と必ずしも同義でないが、原則として正妻所生の長子であって、次男以下の庶子《しょし》よりすべて一階分上の処遇をうけた。昇進の差一階分というのは、出世競争のスタートが四年から六年遅れるということである。同母兄弟で弟が兄の官位を抜いた例としては、藤原仲麻呂が、叔母・光明皇后の絶大な庇護のもとに右大臣・豊成を失脚させた上で超えていったことしか思い浮かばない。

そうしたつよい長子優先の観念が通用しているなかで、弟の技量を兄にまさるとする話が史書に多く見られるのは、やはり不思議である。長子は早く成長するので、親の手から独立していく。親が家督を譲ろうという年齢になったときには、末子《ばっし》しか残っていない。そこで末子相続が成立する。そういう末子相続の風習の名残りと説明できなくもないが、それでも兄の能力を貶《おとし》める話に仕立ててまでしなくともよかろう。

筆者は男子ばかりの五人兄弟の末子であるので、その経験をもとに解釈してみる。

率直にいって弟にとっての兄たちは、生まれながらに負った敵対者である。幼いころから、先んじて成長する兄たちに伍して生き抜くのはたいへんである。体力も知力も劣るから、喧嘩をしてはいつも負け、言い合ってはにべもなく却けられる。それがふつうである。しかも兄たちの弟への記憶は、弟が人なみに成長しても続く。兄は弟をいつでもより劣った存在とみなし、自分の判断が弟のそれよりいまも優先すると思う。実社会に入って仕事をしていれば、四〜五歳年下の同僚でも年齢差をそう意識することなく、同年輩としての敬意をもって接する。それなのに、目の前にいる弟に対してはそういう礼儀はとらない。それが兄としての心のさがとなってしまっているのだ。

古代でも、兄弟間には諍《いさか》いがふつうにまた数多くあったろう。そうしたなかで、これらの優れた弟の話は、数の上では圧倒的に多いはずの鬱屈した弟たちの心情を汲むものとして人口に膾炙《かいしゃ》した物語だったのだろう。「長幼序あり」という儒教道徳が持ち込まれる前の、原初的なかたき討ちを望むような心象風景が、ここに表出しているのだと思う。

(「歴史研究」五一八号、二〇〇四年七月)

3　散りいそぐ恋人たち

一　美女がからんだ三つの伝承

『万葉集』（日本古典文学全集本）には、恋人をめぐる競い合いを記した伝承が関東地方・関西地方のそれぞれに見られる。

関西地方のは、摂津国芦屋（兵庫県芦屋市）の菟原処女《うないおとめ》の話である。

葦屋の処女の墓に過《よぎ》る時に作る歌一首并せて短歌

古の　ますら壮士《おとこ》の　相競ひ　妻問《つまど》ひしけむ　葦屋の　菟原処女の　奥つ城《き》を　我が立ち見れば
永き世の　語りにしつつ　後人の　偲ひにせむと　玉桙の　道の辺近く　岩構へ　作れる塚を
天雲の　そきへの極み　この道を　行く人ごとに　行き寄りて　い立ち嘆かひ　或る人は　音《ね》にも泣きつつ　語り継ぎ　偲ひ継ぎ来る　処女らが　奥つ城所　我さへに　見れば悲しも　古思へば

反歌

古の　小竹田《しのだ》壮士の　妻問ひし　菟原処女の　奥つ城ぞこれ

語り継ぐ　からにもここだ　恋しきを　直目《ただめ》に見けむ　古《いにしえ》壮士　（巻九・一八〇一〜三）

とあり、これは「右の七首、田辺福麻呂《さきまろ》の歌集に出《い》づ」とあるうちの一首である。間に五首をおいてさらに、

菟原処女の墓を見る歌一首并せて短歌

葦屋の　菟原処女の　八《や》歳子《とせご》の　片生ひの時ゆ　小放《おばな》りに　髪たくまでに　並び居る　家にも見えず　虚木綿《うつゆう》の　隠《こも》りて居れば　見てしかと　いぶせむ時の　垣ほなす　人のとふ時　千沼《ちぬ》壮士　菟原壮士の　伏せ屋焼き　すすし競ひ　相よばひ　しける時は　焼大刀の　手かみ押しねり　白真弓　靫《ゆき》取り負ひて　水に入り　火にも入らむと　立ち向かひ　競ひし時に　我妹《わぎも》子《こ》が　母に語らく　倭文《しづ》たまき　賤《いや》しき我が故　ますらをの　争ふ見れば　生けりとも　逢ふべくあれや　ししくしろ　黄泉《よみ》に待たむと　隠り沼の　下延《したは》へ置きて　うち嘆き　妹が去《い》ぬれば　千沼壮士　その夜夢に見　取り続き　追ひ行きければ　後《おく》れたる　菟原壮士い　天仰ぎ　叫びおらび　地を踏み　きかみたけびて　もころ男に　負けてはあらじと　かけ佩《は》きの　小大刀《おだち》取り佩き　ところづら　尋《と》め行きければ　親族《うがら》どち　い行き集ひ　永き代に　標《しるし》にせむと　遠き代に　語り継がむと　処女墓　中に造り置き　壮士墓　このもかのもに　造り置ける　故縁《ゆえよし》聞きて　知らねども　新喪《にいも》のごとも　音泣きつるかも

反歌

葦屋の　菟原処女の　奥つ城を　行き来《く》と見れば　音のみし泣かゆ

墓の上の　木《こ》の枝《え》なびけり　聞きしごと　千沼壮士にし　依りにけらしも

右の五首、高橋連虫麻呂の歌集の中に出づ。（巻九・一八〇九〜一一）

とある。

前者の長歌は、田辺福麻呂が芦屋の菟原処女の墓（塚）を見て、自分も悲しみを覚えたというだけである。そのことのしだいは、高橋虫麻呂が作った後者の長歌に語られている。

すなわち、菟原処女は八歳のころから成人して髪を結い上げる（十五歳前後）まで、深窓にあって、その姿を見せなかった。しかしそのたぐいまれな美形が周囲の噂になっていて、人垣ができるほどだった。もちろん人々が競って求婚していたが、なかでも千沼壮士と菟原壮士という二人の男性は、菟原処女にはげしく求婚し、たがいに恋敵を倒してしまおうと、伏せ屋を焼き払い、白木の弓と矢を執《と》り、焼き鍛えた大刀の柄に手をかけつつ、火のなかでも水のなかでも入る勢いでその心情のつよさを競い合った。

菟原処女本人は、ほんとうは千沼壮士のことが好きだったようだ。だが、菟原壮士がすさまじい迫力で求婚してきたため、大きな争いに発展していった。その凄絶な争いを見るに見かねて、彼女は「数ならぬ私のために争っているのを見ると、どちらとも結婚などできない。黄泉で待とう」と思い詰め、ついに入水《じゅすい》自殺をしてしまった。

菟原処女が死んだ夜、千沼壮士の夢枕に彼女が立った。千沼壮士は彼女の死を悟って、悲しみのあまり自殺してしまった。それを聞いた菟原壮士は、そのことにすら嫉妬した。天を仰いで叫び、地を蹴って歯ぎしりしながら悔しがり、負けてたまるかといって後追い自殺をした。そののちかれらの身内の者たちは、永久に記念とし、将来に語り伝えようと三人を並べて葬る墓を作った、という。

菟原処女が千沼壮士の方を好きだったことは、続いて収録されている反歌でわかる。一八一一番歌によれば、「彼女の墓の上に生えている木の枝が千沼壮士の方にのびている。噂通りに千沼壮士に心を寄せていたらしい」と詠まれている。また彼女が自殺したときに、菟原壮士の方ではなく、千沼壮士だけの夢枕に彼女が立ったとされていることからも、そのことは裏付けられる。世間の人たちは「菟原処女が千沼壮士を好きだったのに、菟原壮士が横槍を入れた。そのために彼女は悩んで自殺してしまった」と考えて、この悲話を伝えていたのである。

関東地方のは武蔵国の勝鹿《かつしか》の真間《まま》（千葉県市川市）手児名《てごな》で、こちらも著名な話である。

　勝鹿の真間の娘子を詠む歌一首并せて短歌

鶏《とり》が鳴く　東の国に　古に　ありけることと　今までに　絶えず言ひける　勝鹿の　真間の手児名が　麻衣《ぎぬ》に　青衿《あおくび》着け　ひたさ麻を　裳《も》には織り着て　髪だにも　掻《か》きは梳《けず》らず　沓《くつ》をだにはかず行けども　錦綾の　中に包める　斎《いわ》ひ児も　妹にしかめや　望月の　足れる面わに　花のごと　笑みて立てれば　夏虫の　火に入るがごと　湊入《みなとい》りに　舟漕ぐごとく　行きかぐれ　人の言ふ時　いくばくも　生けらじものを　何すとか　身をたな知りて　波の音の　さわく湊の　奥つ城に　妹が臥《こ》やせる　遠き代に　ありけることを　昨日しも　見けむがごとも　思ほゆるかも

　反歌

勝鹿の　真間の井見れば　立ち平《なら》し　水汲ましけむ　手児名し思ほゆ　（巻九・一八〇七〜八）

とあるのがそれだ。

真間の手児奈堂

手児名は、青い襟をつけただけの粗末な麻の上着と裳を着けて、髪もとかさず、沓も履かずにいる。それだけなのに、錦綾などの豪華な服を着込んだ箱入娘でも、これには遠く及ばない。そういう娘だから、満月のように豊かな顔で、花のように微笑んで立っていると、男たちがたくさんよってくる。そういう自分のために、男たちが言い争っているさまを見聞きする。自分のまわりに平和や静寂はなく、いつも騒々しい。そんな情景ばかり見聞きするにつけ悲しくなり、ついに自殺してしまった、という。

これにやや似た話が、『常陸国風土記』（日本古典文学大系本）香島郡童子松原《うないのまつばら》条にある。

その南に童子女の松原あり。古、年少《わか》き僮子ありき。俗、加味乃乎止古・加味乃乎止売といふ。男を那賀の寒田《さむた》の郎子《いらつこ》と称ひ、女を海上《うなかみ》の安是《あぜ》の嬢子《いらつめ》と号《なづ》く。竝《とも》に形容端正しく、郷里に光華《かがや》けり。名声を相聞きて、望念を同存くし、自愛《つつし》む心滅《うせ》ぬ。月を経、日を累ねて、嬥歌《うたがき》の会《つどい》 俗、宇太我

岐といひ、又、加我毘といふ　に、邂逅に相遇へり。時に、郎子歌ひけらく、

　いやぜるの　安是の小松に　木綿《ゆう》垂《し》でて　吾を振り見ゆも　安是小島はも

嬢子、報《こた》へ歌ひけらく、

　潮《うしお》には　立たむと言へど　汝夫《なせ》の子が八十島隠り　吾を見さ走り

便ち、相語らまく欲《おも》ひ、人の知らむことを恐りて、遊《うたがき》の場より避け、松の下に蔭りて、手携はり、膝を役《つら》ね、懐《おもい》を陳べ、憤を吐く。既に故《ふる》き恋の積れる疹《やまい》を釈《と》き、還《また》、新しき歓びの頻なる咲《えまい》を起こす。時に、玉の露杪《こぬれ》にやどる候《とき》、金の風丁す節《おり》なり。皎々《あきら》けき桂月の照らす処は、唳《な》く鶴《たづ》が西洲なり。颯々《さや》げる松颸《かぜ》の吟《うた》ふ処は、度《わた》る雁が東岵《やま》なり。山は寂寞《しづ》かにして巌の、泉旧《ふ》り、夜は蕭《さ》条《び》しくして烟《けぶ》れる霜新なり。近き山には、自ら黄葉《もみじ》の林に散る色を覧、遙けき海には、唯蒼波の磧《いそ》に激《たぎ》つ声を聴くのみなり。茲宵《こよい》茲に、楽しみこれより楽しきはなし。偏へに語らひの甘き味に沈《おぼ》れ、頓に夜の開けむことを忘る。俄かにして、鶏鳴き、狗《いぬ》吠えて、天暁《そらあ》け日明かなり。爰《ここ》に、僮子等、為むすべを知らず、遂に人の見むことを愧《は》ぢて、松の樹と化成《な》れり。郎子を奈美松と謂ひ、嬢子を古津《こつ》松と称ふ。古より名を着けて、今に至るまで改めず。

と、詠み交わした歌まで伴って伝えられている。

すなわち、那賀の寒田郎子と海上の安是嬢子は、ともに容姿が近郷近在で群を抜いていた。その評判をおたがいに聞き知って、たがいに会いたいものと思っていた。既婚・未婚を問わず男女が自由に交わることを許される嬥歌《かがい》（歌垣）の日に、二人はぐうぜんに遇って歌を交わし、さらに語り合いたいと思って嬥歌の場から逃げ出した。松の下蔭でひたすら楽しく語り合い、甘い愛の言葉に溺れて時

を過ごした。とつぜん朝を告げる鶏の鳴き声がして、犬が吠え、朝日が射してくる。非日常から日常の場に放り出されたことにどうしてよいか戸惑って、かれらは人に見られることを恥じるあまりそのまま松の木になった。つまり死没してしまった、というのだ。

二　話の背景から読みとれる掟

だれからも好かれる女性を羨ましく思う人もいようし、そこまでとなるとかわいく生まれるのも罪で、本人もたいへんだろうと読む人もいよう。

しかし筆者の関心は、伝説のなかの彼女たちはなぜ揃いも揃って自殺しなければならないと思うのか、その謎解きにある。

何もよりによって死を選ばなくとも、手児名は言い争っている男たちのなかから、どれでも好きな相手を選べばよい。彼女が選んでしまいさえすれば、争いは収まる。だれも選ばないから、だれでも可能性が残っていると思って騒動を終らせようとしないのである。

安是嬢子たちも、時を忘れ、とうとつな夜明けに動転したとはいえ、他人に見られることをそれほど恥じる必要はない。相手の心を確かめたのであるから、日常生活にもどっても、人を介し機会を得て、愛を貫くことはできよう。

さらに菟原処女は、夢枕に立つほど気持ちは固まっていて、墓の上の木の枝が彼女の心を伝えているように千沼壮士が好きだった。それならば、千沼壮士を受け入れて、菟原壮士の申し出をきっぱり拒絶すればよかった。

「そこが男女関係のおもしろいところだ」「それでは物語にならない」とか「読んでいるあなた（筆者）は文学的感覚が欠落したかわいそうな人」とかいわれそうであり、文学作品に対していささか無粋とは思う。

しかしこの話を聞く側には、ある社会的な規制が思い浮かんでいたはずだ。とうじの人々ならばだれでも知っている村の掟《おきて》があればこそ、この物語は広く共感できるものとして成り立つ。筆者のいうようにもしも解決してやったならば、話の聞き手たちは納得してくれない。だから恋人たちを死に急がせるのだ。安是嬢子や菟原処女が好きな男と添い遂げてはならない。そういう諒解が、聞く人たちにできているのだ。

それはどういうことなのか。おそらくそれは、結婚についての村の秩序のせいであろう。村の掟に対して、右の話は二つの問題点を持っていたと思う。

その第一は、通婚圏の掟とでも名付けるべきだろうか。

ここでの問題は、菟原処女の意中の人が千沼壮士であったことだ。菟原処女と同じ名を持つ菟原壮士は、おそらく地元の村人という設定である。その地元の村人を捨てて、異郷の千沼壮士を受け入れる。それが問題なのである。千沼は茅渟・珍努とも表記されるが、いまの黒鯛のことである。黒鯛がよくとれるので、大阪湾を茅渟の海といった。千沼壮士は大阪湾からやってきた異郷の男なのである。菟原処女が地元を代表する立場にあるという名を負う菟原壮士を受け入れて、千沼壮士の愛情を退けるのであったら、菟原処女は自殺しなくてすんだのである。

那賀の寒田郎子と海上の安是嬢子の場合も、そうだ。名前で知られるように、寒田郎子は那賀郡の男性であり、安是嬢子は海上郡の女性である。この海上を代表する美女である安是嬢子は海上郡の地元の村人とまずは結ばれようとすべきで、異郷の寒田郎子と意のままに結ばれてはならない。そういう掟があるからこそ、主人公が死を選んでも「こうなってしまったら、それしか解決法はなかろう」として聴衆の同意を得られるのである。

第二は、婚姻階層についての掟である。

いまでこそ恋愛の過程も結末も自由で、結婚は愛する人とするのが前提となっている。しかしかつては、結婚は家の問題であって、相手は親同士が決めるものであった。結婚の当日まで当人同士が相手の顔を知らないという例もめずらしくなかった。

それからはるかに溯る古代では、なおさらだ。結婚相手は、第一の掟のようにまず地元の村のなかで、つぎに村のなかでは上層階級から相手を自由に決め、その下へと及んでいくのではなかったか。

というのは、こういう話があるからだ。

『日本書紀』（日本古典文学大系本）武烈天皇即位前紀によると、大臣・平群真鳥《へぐりのまとり》の子・鮪《しび》は影媛とすでに恋仲になっていた。そこに、太子（のちの武烈天皇）が影媛にはげしく求愛してきた。その影媛への求愛を鮪がはねつけたため、鮪は太子に攻め滅ぼされてしまうのである。

鮪に落ち度はなく、影媛の気持ちもまったく無視されている。わがままで権力づくの横槍だが、太子はこのまことに自分勝手な振る舞いについてなに一つ咎《とが》められた形跡がない。咎められなかったのは、つまり「より上位者から結婚相手を自由に選べる」という慣習が広く社会的に承認されていたからであろう。

そうだとすれば、伝説のなかの恋人たちが恋の不幸な結末を予測し、散り急ぐ理由もわかるというものだ。群がってくる男のなかに好きな人をたとえ見付けられても、相手が異郷の人では恋が成就しない。また同じ村でも、彼女はおそらく意中の人よりも、まずは上位者の妻とされる。相手が異郷のあるいは村のなかでより格下の男では、好きになっても添いとげられない。もしあえて好きな人と添い遂げようとするならば、村の婚姻の秩序を乱す不届き者とそしられるだけ。だからこうして騒がれるのは、よいことでも、羨ましがられることでもない。村の秩序を乱しかねないと非難され、婚姻話を受け容れないことで生じた騒動の責めは、死をもって償わなければならなかったのである。

古代では、駆け落ちしても、隠れ棲《す》んで生活できる場所など見あたらない。そうなれば、恋する気持ちは捨てることだ。それでも愛を貫こうというのなら、死ぬしかない。古代は、そういう時代だったのである。

（「歴史研究」五一九号、二〇〇四年八月）

4　魂の色とかたち

一　魂の色

六代目三遊亭円生の落語に「樟脳玉《しょうのう》」という話がある。

樟脳の粉を桜紙にくるんで火をつけ、それを浮かばれない亡妻の人魂に見立ててその夫から金品を騙《だま》し取るのだ。話の内容はともかく、私たちが持つ魂のイメージといえば、この落語に見られるイメージと同じで、墓石の付近に見え隠れしつつ漂う球状の青白い炎に包まれたものである。

魂を青白いものと見なすことは、古代にまで溯る。

『万葉集』（日本古典文学全集本）には、

人魂の　さ青なる君が　ただひとり　逢へりし雨夜の　葉非左し思ほゆ　（巻十六・三八八九）

とある。「葉非左」の部分がよめないが、雨の夜に人魂のような真っ青な君がたったひとりで会いにきてどうにかした、という意味の歌である。ここに「人魂のような真っ青な君」と表現しているのだから、万葉びとにも、魂は青いという感覚があったわけである。

しかし古代びとは、神も人もそういうものだと納得していたらしい。

大君の　和魂《にぎたま》あへや　豊国《とよくに》の　鏡の山を　宮と定むる　（巻三・四一七）

とあり、河内王の和魂がここを気に入ったのだろうか、豊前国（大分県）の鏡山を宮地（じっさいは墓地）と定められた、と詠んでいる。

魂合へば　相寝《ぬ》るものを　小山田の　鹿猪田守《ししだも》るごと　母し守らすも　（巻十二・三〇〇〇）

とあって、魂が合っていれば共寝《ともね》するのに、あなたの母が監視していたからできなかった、と詠んでいる。

魂が合うというのは、いまでいうなら気持ちが通じあっていればという意味である。ここでは気持ちが通じているのに、共寝できなかった。その状態で「魂合う」と表現しているのは、二人の体は離れていても、それぞれの魂はどこかで浮遊しつつ合っていたのにと考えているからである。

魂は　朝夕に　賜ふれど　我が胸痛し　恋の繁きに　（巻十五・三七六七）

ともある。これは、流刑となってはるか遠くに離れて行ってしまった中臣宅守《やかもり》を思いやって、狭野弟上娘子《さののおとがみのおとめ》が詠んだ歌である。ここで「魂を賜う」というのは、愛する気持ちをいただき、それを自分は身に感じている、という意味となろうか。となれば、魂は相手に送り届けられるとも考えられていたわけである。

二　魂の二つの活動

昔もいまも、魂の色は同じに見ていた。

しかし魂の働きなどについての考えは、やはり違っている。おおきく違う点は二つある。第一は、荒魂・和魂の二側面を同時に持って発揮するものと見なされていることだろう。荒魂とは魂の粗暴な側面の称であり、和魂は温和・従順な側面である。

粗暴な人（神）と温和な人（神）がいるというのなら、いつの世でもそうである。ただふつうは、温和な神はいつでも温和でやさしく人々に接してくれていて、荒ぶる神は怖いからつねに鎮まるようになだめておかなければならないと思っている。ところが古代では、同一神・同一人が同じ名前のままであるときは温和な姿を示し、ときとして粗暴な姿をあらわす。そこが違うといえば違う。

第二に、現代にはまったく通用しなくなっているが、「生霊《いきりょう》」という感覚があった。

『源氏物語』（新編日本古典文学全集本）葵の巻には、光源氏の正妻・葵の上が夕霧を出産しようとしているとき、源氏の元愛人の六条御息所《みやすんどころ》の生霊が葵の上を襲う場面がある。

六条御息所は某大臣の娘で、前の皇太子の妃となって秋好中宮《あきこのむ》を生んだが、夫と死別してしまった。「たしなみも深く優雅なお方の手本として、真っ先に思い出される」（若菜下）と光源氏がいうほどに魅力的な人で、才芸に長じ、風流を解する女性であった。七歳の年長であったが、源氏もその魅力に一度は引き込まれた。ただ嫉妬心のつよすぎるのがおおきな欠点であった、という。

源氏は恥ずかしくて気おくれし、心から打ち解けにくいので距離を置こうとしたが、御息所の方が深く真剣にのめり込んでしまった。そして源氏のまわりにいる妻妾たちに嫉妬し、祟りつづけた。まずは夕顔・葵の上の生命を奪い、本人の没後も死霊となって女三宮の産褥《さんじょく》を苦しめ、紫の上の死を早めさせたのである。

さて話を元に戻して葵の巻での話だが、葵の上の出産の日、御息所の家では、娘が斎宮として下向するための禊《みそ》ぎの下準備が進められていた。しかし母の御息所は「ほけほけしうて」つまり判断力・行動力が鈍って魂が抜けたようにぼんやりとしている。魂は生霊となり、体から抜け出ているという姿をおそらく描写したつもりであろう。

このとき源氏邸では、葵の上が急に産気づいて苦しみ出した。御息所の生霊は、この葵の上にとりついた。そして源氏に「こうしてここに参上しようとのつもりはさらにありませぬのに、物思いに苦しむ者の魂は、なるほど身から抜け出してしまうものでした」と語り、「なげきわび空に乱るるわが魂を結びとどめよしたがひのつま」（嘆きのあまりに身を抜け出て空にさまよっている私の魂を、下前の褄を結んでつなぎとめてください）と歌を詠んだ。

そのとき源氏はそう「のたまふ声、けはひ（感じ）」から、霊の正体はあの御息所だと気づいた。しかしとぼけて「あなたがだれかわからないので、はっきりいってください」と求めた。そうすると「紛れもなく御息所その人のお姿なので、驚きいるどころの話ではない」と書かれている。

この原文は「ただそれなる御ありさま」となっていて、頭注は「おそらく物の怪はここで、御息所としか考えられない特徴的な言動に出たのであろう」としている。つまり御息所だとわからせる特別な言葉をいったか、葵の上の体を御息所の顔かたちに変えるなどして視覚的にわかるようにしたかである。会話がとくに交わされていないから前者でないとすれば、葵の上の体に御息所の体が重なって、しかもきっと青白く光っていたのだ。とすれば魂は球状でなく、人の姿形そのままと思われていたことになる。

もしもいま生霊という考え方が通用するとしたら、事件当日のアリバイなどは意味がない。身体がどこにあろうと、本人の姿形《すがたかたち》をした魂が浮遊してほかの人を襲っているというのだから。

だがそう考えている古代社会の方が、じつはずっとこわいかもしれない。そこに本人が立っていなくても、「あれはあなたの魂のせいだ」という噂が立てば、遠くはなれた所での事件でも自分の犯罪とされる。自分はぼんやりしておらず、魂はしっかりここにあったとかいおうとしても、そうした証明はしがたい。ということは、古代では嫉妬深いとか恨んでいるという感情を剝《む》き出しにせず、そうした噂を立てられないよう自制することが大切だったのであろう。

三　遺骸の扱い

蛇足を付け足しておこう。魂は抜けていくとして、抜けてしまったあとの遺骸はどう扱われていたのか。現代ならば、通夜から告別式にいたるまで、遺骸は儀式の中心的な存在でありつづける。ところが、古代日本の一般家庭では、遺骸を居住域外に放擲《ほうてき》していたらしい。そうした習慣を窺わせるのが、『続日本紀』慶雲三年（七〇六）三月丙辰条の記事である。

聞く如く、京城の内外、多く穢臭有り。良《まこと》に所司、検察を存せざるに由《よ》れり。自今以後両省五府、並《なら》びに官人及び衛士を遣して、厳かに捉搦を加へ、事に随ひて科決せよ。

とあり、藤原京の内外が穢臭つまり穢れと悪臭に満ちているという状況があり、もはや見過ごせない段階に来ているとされている。

これは、糞尿など厠での汚物が集積したのが原因とする見解もある。藤原京は南高北低の地に造られているから、厠での汚物が流されれば、たしかに北辺に堆積する。しかし糞尿は穴を掘って堆積さ

せられており、掘り割りに流すことはなかったようである。(1)

となると、この「穢嗅」とは遺骸からの死臭でなかったか。

『律令』(日本思想大系) 喪葬令皇都条には、
凡そ、皇都及び道路の側近は、並に葬り埋むること得じ。

とあり、都城内に遺骸を放置することはもとより、埋葬も禁じられていた。

しかし葬るつまり日本語の「ほふる」とは放ることが原義であり、平たくいえば放り出すことであった。遺骸は穢れているという社会の共通認識があって、これを家の外に放り出してしまうことが古代の葬儀のあり方だったのである。

戸外に放置するのはいささか乱暴だが、『万葉集』の歌には、
君が行き　日《け》長くなりぬ　山尋ね　迎へか行かむ　待ちにか待たむ
(巻二・八五)

とあり、「山を尋ねて迎えに行こうか」と詠まれている。これは山のなかに遺骸を放置してきた習慣があって、山のなかに浮遊する魂のもとがあるとみなしているから、このように詠むのである。

魂は生き残るものとして尊崇の対象となるが、遺骸は穢れとして忌避すべき対象であった。これが古代人のふつうの感覚だった。現代においても、通夜・告別式などの葬儀から帰宅したさいには、清めの塩をかけられる。その習慣を不思議に思わずに担っているのは、穢れの意識がいまにいたるまで連綿とつづいているからである。

この感覚は、インド仏教における遺骸処理の感覚に通じる。では、仏教的な感覚なのだろうか。

インド仏教では、生命は身体から離れると四十九日以内に何者かに生まれ変わり、また死ぬことに

よってほかのものに生まれ変わって、輪廻《りんね》をつづける。生まれ変わり死に変わる苦しみから、修行と悟りによって解脱《げだつ》することが最大の喜びとされている。この輪廻思想のなかで、生命の一時的な宿主《やどぬし》であり抜け殻となった遺骸などどうでもよいものであった。すでに生命としては生まれ変わっているのだから、もとの身体など尊崇の対象となるはずもない。放置するなり、焼き尽くして灰をガンジス川に流すなり、ともかく見えなくなるように処理してしまえばよかった。

古代日本の遺骸処理についての感覚はインド仏教での感覚に似ているが、この習慣は日本にきた仏教の影響ではない。

日本に入ってきた仏教は、中国で受容されて改変された仏教である。

加地伸行氏によれば(2)、中国仏教は儒教的な変容を遂げており、とくに葬儀においては儒教思想の死生観がそのまま採用されているという。その思想では、人間は死没すると精神的なものである魂と、肉体的なものである魄とに分離する。魂は円形ドーム状の空間を浮遊し、魄はもともと肉体であるがそれを象徴する神主《しんしゅ》(位牌のこと。次頁のイラスト参照)となって家の廟に祀られる。これを家長が祖先神として崇拝しつづけてきたことによって、連綿と祖先祭祀を中心とする儒教的な死生観が保たれている。したがって魄と目されている遺骸は放置されず、ていねいに埋葬されることとなる。インド仏教は中国において中国人の儒教的死生観・葬送観を否定せずに包み込んで受け容れてしまったため、宗教上核心的な理念を換骨奪胎させた。それが百済をへて古代日本に「公伝」された仏教のすがたであって、インド仏教は日本に届いていないといってよい。

したがって、遺骸との接触を穢れとし、清め塩をかける感覚は、日本古来の日本独自のものと考えてよさそうである。

【注】

（1）井上和人氏「出土木簡籌木論」（「木簡研究」二八号、二〇〇六年十二月）、二二九頁〜二四三頁。

（2）加地伸行氏著『沈黙の宗教―儒教』（筑摩書房刊、一九九四年）、同氏著『儒教とは何か』（中央公論社刊、一九九〇年）など。

（「歴史研究」五二〇号、二〇〇四年九月。二〇〇八年五月補訂）

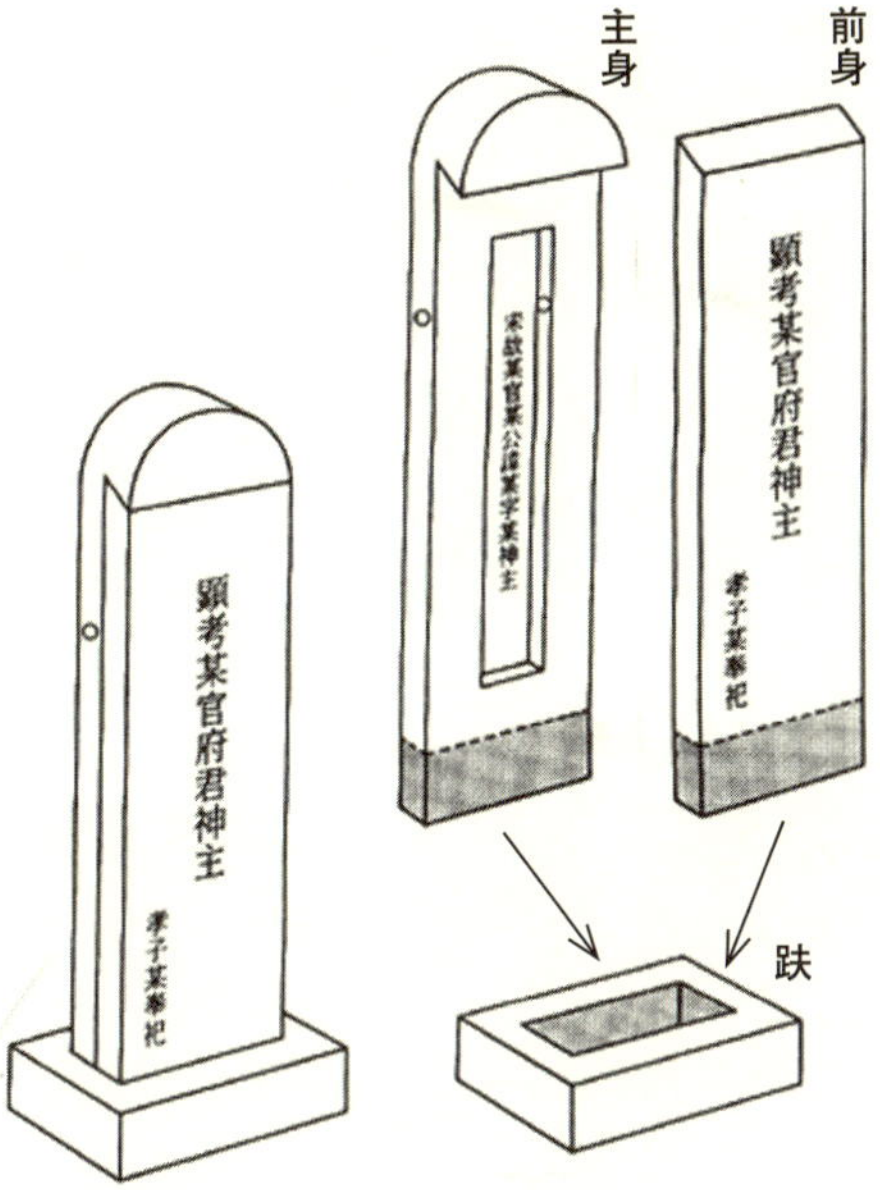

神主（加地伸行氏著『沈黙の宗教―儒教』の図を一部加工）

5　揺れる領巾《ひれ》

一　領巾の威力

『肥前国風土記』（日本古典文学大系本）松浦《まつら》郡褶振峰《ぐんひれふりのみね》条によると、昔ここ松浦郡褶振峰（佐賀県唐津市鏡山）附近にいた弟日姫子《おとひひめこ》は、中央豪族の大伴狭手彦《さでひこ》と親しくなった。しかし狭手彦は、大和王権の命令を受け、朝鮮半島の任那加羅での軍事行動に赴かなければならぬ身である。弟日姫子は褶振峰に登り、出港していく船に向けて領巾をふり、別れを惜しんだ。ところがその五日あとから、弟日姫子のもとには夜ごと男が訪れて、共寝《ともね》してから朝方に帰っていくようになった。その男の容姿は、あの狭手彦そっくりであったのだ。弟日姫子はふしぎなことと思い、紡《つむ》いだ麻糸をその男の上着の裾に繋いでおいた。侍女とともにその糸をたぐって褶振峰近くの沼のほとりまで辿り着いて、その正体が蛇であることを知った。蛇はとつぜん男の姿になり、「篠原の弟姫をもう逃がさない。一夜でも共寝したら、家に帰してやる」という内容の歌を詠みかけた。侍女は走り帰って親族に急を知らせたが、沼に戻ってきたときにはその底に人間の屍が見られただけとなっていた。人々は「きっとそれが弟日姫子の遺骸だ」といい、墓を造って拾い集めた骨を埋葬した、という。

後半は三輪山の神婚説話を彷彿させるが、前半は領巾振りの霊力を示す話となっている。いまも別れにさいしてハンカチなどをふる。ただし、それは目立つようにというていどで、ハンカチに霊力などは感じていないだろう。

しかし古代には、領巾を振れば、振られたさきの相手の魂が自分のもとに呼び寄せられると考えていた。この褶振峰の話でも、そう思っていたからこそ、弟日姫子は狭手彦が出帆したあとで現れた男を自分が引き寄せた人つまり狭手彦本人ではないかと思って共寝した。またそう勘違いして受け容れるに違いないと思うから、蛇は狭手彦に容姿を似せたのである。

領巾の威力は、『古事記』（新編日本古典文学全集本）上巻の記述にも窺われる。大穴牟遅命《おおなむちのみこと》は、兄神たちに苛められて根堅州国《ねのかたすくに》に逃げ込んだ。そこで根堅州国の主である須佐之男《すさのお》から、彼の娘・須勢理毘売《すせりびめ》の婿としてふさわしい男かどうかを試されて、かなり残酷な種々の試練を与えられた。すなわち、

即ち喚し入れて、其の蛇の室に寝《い》ねしめき。是に、其の妻《め》須勢理毘売命、蛇のひれを以て其の夫に授けて云ひしく、「其の蛇咋《く》はむとせば、此のひれを以て三たび挙《ふ》りて打ち撥《はら》へ」といひき。故、教の如くせしかば、蛇、自ら静まりき。故、平らけく寝ねて出でき。亦《また》、来し日の夜は、呉公《むかで》と蜂との室に入れき。亦、呉公と蜂とのひれを授けて教ふること、先の如し。故、平らけく出でき。

とある。

最初の試練は、蛇の室で寝させられた。もちろん蛇とは、毒蛇であろう。つぎは呉公と蜂の充満す

る室で寝させられた。ここで寝ようものなら、とうぜん噛みつかれたり、刺されて死んでしまう。だが、妻・須勢理毘売から事前に蛇の領巾と呉公・蜂の領巾を貰っていた。この領巾を使って、それぞれ三回づつ振ると、それらはみな静まってしまった、という。魂をふるわせるのではなく、反対に鎮める働きも持っていた。ふるいたたせられるのなら、鎮められもするはず。つまりどのようにでも自由自在に操る力が、領巾には備わっていると思っていたわけである。

『先代旧事本紀』（鎌田純一校訂本）巻第三・天神本紀によれば、物部氏の祖・饒速日命《にぎはやひ》は、天から地上に降るときに十種の瑞宝を授けられていたという。それは、

> 天神御祖詔して、天璽瑞宝《あまつしるしのみづたから》十種を授く。瀛都《おきつ》鏡一つ、辺都《へつ》鏡一つ、八握《やつか》の剣一つ、生く玉一つ、死反《まかるか》へし玉一つ、足る玉一つ、道反へし玉一つ、蛇の比礼一つ、蜂の比礼一つ、品《くさぐさ》の物の比礼一つ、是れなり。

とあり、宝物のなかには蛇の比礼・蜂の比礼・品の物の比礼があがっている。毒蛇・蜂の害を避けることは、どうやら人々に共通した願いだったらしい。

さらに『古事記』中巻・応神天皇段には、

> 其の天之日矛《あめのひぼこ》の持ち渡り来し物は、玉津宝と云ひて、珠二貫《つら》、又、浪振るひれ、浪切るひれ、風振るひれ、風切るひれ、又、奥津鏡、辺津鏡、幷《あわ》せて八種ぞ。

とあり、天之日矛のもたらした八種の宝があがっている。このなかにも、浪振る領巾・浪切る領巾・風振る領巾・風切る領巾と名付けられた四種類の領巾が見られる。これらは、浪・風を振り起こす力を持つものと、浪・風のなかをなお突き進んでいく力を持つものだったようだ。

二　領巾の霊力の根源

それにしても、領巾はしょせん一枚の長方形の布である。肩にかけるていどの布きれが、どうしてそれほどの威力を持ちうると考えるのだろうか。

それは布の素材でも、織り方でも、広さでも、長さでもない。呪詛がかけられているからでもない。揺らぐからである。須勢理毘売も、夫がこれを持っていれば大丈夫だといってはいない。領巾がそこに置かれているだけでは意味がなく、領巾が揺らされることではじめて効果がある。布としての力ではなく、その動きのなかで発揮される力なのである。

『万葉集』（日本古典文学全集本）によると、額田姫王は大海人皇子に、

あかねさす　紫野行き　標《しめ》野行き　野守《のもり》は見ずや　君が袖振る　（巻一・二〇）

と詠みかけた。大海人皇子は袖を振って自分の魂を招こうとしているが、それを野守に見られやしないかと恐れている、とたしなめたのだ。領巾でなくとも、揺らされる大海人皇子の袖の動きを、魂を呼ぶ行為と見なしたからである。

『延喜式』（新訂増補国史大系本）巻二／神祇二・四時祭下には、鎮魂祭条に「宇気《うけ》槽一隻」が準備され、官人已下《いか》の装束料のなかに「領巾六尺」とみえる。『北山抄《ほくざんしょう》』（平安中期成立。藤原公任撰）には宮中での鎮魂祭の一幕でこれらの用具の具体的な使い方が描かれており、御巫が宇気槽を桙《ほこ》で撞《つ》いて音を立てるとともに、女蔵人が御衣を振動させたりして、御魂を振るわせている。この祭儀は天皇の魂を体内に安定させて健康を祈ることを目的としているのだが、槽を叩く音や布の揺れが魂を鎮め定着させ

る効果をもたらすと信じていたわけである。

揺れるものに力を感じるという感覚は、いまでもかすかながら残っている。たとえばNHKテレビの終了放送や北朝鮮（朝鮮人民民主主義共和国）の平壌《ピョンヤン》放送のニュースの冒頭には、まず国旗が出てくる。その旗は、まさに旗めいている。「めく」という接尾語は「名詞や形容詞・形容動詞の語幹……などに付いて動詞をつくる。そのような状態になる。それに似たようすを示す、などの意を表わす」（『日本国語大辞典』）とある。旗が旗らしくて、また人々の心を鼓舞するのは、まさに旗めいているときである。

Jリーグサッカーをはじめとするスポーツ大会でも、応援席ではたくさんの旗が振られている。そういう風景は、オリンピック競技の会場などでもふつうに見られ、世界に共通しているようだ。旗は垂れているのではなく、つねに揺らされている。それは応援している者たちの心ではなく、応援されている選手・競技者の心を発憤させる効果があると思っての「儀式」である。オリンピックで勝者の国の国旗を揚げているが、いまは旗めいていない。広げるのはいいが、洗濯物のように垂れ下げて掲揚されていることに違和感を感じるのは、筆者だけではあるまい。

揺れるもの・揺れている形に呪力・霊力を感じるのは、今も昔も変わらずそうだし、洋の東西も問わないであろう。韓国・新羅の王冠でも、歩揺《ほよう》が揺れてきらめいて美しい。領巾も揺れる。その優雅な形・軌跡は、ひとびとに活気を感じさせるような呪力をもたらすのである。女心も揺れる。その揺れが男を悩まし、男をより発憤させるのだろうか。もちろんこれは冗談だが。

（「歴史研究」五二一号、二〇〇四年十月）

6　倭姫《やまとのひめみこ》王をめぐる二つの謎

一　倭姫王の立后まで

倭姫王の父は、古人大兄《ふるひとのおおえ》皇子である。

父・古人大兄皇子は舒明《じょめい》天皇の子であるが、中大兄皇子・大海人《おおあま》皇子兄弟とは母が異なる。古人大兄皇子の母は法提郎女《ほてのいらつめ》といい、大臣《おおおみ》・蘇我馬子の娘である。中大兄皇子と古人皇子のどちらが舒明天皇の後継者によりふさわしいかとなれば、血統からいって中大兄皇子になる。中大兄皇子の母は宝《たから》皇女というれっきとした皇族で、彼の体には皇族同士の結婚による大王家の濃い血が流れていた。ただ血統からすればそうでも、古人大兄皇子には飛び抜けて強力な後援者がいた。馬子の後継者である大臣・蘇我蝦夷《えみし》とその子・入鹿《いるか》が、彼の味方となってくれていたのだ。とうじ大王位につくには、大王家のなかでの選抜はとうぜんだが、いま一つ、臣下たちの推戴《すいたい》の意思と承認が必要とされていた。入鹿らとしてはみずからの血縁である古人大兄皇子を即位させて大王家の外戚となり、蘇我系の王統を作り上げたいと思っていた。

舒明天皇がじっさいに没した時、決着はまだついていなかった。舒明天皇とも大王位継承を争ったことのある山背大兄王がいまだに即位を望んでおり、中大兄皇子と古人大兄皇子との候補者指名争いもあって、後継問題はよういに決められない。やむをえず、舒明天皇の大后《おおきさき》であった宝皇女が政治的緊張を凍結するために即位し、皇極天皇となった。大后の即位は非常時の応急策だったが、この応急措置によって中大兄皇子は舒明天皇・皇極天皇という二大王の嫡子となり、以前よりもっと優位に立つこととなった。もちろんそれはあくまでも血統の観点からの話で、現実の政局では古人大兄皇子が圧倒的に有利な位置にいた。

事態の打開の日を待ちあぐねた入鹿は、意を決してまずは山背大兄王を軍事討伐し、つぎの標的を中大兄皇子に絞っていた。だから中大兄皇子は皇極天皇四年（六四五）六月に乙巳《いっし》の変を起こし、蘇我大臣家を乾坤一擲《けんこんいってき》の思いで葬り去った。そうしなければ、近々自分が葬られるはずだったのだ。

乙巳の変で大臣家の推挙と後盾を失った古人大兄皇子は、政界にもはや居場所がない。皇極天皇から譲位しようかといわれたが「臣は願ふ、出家して、吉野に入りなむ。仏道を勤め修ひて、天皇を祐《たす》け奉らむ」（日本古典文学大系本『日本書紀』より引用、以下同じ）と答え、飛鳥寺で剃髪してから吉野に隠遁した。それでも同年九月、吉備笠垂《しだる》の「吉野の古人皇子、蘇我田口臣川堀等と謀反けむとす。臣其の徒に預《くわわ》れり」という内部告発をうけて討伐され、「古人大兄と子とを斬さしむ。其の妃妾、自経きて死す」となった。倭姫王の父とその一族は、すべて滅びた。

族滅させられたといいながら、倭姫王は生き残った。そして天智天皇七年（六六八）、天智天皇の大后の座についたのである。古人大兄皇子という皇族の娘だったこともあろうが、なにより乙巳の変の前から嫡妻だったからだろう。親兄弟が族滅させられても、一度正妻と扱われたならば、その後の政局がどう変わっても地位は脅かされない。中大兄皇子が謀反の嫌疑で父・蘇我石川麻呂を滅ぼしても、中大兄皇子の妻である造媛（遠智媛）は降格も処罰もされていない。天武天皇は近江朝を滅ぼしたが、天智天皇の娘・鸕野皇女（持統天皇）をそのまま皇后としているではないか。

　古人大兄皇子の確かな年齢は不明だが、舒明天皇は推古天皇元年（五九三）生まれだから、長子は六一〇年生まれでもいい。その子つまり古人大兄皇子が推古天皇三十五年（六二七）十八歳で結婚したなら、子の倭姫王は六二八年生まれ。中大兄皇子は舒明天皇三十四歳のときの子だから、六二六年生まれになる。二歳違いの男女で、乙巳の変のときは中大兄皇子が二十歳、倭姫王が十八歳となる。この二〜三年前、蘇我大臣家の仲介で倭姫王が中大兄皇子に嫁いだのだろう。年齢はまったくの当て推量だが、このくらいの誕生年がおそらく妥当で、想定が大きく違っていたら婚姻関係は成り立たない。

　ともあれ蘇我大臣家としてはこの政略結婚で中大兄皇子を黙らせ、古人皇子の即位を許容するよう求めたつもりであろう。この縁組みは、倭姫王にとって彼我の立場が反転したときに幸いした。古人大兄皇子一家が全滅させられるなかで倭姫王が生き残れたのは、すでに中大兄皇子の正妻だったからに違いない。

　だがその倭姫王からみれば、夫・中大兄皇子に父を討たれた。父のかたきである。しかし蘇我大臣家の庇護のもとに古人大兄皇子が即位していれば、きっと夫の方が討たれていた。したくない二者択一だが、それでもじっさいに父を討たれてみると、夫を恨む気持ちも生じるだろう。

　先述したが、大化五年（六四九）に右大臣・蘇我石川麻呂が謀反の疑いで誣告《ぶこく》され、その讒言《ざんげん》を信じた中大兄皇子に討たれた。そのさい中大兄皇子の夫人《ぶにん》・造媛《みやつこひめ》は、悲しみのあまり「心を傷《やぶ》るに因りて、死ぬるに致りぬ」とある。討伐直後に冤罪《えんざい》と分かったこともあるが、夫に親だけでなく一族すべてを殺された衝撃が小さかろうはずがない。

中大兄皇子と倭姫王との間に子がないのは、この衝撃から立ち直れなかったためかもしれない。

二　大海人皇子献策の謎

倭姫王は『日本書紀』にほとんど名を出さないが、その数少ない記事が壬申の乱の直前にある。天智天皇十年十月十七日、天智天皇は危篤に陥り、その病床に実弟・大海人皇子が駆けつけた。とうじ有力な大王候補者は、二人いた。まずは、乙巳の変以来の改新政治を支えてきた大海人皇子。天智天皇の同母弟であり、舒明天皇・皇極（斉明）天皇の子でもある。さらに兄も大王なのだから、これ以上大王にふさわしい血脈もあるまい。これに対して、母は采女《うねめ》という地方豪族出身であるが、天智天皇の子で太政大臣として政権中枢を現実に担っている大友皇子がいる。

天智天皇は後継者を大友皇子とする肚を固めていたので、大海人皇子はすでに邪魔となっていた。むしろ大友皇子を脅かす危険な存在となるから、天智天皇としては、子の将来を考えて政界いやできればこの世から大海人皇子を抹殺しておきたいだろう。大海人皇子は天智天皇の心中をそう読んだ上で、天智天皇の見舞いに赴いた。

病床に近づくと天智天皇は「朕、疾甚《やまい》し。後事を以て汝に属《つ》く」と本意でないことをいう。そこで大海人皇子は「請ふ、洪業《ひつぎ》を奉げて大后に付属《さず》けまつらむ。大友王をして、諸政を奉宣はしめむ」と答え、自分は兄のために出家して病気の平癒を祈るといって吉野に隠遁した。そのとき大海人皇子は、意外にも天智天皇の大后・倭姫王の即位を提案したというのである。

　この言葉から天智天皇の死没後、大海人皇子の提言にそって近江では倭姫王が即位していたとみる説もある。倭姫王は大后であり、大海人皇子・大友皇子という有力候補者が並立していたのなら、争乱防止のための一時的退避措置として、ありそうでもある。倭姫王なら実子がいないから、あらたな大王候補が浮上する危険性もない。

　しかし、こうした遣り取りはありうるだろうか。

　天智天皇没後のことを想定してみると、大海人皇子はみずからが言ったとおりに実行したら、出家・隠遁している。政界から引退しているわけで、もはや大友皇子の対立候補でない。候補者は、だれがみても、大友皇子一人しかいない。一時的退避措置を施して、倭姫王があえて正当な後継候補者を抑えてまで即位すべき緊張状態が想定できない。

　しかも当時の政局の流れからいって、大海人皇子がかつていかに天智天皇のパートナーだったとしても、いまは大友皇子が太政大臣として大王とともに執政の中枢に据えられていて、天智天皇が自分の後継者としようとしていることがみえみえである。だから、天智天皇の病床では、天智天皇から大友皇子へと継がせることにただ同意するよう求められていた。その場面で、天智天皇の選択肢にない倭姫王の即位などほんとうに提言できるのだろうか。倭姫王の名を持ち出すということは、大友皇子が次期大王となることを承認しないという意思表明と受け取られる。そう表明して、はたして生きて戻れるだろうか。事実が書かれているとは、とても思えない。

筆者は、『日本書紀』に大海人皇子が倭姫王の即位を提案したと記しているのは、のちに書き込まれたものだと思う。大海人皇子は、大王の前で大友皇子の即位を是認したから、生きて吉野に隠遁できたのである。しかし『日本書紀』にその通りに記すと、壬申の乱を起こす大義名分がなくなる。あきらかに前言を翻してみずからが承認した大王に対して内乱を起こしたこととなり、大逆事件・皇位簒奪者といわれてしまう。そこで大友皇子の即位を容認しなかったことにしておきたいがために、密室で倭姫王の即位を提案したとする。しかし近江朝がその提案をのまなかったので、もともと不承認であった大友皇子の政権を後ろめたさを感じることなく倒すことができた、という筋書きに書き直させたのであろう。

三　天智天皇挽歌の謎

『万葉集』(日本古典文学全集本)によれば天智天皇が危篤・臨終のとき、倭姫王は四首の歌を詠んでいる。

天の原　振り放《さ》け見れば　大君の　御寿は長く　天足らしたり　(巻二・一四七)
青旗の　木幡《こはた》の上を　通ふとは　目には見れども　ただに逢はぬかも　(巻二・一四八)
人はよし　思ひやむとも　玉かづら　影に見えつつ　忘らえぬかも　(巻二・一四九)
いさなとり　近江の海を　沖離《さ》けて　漕ぎ来る舟　辺つきて　漕ぎ来る舟　沖つかい　いたくなはねそ　辺つかい　いたくなはねそ　若草の　夫《つま》の　思ふ鳥立つ　(巻二・一五三)

とある歌々である。一首目は、題詞によると「(天智)天皇の聖躬《みやまい》不予したまふ時に、大后の奉る御歌」

とあり、左注には「一書に曰く、近江天皇の聖躬不予したまひて、御病急《にわ》かなる時に、大后の奉献る御歌」とある。つまり危篤のときだが、生命は長大に大空に満ちあふれていると、願望をこめて詠んでいる。二首目以降は「天皇の崩りましし後の時に、倭大后の作らす歌」とあって、その没後に「夫とはもう会えないが山陵の上の霊魂は見て取れる」「夫の面影はけして忘れない」「夫の慈《いつく》しんだ鳥を飛び立たせないで」と詠んだものだ。

大后の立場としては自然な歌だが、どこかさめた感じがする。彼女は、子がいなかったので皇位継承問題では蚊帳《かや》の外におかれ、改新政治の推進過程でも活躍の場面がまったくなかった。古人大兄皇子の娘という立場もあって、早くから「過去に生きる女」として時の推移を冷ややかに傍観しているほかなかったのだろうか。そうだとすれば、その心中は推《お》して知るべしである。

さて問題はこの歌群がいつ詠まれたものか、である。

これらの歌は挽歌に分類されており、天智天皇の大殯《おおあらき》つまり葬儀のさいに詠まれたことになっている。しかし一首目は、危篤とはいえ存命中である。闘病中の人に捧げた歌を、没後に詠うべき挽歌に分類するのはおかしい。危篤の状態からすでに葬儀がはじまっているともうけとれるが、この一首でそうした習俗の存在を臆測するわけにもいかない。資料に何かの齟齬があるのかもしれない。

それはともあれ、この歌群は天武天皇元年（六七二）の壬申の乱の前か後か、そのどちらで作られたのだろうか。

それを問題とするのは、倭姫王は近江朝の崩壊と運命をともにしたはずだからだ。

壬申の乱のなかで大友皇子は自殺し、重臣では蘇我果安が戦中に死んだ。また蘇我赤兄《あかえ》（左大臣）・

中臣金《かね》(右大臣)・巨勢比等《こせのひと》が処刑され、かれらの子孫も処分されている。となれば、大后として近江朝の中枢にいた倭姫王も、無事ではすむまい。近江朝の総師の生母であり、前大王の正妻である。近江朝内での立場からして、無罪放免・お咎めなしとされるはずがない。

『日本書紀』によれば、大海人皇子は「天智天皇陵を造営する人夫が動員され、それに武器を持たせている」という情報などをもとに挙兵を決断した。とすれば壬申の乱の勃発時に天智天皇陵はできておらず、葬儀の前提が調《ととの》わない。壬申の乱は天智天皇が没して六ヶ月後であって、この短時日では葬儀の全過程の結末となる埋葬儀礼までが終われない。「山陵の上の霊魂」と詠めないはずだ。そうなると、この歌は乱後の作としなければならず、したがって倭姫王は生存しており、乱中に救われていたことになる、というわけだ。

だが筆者は、天智天皇の没後六ヶ月内の詠歌とみてよいと思う。

天皇陵の造営が完了していなくとも、挽歌が作られてふしぎでない。むしろ天武政権下では盛大な天智天皇の葬儀がしづらい。それに倭姫王が罪を問われることなく存命しえたとすれば、こんどは大后として死没の記事くらいあってよかろう。やはり乱中のどこかで没したが、日時が不明なために記事として書き込めなかったとするのがよいと思うが、いかがであろう。

(「礫」二四〇号、二〇〇六年十月)

7　藤原鎌足像はどのようにして作られたのか

かつて筆者は、「我はもや安見児得たり――鎌足の実像」(1)と題する小文を草したことがある。そのおりには、鎌足とされている数々の事績に疑義を差し挟んだ。そしてこれらを除去した「鎌足像は大きく変化することと思う」とし、藤原鎌足像の形成過程の検討が必要だと提案した。小稿はその虚像の形成過程を明らかにしようとする試みで、前稿の続編である。

一　鎌足像の内容

まず、現在人口に膾炙していると思われる鎌足像を一通り見ておこう。

鎌足は、すこぶる賢明でかつ謙虚な人物であった。蘇我氏の専横を目の当たりにして、国の将来を憂えた。そこで国政を変革できる人を探し求めて中大兄皇子（のち天智天皇）に目をつけ、その信任をうることに成功した。南淵請安《みなみぶちのしょうあん》の私塾に通う道すがら、国政を壟断《ろうだん》していた蘇我入鹿を打倒する策略をめぐらし、中大兄皇子と蘇我氏傍流の蘇我石川麻呂の娘との婚姻を仲介し、蘇我氏としての団結を崩すとともに、中大兄皇子に政治的軍事的裏付けを築かせた。

そして皇極天皇四年（六四五）六月に乙巳《いっし》の変をしかけ、権力者の蘇我入鹿を暗殺して、政治の実権を奪わせた。改新政府では内臣《うちつおみ》に就任し、鎌足本人が表立ってなにかをしたわけではないが、つねに国政の中枢部にあって中大兄皇子の知恵袋となった。たとえば皇極天皇の後継指名のさいには、長幼の序を説いて軽皇子（孝徳天皇）を擁立させ、出過ぎないよう献策した。これ以後、大化改新から白村江の戦いにいたるすべての政治過程で中大兄皇子とともに天皇制中央集権国家の確立に尽力し、唐・新羅からの国土防衛に奔走した。国際的軍事緊張が緩んだあと、近江令二十二巻の編修にあたり、改新政治の総仕上げに努めた。この間に冠位は大錦冠・紫冠・大紫冠と進み、天智天皇八年（六六九）十月には、臨終の床で、藤原の氏姓《うじかばね》と冠位二十六階制の最高位にあたる大織冠を贈られた。『万葉集』によれば、天智天皇は安見児《やすみこ》という采女《うねめ》を下賜したとある。采女は後宮内の雑務に奉仕する女性だが、臣下との恋愛・関係は認められていなかった。それを特別に下賜されたことに感激して鎌足の詠んだ歌が、いまも伝わっている。

これが栄光にみちた彼の生き態《ざま》で、中大兄皇子に影のようによりそい、一体となって皇子を支えた股肱《ここう》の臣のイメージである。

しかし筆者は、これらの記述は虚偽であり、ほとんどの業績があとから書き込まれたものと思っている。その成立過程を、以下に復原してみようと思う。

二　不比等の描いた鎌足像

鎌足像を成長させながら書き込みつづけたのは、その利害・得失から判断して、藤原不比等とその子孫たちであろう。

まずは藤原不比等が、祖先の顕彰を兼ねて、父の有能ぶりを描いた。その執筆の舞台は、「藤原氏の祖等《おやども》の墓記《おくつきのふみ》」という家記であった。父・鎌足はもともと軽皇子に寄り添ってきた臣下として知られていて、天智政権下では活躍の場がない冷や飯食いでなかったろうか。不比等は、それを塗り替えさせた。鎌足は近江朝の重臣であり、天智天皇（中大兄皇子）のしたというほとんどの業績は鎌足の献策と教導をうけて行われたものだというシナリオにさせた。

家記の執筆過程では、すでに天武天皇十年（六八一）三月、天武天皇の命令をうけて国家事業としての国史編纂が進んでいた。不比等は国史編纂官でもなかったので、このままではまったく鎌足の顕彰記事が書き込まれる手だてはなかった。しかし壬申の乱の内戦で近江朝の役所などが焼かれたり関連氏族が没落したりして、編纂資料となるべき文書類などが大量に失われた。あるいは、資料の確認などの意味もあったろうか。持統天皇五年（六九一）八月辛亥条にあるように「十八の氏に詔して、其の祖等の墓記を上進《たてまつ》らしむ」（日本古典文学大系本『日本書紀』）こととなり、具体的には大三輪・雀《さざき》部《べ》・石上・藤原・石川・巨勢・膳部《かしわで》・春日・上毛野・大伴・紀伊・平群・羽田《はた》・阿倍・佐伯・采女・穂積・阿曇《あづみ》の十八氏族から「祖等の墓記」つまり祖先の功業物語を提出させることとなった。このときに「藤原氏の祖等の墓記」が編纂資料に加えられ、あとは不比等が官位の上昇とともに政治的圧力を加え、藤原氏の記述を採用するようにつよく求めていったのであろう。

天武朝の国史編纂事業は、『日本書紀』（七二〇年成立）として結実した。そこには、不比等の思惑通りに、多くの鎌足神話が巧みに書き込まれていた。

中大兄皇子は乙巳の変を起こして、蘇我本宗家を倒した。そのおりに、蘇我氏は蝦夷・入鹿ら本宗家と石川麻呂・赤兄《あかえ》らの傍流とに分裂したわけである。すでに蝦夷《えみし》は、推古天皇後の後継大王の選任や馬子の葬儀をめぐって傍流の叔父・境部摩理勢《さかいべのまりせ》と対立し、結局これを力づくで討滅している。もちろん蘇我氏だけでなく、各氏族内で嫡流と傍流の対立が顕在化しはじめていた。こうした氏族内部にくすぶる不満を敏感に察知し、中大兄皇子は蘇我石川麻呂の娘と婚姻関係を結んで後援者を得たのである。事実はそれだけだったが、「藤原氏の祖等の墓記」によって中大兄皇子と蘇我石川麻呂の娘との婚姻は鎌足の献策と仲介によるものだと書き加えさせた。もともとこの婚姻に仲介者がいたかどうか、いたとしてそれがだれだったか。そのようなことは、あとになればどのようにでもいえる。平成十九年（二〇〇七）四月二十一日に藤原紀香（女優）と陣内智則（吉本興業所属のコメディアン）とが神戸市の生田神社で結婚したが、これを仲介したのが筆者だといってもそう書いたものがあれば、本人たち以外には否定しようがない。どのみち裏側で行われることで、そうした人の姿はふつう書き留められない。したがって、ばれない嘘がいくらでもつけるのである。

同じ手法で、皇極天皇の譲位にさいしての献策も捏造できる。

大臣・入鹿の斬殺事件を主導した皇極天皇は(2)、政変を成功させた中大兄皇子に譲位しようとした。このとき鎌足は長幼の序を説き、まずは古人大兄皇子に、ついで叔父の軽皇子（孝徳天皇）に譲るように献策した、という。しかしこの結果は、だれの献策をうけなくとも、中大兄皇子自身が考えつくことだ。蝦夷・入鹿を滅ぼしても、その直後の味方は蘇我石川麻呂だけである。この段階では、古人大兄皇子を中心とする政権構想を描いていた人たちが結集して、中大兄皇子らを倒そうとするかもしれない。しかも中大兄皇子らが大王を中心としつつ唐を模範とする律令制的中央集権国家体制の樹立を考えていたとすれば、まずは廷内の主流派である保守派から猛烈な反対をうけるだろう。そのときに最初から主導権を握ろうとすれば、急進的な国政改革を嫌う反撥と反動勢力に新政権を潰される危険性が高い。だからまずは緩衝材となるような中立的な人物を大王に立て、そのもとで両者の妥協点を探る場所を作った方がよい。軍事クーデタなどが起きても、その主導者が直後に発足する政権の首班に立たないことはよくある。それを鎌足の献策で中大兄皇子がはじめて考えたとしたのでは、中大兄皇子がむしろ思慮の足りない粗忽な人物ということになってしまわないか。

皇極天皇四年（六四五）六月の乙巳の変では、ほんらいは皇極天皇の設定した三韓朝貢という虚構の仕掛けられた舞台で、蘇我石川麻呂による虚偽の上表文奏上の間に、中大兄皇子が佐伯子麻呂・葛城稚犬養網田《わかいぬかいのあみた》を手先にして蘇我入鹿を暗殺する計画であった。しかし佐伯子麻呂・稚犬養網田が怖《お》じ気《け》づき、もたせた剣で斬りかかろうとしない。しかたなく、長槍をもって後衛にいた中大兄皇子は剣に持ち替え、入鹿に斬りかかった。これをきっかけとして、子麻呂・網田も入鹿に斬りかかった。これが真相であろう。鎌足など、ここにはいなかった。ところが不比等は、ここに弓矢を持った人物として鎌足を書き加え、弓矢を使用する出番がなかったために、鎌足は動かなかった、とさせた。板蓋《いたぶき》宮の狭くて柱数の多いしかも戸をすべて閉鎖してある密室化した王宮内で、的中率の低い弓矢などの飛び道具は必要がなくかつ使えない。それだからこそ、鎌足には居ても活躍のシーンがなくて当然な役回りが書き込まれたのだ。中大兄皇子がいま斬りかかっているのに、鎌足はなぜ主人と見なしている中大兄皇子をいちばんの修羅場にさらしたままで、自分はひとつも動こうとしなかったのか。その疑問には、じつは居なかったからだ、としか答えられまい。

鎌足の没時には、大織冠と藤原の氏姓を与えられているとある。大織冠とは、冠位二十六階制の最高位にあたる冠位である。これは鎌足の臨終の床に大海人皇子が遣わされ、そこで授けられたとされている。宮廷内でだれもが見ているような公開の場でなく、授けられた場に誰も立ち会っていないところでのひそやかな行為。そういう設定ならば、どのような言葉、どのような約束でも、どのような栄誉でも、後の人が簡単にしかも自由自在に書き込める。

花田勝《まさる》（三代目若乃花／第六十六代横綱）がその父・二子山《ふたごやま》親方（花田健士。元大関・貴ノ花）から「家のことは長男であるおまえがやってくれ」と頼まれた、といって弟・花田光司（貴乃花／第六十五代横綱）と紛争になった。花田勝が聞いたという二子山親方の遺言は公開された場でないところでのもので、聞いた本人以外に確かめられないから、その遺言内容をだれも否定できないが、肯定もできない。これを採用すべきだというのならば、「こうもいわれた」「ああもいわれた」となって、聞いたという人の自在になってしまうわけだ。だから何一つ採用しないでおくのが穏当である。とはいえ、これればかりは力関係である。藤原氏の利益のために特定の氏族の業績記事を削除しろとか否定しろというのではなく、どの記事とも抵触・矛盾しない「藤原氏の祖等の墓記」記事の採用をただ要求するにすぎない。不比等の政治力をもってすれば、この話はよういに採用させられるだろう。

もっとも、大織冠は、もともと名誉称号にすぎない。百済の王子・豊璋《ほうしょう》が授けられた実例であるが、その授与は彼に功績があったからではない。豊璋は、実質的には百済王室からの人質だったが、表向きは国として預かっている賓客だった。その国賓に与えられた名誉称号である。鎌足など国内の廷臣たちが、授かるような冠位でなかった。

なお、内臣への就任の話が残っている。この内臣という官職は、後世のつまり不比等による偽造である。これは「藤原氏の祖等の墓記」を通じた書き込みではなく、八世紀の『日本書紀』編纂段階への介入だろう。内臣という官職は、『続日本紀』（新訂増補国史大系本）養老五年（七二一）十月戊戌条に「詔して曰く、凡そ家には沈痼《ちんこ》有れば、大小安からず。卒かに事故を発すといへり。汝卿房前《ふささき》、当《まさ》に内臣と作《な》りて内外を計会し、勅に准じて施行して、帝業を輔翼《ほよく》し、永く国家を寧《やす》んぜん」とある詔中に見える。元明上皇が政変を予想して、藤原不比等の子・房前にいわば国務の全分野にわたる内務大臣のような強権を与え、天皇を輔佐するよう求めたのである。

不比等は前年の養老四年八月に没しているから、直接に内臣の設置に関わってはいない。しかしすでに内外の非常事態に総合的判断を下して対処する強権発動権限者として、不比等の脳裏には内臣の設置という構想ができていたのだろう。その設置を宮廷内で是認させるために、前例として鎌足が就任していたとしたのではなかったか。

大化改新政府のなかに内臣などもともとなかったと考えるのは、就任したとされる鎌足には国務としても、軍事行動でも、白村江の戦い前後で職務権限を発揮して関わった形跡などないからである。それにもしもこの職がとうじ必要なものとして設置されていたというのならば、鎌足の没後に補充人事があってしかるべきである。それなのに、だれもあとに就任しない。補充人事・後任人事がいらない官職というのは、それに堪えうる優れた人材がたまたまいなかったといえなくもないが、おそらくはもともと存在価値がないか、存在しなかったかのどちらかである。鎌足の就任したといわれてきた内臣の職は、後の人がした書き込みであって、事実でなかろう。

こうして不比等指導のもとで、『日本書紀』のなかに史実として鎌足神話が定着していった。

三　鎌足神話の補完と彫琢

それから四十年ほど経った天平宝字五年（七六一）、太師（太政大臣）・藤原仲麻呂は撰氏族志所を設置し、各氏族・各家に命じて氏族志・家伝を提出させた。その一方で、みずから筆を執《と》って鎌足伝（大織冠伝ともいう）を書き上げた。これに貞慧《じょうえ》伝・不比等伝を付け加えて『藤氏家伝《とうしかでん》』（沖森卓也・佐藤信・矢嶋泉著『藤氏家伝注釈と研究』）上巻ができあがる。『藤氏家伝』下巻は武智麻呂伝で、こちらは延慶《えんぎょう》という僧侶が執筆した。延慶は、鑑真が渡来したおりに東大寺の良弁《ろうべん》との問答の通訳にあたった人である。『藤氏家伝』の成立時期は明瞭でないが、執筆した本人が提出の命令をしているのだから、命令したころには執筆が終わっていたとみてよい。したがって、天平宝字五年前後の成立としておいて問題なかろう。

ここで仲麻呂は、三点の新事実を捏造して書き込んだ。

『日本書紀』つまり不比等の作らせた「藤原氏の祖等の墓記」では、中大兄皇子とともに南淵請安の塾に通《かよ》ったとしかなかった。その行き帰りの道すがら、蘇我蝦夷・入鹿打倒の策を練っていた、としている。ただ通っていただけでは優秀な人材の感じがしない。かといって『日本書紀』にないのに、いまさら請安にすごく褒められたとは書き換えられない。そこで、入鹿が通っていた留学僧・僧旻《そうみん》の塾のようすを描いている石川氏の家伝を見て、それに鎌足像を書き加えた。

すなわち鎌足は、南淵請安の塾だけでなく、じつは宗我太郎《そがのたいろう》（入鹿）とともに僧旻の塾にも通っていた。鎌足が来ると、権力者順位では上位であるにも拘わらず、入鹿は起立・杭礼《こうれい》つまり起ちあがって挨拶した。さらに僧旻も鎌足を褒め、「吾が堂に入る者、宗我太郎に如《し》くは無し。但、公……実に此の人に勝れり（この塾では入鹿がもっとも優れているが、鎌足はそれに勝る）」といったとした。

「もっとも優れている人より、なお勝《まさ》る人がいる」というのは、文章として成り立たない。仲麻呂が目にした資料には、「吾が堂に入る者、宗我太郎に如くは無し（入鹿がもっとも優れている）」としかなかったのだろう。奈良中期にいまさら入鹿を褒める伝記を残すとすれば、蘇我一族の石川氏しかいない。とくに石川年足は大納言の上の御史《ぎょし》大夫《たいふ》であって、仲麻呂の腹心の部下・懐刀《ふところがたな》といわれた人物である。その石川氏の家伝の文を借りて、「但、公」以下の文つまり「鎌足はそれに勝る」という内容を継ぎ足した。たしかに最小限の改竄だが、そのために文の整合性が壊された。文の整合性が失われたからこそ、その改竄過程も分かったのではあるが。こういう手法は、藤原氏のする常套手段である。

仲麻呂は祖父・不比等の顕彰のために、天平宝字元年（七五七）五月、大宝律令にかえて養老律令を施行させた。内容的に大宝律令と養老律令とはほとんど変わらない。養老律令とは、養老二年までに、不比等が私的に小規模に大宝律令を改訂しておいたものである。両者はわずかな違いであって、たとえば大宝律令にとって令外官《りょうげのかん》となっていた中納言を養老律令に書き込んでおけばよかったのに、あいかわらず令外官のままにしてある。養老七年四月施行の三世一身法も、天平十五年五月施行の墾田永年私財法も、改定内容をまったく取り込んでいない。律令条文をこの五十年ほどの社会変化にあわせて書き直していない。それなのに、基本法を養老律令へとむりやり切り替えさせた。それは「いまの社会の根幹を規定している律令は、自分の祖父が作成したものだ」という栄誉・栄光をほかの氏族に見せつけたかったからである。そうした祖先顕彰の異常な意欲が、藤原氏が国家の基本法である律令を代々作ってきたのだという神話を作り上げさせる動機である。とはいえ近江朝の記事には、律令の名などない。それでも鎌足のときから律令編纂事業を主導していたとするため、律令名も下命・成立の時期も書かないで、「此より先、帝大臣に礼儀を撰述せしめ、律令を刊定せしめたまふ。天・人の性に通して、朝廷の訓《おしえ》を作る。大臣と時の賢人と、旧章を損益へ、略《ほぼ》条例を為《つく》る」などとした。これが二点目の捏造である。

ところで、『日本書紀』講説が宮廷内で進められるうちに、いささか問題とすべきことが生じた。鎌足が活躍したとされているのは中大兄皇子（天智天皇）の執政期だから、天智天皇に重んじられることはよいことだ。しかし鎌足が天智天皇の股肱の臣であったのならば、事実上天智朝を倒しその政治を否定した大海人《おおあま》皇子（天武天皇）とは考えが異なり、仲が良くなかったのではないか。天武天皇もたんに跡目相続を狙って蜂起しただけでなく、天智朝の政治内容になにか不満があって、天智天皇の後継者を打倒したのであろう。そうとすれば、天智天皇と一体であったとされる鎌足と大海人皇子とは、対立するところが少なからずあったはずだ。それでも仲麻呂時代の現代が天智天皇の後裔の治世だったのならよかった。だがいまは、天武天皇の後裔が治める世である。仲麻呂は、この疑問になにかしらの答えを迫られていた。

その解決策が、浜楼《はまろう》事件の挿話作りであった。

『藤氏家伝』によれば、天智天皇は群臣たちとともに近江宮の浜楼で酒宴を開いた。宴たけなわというときに、大海人皇子が長槍で敷板を刺し貫いた。不作法に驚くとともに激怒し、天智天皇は大海人皇子を召し捉えて害そうとした。そのとき鎌足は天智天皇を固く諫め、処罰をやめさせた。大海人皇子は「初め大臣の所遇の高きことを忌みたるを、茲《こ》れより以後、殊《こと》に親ぶること重みしたまふ」とし、宮廷内での鎌足の処遇が高すぎることを嫌っていたが、この事件を境に親しくなった、とする。さらに「後に壬申の乱に値《あ》ひて、芳野より東土に向ふときに、歎きて曰ひたまはく、『若使、大臣生存きてあらば、吾《あ》豈《に》此の困に至らむや』といひたまふ」とし、壬申の乱にあたり「鎌足が生きていれば、こんなことにはならなかった」と大海人皇子が語ったとまで釈明を加えた。鎌足は天武天皇にも信頼されていたとする、『日本書紀』には痕跡すらないまったくの作り話である。しかしこれは、仲麻呂の時代にはどうしても必要な説明であった。以上が、仲麻呂のした作為である。

つぎの作為は、『万葉集』(日本古典文学全集本)に対してなされた。

その対象は、「我はもや　安見児得たり　皆人の　得かてにすといふ　安見児得たり」(巻二・九五)という歌である。安見児という市井の一女子をめぐる他愛ない恋歌であったが、それに鎌足が天智天皇から采女を得たという題詞がつけられ、殊遇をうけた話に仕立て上げられたのである。

采女は、国造《くにのみやつこ》クラスの地方豪族の子女の中でもとくに美形の女性で、天皇のもとに差し出された。国つ神を祀《まつ》る権能をもつ女性で、その人たちを集められれば中央宮廷が国の魂・国の神の祭祀権を束ねることができる。また国造家からみれば、人質を差し出させられたものともいえる。彼女たちは後宮の雑務に奉仕することになるが、そのおもとは国を代表する神聖な立場で、かつ天皇のもとに独占的に奉仕する聖職である。臣下に下げ渡されるような存在ではない。『日本書紀』允恭天皇四十二年十一月、新羅《しらぎ》から弔問にきた使者は畝傍《うねび》山を褒めたのだが、一行に随っていた馬飼《うまかい》に「うねめはや（采女はなぁ）」と聞こえたために密告され、采女を犯した容疑で一時拘禁された。雄略天皇六年二月にも伊勢采女が気絶したとき、闘鶏御田《つげのみた》が采女を犯したと勘違いされた。雄略天皇十三年三月には、歯田根《はたね》命が采女の山辺小嶋子《やまのべのこしまこ》を犯してきびしい追及をうけた。そうした存在の特殊性が認められているなかで、廷臣への下賜などありえない。采女が下賜されて臣下との結婚を許されることがあったかのように書けるのは、そのときには采女がすでに後宮の下働きとなりはてていたからである。奈良末期か平安初期あたりにならなければ、采女を下賜されたなどという題詞はとても書けない。『万葉集』巻一〜二所収の歌は原『万葉集』といわれる部分でたしかにそれなりに古い歌が並んでいる。だが、題詞は詠歌の時代よりあとに付けられたもので、かつどのようにでも書き換えられた。采女の神聖性が失われた時代になって、鎌足は殊遇されたという固定観念を持つ人物が、この歌の安見児を采女と考え、かつ鎌足に下賜されたとしたのであろう。

最後の仕上げは、藤原冬嗣によってなされたようだ。

『藤氏家伝』では鎌足が律令を刊定したとしてあったが、名称もなくていかにも漠然とした話になっていた。仲麻呂が撒いた種について、二世代あとの冬嗣が決着をつけることになる。

弘仁十一年（八二〇）四月二十一日、大納言だった冬嗣は『弘仁格式《きゃくしき》』を奏進した。冬嗣はその序で、「天智天皇元年（六年間の称制を含まない表記――引用者注）に至りて令廿二巻を制す。世人謂《い》ふ所の近江朝庭之令なり」（新訂増補国史大系本）と記した。もともと『日本書紀』になく、少し前になっても「此より先」「律令刊定」だけだったのに、天智天皇元年（六六八）・令二十二巻・近江朝庭之令として成立年・巻数・名称まで具体的に書き込まれた。どうしてこのように決めたかは、もはや問うまい。ただ令二十二巻は、いかにも無理がある。持統天皇三年（六八九）六月、国家体制の整備を重ねた上で編集された飛鳥浄御原令が二十二巻である。それと同じ巻数の令の条文が、律令体制の整備までにはほどとおい二十年前にできあがっていたはずがない。それでも、ほかに拠《よ》るべきアイディアが浮かばなかったのだろう。

ともあれこうして、筆者たちが知る「鎌足神話」が形成された。歴史は勝者の語る子守歌という感じがする。それは筆者だけの思いではあるまい。

【注】

（1）「礫」一四〇号。のち拙著『古代史の異説と懐疑』（笠間書院刊、一九九九年）に所収。

（2）「闘う母・皇極女帝」（拙著『古代の王朝と人物』所収。笠間書院刊、一九九七年）

※二〇〇八年三月一日、奈良県桜井市の桜井市まほろばセンターでJR東海・かぎろひコミュニケーションズ主催の第九十九回奈良学文化講座「鎌足像はどのように作られたか」が行われ、その講演内容を抄録したものである。

（「やまとみち」九十八号、二〇〇八年三月。同年五月、補訂）

8　大和三山と藤原京

「馬鹿と煙は高いところに上りたがる」といわれますが、私も高いところに登るのが好きです。登っていくごとに景色が変わり、いただきから見る風景にはいつもとは異なる発見があります。

あるとき東京都庁の展望台に上り、そこから西方を望みました。すると眼下には平屋か二〜三階建ての建物があたり一面に広がっているように見えるのに、ある所のビル群だけがまるで恐竜の背びれ（ただしくは軟骨）のように帯状に立ち上がっているのです。これは青梅街道に面してビルディングが立ち並んでいるからで、つまり高いビルディングの連なる間の道が青梅街道なのです。地上におりて街道ぞいを歩いていたら、この裏側のことなど何も考えないで、「さすがに新宿は、どこも高いビルだらけだね」と思い込んでしまったことでしょう。

かつての藤原京もそうです。地上を歩いていては、そのほんとうの姿に気づけなかったでしょう。畝傍山に登ると、東側の眼下には五・二五キロメートル四方という壮大な都が広がっているのです。のちの平城京が東西四・三×南北四・八キロメートル（外京を除く）、平安京が東西四・五〇×南北五・〇七キロメートルですから、それらよりもひとまわり大きい日本史上最大の都城です。正方形の都城の東西に九本の道を入れて十条に、南北に九本の道を入れて十坊に分けましたから、合計一〇〇区画になるところです。そのまんなかの四坊分に造られていたのが、藤原宮でした。
この藤原宮は、畝傍《うねび》・耳成《みみなし》・香具《かぐ》のいわゆる大和三山の懐《ふところ》にいだかれたような位置にありました。『万葉集』（日本古典文学全集本）には、

大和の　青香具山は　日の経《たて》の　大き御門《みかど》に　春山と　しみさび立てり　畝傍の　この瑞山《みづやま》は
日の緯《よこ》の　大き御門に　瑞山と　山さびいます　耳梨の青菅山は　背面《そとも》の　大き御門に　よろし
なへ　神さび立てり
（巻一・五二）

すなわち、「青々と茂る香具山は宮の東に春山らしく立ち、神秘的な畝傍山は宮の西に神山らしくいかにも山そのものというように立ち、菅笠のような耳成山は宮の北に格好良く神々《こうごう》しく立っている」と詠まれています。

宮には天皇の住まいとたくさんの官庁が置かれ、耳成山からは赤・白・青・緑などに彩られた中国的な瓦葺き建物と檜《ひ》皮葺《わだぶき》建物などが混在しつつ密集して見えていたでしょう。目がよければ、その建物の間を忙しそうに歩き回る赤や黄色の服を着た役人たちの姿も、捉えられたかもしれません。

この都は唐の都城をまねしたのではなく、『周礼《しゅらい》』という中国の古典にある理想的な都城プランを採用して造られたようです。

それにしてもこの壮大な都城を見て、人々はどう思ったでしょう。竪穴式住居ていどのわが家の姿に引き比べ、「こんな巨大な力があるんじゃ、とても逆らえっこない」と思うでしょうか。そう、それこそがまさに必要以上に都を大きく造った狙いなのです。

（「さわやかライフ奈良」二〇〇五年秋号、二〇〇五年九月）

9　持統女帝の吉野行幸の狙い

一　吉野宮の登場

吉野宮が『日本書紀』（日本古典文学大系本）に初登場するのは応神天皇十九年十月戊戌条で、雄略天皇二年十月癸酉条「吉野宮に幸す」がそれに次ぐ。吉野宮址では、吉野郡吉野町の宮瀧遺跡第三十八次発掘調査（昭和六十二年）で五世紀後半の須恵器の破片が数点出土しているから、雄略天皇が五世紀後半に実在していたとすれば、これがその宮の痕跡かもしれない。(1)

斉明天皇二年（六五六）是歳条には飛鳥岡本宮・両槻宮《ふたつきのみや》・狂心《たぶれこころ》の渠《みぞ》に加えて「又、吉野宮を作る」とあり、このときに本格的な建物が作られたようでもある。だがすでに皇極天皇四年（六四五）の乙巳《いっし》の変によって後盾であった大臣・蘇我入鹿を失った古人大兄皇子は、「臣は願《こ》ふ、出家して、吉野に入りなむ」（孝徳天皇即位前紀）といって吉野に逼塞《ひっそく》した。それでも大化元年（六四五）九月、吉備笠垂《しだる》が古人大兄皇子の謀反計画を暴露して、そのために討たれた、とある。ということは、吉野には王族が隠遁しうる施設が何かしらあったことになる。この施設が整備されて、宮瀧遺跡の第一期遺構となったのだろうか。

天智天皇十年（六七一）十月、ここに大海人皇子《おおあま》（天武天皇）と妻・鸕野皇女《うの》（持統天皇）・草壁皇子らが入った。兄・天智天皇は本心では長子・大友皇子を後継にしたかったが、大海人皇子を推《お》す声が廷内に根づよくあることを気にして、病床に大海人皇子を呼んで大王位を継ぐ意思があるかどうかを打診した。大海人皇子は兄の本心を見透かし、ひたすら固辞した。さらに謀反の嫌疑をかけられないよう、家に帰らずに宮中の仏殿で出家し、仏道修行の許可をうけてから吉野に入った。それから八ヶ月後、近江朝への反乱（壬申の乱）に踏み切った。この全期間にわたって、大海人皇子たちは生きた心地がしなかったろう。兄はこういう場面では、いままで何人も殺戮を繰り返してきた。だから、とくに天智天皇が没するまでの一ヶ月半は、いましも討伐軍が山道を登ってくるのではないかと怯《おび》え、毎日、鳥の羽ばたきの音にすら討伐軍が来たためかとびくびくしていたはずだ。

壬申の乱で勝利したあと、天武天皇は吉野宮に一度だけ行幸している。それが天武天皇八年（六七九）五月五日から三日間の、いわゆる吉野会盟である。

命懸けの逃避行をともにした鸕野皇女は、嫡妻として皇后の地位についた。しかもただの妻ではなく、天武天皇との共同統治者という待遇である。その彼女にとって、このときの不安で最大の関心事は、子・草壁皇子が天武天皇の後継者となれるかどうかだった。

じつは大海人皇子の最初の嫡妻は、いまは亡き実姉・大田皇女《おおた》であった。姉の遺児である大津皇子は、『懐風藻』（日本古典文学大系本）によれば、

皇子は、浄御原帝の長子なり。状貌魁梧《かいご》、器宇《きう》峻遠。幼年にして学を好み、博覧にして能《よ》く文を属《つづ》る。壮に及びて武を愛み、多力にして能く剣を撃つ。性頗る放蕩にして、法度《ほうど》に拘《かかわ》らず、節《せつ》を

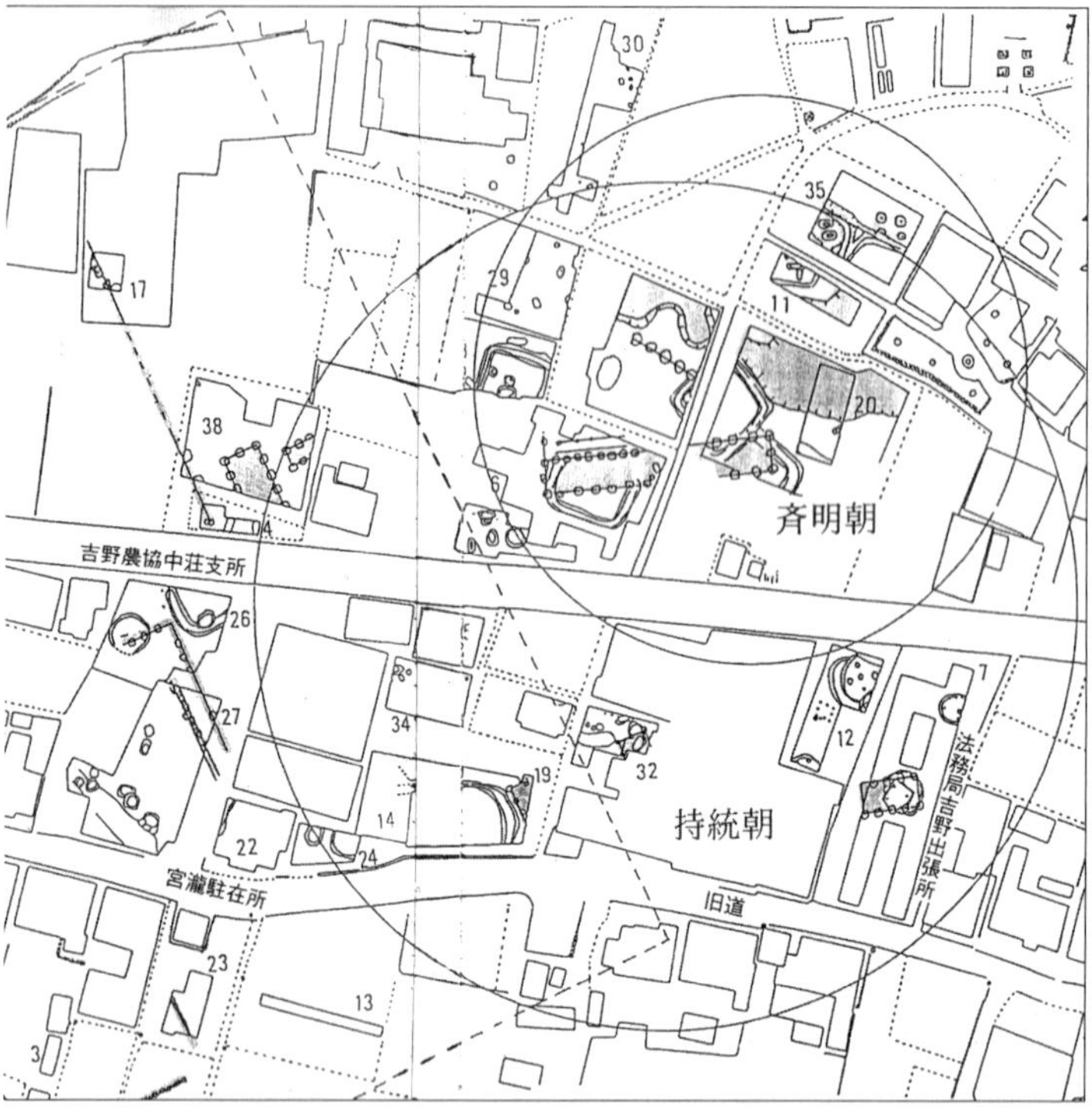

降《くだ》して士を礼《いや》びたまふ。是れに由りて人多く附託す。

とあって、評判がいい。

すなわち、身体容貌が大きくて逞《たくま》しく、人としての度量も高くて奥が深い。しかも博覧で文を巧みに操れ、武も好み、まさ文武両道に通じた人物。それだけの才覚がありながら、規則に縛られず、身を低くして人士を厚く礼遇する。だから多くの人たちが付き従ってくる、というのだ。それに比べて、わが子・草壁皇子は病弱な体質で頼りない。じっさい二十八歳という壮年で死没するのだから、病弱だったことは明らかであろう。

そうではあるが、何とか大津

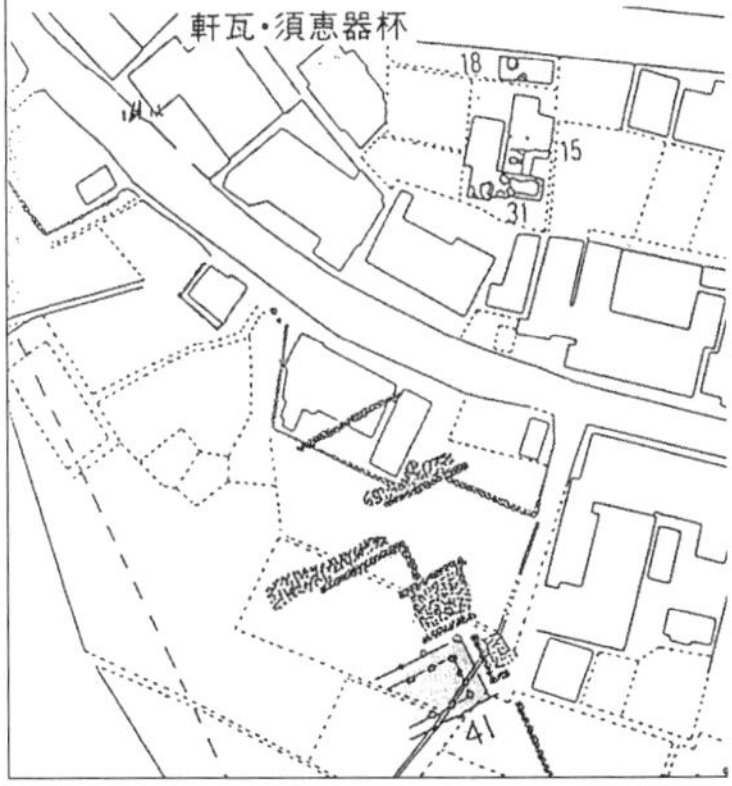

宮瀧遺跡検出遺構図
（奈良県吉野町発行「憧憬古代史の吉野」より）

皇子との間に等級差をつけて、皇后所生の嫡子として後継者の地位を固めさせてやりたい。そこで仕掛けたのが吉野会盟であった。天智天皇の子二人・天武天皇の子四人の前で、天武天皇に序列を明示してもらったのである。天武天皇は六人を懐《ふところ》に入れて抱きかかえて末永き親和を説《と》く。それに応《こた》えて草壁皇子は、みんなを代表して「吾兄弟長幼、并《あわせ》て十余王、各異腹より出でたり。然れども同じきと異なりと別かず、倶《とも》に天皇の勅に随ひて、相扶《たす》けて忤《さか》ふること無けむ。若《も》し今より以後、此の盟の如くにあらずは、身命亡び、子孫絶えむ。忘れじ、失《あやま》たじ」（天武天皇八年五月乙酉条）と誓った。ここにいるみんなで仲良く助け合っていく、と誓ったのである。それでは六人の皇子がみんな対等になってしまうではないかと思われるかもしれないが、そういうことではない。六皇子を代表して宣誓する人物がだれになるか、が焦点だった。すなわち草壁皇子が代表したことにより、ほかの五人の上に立ったのだ。後継候補のなかで草壁皇子は、かつての嫡妻の子である大津皇子を超して最右翼に位置したことを、六人を代表させたことで同時に認めさせたのである。

この吉野会盟は、後継問題の決着をつけたかった鸕野皇女が、天武天皇に懇願して開かせたものとみてよい。天武天皇は乱後にこれ以外に吉野へ行幸していないから、わざわざ吉野を選んだのは鸕野皇女の思い入れによると考えられる。そういう思い入れがあるところだったからこそ、これ以降の持統女帝の吉野行幸が陸続として続くのである。

持統女帝の吉野行幸は、持統天皇三年（六八九）一月にはじまり、年内で二回。四年に五回、五年に四回、六年に三回、七年に五回、八年に三回、九年に五回、十年に三回、十一年に一回、大宝元年（七〇一）に一回、二年に一回のあわせて三十三回である。在位中に三十一回で、上皇として二回である。(2)

まさに連年である。いくら思い入れがあったとしても、これはあまりにも多すぎる。このおびただしい数の行幸は、はたして何を目的としたものだったのか。古代史にとって不可解な問題の一つとなっている。

二　吉野行幸の目的

持統女帝による吉野行幸については、「吉野宮に幸《いでま》す」「天皇、吉野宮より至《かえりおわ》します」などと簡略に記されているだけで、目的などを物語る史料がない。

そこで、その行幸の動機・目的について、いろいろな臆測がなされている。

一説としては、吉野が聖地とみなされていたことを重視する向きがある。聖地を訪問して、その霊力を身につけるというような目的である。

『万葉集』（日本古典文学全集本）で柿本人麻呂は、

やすみしし　我が大君　神ながら　神さびせすと　吉野川　たぎつ河内に　高殿を　高知りまして　登り立ち　国見をせせば　たたなはる　青垣山　やまつみの　奉る御調《みつき》と　春へには　花かざし持ち　秋立てば　黄葉《もみち》かざせり［一に云ふ、黄葉かざし］　行き沿ふ　川の神も　大御食《おおみけ》に仕へ奉ると　上つ瀬に　鵜川を立ち　下つ瀬に　小網《さで》さし渡す　山川も　依りて仕ふる　神の御《み》代《よ》かも

反歌

山川も　依りて仕ふる　神ながら　たぎつ河内に　舟出せすかも　（巻一・三八～三九）

と詠んだが、王であってもしょせんは人間にすぎない大王であれば、神を敬い、神に奉仕する立場である。それが人麻呂によって、「山の神が捧げる御調はこれ」「川の神も大御食に奉仕しようと鵜飼いをしたり網をかけたり」と山川の神々の奉仕ぶりを詠み、「山川も　依りて仕ふる　神の御代かも」と締めた。つまり山川の神たちが、いまや大王に奉仕する世の中になったとしている。吉野の類《たぐい》まれな美しい自然を鑑賞することにより大王としての活力を充填し、自然の神々からの奉仕をうけいれることで魂ふりとなったかもしれない。

あるいは『懐風藻』に高向諸足《たかむこのもろたり》作・従駕吉野宮一首として、

在昔《むかし》魚を釣りし士、方今《いまし》鳳を留むる公。
琴を弾きて仙と戯れ、江に投《いた》りて神と通ふ。
柘歌《しゃか》寒渚《かんしょう》に泛かび、霞景秋風に飄《ひるがえ》る。

吉野の宮瀧。宮の西側を吉野川が流れる。

誰か謂《い》はむ姑射《こや》の嶺、蹕《ひつ》を駐《とど》む望仙宮。

とあり、『万葉集』にも、

あられ降り　吉志美が岳《たけ》を　険《さが》しみと　草取りかなわ　妹が手を取る　（巻三・三八五）

右の一首、あるいは云はく、吉野の人味稲《うましね》、柘枝仙媛《つみのえやまびめ》に与ふる歌なり、といふ。ただし、柘枝伝《しゃしでん》を見るに、この歌あることなし。

とあって、吉野は桃源郷で、仙女の柘枝がいるような神仙思想の楽園と見なされていた。

また『日本霊異記』〈新編日本古典文学全集本〉上・第二十八縁には「孔雀王の咒法を修持し、異しき験力を得て、現に仙と作りて天に飛ぶ縁」とあり、

役《え》の優婆塞《うばそく》は、賀茂の役の公、今の高賀武《たかかも》の朝臣といふ者なりき。大和国葛木上郡茅原の村の人なりき。生れながらに知り、博学なること一を得たり。仰ぎて三宝を信じ、之を以

て業《わざ》と為《せ》り。毎《つね》に庶《ねが》ハクハ五色の雲に挂《かか》リテ、仲虚《なかぞら》の外に飛び、仙宮の賓と携リ、億載の庭に遊び、蕊蓋《ずいがい》の苑に臥伏し、養性の気を吸ヒ噉《くら》はむとねがひき。所以に晩《く》レニシ年四十余歳を以て、更に巌窟《いわや》に居り。葛を被《かがふ》り、松を餌《の》み、清水の泉を沐《あ》み、欲界の垢を濯キ、孔雀の咒法を修習して、奇異の験術を証し得たり。鬼神を駈《お》ひ使ひ、得ること自在なり。諸の鬼神を唱《いざな》ひ催シテ曰はく、「大倭国の金の峯《たけ》と葛木の峯とに椅《はし》を度《わた》して通はせ」といふ。是に神等、皆、愁へて、藤原の宮に宇御めたまひし天皇のみ世に、葛木の峯の一語主《ひとことぬし》の大神、託《くる》ひ讒《しこ》ぢて曰さく、「役の優婆塞、謀して天皇を傾けむとす」とまうす。

という。このなかで役小角は「大和国にある金峯山と葛城山とに橋を渡して、通じさせよ」と鬼神たちに命じたとある。彼の修行していたところ、つまり山岳修験者たちが修行していた場所が、すなわち葛城山や吉野の金峰《きんぷせん》山あたりだったのである。いわゆる役行者以後も、吉野はながく山岳宗教・修験道と結びつけられて聖地とされてきた。

このように神々による魂ふり、桃源郷・神仙思想、山岳宗教・修験道のいずれにせよ、吉野は宗教性を帯びた聖地と見なされつづけてきた。とすればそこに入った人たちが何がしかの霊力を帯びると期待させることは、たしかに想定しうる。

また一説には、壬申の乱の起点となったからとする見方がある。

天武天皇・持統天皇にとっての聖地であり、ここに来れば天武・持統政権の出発点をつよく印象づけられる。ただの懐旧にすぎないといえばそれまでだが、ここには現下の政権が成立するもととなった壬申の乱の初源がある。

反乱を決意したときに、その出発時に、その出発点にいたのは、大海人皇子・鸕野皇女・草壁皇子の三人だけ。あとの王族たちには天智天皇からの追っ手に怯《おび》えた経験がない。もちろん近江宮にいた方が安全だったかどうか、それは疑問だ。高市《たけち》皇子も大津皇子も、ともに近江宮を脱出してきたようだが、父親が反乱を起こしたと近江方に聞こえた途端に、拘禁・処刑される危険性があった。命懸けは、どちらもそうだ。だが吉野宮の前に立って「あの日々は、いまは亡き天武天皇とともに、恐ろしさに震えていた」と懐古され、「先帝と私どもが、壬申の乱をここではじめたのですよ」いわれれば、持統女帝と草壁皇子の覚悟のほどを推察しその勇気と決断を讃えるほかない。話の行き着くところ、草壁皇子やその子孫が後継者となるにふさわしいと認めざるをえない。みんなの心と体でそう確認して欲しかったから、吉野宮に繰り返し行幸した。そう考えることもできる(3)。

三　行幸を繰り返したわけ

右に見ただけでなく、なぜ吉野に足繁く行幸したかについては意見が分かれている。

しかし前者のように宗教的な聖地と解釈すると、行幸に随行した高官たちもその多くが聖地の霊力を身につけて帰ることになりかねない。また後者は筋が通っているが、そのていどの目的とするなら、目的のわりに度をこしており、あまりにしつこくないだろうか。

持統女帝は吉野以外でも、伊勢・志摩・紀伊などへ十五回も行幸している。行幸先はかならずしも聖地訪問でないし、政権樹立に関わる思い出の場所でもない。持統女帝は、もともと行幸自体の数が多いのだ。それならば、むしろ行幸を度重《たびかさ》ねること自体に意味があったとみたらどうか。

というのは、行幸は臨時の行動であって、天皇の恣意、もっと適切にいえばその本心があらわに出やすいと思うからだ。

天武朝の六官制下にせよ律令制下にせよ、つまるところ現実の宮廷内の秩序・序列はもともとの氏族の力量によって決まってしまう。天皇が政界の大幅な人事刷新などとかりに唱えてみても、現実問題としては随意になしがたいものだ。とくに当初の大夫《まえつぎみ》（閣僚）は一氏一代表であり、中央豪族のなかでも大氏族の氏の上《かみ》が、氏族を代表して送り込まれている。天皇がじかに会うのは、律令制度でも五位以上の貴族層である。ここまで昇った者のなかから、人材を選んでいく。たしかに、そうしてきた。貴族になる前に、大氏族の子は、内舎人《うどねり》などとしてすこし早く天皇の周辺に仕えることはできた。せいぜいそうしたなかから、人材を選ばなければならない。それより下位者のなかから、自分の目で人材を選抜・登用することは、通常できない。そういう選抜できる場、接触するような場がないのだ。ところが行幸となれば臨時であるから、おそらく随行の員数も構成メンバーも、かならずしも政界の官位の序列に縛られずに天皇の意向によって選びえたのではなかったか。

持統女帝の行幸での例はもとより示せないので、ほかの事例を参考にしてみよう。

『続日本紀』（新訂増補国史大系本）和銅三年（七一〇）三月辛酉条には「始めて都を平城に遷す」とあり、平城京に遷都することになった。そのときの制度上の最高権力者は、正二位・左大臣の石上麻呂である。ところが麻呂は、藤原京に置き去りにされている。下僚である右大臣・藤原不比等が平城京に随行して政治をすべてとりしきり、政府首班だった石上麻呂は留守司として藤原京に足止めされたのである。このことは、平城京遷都は不比等のもとで企画されたものと推測される根拠ともなっている。麻呂はあいかわらず左大臣で失脚などしていないが、元明天皇以下の遷都の行幸によって、政権構想に入っていないこと・新京で要らない人であることが宮廷内に明らかにされてしまった。

留守官はもちろんそれなりに重責で、それになったから要らない人だと見なすのはいいすぎかもしれない。だが経験豊かな麻呂の判断が新京での政務・指揮などに重要であってどうしても欠かせないと思えば、連絡のとりにくい藤原京の留守司などにつけておかなかったろう。遷都時のこの行幸供奉者の人選は、官位制度の序列とは異なった現実の政界での力の序列をあらわにしてくれている。

次の例もそうだ。天平十二年（七四〇）九月、藤原広嗣が大宰府によって乱を起こし、それに動揺した聖武天皇は五年間の彷徨をはじめる。

平城宮を出て美濃方面に向かったとき、聖武天皇の行幸には政府首班である従二位・右大臣の橘諸兄が随行していた。その途次、諸兄はつぎの遷都候補地での準備のため、その候補地の恭仁《くに》に先んじて赴くことになった。恭仁宮の建設予定地は諸兄の別業（別荘）がもともとあるところだったから、みずからの勢力地盤に聖武天皇を招致することに成功したわけである。広嗣の乱の四ヶ月前には、諸兄は相楽別業に聖武天皇の行幸を仰いでおり、そのさいに息子・奈良麻呂は无位《むい》からいっきょに貴族ランクに列する従五位下に昇叙されている。橘氏にとって、もっとも晴れやかな思い出を作った場所でもある。

ところが天平十五年四月、聖武天皇の気持ちは恭仁宮から離れ、近江の紫香楽《しがらき》宮へと行幸しはじめる。そのとき、諸兄は同行を求められず、恭仁京留守となった。同年七月に聖武天皇はまた紫香楽宮に行幸するが、そのときも諸兄は恭仁京留守とされた。

短期間の行幸なら政府の重鎮に任せるという意味でそうすることがあっておかしくないが、天平十六年二月の紫香楽宮行幸にさいしては、諸兄は元正上皇とともに難波宮留守として難波宮に留められた。このとき聖武天皇が居もしないのに、なんと難波宮を皇都とするという勅が出される。この勅を聖武天皇の意思とする見解もあるが、前後の経緯からみれば、おそらくは元正上皇の意思であったろう。すなわち行幸に随行していなかった諸兄には、聖武天皇の気持ちがどこにあるか、もはや読みとれなくなっていた。これを聖武天皇から見れば、諸兄は政界序列一位の重要ポストである左大臣にたしかにいたが、それは制度上での順位。もはや自分の相談相手でなかった。行幸に随行しないとは次期の政権構想から外《はず》れていることを意味し、そのために齟齬した元正上皇の勅を宣布させてしまったのである。

なお蛇足とは思うが、右の例では石上麻呂・橘諸兄など、政界序列一位の人が留守司になっている。だが、もちろんそれが慣例だったのではない。たとえば藤原仲麻呂は天平十四年八月・十二月にそれぞれ平城京留守となっているが、そのときの官位は従四位下・民部卿にすぎなかった。

こうした行幸を恣意的にしつづけていれば、随行者に入れない人たちからの批判も浴びる。

『日本書紀』持統天皇六年二月丁未条には、

是の日に、中納言直大弐《じきだいに》三輪朝臣高市麻呂、表を上《たてまつ》りて敢直言して、天皇の、伊勢に幸さむとして、農時を妨げたまふことを諫め争《いさ》めまつる。

とあり、同年三月戊辰条・辛未条にも、

浄広肆《じょうこうし》広瀬王・直広参当摩《たぎま》真人智徳《ちとこ》・直広肆紀朝臣弓張等を以て、留守官とす。是に、中納言大三輪朝臣高市麻呂、其の冠位を脱きて、朝に擎上《ささ》げて、重ねて諫めて曰さく、「農作の節、車駕《きみ》、未だ以て動《ゆ》きたまふべからず」とまうす。

辛未に、天皇、諫に従ひたまはず、遂に伊勢に幸す。

とある。

すなわち中納言・大三輪高市麻呂は、持統天皇六年二月に上表し、さらに三月にも「農作業の忙しいときだから、天皇はまだ行幸などに動いてはなりません」と諫めて止《や》めさせようとした。こういう話は美談になりやすいのだが、じっさいは持統女帝は耳を貸さず、高市麻呂を重んじなかった。伊勢行幸は強行され、一方の高市麻呂はこれ以降ほぼ十年間消息がわからない。

高市麻呂の諫止は、官人としての儒教的な良心からでたものだろうか。初期の大和王権は、三輪山をつよく尊崇してきたが、三輪氏はその三輪山の神の子孫と称して三輪山を奉祭してきた氏族である。三輪氏としては、吉野を聖地をみなすことに抗議したのだろうか。あるいは行幸への随行者に漏れた僻《ひが》みからでたものか。それは判らない。ともあれ、行幸に供奉《ぐぶ》随行する顔ぶれは、宮廷内での官位制度の序列をそのまま持ち越しているわけではなく、日常の宮廷での権力の軽重《けいちょう》順のままではない。要《い》らない政府高官は供奉随行者リストから外され、下僚でもこれからを嘱望される官人が加えられうる。そこには、天皇の本音があり、鬱陶《うっとう》しい廷臣の序列にとらわれずに自由な意思を働かせえた。

持統女帝は、この供奉随行者リストをしばしば入れ替えながら、腹心の部下となりうる人材を丹念に探していた。あるいは試しながら養成していたのではないか。

もとより証拠を示しうる話ではないが、制度的に昇進してきた旧氏族出身の貴族の意向に縛られる宮廷での毎日の生活と異なり、かなり恣意的でありえた随行者を左右していけば、政界の序列を揺さぶることもできる。北朝鮮（朝鮮人民民主主義共和国）の動向についても、最高権力者・金正日《キムジョンイル》の視察などでの随行者を見ながら、権力の序列の変化や見通しを察知しようとしている。権力者の思いは、ちょっとした動きのなかにすなおに表されているものなのである。

四　不比等との接点

ではたびかさなる行幸のなかで、どういう目的で、どういう人材を探していたのだろうか。

おそらく、その目的はただ一つである。

持統女帝は、草壁皇子の存命中（持統天皇三年四月まで）、一回しか行幸していない。そのことから推測すれば、人材養成の目的は、草壁皇子の危篤・死没という事態によって、あらたに必要となるある事柄に関係するのだろう。それは草壁皇子の遺児・珂瑠皇子（文武天皇）に皇位を嗣がせることに目標が変化したことであり、その目標達成のために信頼できまたそれだけの力量のある人材を早期に探し出すことであった。この結果、持統女帝に見いだされた人物とは、周知のごとく藤原不比等である。

不比等は持統女帝の比類なき信頼と推挽をうけ、草壁皇子系皇統の守護神として出世し、ついには政界の首座へと上り詰めていった。そのことは、否定しがたい事実である。(4) しかし彼の目覚ましい活躍を見るにつけ、筆者としては、どのようにして持統女帝は不比等を見出し、また不比等は持統女帝とどのような接点があったのか、不思議でならなかった。

というのも、不比等はあの鎌足の子である。

筆者は、鎌足という人物が、近江朝の重鎮だったという人物像は採らない。おそらく孝徳天皇の側近として振る舞い、近江朝では目立つ活躍ができなかった人物だったと推測している。(5) その遺児など、持統女帝がどのようにしたら見い出せるというのか。あるいは、鎌足が近江朝の重鎮であり、天智天皇股肱の臣であったとしてもよい。もしそうであったならばなおさらに、みずからが夫とともに倒した近江朝にいてその重臣だった者の子は、まちがいなく冷や飯食いとなっていたはずだ。持統女帝にとって天智天皇は実父であるから、父の寵臣なら個人的には問題ないかもしれない。しかし宮廷では、長親王・穂積親王など天武天皇の子たちが力を持っていたし、天武天皇の寵臣たちも健在であった。そうしたなかで近江朝の重鎮の子が登用されることには、大きな心理的な抵抗感が働くはずである。そういう子と、どのようにして接触しうるのか。そういってもよい。

不比等の前半生の経歴は、よくわかっていない。

持統天皇三年、三十二歳で判事に任ぜられ、そのとき直広肆(従五位下相当)だった。それが十年十月には直広弐(従四位下相当)で資人《しじん》五十人を賜った。文武天皇四年(七〇〇)六月には、大宝律令撰定の功績で禄を賜い、そのとき直広壱(正四位下相当)。大宝元年(七〇一)三月、四十四歳で正三位・中納言から大納言へ。慶雲元年(七〇四)正月には従二位・大納言となっていて、和銅元年(七〇八)正月に正二位、三月には五十一歳で右大臣になった。養老四年(七二〇)八月に死没し、『懐風藻』によれば享年は六十三だった。貴族・官人としての履歴は、このていどしか記録がない。

持統天皇三年になったという判事は、大化官制として置かれた刑部尚書の下僚として勤務した裁判官のことである。律令官制では刑部省に正五位下相当で大判事が二人、正六位下相当で中判事が四人、従六位下相当で少判事が四人置かれている。刑部省の仕事内容は「掌《つかさど》らむこと、獄鞫《と》はむこと、刑名定めむこと、疑讞《ぎげち》決せむこと、良賤の名籍《みょうじゃく》、囚禁、債負の事」（『律令』〈日本思想大系本〉職員令刑部省条）とあり、判事の職務については「掌らむこと、鞫《と》はむ状案覆《あんぷく》せむこと、刑名断《ことわ》り定めむこと、諸の争訟判らむこと」（同上）と決められている。要するに、刑罰の量刑・訴訟の判定などを掌る裁判事務の専門官である。判事職の者が大宝律令の編纂に関与させられたとしても、せいぜい律条文の全般や令の捕亡令・獄令の条文に知恵を出させるていど。不比等がこうした職務権限の範囲内で頭角を現わそうとしても、持統女帝の目にとまるほどの活躍ができるとは思えない。

大会社で係長がどんなに有能ぶりを示そうとしても、目にとまるほどの有能さを発揮するような仕事自体が与えられない。それがふつうだ。きわだった個性など発揮できるはずもなく、必要ともされない。係長の考える業務構想など、どんな場でも聞かれはしない。

係長に例えるのは、いいすぎかもしれない。持統天皇三年時点の不比等の位階は直広肆で、大宝令制下の従五位下にあたる。五位は通貴《つうき》といわれて貴族のうちだ。だがそうはいっても、貴族のなかでは最下位である。庶民や下級官人としてはそれだけで垂涎《すいぜん》の的《まと》だが、このランクの貴族ならばつねに一五〇人ていどいる。(6) そのなかから、持統天皇の信頼を受けて寵臣となっていくのには、なんらかの特別な場か、あるいはきっかけとなる出会いが必要である。

持統天皇三年から七年の間に、不比等が判事以外になったかどうか不明である。それは不明だが、ともかく直広肆から直広弐へと位はわずか七年の間に四階上がり、大夫ランクまであと一階に迫った。

令制との単純な比較はできないが、直広弐（従四位下）ならば公設の従者である資人の供与は三十五人である。五十人供与というのが特筆すべき例外だからこそ、『日本書紀』に記録されているのだ。すでにここで殊遇が始まっている。この七年のうちに、持統女帝は不比等に目を付けたのである。

一介の判事から例外的殊遇をうける身へ。その落差を埋めるもの、あるいは跳躍台。それが持統女帝の行幸という場ではなかったか。持統女帝は行幸を繰り返し、行幸先の序列を崩したなかで随行者と接して話し合う。その供奉随行者を何回も替えて、多くの若い官人たちと語り合う。本音と力量を試してみる。その場を行幸先では作りえた。そしてそこで見出したのが、不比等だった。それが筆者の行き着いた推測である。

持統女帝の行幸という名の人材探索は、あくことなく一生続いた。不比等はよく期待に応えたし、彼を超すような優れた人材には結果的に巡り合わなかった。だが吉野行幸を見る限り、それでもなお持統女帝には珂瑠皇子の、文武天皇の行く末を案じて、心を安らがせられる日はこなかった。

【注】

（1）桐井雅行氏監修『憧憬古代史の吉野』、奈良県吉野町発行。一九九二年。

（2）行幸数については、行幸・還幸が照応していない記事もあって、諸説が生じている。また持統天皇三年八月、四年二月・五月・八月・十月、八年一月・九月には、行幸記事だけで還幸記事がない場合がある。それを日帰りとみなす考え方もある。馬を使えば日帰りも可能であるが、そもそも行幸・還幸が網羅的にすべて記録されているはずと考えなくてよい。ほかの記事からすれば、一度の行幸は短くて三日、通常ならば七日前後の行程である。

なお持統天皇八年四月丁亥条の還幸記事は、暦の上でその干支に該当する日がない。不注意による誤記か、または後人の誤写であろう。

（3） 平山城児氏「吉野」（『上代文学研究事典』所収、おうふう刊、一九九六年）参照。

（4） 拙稿「天照大神のモデルは持統女帝か」（『天平の木簡と文化』所収、笠間書院刊）。上山春平氏『神々の体系』（中公新書・二九一、一九七二年）・『続・神々の体系』（中公新書・三九四、一九七五年）参照のこと。

（5） 拙稿「我はもや安見児得たり——鎌足の実像」（『古代史の異説と懐疑』所収、笠間書院刊）、拙稿「藤原鎌足像はどのようにして作られたのか」（「やまとみち」九十八号。本書所収）参照のこと。

（6） 拙稿「平城京とその住人」（『天平の政治と争乱』所収、笠間書院刊）、一四二頁。

（原題は「持統女帝の吉野行幸」。「礫」二三〇号、二〇〇五年十二月）

10　万葉歌の魅力を探る――歴史からのアプローチ

☆秋の野の　み草刈り葺《ふ》き　宿れりし　宇治のみやこの　仮廬《かりいお》し思ほゆ
（日本古典文学全集本『万葉集』巻一・七）

額田姫王の詠んだ歌で「秋の野の草を刈り取って屋根に葺いて宿りとした、あの宇治の宮処《みやこ》の仮設の庵のことが思われる」という意味である。

この歌は明日香川原宮御宇天皇つまり皇極天皇の時代のものといい、左注には「戊申《ぼしん》の年に比良《ひら》の宮に幸《いでま》すときの大御歌」とある。大化四年（六四八）、皇極上皇は近江の比良宮に行こうとしていた。その途中で京都府南部の宇治を通りかかり、かつて夫の舒明天皇とともに来たことを思い出した。そのときの思い出話から、額田姫王が皇極女帝の気持ちを忖度《そんたく》して詠んだのであろう。旅先にとつぜんしつらえられた粗末な建物のなかで、「ここは寒いね」「虫もいるわよ」とかいいつつ相手の身を思いやっている仲睦まじい夫婦のシーンが彷彿してくる。

この歌は皇極上皇の身になっての代作であるが、十八歳くらいだった額田姫王にもそうした気持ちがあったから詠めたのだろう。とうじの女子の結婚許可年齢は十三歳で、結婚適齢期は十六歳前後。

初産は十八歳前後がふつうだった。そのときの相手とは、大海人《おおあま》皇子である。大海人皇子とのあいだの子・十市《とおち》皇女をこのころすでに出産していたか、あるいは身籠もっていたか。まだ末永き愛を確信しているしあわせな日々のさなかだったかもしれない。

しかし愛し合う二人にも死がその仲を分かつ日がやがて来るし、愛が失せて心が遠ざかっていくこともある。すべてが思い出としてしか甦らない辛い日々が来る。いや、まさに皇極上皇にとって眼前のものでなく、それは思い出のなかにしかない風景である。荒涼・茫漠とした風景描写からは、その予感に怯えるような寂しさを読みとることもできる。それは、さきのことを考えすぎた読み方だろうか。

（『女流歌人（額田王・笠郎女・茅上娘子）人と作品』、おうふう刊。二〇〇五年三月）

☆熟田津《にきたつ》に　舟乗りせむと　月待てば　潮《しお》もかなひぬ　今は漕ぎ出でな　（巻一・八）

額田姫王の詠んだ歌で「熟田津で船出をしようとして月が出るのを待っていると、潮もつごうよく満ちてきた。今こそ漕ぎだそう」という意味である。

この歌も斉明天皇の代作で、女帝の立場で詠んだものである。

時期は斉明天皇七年（六六一）三月、舞台となる熟田津は愛媛県松山市堀江町あたりにあった停泊地である。朝鮮半島の支配権をめぐる国際的な軍事緊張があり、斉明女帝は大船団を率いて難波津から博多に向かう途中だった。しかしすでに六十八歳で病気がち。伊予の道後温泉に立ち寄り、一月半ばから三月末まで湯治に励み、いよいよ出発となった。そのときの旅立ちを告げる歌である。しかしじっさいは湯治で治癒したわけでもなかったようだ。長期の滞在で軍全体の士気が低下することを恐れ、また「朝鮮半島での軍事作戦が、女帝の養生のために遅延してしまった。それが敗北の原因だった」とかいわれたくなかった。というのも、日本が長く友好関係を保ち、唐・新羅との戦いでも支援してきた百済《くだら》は、前年七月にひとまず滅びてしまっていた。それは百済の首都だけが唐軍に狙い撃ちされ、国王の義慈王らが拉致されてしまったためである。唐から百済王族を奪還することなどとうてい無理なので、ただちに日本に人質として滞在していた余豊璋《よほうしょう》を国王の代行者として送って、百済王室をともかく再建させた。しかし中心となる国王すら守りきれなかった弱さと衝撃、そして劣勢となっているという印象が百済国内には強く漂っていた。だから、一刻もはやく唐・新羅軍に勝利して、百済国内の弱気を拭い去らねばならない。いますぐでもすでに遅すぎるといわれそうだが、少なくともこれ以上は戦機を見過ごせない。そこで無理を押して進軍の指示を出したのだ。やがて三月下旬に博多に入港するが、無理は無理であって、結局この三ヶ月後に死没してしまうことになる。

ともあれここは出発と決めて、その儀式がはじめられた。

いまは夜、忙しく立ち回る人々から「纜《ともづな》を解け」「楫《かじ》はどうだ」「ぼやぼやするな」とかのかけ声が交錯する。喧噪に包まれた浜辺である。出発にさいしての凛として張りつめたものを感じ、緊張感が漂う。しかもこのたびの出航は、いよいよ戦いの最前線に立つためだ。その相手は、かねて崇敬し憧れてきたとすらいえる唐である。いまでいうならアメリカ・ロシア・中国を一緒にしたような大国が相手。もとより勝てるはずもなく、すこしでも譲歩が得られればと願うていどの戦いである。いやその見込みすら甘い。たいへんな日々が来る。ここにいる多くの人は、故郷に生きて帰れないであろう。この歌には前途への不安を押し殺した悲壮感すら漲《みなぎ》っている。なお瀬戸内海は多くの暗礁のような岩が少なくない多島海で知られている。そこでの夜の船出は現実的でないが、出航の儀式だけは前日に挙行しておこうとしたのだろう。

（『女流歌人（額田王・笠郎女・茅上娘子）人と作品』、二〇〇五年三月）

☆冬ごもり　春さり来れば　鳴かざりし　鳥も来鳴きぬ　咲かざりし　花も咲けれど　山をしみ　入りても取らず　草深み　取りても見ず　秋山の　木の葉を見ては　黄葉《もみじ》をば　取りてそしのふ　青きをば　置きてそ嘆く　そこし恨めし　秋山そ我は　（巻一・一六）

額田姫王の詠んだ長歌で「冬がこもって春になると、それまで鳴いていなかった鳥も来て鳴いて、咲いていなかった花も咲いているが、それを見聞きしようと山に入ろうとしても、木が生い茂っていて手に取りもせず、草が深いので手に取ってみられない。秋山の方は、木の葉を見ては、黄色くなった葉を手に取ってめでる。まだ緑色なのはそのまま置いて惜しむのだが、それが残念だ。ともかくも秋山がよいと思う、私は」という意味である。

これは、ある宴席に侍ったときの詠歌である。

題詞によると、「(天智) 天皇、内大臣藤原朝臣（鎌足）に詔して、春山の万花の艶と秋山の千葉の彩とを競ひ憐れびしめたまふ」とある。天智天皇は、いろいろな花が咲き乱れてあでやかな春、黄色や赤色にまた濃く薄くたくさんの彩りをみせる秋、そのどちらがよりよいかという討論をさせた。もちろん、ただ話し合いをしろというのではない。意見を述べるときの表現はすべて漢詩にすることと限定し、しかも事前に考えておくいわゆる宿構《しゅくこう》ではなく、その場の即興で作らせるというのだ。

こうした討論形式は、自分の意見をまとめて発表するのに馴れたり、また相手を説得する討論という形になじませるため、いまでもよく行なわれる。そうしたときの題材としては、男と女のどちらになりたいか、父親・母親のどちらが好きかなどである。もとより決着がつくものではない。「佐々木政談」という落語では、南町奉行の佐々木信濃守から「父と母とのどちらが好きか」と聞かれた桶屋の倅《せがれ》四郎吉が饅頭を二つに割り、『どちらがより好きですか』と聞かれたらどう答えますか。それと同じです」と遣り返す場面があった。

夏と冬ならば、私は冬の方がいい。夏はいくら脱いでも裸以上には剝《む》けないから、暑くてたまらない。冬ならば、着込んで暖房器具を抱え込めばなんとか凌げる。それは過ごし方からの意見にすぎないが、ほんとうのところ春と秋はどちらもよいものだ。春は冬の寒さから解放されてのびのびとできるし、桜も美しい。秋はからりと晴れたときのすがすがしさがなかなかで、多彩な紅葉は目にも鮮やかだ。

近江朝の廷臣たちのそのおりの漢詩はひとつも残ってないが、おそらく私と同じような感覚や理屈を並べていたにちがいない。ひとしきり漢詩合戦があって、それを額田姫王が判定した。そのとき、天智天皇は額田姫王に漢詩で判定させるのではなく、和歌で行なうように求めたという。

さて、その答えは「冬ごもり　春さり来れば」ではじまったから、春側の人たちは喜んだろう。自分たちの方が評価された。勝った、と。しかし「咲かざりし　花も咲けれ『ど』」とあって、ここからがひっくり返しである。額田姫王の判定規準の一つは、「山をしみ　入りても取らず　草深み　取りても見ず」つまり手折《たお》って手にできなければ価値が薄いとする。これは触れることでその力が乗り移ってくるとする感染呪術の考え方である。たしかに春・夏の山は入りづらい。それでは秋が勝ちかというと、「青きをば　置きてそ嘆く　そこし恨めし」とあって、木々が赤・黄に染まるなかで、緑色の葉を捨て置いておくのは残念だという。これでどちらが勝ったかわからない。そこにやや間があって、「秋山そ我は」と、一気に判定が下る。視覚的に見かけが美しいかどうかより、青いままでもそのせいで心が攪き乱されて自分の心に変化が起こされた。そうしたことが秋を選ばせた理由になっている。

そういえば恋というのもそうかもしれない。恋人のなかに自分の恋心を見つけたのではなく、恋しい人と接することで、自分の心が乱れ蠢《うごめ》く。その恋心をじつは楽しんでいるのであろうから。

（『女流歌人（額田王・笠郎女・茅上娘子）人と作品』、二〇〇五年三月）

☆三輪山を　然《しか》も隠すか　雲だにも　心あらなも　隠さふべしや　（巻一・一八）

額田姫王が詠んだ歌で、「三輪山をどうしてそんなにも隠してしまうのか。せめて雲だけにでも、思いやる心があってほしいもの。こんなときに、隠していいわけないでしょうに」という意味である。この歌の一つ前に「味酒《うまさけ》　三輪の山　あをによし　奈良の山の　山のまに　い隠るまで　道の隈《くま》　い積もるまでに　つばらにも　見つつ行かむを　しばしばも　見放《みさ》けむ山を　心なく雲の　隠さふべし

初瀬川越しに見る三輪山

や」(三輪山が奈良の山の山の端に隠れるまで、道の曲がり目が幾重にも重なるまで、幾たびも十分に眺め続けたい山なのに、つれなくも雲が隠してしまってよいものなのか)と嘆いた長歌があり、それを承《う》けた反歌つまり直前の長歌の歌意を要約した歌である。

ところで、何をそんなに嘆くことがあったのだろうか。

その事情は、歌のあとに付けられたいわゆる左注からわかる。すなわち、山上憶良《やまのうえのおくら》の編集した『類聚歌林』に書き込みがあり、都を飛鳥から近江(滋賀県)の大津宮に遷すとき、三輪山を見て詠んだ歌である。『日本書紀』を見てみると、近江に遷都したのは天智天皇六年(六六七)三月十九日のことであった、と書かれている。

つまり首都が、飛鳥の地からはるか離れた近江大津宮に遷される日がきた。大王や宮廷に仕える人たちが列をなして動きはじめ、いよいよ飛鳥京をあとにするときになった。長年馴《な》れ親しんだ飛鳥の象徴・ランドマークタワーともいえる三輪山を見ながらこの地との別れを惜しみつづけたいのに、その肝腎の三輪山が今日にかぎって雲に隠れている。ああ、雲の心ないことよと、天智天皇になりかわり、額田姫王が遷都する一行全体の気持ちを代表して詠んだのである。

筆者も、四歳から五十二歳まで四十八年間住みなれた家を親の死没にともなって離れることとなった。かねて覚悟していたことではあったが、その日はやはり悲しかった。この風景を目に焼き付けておきたいと、何度も何度も振り返ったものだった。気持ちはわかるなぁ、と思う。

しかしこの歌をめぐっては、名歌に共感して感傷に浸っていられない裏事情があった。

というのも、もともと主題とされている近江への遷都は、宮廷のみんながことのほか嫌がっていたものだった。『日本書紀』(日本古典文学大系本)天智天皇六年三月己卯条には「天下の人民は遷都を願わず、婉曲に諫める者が多く、風刺の歌謡が多く歌われた。また日夜火災が頻発した」とあって、いささか乱暴だが放火して激しい反対運動をする者さえいた。そうした雰囲気がちまたに蔓延《まんえん》していて止められないでいるくらいだから、宮廷の人たちはみな三輪山を見つづけて故郷から引き剝がされたくないという気持ちを痛切に懐いていたのである。

ところが、その反対を押し切って遷都を推進しているのが、いま一行を率いてかつ額田姫王に代わりに歌を詠ませている天智天皇その人なのである。その本人の前で、「三輪山を見つづけていたい」「近江に遷りたくない」と詠む額田姫王もすごい度胸である。いやむしろそれができていることから、天智天皇の額田姫王に寄せる寵愛の深さを推しはかるべきなのだろうか。

（「ｎａｒａｎｔｏ」二十号、二〇〇八年三月）

☆あかねさす　紫野行き　標野《しめの》行き　野守《のもり》は見ずや　君が袖振る　（巻一・二〇）

宴席での戯《ざ》れ歌である。天智天皇七年（六六八）五月五日に近江・蒲生野で薬狩りが催され、薬草や染料などの植物を集めたり、鹿茸《ろくじょう》（鹿にあたらしく生えた角をかげ乾しにしたもの）を薬物（強壮剤）として収穫したりした。行事が一段落したあと、酒宴となった。天智天皇は、廷臣たちに「いまから額田姫王が歌を詠むから、それに唱和する歌を作りなさい」とでもいったのだろう。額田姫王はその日の行事と場所を詠み込んで、茜（赤根）・紫（紫草）・標野・野守などの物名を入れた歌を作った。そして何人もの廷臣が歌を詠んでいったが、そのなかで取り合わせのもっともよかったのが大海人皇子の「紫の　にほへる妹を　憎くあらば　人妻ゆゑに　我恋ひめやも」（巻一・二一）だった。

これが真剣な愛の歌ではなく、戯れ歌だというのは明瞭である。

もともとこの歌は相聞《そうもん》歌でなく、雑歌《ぞうか》に分類されている。またとうじの額田姫王は三十八歳前後になっており、『梁塵秘抄』（日本古典文学大系本）では「三十四五にしなりぬれば、紅葉の下葉《したば》にことならず」とまでいわれている。少なくとも恋愛対象となる「紫のにほへる妹」ではありえない。もし真顔でそういわれたとしたなら、この時代にあってはそれは皮肉であったろう。二人が子をなしたのは周知の事実だが、もはや遠い過去の話。それでもあまりの取り合わせの妙に、「いまさら復縁？冗談きついぜ」と失笑を買っていたのではなかろうか。

※詳細は、拙稿「額田姫王と十市皇女」（『古代史の異説と懐疑』所収。笠間書院刊）参照
（『女流歌人（額田王・笠郎女・茅上娘子）人と作品』、二〇〇五年三月）

☆我が大君　ものな思ほし　皇神《すめかみ》の　継ぎて賜へる　我がなけなくに　（巻一・七七）

「わが大君よ、ご心配はいりません。先祖の神々から後継ぎを賜っている私がおりますから」という意味で、御名部《みなべ》皇女が詠んだ歌である。

題詞によると、和銅元年（七〇八）に元明女帝が「ますらをの　鞆《とも》の音すなり　もののふの　大臣《おおまえつぎみ》楯立つらしも」〈巻一・七六〉（勇士たちの鞆を弦がはじく音が聞こえる。物部の大臣たちが楯を立てているらしい）と詠み、それに唱和して詠まれたとある。

このなかの「ものな思ほし」と詠まれた元明女帝の心配事とは、いったい何だったのだろうか。

この年は元明女帝が即位した翌年で、藤原宮で新しい天皇としての最初の新嘗《にいなめ》祭つまり大嘗《おおなめ》祭が行われることになっていた。大嘗祭とか新嘗祭とかいうのは、その年に収穫された新穀を神とともに食する行事である。食することで穀物の霊を身につけて天皇としてふさわしい体になり、それとともに神々に一年の稔りを謝するものである。念のためにいえば、即位した年の新穀で祭事をやればよいように思えるが、天皇の即位が七月だったので、その年の新穀は前帝のもとで生育したものとみなされた。神々から新帝のもとに贈られた新穀、とはみなされない。そのために翌年の新穀が稔るまで待っていたわけである。

この式典の警衛のために、物部大臣つまり左大臣・石上《いそのかみ》麻呂に指示された兵士が右往左往し、宮のうちはざわついていた。騒々しく落ち着かない風景が元明女帝の目に映ったのは事実だろうが、ただ雑音のすることだけが彼女の不安の原因ではあるまい。歌に漂う不安感は、もっと胸の奥底から噴き出してくるもののように見受けられる。そう思うからこそ、御名部皇女は女帝の心を鎮めるように「ものな思ほし」と詠んだのである。

じつは元明女帝は、即位にあたってすごくきびしい反対を受けていた。

彼女は天武天皇・持統天皇の嫡子であった草壁皇子の正妻だが、しょせん皇太子妃である。大王の正妻（大后）だった人の即位はいままでにも推古女帝・皇極女帝・持統女帝の例があるが、皇太子妃で即位した例はない。草壁皇子は皇太子のままで没していて、大王家の家督を相続していない。柿本人麻呂が日並《ひなめし》知皇子と絶賛しようと、のちに岡宮御宇天皇と追尊されようと、このとうじはそれが宮廷内の常識として通っていたわけではない。嫡子が家督を継がないで死没した場合、嫡子はその兄弟のなかからふたたび選ばれて、嫡流はそこに移っていく。それがほんらいであろう。跡継ぎとなれるような兄弟の皇子たちがいないのならば、大后が次の皇子の成長まで埋めることを考えてもよい。また有力者が対立していて、どちらをたてても廷臣たちを巻き込んだ政争となりそうだというのならば、それもまた大后の出番だろう。しかし、この場面はそうでなかった。そのときに周囲が一目置き、本人も「われこそは」と思っていた皇子がいた。

持統天皇十年（六九六）、皇太子格だった太政大臣・高市《たけち》皇子が死没する。このあとには草壁皇子の子で、持統女帝の絶大な庇護をうけた珂瑠《かる》皇子が皇太子となり、やがて文武天皇となっている。この推移は、宮廷内で既定の方針と思われていたのではなかった。

『懐風藻』（日本古典文学大系本）によると、そのとき紛争が起こりそうだった、という。持統女帝は皇族や群臣を宮中にあつめて、後継者を発表しようとした。いちおうは王族・廷臣たちの意見を聞いた上でという形をとり、大友皇子と十市皇女の子である葛野王《かどの》は「神代より以来《このかた》、子孫相承けて、天位を襲《つ》げり。若《も》し兄弟相及ぼさば、則ち乱此より興らむ」といって、珂瑠皇子への直系相続を主張した。これは持統女帝の心中を推し量って、その意向に沿ったものである。親の庇護のない葛野王には、こうして生きていくことしか途がなかった。これに対して弓削《ゆげ》皇子がなにか言い出そうとしたのを、葛野王はきつく叱りつけて止めた。弓削皇子がしようとした発言は、本人のことではなく、その実兄・長《なが》親王への皇位継承を求めたものだったようだ。長親王は舎人《とねり》親王につぐ第四皇子であったが、皇女所生の皇子としては叙位への出発台である浄広弐になったのも、到達点である一品になったのも、ともにいちばん早い。長親王こそが、文武天皇の即位に待ったをかけようとしていた人だったのだ。

ともあれ、それでも珂瑠皇子（文武天皇）が即位した。そうまでして立った文武天皇すらも、また夭折《ようせつ》した。もはやもとに戻して、天武天皇の皇子や皇孫からあらためて成年男子を選び、嫡子とすべきだ。頑是《がんぜ》ない子どもに嗣がせようとして、またぞろむりに女帝を立てて問題を先送りにすべきでない。そういう反対が起こった。その急先鋒は、もちろん長親王にちがいない。

一代の権力者で策謀家である持統上皇はいなくなっていたが、持統上皇に後事を託されていた藤原不比等が権力づくで抑え込んで、元明女帝の即位で事態を収拾することになった。これによって、まだ幼い文武天皇の子・首皇子（聖武天皇）への皇位継承も約束された。しかし天武天皇の皇子たちがたくさんいるなかで、草壁皇子直系の独占的な皇位継承路線に対する反撥も大きく、ほかの皇子を支持し擁立しようとする氏族も相まって、さらに自分の即位資格の不備も取り沙汰されていたはずで、宮廷内には大きな不満がくすぶっていた。なにか起こされるのではないか、あるいはこれからどうなるのだろうか。去来していたのは、そういう不安だったろう。

こうした裏面史を知る者にとって、この歌は当の本人である元明女帝の心のうちを窺わせるものとして貴重である。『万葉集』がなければ、こうした個人的な思いなど残らなかったであろう。

（「天飛ぶ」十六号、二〇〇七年十月）

☆人言を　繁み言痛《こちた》み　己《おの》が世に　いまだ渡らぬ　朝川渡る

（巻二・一一六）

これは但馬《たじま》皇女が穂積《ほつみ》皇子のもとに赴くときに詠んだ歌で、「人の噂が多くてうるさいから、生まれてからまだしたことのない夜明けの川を渡ることです」という意味である。

題詞には「但馬皇女、高市《たけち》皇子の宮に在《いま》す時」とあり、但馬皇女は高市皇子の宮にいたとある。実兄妹でもないのに同居しているのだから、高市皇子の正妻となっていたのであろう。そうなると、正妻の身で、人の噂があるのも承知でなおも川を渡ってほかの男性のところにいくといっているのだから、不倫宣言の歌といってよかろう。

妻問婚《つまどいこん》の社会だから、複数の男が女性のもとに通ってきたとしても、男性が複数の女性に通っていても、それ自体は許される。ただそれは親元で育てられている女性が恋愛する場合であって、すでに男性と同居していて正妻の立場にある女性となれば、話は別である。さらに歌の様子では、女性のもとに男性が通っているのではない。女性が男性のもとに奔《はし》っており、それも朝といっているがつまり誰だか顔が明瞭に判別されてしまう白昼である。かなり思い切った、しかもきわめて慎みのない行為である。題詞に「竊かに穂積皇子に接《あ》ひ、事既に形《あら》はれて」とあるが、スキャンダラスな関係と騒がれ、世間の指弾をうけた様子が漂っている。非難の声に包まれても、これではやむをえない。

しかしそう簡単に言い捨ててしまっては、かわいそうな所もある。

但馬皇女・穂積皇子・高市皇子はいずれも天武天皇の子で、異母兄妹の関係にあった。但馬皇女の母は藤原鎌足の娘・氷上娘《ひかみのいらつめ》、穂積皇子の母は蘇我赤兄の娘・大蕤娘《おおぬのいらつめ》、高市皇子の母は胸形徳善《むなかたのとくぜん》の娘・尼子娘《あまこのいらつめ》である。いまでは変だが、日本の古代社会では、同母でないので恋愛したり結婚したりすることに支障はなかった。ここでの問題は、正式に同棲する確定した夫婦となっているのに、ほかの男女と恋愛をしようとしていることである。

不倫・女のたしなみとかの社会規範の問題をしばらく措《お》いて、但馬皇女の目で見てみよう。

当時の皇子女たちは、おなじ皇族と結婚するケースが多くみられる。その理由は、身分・家柄が釣り合うからである。氏族員として生まれた人たちならば、同氏族のなかの嫡流・傍流に結婚相手の候補者が見出せるだけでなく、同族や同格の氏族員まで目をやれば選択肢も豊かである。しかし、皇族は数が知れている。しかもこまかくいえば天皇（大王）に近いほど高貴と見なされており、高貴な皇子と釣り合うのは高貴な皇女となる。そうした高貴な皇子女との間の子は、次期天皇候補としてふさわしい。つまりは、そういう濃い血を持つことが好ましいと評価されてきたのである。各氏族の氏の上には、こうした特異な感覚はなかったであろう。

　こうした約束事があると、そのなかでどういうことが起こるか。

大王位が履中天皇・反正《はんぜい》天皇・允恭天皇など兄弟で嗣がれていけば、それぞれに大王の子がまた多数生じる。かれらの次世代は、三人の大王の子がたくさんいるから、同格の大王の子同士として結婚相手も探しやすかったろう。欽明天皇のあとも、敏達《びだつ》天皇・用明天皇・崇峻《すしゅん》天皇と三人が同世代で大王位を回した。ここも、次世代には多くの同格の大王の子女がたくさんいた。しかし舒明天皇・皇極天皇（斉明天皇）の二代は夫婦であり、孝徳天皇は廃位されたも同然。しかもその子・有間皇子は処刑されている。斉明天皇の治世には、適齢期にある大王の男子といえば中大兄皇子（天智天皇）と大海人皇子（天武天皇）くらいしかいない。天智天皇・天武天皇が多くの皇子女を儲けてくれたのは、次世代の皇子女たちにとって、結婚相手選びに幸いであった。

　だが、こうしたなかでも、そのささやかな数の皇子女のなかでまた釣り合いがある。

　大王との血縁が濃ければ濃いほど貴重とされるという異常な血の論理が前提とされているので、皇子女同士の結婚はとうぜんの成り行きとなる。そして後継大王候補者の妻であれば、大友皇子には十《とお》市《ち》皇女でなければ、草壁皇子には天智天皇の娘・阿陪《あへ》皇女でなければ、釣り合いがとれない。十市皇女の場合は、父が大海人皇子で、母は額田姫王《ぬかたのひめみこ》という王族。父が大王の子にあたるのは、十市皇女しかいなかったから、これしか妥当な婚姻の組み合わせがなかった。草壁皇子の方は、阿陪皇女の母は中央豪族出身で大臣《おおおみ》だった蘇我石川麻呂の娘・姪娘《めいのいらつめ》であった。

右のように少数の血縁者のなかで、その生母の出身の格付けや年齢のあう皇族同士が結婚することになる。本人の自由意思がきくならまだよいのだが、これでは選ぶ余地がない。しかもほとんどは親同士で決めたか、政略結婚である。天智天皇没後に天智天皇の娘の新田部《にいたべ》皇女・大江皇女は、天武天皇の妃となった。これはおそらく、年齢的に釣り合う相手が天智天皇・天武天皇の皇子たちにもはやいなかったための、いわば救済結婚なのだろう。

ともかく針のさきほどの人数しかいない皇子女たちのなかで、釣り合いだけでわりふられて結婚する。そのあとで魂が求める愛に目覚めたとき、彼らの心の葛藤は計り知れないものがあったろう。

現代は、恋愛の行く手を阻むような障害が少なくなっている。

超えられない身分差など感じられなくなり、家柄・名門といっても数代のことで浮き沈みも激しい。そうしたこともあって、さほど問われなくなった。それでも、それぞれの家の資産や本人同士の年齢などに大きな差がある場合は、なおまだそれが障害の一つとなりうる。そして周囲の反対が強くきびしいほど、恋は激しく燃えさかるものである。

但馬皇女のしていることを思えば、この歌に嫌悪感を懐《いだ》く方がいるのは当然であろう。しかしそうとしても、なおその境遇に同情し共感を覚える人もいるのではなかろうか。

なおけっきょく、不倫は認められなかったようだ。

『万葉集』には「降る雪は　あはにな降りそ　吉隠《よなばり》の　猪養《いかい》の岡の　寒からまくに」（巻二・二〇三）とあり、その題詞には「但馬皇女の薨じて後に、穂積皇子、冬の日雪の降るに、御墓を遙かに望み、悲傷流涕して作らす歌」とある。挽歌であるが、もし添い遂げていたのならば、こうした挽歌は夫として葬儀の場で詠めただろう。「御墓を遙かに望」んで作ったとするのは、葬儀の場から排除されていたわけで、外部から歌を詠まざるをえなかったのである。つまりこの恋愛関係は、但馬皇女の最期まで承認して貰えなかった。

（「天飛ぶ」二十号、二〇〇八年三月）

☆験《しるし》なき　ものを思はずは　一坏《ひとつき》の　濁れる酒を　飲むべくあるらし

（巻三・三三八）

大伴旅人《たびと》の詠んだ歌で、「何にもならない物思いなどしないで、一杯の濁り酒を飲む方がよほどよいことだ」という意味である。

この歌に共感を覚える人は、多いのではなかろうか。

恋人にふられてしまって、来し方をふりかえってみると、後悔することがたくさんある。あのとき、ほんのすこし勇気を出して告白しておけばよかった。あのときにあんなことをいわなければよかったのに、などなど。もちろん告白しておきさえすれば、またあんなことをいいさえしなければ、こうして別れずに済んだのかどうか、それは分からない。それに、いまさら悔やんでみたところで、もとに戻りはしない。去ってしまった人とのことを考えるより、あたらしい恋を探しにいった方が効率的で希望もすこしはあるだろう。頭を冷やして冷静にものを考えればそうだ。だが、心を取り戻せないとわかっていても、事態を覆《くつがえ》せないとわかっていても、心のなかになおあるその人の残像に向き合ってつい話をしてしまう。そうしないですむためには、やはり酒を飲むのがよいようだ。こういうつらい経験は、無粋な筆者にも少なからずある。

もっとも悩みは、いつでも恋愛とは限らない。何日もかけてデータをとり、販売現場の声を反映させて会社のためを思って作った営業プランが、上層部に受け入れられない。憤りと諦めとが錯綜するが、とても納得できない。しかしすでに手続き通りに審査されて却下されたのだから、その結果がいまさら覆るはずがない。そうした時の鬱憤《うっぷん》と悲哀も、納得できない気持ちとともに、下っ端《したっぱ》としてはもはや酒の力を借りてほぐすほか手がない。

私たちのうさはこのていどのことだが、この歌の作者・大伴旅人が懐《いだ》いた嘆きは、もっと大きなことだったようだ。

神亀五年（七二八）ごろ、旅人は、九州地方を統括するとともに外交の出先機関を管理する大宰帥《だざいのそち》という仕事についていた。大宰帥は遙任《ようにん》といって現地にいかないで済ませる場合もあった。というのも大宰帥の官職につくには従三位以上になる必要があった。これだけの高い地位なら、中央政界では中納言として国政の審議に参画できる。じっさい旅人は正三位の位階を帯びて中納言の職にあり、政界第三位という高い序列にいた。かつて旅人は、征隼人持節《せいはやとじせつ》大将軍となって現地に派遣されたことがあるが、一度も地方官として常駐した経験がないまま中央政界で出世してきた。だから今度も遙任となるのかと思われたが、今度はついに九州の現地に派遣された。この人事がなければ、自分の博識と英知を発揮し、中納言として国政の中枢で重要事項について大いに意見をいえるはずだった。それなのに、政策決定の場をはるか離れた九州にいては口の出しようがない。おそらく六十歳をすぎていたろうが、「経験豊かな自分の政治的見識は、いままでもそんなに重要と思われていなかったのか」「国政に欠かせない人材と思われていたわけじゃないんだ」と、さぞや落胆したことであろう。そこにさらに、苦楽をともにし、長年連れ添ってきた糟糠《そうこう》の妻・大伴郎女《いらつめ》が病死した。追い打ちをかけられているかのような、人生の悲哀・試練・落胆。哀しみは、まさに募るばかりだった。

多くの官僚たちの手の届かないようなひとの羨む出世をとげていても、偉くなれば偉いなりに不満やうさはつきないというのが人生のようだ。

☆君待つと　我《あ》が恋ひ居れば　我がやどの　簾動かし　秋の風吹く　（巻四・四八八）

額田姫王《ぬかたのひめみこ》の詠んだ歌で、「あなたのお出でを恋い慕って待っていると、私の家の簾を動かして秋の風が吹いた」という意味である。題詞には「額田王、近江天皇を思《しの》ひて作る歌」とあり、天智天皇が自分のところに立ち寄ってくれないかと期待する思いが詠まれている、とする。簾が動いたので恋しいあなたが来たのかと思ったが、秋の風が通りすぎただけだった、という内容となる。よくありそうな風景であり、たしかに期待しすぎていると勘違いしてしまうこともある。自分の居るところに近づいてくる足音、あるいは電話の呼び出し音などが、恋人の姿を期待させることはよくある。一瞬の心の動きを、うまく捉えていると思う。

後宮では天皇の寵愛を受けて子をなすことが最大の願いであり、その前提としてまずは自分の居所《きょしょ》に立ち寄らせなければならない。かつて中国の晋では、皇帝（武帝）に立ち寄る意思がないなら、皇帝の乗ってくる羊を止めてしまおうとして、その門口に塩水をかけた竹の葉を置いた胡貴嬪という知恵者もいた。羊が塩をなめたがるのを知っていたのだ。こういう手は一時的ならば通用するかもしれないが、しょせん情が通わなければ長続きしない。呼び寄せたいのは羊ではなく、皇帝なのだから。かといってそう悟ったように鷹揚に待ち続けていても、心の中では待ちこがれて、風すら勘違いしてしまう。ただ期待に胸をふくらませているだけの、無策な身の辛さ。これは後宮の女性の誰もが経験している共通する嘆きだった。身悶えするようなこの辛さが、その身になってわかる。それが額田姫王の歌人としての卓越した才能なのだろう。

額田姫王自身は『日本書紀』の天智天皇の后妃一覧でも妻妾に数えあげられておらず、彼女自身が後宮の一員だったのではない。これは彼女たち後宮の女性の立場になって詠んだ、彼女たちになりかわって代作した歌といってよい。

ところで、これに唱和して鏡王女《かがみのおおきみ》の「風をだに　恋ふるはともし　風をだに　来むとし待たば　何か嘆かむ」（巻四・四八九）という歌がある。この鏡王女の歌は風を詠んでいるという点で通じているが、額田姫王の歌とは内容的な整合性がない。「風をでも来るだろうと待ちこがれているのなら、何も嘆くことはない」と答えられても、ピントがはずれすぎているからだ。風を勘違いすることすらない状況であったならば、もはや後宮に居る場所などない。だからおそらくそのときの詠歌ではなくて、後世に唱和した歌として付加されたのであろう。同室に起居しているらしいことから鏡王女を額田姫王の姉か妹と見なす説もあるが、この歌が詠まれたときに横にいたという以上の根拠は何もない。のちの唱和歌となれば、なおのこと根拠がない。

（『女流歌人（額田王・笠郎女・茅上娘子）人と作品』、二〇〇五年三月）

☆湯種《ゆだね》蒔く　あらきの小田を　求めむと　足結《あゆい》出で濡れぬ　この川の瀬に　（巻七・一一一〇）

歌は「清浄な種を蒔くべき開墾したての小田を探そうとして、妻が結んだ装束を身につけて家を出てきたが、この川の瀬で濡れてしまった」という意味である。

ここには田に種を蒔くとあり、『万葉集』にはほかにも「我が蒔ける　早稲田《わさだ》の穂立《ほたち》」（巻六・一六二四）・「住吉《すみのえ》の　崖《きし》を田に墾《は》り　蒔きし稲」（巻十・二二四四）・「青楊の　枝伐り下ろし　湯種蒔き」（巻十五・三六〇三）など種を蒔くと表現している例がある。さらに『皇太神宮儀式帳』（続群書類従本）にも、伊勢神宮が奉祭する神々の食膳に供えるために食糧を調達する御田に「種を蒔き下ろし始」（第一輯、三十一頁）めると見える。これらの例からすれば、田圃にじかに種籾を蒔き散らすことがあったのは間違いない。

しかしその一方で、『万葉集』には「小山田の　苗代水の　中淀にして」（巻四・七七六）・「苗代の小水葱《こなぎ》が花を」（巻十四・三五七六）などとあって、苗代田が垣間見られる。苗代田を作るというのなら、かならず苗を植える作業つまり田植えが行われる。

いったい万葉の時代の稲作は、じか蒔きだったのか、それとも田植えだったのか。

解釈はいろいろできる。稲作の伝播した縄文晩期・弥生時代からしばらくはじかに種蒔きしていたが、奈良時代にはもう田植えに変わっていた。そのなかで種蒔きは古い農法として記憶され、文学的世界でのみ通用する古典的表現であった、という解釈がある。また種のじか蒔きが苗代田へのものであったとすれば、両者が描写されても矛盾しないことであって、不都合でない。後者はやや苦しいが、そういう折衷した解釈もできなくはない。

無造作に種をじか蒔きするよりも、田植えならば雑草の除去が簡単で、生育を邪魔されずに多くの収穫が期待できる。しかも『延喜式』（新訂増補国史大系本）巻八神祇八／祝詞には「雑雑《くさぐさ》の罪の事は、天津罪と畔放《あぜはなち》・溝埋・樋放《ひはなち》・頻蒔《しきまき》・串刺・生剝・逆剝・屎戸《くそへ》・許許太久《ここたく》の罪を天津罪と法《のり》別けて」（大祓）とあり、頻蒔きは禁止されている。種を蒔いた上にさらに種を蒔くと、一本一本の稲にまわるべき土地の栄養分が過小になり、すべてが育たなくなる。かつて中華民国（台湾）では、日本人用に生け簀で海老を養殖していた。多量に海老を育てようと欲張ったために、病気が蔓延して全滅したとか。稲もとうぜん多く収穫しようとして過剰に蒔いてしまうと、すべてが稔らなくなる。じか蒔きには、蒔いた状態に厚薄がないようにする手加減が必要である。それよりも手間はかかるが、適正な間隔をおいて田植えをする方が安全である。

雑然とした種蒔き農法から、井然たる田植え農法への高度化。それが、日本人の試行錯誤による内的な努力や思いつき・発見のせいとは思えない。弥生後期末ごろの岡山市百間川遺跡の水田址には、稲株址の間隔が規則的で、すでに田植えが行われていたと見られる址がある。苗代・田植えというやり方は、水稲耕作を持ち込みまた採り入れた当初からそうだった、と考えるのが穏当だろう。

では『万葉集』の二つの表現はどういう差だったのか。どうやら基本は田植えだったが、開墾したばかりの田、生産条件が不十分な田、生産性の低い田などの場合にはじかに種蒔きをする。そういうことだったようだ。

近年、稲の品種を記載した古代木簡が発見されるようになり、古代でも「古僧子《こぼうし》・白稲・女和早《めわさ》・

地蔵子」（福島県荒田目《あったため》条里遺跡出土）など稲種に名前をつけて保存していることがわかった。これは開墾田など収穫をあげづらいきびしい状況の田に堪えられる品種として、別置きされて受け継がれていたのではないかと見られている。

（「天飛ぶ」十三号、二〇〇五年十一月）

☆娘子《おとめ》らが　放《はな》りの髪を　木綿《ゆう》の山　雲なたなびき　家のあたり見む

（巻七・一二四四）

作者未詳の歌で「少女たちがお下げ髪を結うという名にちなむ木綿の山に、雲よたなびかないで。家のあたりを見ようから」という意味である。

歌のなかに、「放の髪を木綿」という言葉が出てくる。放《はな》りの髪とは洗い髪のように自然に垂らした髪の形で、それをまきあげて頭上に結う。その結うの「ゆう」という音と「木綿」のゆうが通じるので、木綿山を出すために「髪を結う」場面を上の句に持ってきた。ただ言葉のあやや駄洒落ではない。その言葉ではじめることで、あたりを見たいといっている家には、お下げ髪からその髪を頭上に結い上げることになるような娘がいるという雰囲気を漂わせているのだ。

とうじ結髪することは、村落の内外に成人の女性となったことを示すものであった。成人女性となるのはだいたい十五〜六歳のころで、このあたりがふつうの初婚年齢だった。

『伊勢物語』（日本古典文学大系本）二十三段の筒井筒にも、連想される著名な場面がある。

いなか暮らしの子どもが成長してきて、おたがいに男女の差を意識するようになる。恥ずかしさをきゅうに覚えはじめる。そのなかで「この人こそ」と思う男から「筒井つの井筒にかけしまろがたけ過ぎにけらしな妹見ざるまに」と歌が贈られてきて、女は「くらべこし振分髪《ふりわけ》も肩すぎぬ君ならずして誰《たれ》かあぐべき」と返した。すなわち「井戸の筒で高さを測りながら遊びあった私の背も、あなたを見ないうちに大きく成長したことでしょう」と詠みかけたのに対し、「比べ合ってきた私の振り分け髪は、もう肩を過ぎるほどのびました。あなたでなくて、誰のために髪上げをしましょう」と返したのある。このやりとりはもちろん思い出話やファッションの問題でなく、髪を結い上げることが結婚できるというサインになっているという風習が広くあり、それを背景として詠まれている。

この歌も、かねて目をつけてきた放り髪のあの子がはやく髪を結い上げないかと、じっと遠くから見守っているような感じをうける。

ところで結髪の習俗は、そう古い起源のものでなかったようだ。

『日本書紀』天武天皇十一年（六八二）四月乙酉条には「今より以後、男女悉に髪結《あ》げよ。十二月三十日より以前に、結げ訖《おわ》れ」と命じているが、同十三年閏四月丙戌条では「女の年四十より以上は、髪の結《た》き結かぬ、及び馬に乗ること縦横、並に意の任《まま》なり」となり、四十歳以上の女性は任意となった。さらに朱鳥元年（六八六）七月庚子条では「婦女は垂髪《すべしもとどり》于背すること、猶故《もと》の如くせよ」とあって、背に髪を垂らしてもよいとされている。しかし『続日本紀』慶雲二年（七〇五）十二月乙丑条によれば「天下の婦女をして、神部・斎宮の宮人及び老嫗に非ざるよりは、皆髻髪せよ」とあり、神部・斎宮の宮人・老女でないかぎり結髪するよう改められた。この記事については、詳しくは前の紀つまり『日本書紀』にあり、重ねて制するものだという注記がわざわざつけられている。

政府としては中国風に結髪させたかったようだが、日本古来の習俗は一片の法令でたやすく変えられなかった。つまり結い上げないで垂髪のままにしているのが、古代女性の常識であったともいえる。この万葉歌の作者は中国文化の先進的な習慣を知っていたため、かえってお目当ての女性が成人になったと気づかずに見逃すこととなったかもしれない。

☆我妹子《わぎもこ》が　形見の合歓木《ねぶ》は　花のみに　咲きてけだしく　実にならじかも　（巻八・一四六三）

大伴家持が詠んだ歌で「あなたの形見の合歓木は、花ばかり咲くものの、おそらく実を結ぶことはないのでしょう」という意味である。

これは、紀女郎《きのいらつめ》と大伴家持の間に交わされた四首のうちの一つである。

紀女郎は合歓と茅《つ》の花とを手折《たお》り、「春の野で私が抜いておいた茅花です。これを食べて太ってください」「昼は花が咲き、夜は恋いつつ寝るという合歓木の花です。私だけがみるべきでなく、あなたにも見てほしい」という意味の歌をそえて家持に贈った。

この花々と歌に対して、家持は二つの歌を用意した。

一つめは「我が君に　戯奴《わけ》は恋ふらし　賜《たば》りたる　茅花《つばな》を食めど　いや痩せに痩す」（巻八・一四六二）つまり「あなたに私めは恋しているらしい。頂いた茅花を食べても痩せる一方だから」として、痩せるほど恋しているという色よい返歌である。もう一つ用意したのが右掲の歌で、「あなたを偲ぶよすがとなっている合歓木の花は咲いても、それはうわべだけのこと。けっきょく成就はしませんよ」という謝絶の歌である。

家持はどちらの歌も贈ったようだから、受けた紀女郎は困惑したことだろう。痩せ細るほどの恋心があるのか、成就しないよとさめた心でいるのか、どちらが本心なのか。あるいはどちらも本心でないのだろうか。押しながら同時に退く姿勢を見せることで、誘いながらたくみに心を試しているのか。

　こうした駆け引きは、男女間でいまもさかんである。

自分の内心を伝える媒体こそ短冊から携帯電話に変わり、その名もメールと呼ばれているが、内容も、役割も、同じである。送ったメールに対する返事がすぐにきたか、あるいは十数分の間があったか。早いときには脈がありそうだが、間があくほどさめているのでは、とか。とうとつな用事で約束がキャンセルされたのは仕方ないとしても、そのあとの約束がなかなかできない。あのときの用事とは、断るためのいいわけだったのだろうか、とか。固定電話も携帯電話もこのごろはだれからの電話なのか、受け取る前にわかっている。そうなると電話に出なかったのは、たまたま近くにだれもいなかったのか、接客や会議中だったのか、それとも私と知って拒否しているのか。その場の状況をいろいろ想像し、また相手の言葉のはしばしに一喜一憂し、腹づもり・誠意から性格・人格まで胸をときめかせて探っているのは、昔も今も変わらない光景である。

☆勝鹿の　真間の井見れば　立ち平《なら》し　水汲ましけむ　手児名《てごな》し思ほゆ　（巻九・一八〇八）

　高橋虫麻呂が詠んだ歌で、「勝鹿の真間の井戸を見ると、通《かよ》って来ては地を踏んで平らにしつつ水を汲んだという手児名が偲《しの》ばれる」という意味である。

武蔵国の勝鹿（千葉県市川市）の真間という場所に生まれ育った手児名は、青い襟《えり》をつけただけのそまつな麻の服を着て、髪もとかさないような簡素な暮らしをしていた。それなのに、満月のような豊かな顔に花のような笑みを浮かべると、男たちが群がってくる。それだけならよいのだが、手児名のまわりはトラブルが絶えなかった。手児名を得ようとする男たちが口喧嘩し、つかみあいとなり、やがて大げんかに発展していくからである。手児名はそうしたことに心をいため、結局は自分のせいでこんなトラブルが起こるのだと悲しみ、ついに自殺してしまったという。

古代には、同じような話がほかにもある。『万葉集』の摂津国芦屋（兵庫県芦屋市）の菟原処女《うないおとめ》もそうだ（巻九・一八〇九〜一八一一）。菟原処女と結婚しようとして、菟原壮士《おとこ》と千沼《ちぬ》壮士が猛アタックした。二人の男はときには家まで焼き払い、武器を手に争った。菟原処女はそんな壮絶な争いを見るに見かねて、自殺した。ところが死んだことを夢で知らされた千沼壮士が自殺すると、それにすら嫉妬して菟原壮士が後追い自殺をした、というすごい話である。

『常陸国風土記』にも、似た話がある。那賀郡の寒田郎子と海上《うなかみ》郡の安是嬢子《あぜのいらつめ》は、地域でいちばんの美男・美女だという噂をたがいに聞いており、ともに会いたいものだと思っていた。その願いが通じてか、自由な恋愛が許される年一度の歌垣《うたがき》の場ではじめて出会うことができた。思う存分話し合うためにその場をはなれ、楽しい時を過ごしていた。ところが気づいたら朝になっていた。かれらは人に見られるのを恥じ、そのまま固まって松の木となってしまった、という。

それにしても、なぜみんな自殺しておわるのだろうか。おそらくそれは村の秩序を乱しているからであろう。争いごとの原因となっていることも問題なのだろうが、自由意思での恋愛によって村内のしきたりや婚姻の秩序などが乱されてしまうことも、村の長老たちからみれば許しがたい罪である。いやはや、美女に生まれつくというのもたいへんなこと（拙稿「散りいそぐ恋人たち」参照。本書所収）。

☆花咲きて　実は成らねども　長き日《け》に　思ほゆるかも　山吹の花　（巻十・一八六〇）

作者未詳の歌で、「花が咲くだけで実はならないのだが、山吹の開花が早くから長く待たれることだ」という意味である。

歌に山吹のことが出てくると、いつもある落語の話を思い出してしまう。

ある長屋でのやりとり。夕暮れになって提灯を借りに来た友人に長屋の住人・八五郎が、「傘を借りたいといえよ」と要求する。というのも、ほんのすこし前に、八五郎は太田道灌と茅屋《ぼうおく》に住む少女との山吹の枝のやりとりの挿話をにわか勉強してきたのだ。それは戦国時代にあった話で、きゅうな雨に困った道灌が茅屋の住人から蓑を借りようとしたところ、その家の主である少女は山吹の枝に歌をつけて差し出した。道灌はそれが何のことか理解できなかったが、家臣は「七重八重　花は咲けども　山吹の　実の一つだに　なきぞ悲しき」という歌をみて、「蓑（実の）一つでさえない」つまり蓑がないから貸せないという意味だと解き明かした。道灌が「自分はまだ歌道に暗い」といって、以後精進したという。そういう話をして、傘のかわりの提灯を貸さないで断るはずだった。ところが八五郎はなにしろ一知半解での受け売りだから、この話が支離滅裂に改変されて「七重八重　花は咲けども　山伏の味噌一樽に　鍋と釜敷き」といってしまった。何のことか理解できない友人に対して、八五郎が「お前は、歌道《カドウ》が暗《くれ》えな」というと、「角《カド》が暗えから提灯を借りに来たんだ」といって落ちになる。「道灌」という話である。

この話のキーポイントは、山吹の花は実をつけないことにある。だから「実の一つ」つまり「蓑一つ」でさえ家にないという答えの意味に繋がる。山吹には黒い実をつける種類もあるのだが、八重山吹は実をたしかにつけない。だから八重山吹の特異性のために、山吹はこの万葉歌以降も実らないことの例えに持ち出されつづけ、歌の世界ではマイナスのイメージをもつ植物となりはてた。

だが山吹が出てくる万葉歌にも、よいイメージが読みとれるという説もある。

それは十市皇女が急死したときに高市皇子が詠んだ歌で、「山吹の　立ちよそひたる　山清水　汲みに行かめど　道の知らなく」（巻二・一五八）とある。「山吹の花が咲いて美しく飾っている山の清水を汲みにいって蘇生させたいが、道がわからない」と詠んでいる。詠まれた泉のイメージは、山吹の花に囲まれている。どうして山吹が咲いている場所なのかというと、柑橘系果実や山吹などの橙《だいだい》色は、オリエント世界では伝説的な若返り・蘇《よみがえ》りの効能をもつ色であった。つまりこの歌は生命復活の水を探そうとしているという意味で、その泉の風景とそこまでの道について詠み込んでいるものだという。それならば、実らないというイメージが定まる前に寄せられていた山吹の魅惑的なイメージも復権させてやりたいものだ。

☆道の辺の　いちしの花の　いちしろく　人皆知りぬ　我が　恋妻は　（巻十一・二四八〇）

万葉文化館の庭に咲く彼岸花

柿本人麻呂歌集にある歌で、「道ばたのいちしの花の名にある『いちし』と表現すべきようにはっきりとみんなが知ってしまった。私の恋しい妻のことを」という意味である。

いちしの花とは、いまの曼珠沙華《まんじゅしゃげ》のことである。この花は別名を彼岸花といわれるだけあって、秋のお彼岸が近づくと揃ってしかもあたりから浮き立つようにひときわあざやかに咲き出す。根に有毒成分を含んでいるので、土竜《もぐら》や鼠などを防ぐために墓地や田の畔《あぜ》に好んで植えられるそうだ。勤務地のここ明日香村にも多くの田圃が広がっており、田の畔には今年も多くの彼岸花の群れが見受けられる。

地中の鱗茎から三十センチほどの茎がのびてきて、その上に赤い輪状の花をつける。その開花の直前まで飾り気のない緑の棒しかないので、だれもここに花が咲くなど予想していない。昨日までだれも気づかなかったのに、ある朝、とつぜん時を同じくしてここにもあそこにもいっせいにみごとな赤い花が咲いている。こんなにたくさんの彼岸花が生えていて、知らないうちにひそかに開花が準備されていたのだ、と気づかされる。とうとつに出現する彼岸花の群れ。あまりに目立つ赤色なので、見ている者はまるで赤ずきん集団の伏兵にあったようなショックすら覚える。現代の人たちのそうした思いは、万葉びともみな同じように感じた。このときの感触が、この歌のいちばんの売りである。

やっとのことで自分の思いのたけを彼女に告白して、しかもうれしいことになんと求愛は受け入れられた。断られたらどうしようかと悩み、長いこと待たされた気もする。ともかく得られた心躍る嬉しい知らせ。喜色満面で父母や家族に告げれば、やがて友人たちにも伝わることであろう。結婚披露の通知を出すときの晴れがましさは、たとえようもないものだ。この知らせにきっとだれもが驚くぞ、と。「えっ、あの子とかい」とかいわれて、誇らしくも気恥ずかしくもある。それに肩にのしかかる責任の重さも、心地よく感じられてくる。手荒く祝福される直前、多くの恋人たちが味わう心の温かくなる至福の時間。結婚前の心満たされた時間が、この歌に密封されているような気がする。今秋もたくさんの式場でこうした噂の赤い花が実を結ぶことであろう。

なお興をそぐ蛇足ではあるが、冒頭に「柿本人麻呂歌集にある歌」としたのは、『柿本人麻呂歌集』が柿本人麻呂本人の詠歌を集めたものとはいいがたいからである。歌集にあったのは事実だろうから上記のようにそのまま記しているが、それら集中の歌の作者はおそらくその多くが人麻呂でない。こうしたことは、『家持集』という書籍も同様である。念のため。

☆鈴が音の　駅家《はゆまうまや》の堤井の　水を飲《たま》へな　妹が直手《ただて》よ　（巻十四・三四三九）

歌の意味は「駅鈴を響かせて走る早馬が泊まる館、その堤の井の水をぜひ頂きたい。あの娘の手からじかに」となる。

奈良駅とか桜井駅とかの駅という字は、馬偏がつくことで予想されるとおり、もともとウマヤと訓む。これは官営の厩舎で、鞍などの乗馬装具を備えた複数の馬が常駐していた施設である。この言葉が、現在の鉄道駅の呼称の語源となった。

駅馬の制度は古代社会では最高速の情報伝達機関であって、たとえば東北地方の蝦夷が反乱を起こしたとか、九州南部で隼人が大隅国守を殺したとかの非常事態を中央政府に報告するときに使った。使者は、馬を可能な限り速く走らせた。駅は三十里（約十六キロメートル）ごとに置かれており、ふつうで八駅、緊迫した状況では十駅以上進まなければならなかった。一日十時間乗ったとして、平均時速は十六キロメートルにすぎないと思われるかもしれない。だが、それは平地だけを考えるからである。じっさいには、道には山もあれば谷もある。あるときは時速二十キロメートルになるが、あるときは時速七〜八キロメートルもいかなかったろう。こうした道を個人所有の一頭の馬で走り通そうとすれば、馬が疲れて死んでしまう。そこで官営の厩舎を全国の主要道ぞいに置く必要があるわけで、馬を替えて乗り継がせた。このとき、使者はそのままにして馬を駅ごとに乗り換えていく場合と、使者も馬もともに乗り換えて連絡の書状だけを逓送《ていそう》つまり順送りに渡していく場合とがあった。

こうした緊急事態はめったに起こるわけではないが、いつ起こるかわからない。ほとんど毎日むだに待機しつづけているにすぎないとしても、それでもやはりいざという時のためにつねに馬が走れる状態にして準備しておかなければならなかった。

この駅という施設では駅長・駅子が立ち働いており、厩舎に付属する施設としては事務所・倉庫や駅の維持管理費を出すための田圃などのほか、駅馬に乗る使者すなわち役人たちが宿泊・休憩できる駅館などがあった。そういう付属施設の一つとして、使者や駅馬などに水を提供する井戸があったのであろう。

ひとたび使者に指名されたならば、かりに最北の軍事拠点である秋田城からならば六日ほど馬に乗り続けとなる。肉体的にはもちろん、精神的な疲労も大きい。この歌から見ると、辛い使命を果たそうというなかでの彼らの楽しみは、「でも、あの駅にはあの子がいる。女神のようなあの子が、笑顔でじかに水を飲ませてくれるのだったら、疲れも吹き飛ぶが」とかの「あらぬ雑念」だったのであろう。

そうした辛いときの心のなかの女神は、長野県にもいたらしい。「人皆の　言《こと》は絶ゆとも　埴科《はにしな》の　石井の手児《てご》が　言な絶えそね」（巻十四・三三九八）とあり、誰も声をかけてくれなくなっても、石で周囲を囲んだ井戸のそばに住んでいる手児の言葉だけはいつまでもほしい、と詠まれている。

今でいえば、いわば出張でよくいく町の、駅前の花屋の売り子さんのピカイチの笑顔を楽しみにして、今日も仕事に励んでいる、という心情だろうか。

☆百舟《ももふね》の　泊《は》つる対馬の　浅茅山　しぐれの雨に　もみたひにけり　（巻十五・三六九七）

歌は「たくさんの船が泊まる港である対馬の浅茅山は、時雨の雨に美しくもみじしたなあ」という意味で、作者は分かっていない。

読者諸士は、招かれざる客となったことがあるだろうか。門前払いさえされそうななかで、なんとか室内に招じ入れられたものの、話ははずまずに気まずい時間が流れていく。筆者には、その経験がある。好きな女性が心変わりしたと聞いて、東京の青山宅からはるばる掛川市内のＩ女の実家へ。しかし親同士が支持しているという相手との結婚話を覆せず、招かれざる客のまま退去を迫られた。こういう経験はそうそうないかもしれない。

では、たとえば会社の上司の命令で、ある会社に新製品・新企画を携えて売り込むことになった。しかし相手先の会社はすでにほかの会社の有力役員と接触し、話はほぼまとまっている。営業の現場でそうした確度の高い情報を耳にしたとすれば、その会社を訪ねてみてもまず歓迎されない。会社の上司は「長い間の信義関係もあるから、自社の製品がかならず採用される」とすごく楽観的。困ってしまう、というような思いだろうか。

この歌は、そういう目にあうことになる、朝鮮半島の新羅《しらぎ》に遣わされた使者の出発前の歌である。七世紀後半、新羅は、高句麗《こうくり》・百済《くだら》の攻撃にさらされて滅亡の危機に立ち至った。そこで中国の唐に助けを求め、協力して高句麗・百済を軍事力で討伐することに成功した。その戦いの後、唐は新羅の国としての独立を認めなかったので、新羅は朝鮮半島から唐の勢力を追い出しにかかった。唐が新羅に対して怒るのはとうぜんで、新羅と唐の関係は冷え切った。新羅は腹背に敵をうけないように、また国際的な孤立を避けるため、日本に対して低姿勢をとり、朝貢という形で国交回復を求めた。しかしばらくすると唐の北方に渤海《ぼっかい》国が勃興する。前身とされる旧高句麗の怨念を持ち出して唐との対決姿勢を示し、やがて唐の同盟国との軍事衝突へと発展した。この渤海国を押さえるため、七三三年、唐はかねての怨念を捨てて新羅と和解し、新羅に渤海を伐《う》つよう要請した。

唐との和解で国際的な地位が安定した新羅は、この交渉過程で、日本への国交スタイルを朝貢外交という低姿勢から対等儀礼へと転換しようとした。国際情勢の変化に疎《うと》い日本の目には、これが変節と映った。そしてついにはげしく非難しあうようになってしまった。七三一年には日本の兵船三百艘が新羅を襲ったとの話が伝わり、天平七年（七三五）に新羅から派遣された使者は「態度が尊大だ」

といわれて帰国を強制された。

冒頭に掲げた万葉歌は、この直後の天平八年二月に任命された遣新羅使の一人が詠んだものである。こうした状態であれば新羅で歓待されるとは思えず、はじめから招かれざる客である。

日本が東アジアの国際情勢をただしく分析していたら、新羅使にももうすこし穏当な扱い方ができて、あたらしい国交のあり方も模索できたろう。上役が前例や建前にこだわると、いつも苦しむのは現場の下役である。それはいつの世も変わることがない。ふつうの神経では、もみじを愛《め》でるどころではない。浅茅山のもみじが美しいと詠んだのは、赴く先での修羅場を予測した自分へのせめてもの慰めだったろうか。

☆梨棗《なしなつめ》　黍《きび》に粟次ぎ　延《は》ふ葛《くず》の　後《のち》も逢はむと　葵花咲く　（巻十六・三八三四）

作者未詳の歌で「梨、棗、黍があいついで稔り、蔓を伸ばす葛のように後でまた逢おうと葵の花が咲く」との意味だが、丁寧に訳さなければ「君に葵《あふひ》の名のように逢う（あふ）日（ひ）がくる」というだけの意味になる。開花する順に植物を並べ、その名にあわせて意味が辿れるように仕立てた歌で、このさいは西瓜《すいか》でも茄子《なす》でもよかった。蒟蒻《こんにゃく》を取り上げて、「こんにゃ来る」という駄洒落でも成り立ちそうだ。あえて取り上げるまでもない無意味な歌ともいえる。

この歌を作った動機は、どうやらもともと梨・棗・黍・粟・葛・葵という植物の名を詠み込むように求められ、それをうけて歌にはめ込んだもののようだ。

『万葉集』には、こういう歌がいくつも見られる。

たとえば「さし鍋に　湯沸かせ子ども　櫟津《いちいつ》の　檜橋《ひばし》より来む　狐に浴《あ》むさむ」（巻十六・三八二四）は、現代語にすれば「さし鍋で湯を沸かせ、皆さんよ。櫟津の檜橋を渡って来る狐に湯を浴びせてやろう」となるが、ほとんど意味をなしていない。柄の付いた鍋（さし鍋）でなくてもよく、橋が檜でできている必然性もない。これを「さすが、万葉秀歌だ」と思う人などいないだろう。これには左注が付いていた、「大勢集まって宴会をしていたら、十二時ごろたまたま狐の声が聞こえた。そこで長《なが》意吉麻呂《のおきまろ》に『調理器具（さし鍋）・食器（箸）・狐の声・河の橋に関わる歌を作ってみなよ』とみんなで勧めた。そこで彼が注文にあわせてこの歌を作った」とある。ふざけあっている場での、座興の歌である。

　そういえば落語にはお題話、三題話というのがある。客席からお題、たとえば「かつお・火の玉・宇宙人」と貰って、それを繋げて話に作り、最後にうまく落ちをつける。噺家《はなしか》と客席が一体となった、即興の遊びである。それに似ている。

　万葉歌といえば、香り高く寄りつきがたい芸術作品と思われがちである。「うんうん」と唸りながら、一首を作り上げて推敲を加える。創造することの苦しみのなかから、芸術的な一首が作り上げられる。そういう諒解というか、先入観があるようだ。しかし古代人は芸術作品を作ろうとばかりして歌を詠んでいたわけではない。古代人なりの遊び心があり、歌は生活に溶け込んだ日常的に楽しむものであった。

　これも酒宴の場での歌であろう。ある日、舎人親王が「意味の通じない歌を作れたら賞品をやろうじゃないか」といいだし、大舎人《おおとねり》として近侍していた安倍子祖父《こおおじ》が「わが背子《せこ》が　犢鼻《たふさぎ》にする　円石《つぶれいし》の　吉野の山に　氷魚《ひお》そ懸れる」（巻十六・三八三九）と詠んで応じた。「私の愛する亭主がふんどしにする丸い石の、吉野の山に鮎の幼魚がぶら下がっている」というひどい歌である。聞いた人たちがどのように思ったものだろう。おそらくはしばらく絶句したことだろう。しかし意味なく笑えて、ほんとうに楽しそうな場の雰囲気が伝わってくる気もする。このひどい歌で、子祖父は銭二千文を貰ったとある。

☆玉くしげ　二上山に　鳴く鳥の　声の恋しき　時は来にけり　（巻十七・三九八七）

　大伴家持が詠んだ歌で、「玉くしげの二上山に鳴く鳥の、声の恋しいときがやって来た」という意味である。

　一九六〇年代の人気歌手・西田佐知子（一九三九年生まれ。ポリドールレコード所属）のヒット曲に、博多ブルースという曲があった。その歌詞には、「酒場の隅で　東京の言葉を聞けば　死ぬほど逢いたい　ああ　博多の夜も　泣いている」（藤原秀行作曲・水木かおる作詞）という部分がある。流れ流れて博多にやってきた女が、ホステスとして勤めている酒場でふるさと（東京）の言葉を聞き、胸が締め付けられる思いをするという場面描写である。

　筆者は酒場にこうした知り合いはいないが、人づてにそうした話を聞くことはある。都会には、富山県出身者がよく集まる店とか、兵庫県出身者のそれとか、そうした店がたくさんあるという。店内

高岡市の二上山

ではお国訛《なま》りが飛びかい、「えっ、隣村で生まれたんじゃないか」とかからはじまって、「小学校は何年の卒業？」とか「担任は誰だったの？」とか、ひとしきり思い出話に花が咲く。

筆者は東京都新宿区下落合の生まれで、四歳のときに港区北青山に引っ越し、東京のなかに四十七年間を過ごしてきた。四十七歳から一人住まいで各地を転々とし、富山県高岡市伏木に二年、兵庫県姫路市五郎右衛門邸に四年二ヶ月、奈良県高市郡明日香村に二年、橿原市久米町に四年十ヶ月ほど暮らしてきた。その暮らしのなかで、これら住んできた町々の名を耳にすると、いまでもやはりなつかしさを感じる。そういえば、姫路市内にはぐうぜんだが青山・高岡という地名があって、驚くとともにそこはかとなく懐かしさを感じたものだった。

　さてこの歌は、大伴家持がそうしたなつかしい地名と出会って作られた。詠まれているのは二上山だが、奈良県と大阪府との境にある二上山ではなく、富山県高岡市にある二上山のことである。

　家持は、天平十八年（七四六）に二十九歳で越中守に任命された。都を離れて、はじめての単身赴任である。妻・大伴坂上大嬢《さかのうえのおおいらつめ》と別れて暮らすことも切なかったろうし、また一人で行くことに心細い思いもあったろう。そこにさらに北陸地方の思った以上のきびしい気候によってか、翌年の二月には病気となり、十日以上も病床で苦しみつづけた。日本海側では、十月半ばから三月まで曇天が続き、とくに一月半ばからのひと月は根雪のために道が凍り付いていた。豪雪によって、道がどこにあるのか判別できなくなる。電柱に惑わされて鉄道の軌道内に車が入り込み、列車と正面衝突することがたびたびある。それほど雪深い地である。古代の気候はもちろんいまと同じでないが、家持は奈良の温和な気候しか知らないでいたはずだ。それがとうとつに馴れない厳寒のなかで生活することとなり、気を許せない見知らぬ人たちに日々囲まれて、さらに病気で臥せってしまう。気も弱くなり、都がことのほか恋しく思えるのもとうぜんであろう。

　家持の勤務する国庁のごく近くに、ぐうぜんにも二上山という山があった。その地名を聞いたとき、そしてふたこぶになったその山容を仰ぐたびに、家持は大和にある二上山を思い出したろう。なつかしく、そしてなによりも早く帰りたかったはずだ、温かくて友だちも多くいるふるさと・大和に。

☆天皇《すめろき》の　御代《みよ》栄えむと　東《あづま》なる　陸奥山に　金花《くがね》咲く　（巻十八・四〇九七）

大伴家持が詠んだ歌で、「天皇の御代が栄えるだろうと、東国の陸奥の山に黄金の花が咲いたことだ」という意味である。

いまの奈良の大仏様すなわち東大寺毘盧遮那《ビ・ルシャナ》仏は金色でないが、かつては全身に金メッキがほどこされていた。だから、まるで山のように大きな体は、キラキラとまぶしく輝いていた。われわれは古文化財の仏像というと、たとえば銅に煤《すす》がついてくすんだ黒色をしている古びた姿や剝落した部分があることに歴史の深みを感じ、荘厳さやありがたさを感じる。しかしかつて国家の総力をあげて崇拝の対象としてきたときの姿は、われわれがおそらくまったくありがたみを感じられないような、金色に輝いたプラモデルのような質感のない明るいものだったのである。

それはともかくとして、マルコ・ポーロは『東方見聞録』で、日本のことを黄金にとむ島と紹介している。また江戸時代ならば佐渡金山（新潟県）、現代ならば菱刈鉱山（鹿児島県）などがあって、日本は豊かな黄金を産する国としてつとに知られていたと思うかも知れない。しかしこと古代となると、そうでもなかった。砂金も金山も、なかなか見つからなかったのだ。

『元興寺《がんごうじ》伽藍縁起』によると、推古天皇十三年（六〇五）には、高句麗の大興王が飛鳥寺大仏の塗金用にと黄金三百二十両（約一二キログラム）を贈ってくれたと記されている。外国からの輸入によって、やっと仏像にメッキが施せたのである。大宝令の名前のもとになった大宝（七〇一〜七〇四年）という元号名も、対馬（長崎県）から黄金つまり「大いなる宝」が見つかったというのでつけられた。

これがその通りだったならば、東大寺大仏のメッキにもそうは困らなかった。しかしこれは官位昇進や恩賞の品々などの恩典にありつこうとしてついた嘘であって、のちに虚偽申告に関係した者たちが処罰されている。おそらくは朝鮮半島から交易によって入手したもので、国産の黄金はまだ見つかっていなかったのである。

さて、東大寺の本尊とする毘盧遮那仏は、飛鳥寺の釈迦三尊像とは比べものにならない大きさで、メッキの材料となる黄金が一万四百四十六両（約三九二キログラム）も必要であった。しかもかつて黄金を贈ってくれた高句麗は、天武天皇十三年（六八四）にすでに滅びている。高句麗を滅ぼしたのは唐・新羅であるが、日本もその唐・新羅を相手に戦争していたわけで、紆余曲折はあるものの、その後もすくなくとも残存する戦勝国との間に物資を融通し合うほどの友好関係は作れていない。日本の要請によって黄金を贈ってくれそうな国は周囲に見あたらず、これだけの黄金をどうやって入手するか宮廷中で悩んでいたところだった。そうしたおり、天平二十一年（七四九）二月、いまの宮城県遠田郡涌谷町にある黄金山《こがねやま》神社の裏手の山から日本ではじめての砂金が見つかった、というのだ。とうじの陸奥守が百済王敬福《きょうふく》という渡来系王族なので、かつての祖国から持ってきたものを出したと勘ぐる向きもある。しかし現在も、神社の裏手の山からはわずかながら砂金が採れるというから、まったくのいつわりともいえまい。

九百両の砂金が平城京にもたらされたことを聞き、越中国（富山県）に国守として赴任していた大伴家持は、その喜びの気持ちを詠みこんで聖武天皇に奉った。それがこれで、「ヤッタァ、バンザーイ」というはれやかな気持ちがすなおに伝わってくる歌である。

☆春の園　紅にほふ　桃の花　下照《したで》る道に　出《い》で立つ娘子《おとめ》　（巻十九・四一三九）

大伴家持が天平勝宝二年（七五〇）三月一日の夕暮れ時に詠んだ歌で、「春の園が紅に輝いている。桃の花の下まで輝やいている道に、たたずんでいる少女よ」という意味である。

この歌を詠むたびに、筆者は、作者・大伴家持の在りし日の視線をそのまま追体験しているような気持ちになる。映画では、空の雲を映してから下向きに動き、しだいに都会、町中、家、そして窓から身を乗り出している人へと進んでいくシーンがある。そういうような視線をいざなうような動きが、この歌には感じられる。

春になっていっせいに草木が芽吹き、あたり一面が緑色になっている。そのなかに、はなやかな紅色の花に包まれた桃の木の群れがあり、まずそこに目がすえられる。するとこんどは視線が下向きになって、照り輝いた一本の小径《こみち》に当てられる。その道にそって、桃の木の下にたたずんでいる乙女へとたどりつく。乙女の裳裾《もすそ》の方から視線がじょじょにあがっていって、豊かな胸のふくらみを捉えつつ、あかるんだ顔へといたる。あるいはこういう目の動きかも知れない。遠景の広く見渡されたシーンから、しだいに小径と桃の林の部分に画面が絞られ、さらに一本の木の下にたたずむ乙女を捉えて、艶《つや》やかな笑みをたたえた顔がアップになる。そういう広から狭への、ズーム・アップ効果の画面構成ともいえる。

この歌からは宮内庁正倉院事務所蔵の樹下美人図が思い起こされることが多く、一枚の絵を歌にしたような絵画的な歌といわれている。しかし筆者には、見る人の目の動きが詠み込まれた「動画的な歌」のように思える。歌を詠むことで美しい風景が脳裏に浮かぶのはもちろんだが、詠んだ人の目の動きをいっしょに追体験できる不思議さが、この歌のおおきな魅力になっていると思う。

ところでここに詠まれた樹下に乙女がたたずむという構図は、ペルシャ（現在のイラン）ではやっていたデザインである。なぜこのような図柄ができあがったのかといえば、そのおおもとは果実のなる樹木の下で、熟してしたたる果汁を羊などが飲んでいるという構図だった。砂漠で水をもとめる禽獣が、芳醇な香りを放つ果樹のみのりにひかれ、高みから降り注《そそ》ぐ果汁を飲んでいるところだったのだ。砂漠の民にとって、それはよく見かける実景だったのだろう。オアシス付近での恵みの絵柄から、こうした聖なる樹木と動物の取り合わせができた。ところが砂漠を知らない人たちにこれが伝わると、不思議な構図とみなされ、やがて自分が理解できるように解釈されてしまう。樹木はなんでも聖なる樹であり、下にいるのもいつしか人になった。樹木の下にいれば、それでよい。そういうただの形として、日本に伝わってきた。それがこの構図である。家持は、形は崩れているとはいえ、知らないうちにペルシャの動画を脳裏に思い描いていたのである。

☆もののふの　八十《やそ》娘子《おとめ》らが　汲みまがふ　寺井の上の　堅香子《かたかご》の花　（巻十九・四一四三）

大伴家持が詠んだ歌で、「物部の多くの少女たちが入り乱れて水を汲んでいる。その寺井のほとりのかたくりの花よ」という意味である。

大伴家持が国司の守として赴任していたとき、越中国（富山県）で詠んだものである。

国司には守（長官）・介（次官）・掾《じょう》（判官）・目《さかん》（主典）の四等官があり、守はその筆頭にあたる。いまでいえば県知事に相当するが、民選ではない。中央政府からの派遣官で、一国の政務を裁決する役職である。その政務を執る場所が国庁で、その近くには国司やその家族の住む公設の国司館などが建っていた。

いまその国庁址（高岡市伏木古国府）には浄土真宗本願寺派の勝興寺、国司館址には伏木気象資料館が建っている。

国司館から国庁までの通勤距離は、やや登り坂になっているとはいえせいぜい二〇〇メートルにすぎない。歌を詠んだのは、執務をおえた家持が国庁から退出したときだったろうか。国庁近くの寺の境内に堰き止められた泉井のほとりで、少女たちが話をしている。その若やいで軽やかな話し声、ふざけあいながら楽しそうに振る舞う笑顔と姿態につい見とれた。ふと気付くと、彼女たちの足もとにはかたくりの花が咲いているではないか。そういう描写である。目にとまったというかたくりの花は、少女たちのたとえ。そのたとえにより、彼女たちが村のふつうの少女であることを暗示したのである。

でも、家持はなぜこの光景にうたれ、立ち止まったのだろうか。

仙女か妖精にでも出会ったかのように、その光景になにかしらの神秘性を感じたのかもしれない。若い女性と戯れる幻想を抱き、さびしさを紛らわせようとしたのか。越中に来たときの家持は二十九歳で、このときは三十歳代の前半。妻の坂上大嬢《さかのうえのおおいらつめ》はほとんど越中に来なかったから、さびしさを感じていたとしても不思議でない。

あるいは為政者としての自覚から、街なかを歩いて市井の声に聞き耳を立てている途中だったのかもしれない。中国の理想の帝王とされる堯はひそかに街に出て、「自分の政治はどう評価されているか」と行き交う人の話に耳を傾けた。ある老人に帝王つまり自分の執政の評判を聞くと、その人は「帝王？何の世話にもなっちゃいねえ」（『十八史略』）と声高にいった。そこで堯は「あぁ、これでいいんだ」と思ったという。中国の故事に通じている家持だから、暴れん坊将軍（江戸幕府第三代将軍・徳川家光が江戸の町中にでて、じかに悪事を懲らしめるという筋書きのテレビドラマ。主演・松平健）のようにじかに街の声を聞こうとしていたとも思える。いや、女性にただ見とれていたとするよりも、そう思いたいものだ。

☆大君《おおきみ》は　神にしませば　赤駒の　腹這《はらば》ふ田居《たい》を　都と成しつ　（巻十九・四二六〇）

大納言・大伴御行《みゆき》が詠んだ歌で「大君は神でいらっしゃるので、赤駒の腹がつくほどに深くぬかるんでいる田圃でも、りっぱな都に変えてしまわれたよ」という意味である。

奈良県高市郡明日香村で飛鳥板蓋宮《いたぶきのみや》跡伝承地といま呼ばれているところは、飛鳥浄御原宮《きよみはらのみや》の跡地と見なすのが有力だ。筆者も、そうだと思っている。

というのは「大花下《たいかげ》」と記された木簡が、昭和五十一年にこの遺跡の下層で発見されたからだ。飛鳥板蓋宮は皇極天皇元年（六四二）に造営され、十三年後に焼失している。大花下とは、大化五年（六四九）から天智称制三年（六六四）まで施行された冠位十九階の八階目の冠位である。もし板蓋宮といわれてきた遺跡がほんとうに皇極天皇元年に造られた板蓋宮跡ならば、その遺構の下層から

飛鳥浄御原宮址と目される板蓋宮址伝承地の遺構

七年後に施行された大花下の冠位名を記した木簡が出土するはずがない。さらに昭和六十年、同じく板蓋宮址といわれてきた遺構の東側外郭に隣接した下層土壙から「辛巳《しんし》年」（六八一）・「大津皇子」「大伯《おおく》皇女」「阿直史友足《あちのふひとともたり》」などを意味する習書木簡一〇八二点が出土し、上層遺構つまり板蓋宮址伝承地は皇極天皇元年以前のものでないことが明らかになった。大化改新以降の王宮遺跡となれば、立地や規模の大きさなどからみて、飛鳥浄御原宮とみるのが穏当だろう。

さて詠歌によれば、この宮の周辺はかつて池や沼などが点々とみられ、脚の長い馬がその腹までつかるほど深い湿地帯が広がっていた。そこにしっかりとした基礎工事をほどこし、かぐわしくまた木肌もまばゆい宮柱に支えられた数十棟のりっぱな宮殿群をつぎつぎと建てていった。居住に向かないところと思い込んできた人たちからみれば、天皇の着想と実行力はまさに神わざ。砂漠

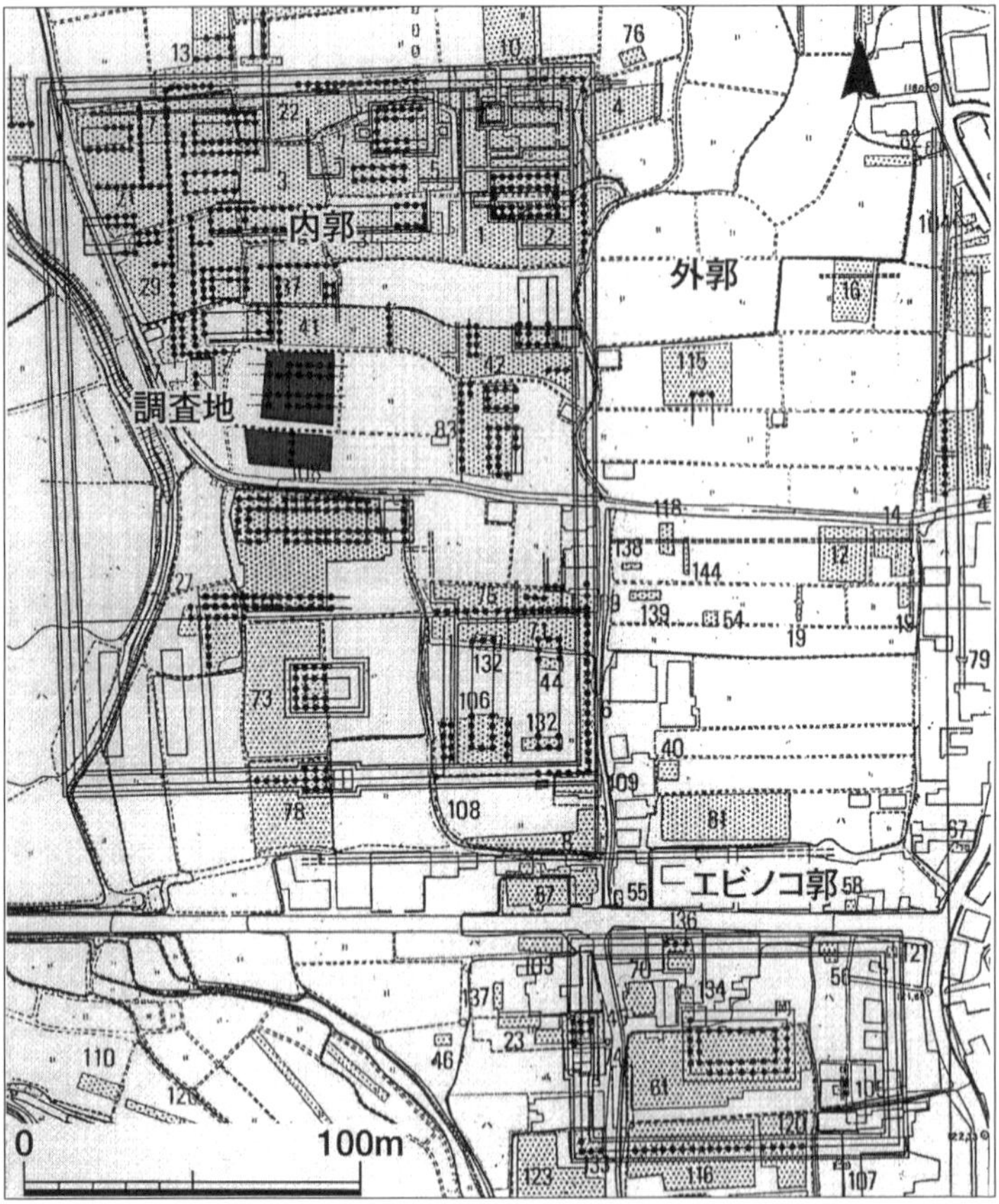

飛鳥浄御原宮址発掘調査図
（「飛鳥京跡第 155 次調査 現地説明会資料」より、奈良県立橿原考古学研究所発行）

に百階建ての蜃気《しんき》楼《ろう》があらわれたようなもので、とうとつな驚きがすなおに「天皇は神でいらっしゃる」という言葉となって表現されている。

神とみなす発想の源は、天武天皇元年（六七二）にあった壬申の乱で、天武天皇が劇的な勝利を飾ったからである。軍事力で近江朝をねじ伏せ、王位をもぎとった。軍を進めれば相手に内紛がおこって自壊するし、干戈《かんか》を交えても連戦連勝する。その鮮やかな戦いぶりから、畏敬の念が高じて闘将・英雄から神へと高められたとみて不思議ではない。しかし天武天皇自体は、じつは前線に立たず、実戦で闘っていない。最前線には高市《たけち》皇子が立って、全軍の指揮にあたっていたのだ。となれば天武天皇を神とみなすイメージは、戦場でのじっさいの見聞から生じたものではない。人々の目に神のように神々《こうごう》しく映ることとなった原因はほかにある。

それは、壬申の乱後の政界指導部の構成だろう。

大豪族の長は、大化改新以来、中大兄皇子（天智天皇）に付き従い、その後継者である大友皇子に付いてきた。天智天皇が死没する十日ほど前の天智天皇十年十一月下旬、左右大臣をはじめとする重臣五人は内裏《だいり》の西殿の仏像の前に集められ、左大臣・蘇我赤兄《あかえ》が「臣等五人、殿下に随ひて、天皇の詔を奉る。若《も》し違ふこと有らば、四天王打たむ。天神地祇、亦復誅罰せむ。三十三天、此の事を証《あきら》め知《しろ》しめせ。子孫当《まさ》に絶え、家門必ず亡びむか」（『日本書紀』）として、大友皇子を助けると誓約している。御史大夫《ぎょしたいふ》だった紀大人《うし》はどちらにもつかなかったようだが、四人がその言葉の通りに近江朝方について戦死したり処刑されたりした。

乱後の政界上層部は、左右大臣に登用できるほどの大豪族の長が見あたらなかったこともあり、欠員だらけとなった。天武天皇の統治下には、大臣が一人も置かれなかった。もちろん天武天皇にとっては相談相手もいなくなったわけだが、ことあるごとに反対しそうなうるさ型の重臣たちがいないのは気軽だったろう。天皇は思う存分、自分の思ったことを口にしまた実行させられるようになった。つまり、抑えの効かないワンマンな天皇が出現したのである。これを部下の方から見ると、有無をいわせぬ強力な命令権者が眼前にとつぜん生じた、ということになる。ある大きな会社で、副社長・常務・専務・部長などが一斉に退職させられて、社長の直属の部下が課長か係長しかいなくなったようなものだ。課長が自分の意見を社長に聞いてもらえるはずもなく、社長の命令をただ黙って聞き入れるほかない。この圧倒的な力の差が、神の声・姿を臣下にイメージさせたのであろう。

☆白雪の　降り敷く山を　越え行かむ　君をそもとな　息の緒《お》に思ふ　（巻十九・四二八一）

「白雪が降りつもる山を越えているであろうあなたを、無性《むしょう》に命かけて思っています」という意味の歌だが、大伴家持はこの歌を作ってから、橘諸兄《もろえ》のもとに持っていって添削を求めた。諸兄は、下の句を「息の緒にする」とした方がいいとはじめに伝えたが、ややあって考え直し、「もとの案がいい」として前言を撤回した。

日本古典文学全集本の解説によると、サ変動詞のスには「思う」という意味に理解できる使い方があるらしい。状態を説明する修飾句のなかには用いるが、述語格に置くことはできないのではと諸兄が思い直し、訂正案を撤回したのではないか、という話だ。

どちらが優れているかは、筆者にはわからない。このエピソードからは、短歌一首を完成するまで、神経を研ぎ澄まし宝玉を彫琢《ちょうたく》するかのような繊細さをもって言葉を選び、さらに他人の意見をも求めてまで推敲して一首に思いを込めているさまが思われ、若き日の家持の真剣な作歌過程の一端が垣間見られておもしろい。

それよりおもしろいのは、諸兄と家持の関係である。

この歌は天平勝宝四年（七五二）晩冬の作だが、そのとき諸兄は正一位・左大臣として政界第一位、政府首班の地位にあった。それに対して、家持はまだ貴族社会に駆け出しの従五位上・少納言にすぎない。太政官のなかでは閣僚と事務官という直接的な上下統属関係にあるが、身分の差がありすぎる。ふつうならば、同じ敷地であるから顔を見知っているかもしれないと考えるとしても、その間に日常的な交流があるとまで思わない。歴史学研究の立場では、ここまでの関係を想定しない。

それに橘氏はもと王族である。敏達天皇と春日仲君《なかつきみ》の娘・老女子《おみなご》夫人《のおおとじ》との間に難波皇子が生まれ、その孫の美努王が諸兄の父にあたる。葛城王という名だったが、天平八年（七三六）に橘諸兄と改名した。この諸兄が左大臣まで出世したのは、本人の才覚はもちろんあったにしても、藤原不比等との親近関係によるところも大きい。というのは、諸兄の生母は県犬養橘三千代《あがたいぬかい》であるが、彼女はのちに藤原不比等に再嫁し、安宿媛《あすかべひめ》つまり聖武天皇の妻・光明皇后を生んでいる。継父の不比等や異父妹の光明皇后の後ろ盾があって政界に乗り出したといわれても、不当な推測ではなかろう。そうとすると、保守系の軍事氏族出身の大伴氏としては、律令体制に寄生して甘い汁を吸う新興貴族の藤原氏に心ならずも押されているところであり、藤原氏の仲間とあまり親しくしたくないはずではなかったか。藤原氏よりの橘氏との結びつきは、大局的には大伴氏の立場として考えにくい。

それがこの万葉歌めぐるやりとりがあり、さらに天平二十年（七四八）には左大臣橘家から越中国司館の家持に対して田辺福麻呂《さきまろ》が使者として派遣されている。『万葉集』の記載を通じて、諸兄と家持の歌を介した師弟関係や心の通じあう交流のさまが知られる。

この歌のほぼ三年後に諸兄は讒言《ざんげん》をうけて失脚し、四年半後には子・橘奈良麻呂が乱を起こした。家持はそれらの事件を傍観者として見過ごしたが、こうした親交が背後にあったのであれば、その心のなかは大きく揺れ動いていたにちがいない。


（「天飛ぶ」九号、二〇〇四年七月）

☆春の野に　霞たなびき　うら悲し　この夕影に　うぐひす鳴くも

（巻十九・四二九〇）


大伴家持が詠んだ歌で「春の野に霞がたなびいて、心悲しい。この夕暮れの光のなかで鶯が鳴いている」という意味である。

この歌は大伴家持の数ある作品のなかでも傑作といわれていて、「我がやどの　いささ群竹《むらたけ》　吹く風の　音のかそけき　この夕かも」（巻十九・四二九一）・「うらうらに　照れる春日に　ひばり上がり　心悲しも　ひとりし思へば」（巻十九・四二九二）とあわせて春愁《しゅんしゅう》三首と呼ばれている。

この三首のあとの左注には、この歌を詠んだときの心情が記されている。すなわち「春の日はうららかに照りはえ、そのなかでうぐいすは今しも鳴いている。憂愁のこの心は、歌によらなくては払いがたい。そこでこの歌を作り、鬱屈した気分を晴らす」とある。

春といえば、ながく寒かった冬をやっと抜けだした季節。心地よい暖かさのなかで、身体をほぐして背伸びをしたくなる人もいるだろう。やわらかな日射しをうけて花々が咲きほこり、活動的な季節への期待感をいだくかもしれない。しかしなんともいえない生ぬるいけだるさが漂い、ものうい気分になる季節でもある。このうちの後者の感慨が歌に詠み込まれているのだが、前者を春のイメージと思う人でも、家持の感じる気持ちはわかってもらえよう。

ところで、家持がここで感じていた愁いは、すこし違ったところに原因があったのでは、とする見方もある。

というのは、家持としては、一刻も早く都である平城京に帰りたかったからだ。

この歌を詠んだとき、彼は越中国の守であった。とうじの越中国はいまの石川県北部と富山県全域にあたる。広大な管轄地域が広がっていたから、国の等級では大国ランクだったろう。大国の守ならば、地方官として恵まれた任地である。「さすが、エリート貴族のお坊ちゃん」といわれそうだ。しかしそれは地方官としてはの意味で、彼は都を舞台とする貴族の世界で活躍できることを希望しており、地方官としていくら優遇されているといっても知っている人も近くにいない遠隔地では、あまり嬉しくなかった。

それになにより不満でまた不安だったのは、国守としてすでに五年目に入っていたことである。国司のほんらいの任期は四年であり、それが長上官といわれた上級専任職員として規定の在任期間だった。しかもそれは表向きで、国司たちのじっさいの赴任期間は平均すれば三年未満であった。それがついに五年となった。「忘れられてしまったのか」「出世コースから外れてしまったのか」「都の政治的なしくみに変化があったのだろうか」など、地方に足止めされている者としての焦燥感が歌の背景にみえる。つまり春一般ではなく、「人事の春」ならではの憂愁歌だという解釈である。

☆我が妻は　いたく恋ひらし　飲む水に　影《かご》さへ見えて　よに忘られず　（巻二十・四三二二）

防人《さきもり》となって出征中の若倭部身麿《わかやまとべのみまろ》が詠んだ歌で、「おれの妻はひどく恋い慕っているらしい。飲む水にも影にまでなって現われ、とても忘れられない」という意味である。

私たちは、夜、よく夢をみる。なぜ夢を見るのかはよくわからないそうだが、ともあれ夢を見る。夢見る・夢があるというとロマンチックな響きさえあるが、じっさいの夢にはうなされるほど怖いものもある。そして現代の多くの人たちは、たとえば友人が登場した夢を見ると、おそらく夢をみた自分がその友人のことを気にしていたからだと思う。しかし多くはないが、その友人のほうが自分を気にしているから夢に現れた、と考える人たちがいる。

筆者の岳母は、ある人の夢を見るのは、その人が自分を気にしたからだと考える。そして「あんたが夢に出てきたから、電話したんだ」と真顔《まがお》でいって、電話をしている。亡くなった夫が夢に出てきたときでも、「私のことを心配して、守りにきてくれたんだよ」となつかしそうにとても安心したようすで夢のなかの会話を語って聞かせる。岳母だけでなく、そういう発想をする人がきっとほかにも居ることと思う。

さてこの万葉歌は、夢を詠んだ歌ではないが、おなじような場面といってよい。

自分は防人として徴発された。防人というのは、中国・韓国という外国勢力からの侵略に対して防衛にあたる兵士役で、これに徴発されると大宰府の指揮下におかれて九州北部の対馬・壱岐など辺境地域に配備される。任期は三年間だが、じっさいにはこれで退役できる保証はなかった。壮年で赴き、白髪にして帰るというのが現状だった。あるいは、帰れずにそのまま土着してしまうことも多かったようだ。しかしここは、まだ三年で帰れると思っているときである。その役に赴く行軍中に、妻を思い出しているのだ。恋する妻と離れたが、妻はしばしの別離もいやがり、激しい恋心に苦しんでいる。だから私の目や心に乗りうつって、飲もうとしている水に面影が映っているのだ、と詠んだのである。

いまの若い人たちなら、「自分が好きだからじゃなくて相手が恋しているからだと思うなんて、自信過剰じゃないの」と笑うであろうか。でも、こう思えるほうがよいかもしれない。筆者の岳母と同じく目に浮かぶ人に守られていると思い、恋する人の愛情に包まれていると思って勇気づけられるのならば、そしてそれによって安心して行動できるのならば、それもまた気の持ちようとして合理性があってよいことにも思える。というのは、「水に妻の面影がうかぶのは、気にしている自分の思いが反映しているだけだよ」と知らされたら、不安が高じて三年どころかひと月も役《えき》に就いていられなくなるかもしれないから。

☆松の木《け》の　並《な》みたる見れば　家人《いわびと》の　我を見送ると　立たりしもころ　（巻二十・四三七五）

これは物部真島《ましま》の詠歌で、「松の木が並んでいるのを見ると、家の人が私を見送るといって立っているかのようだ」という意味である。

左注によると、この歌は下野国（栃木県）出身の防人たちが詠んだうちの一首である。防人に指定された者は、引率責任役である部領使《ことりづかい》の田口大戸《おおへ》に率いられ、難波津（大阪港）に赴く。その到着までの間に、気合いをいれるためなのか、仲間意識を持たせるためか、防人たちは何回か宴会をもったらしい。そのなかで歌を詠むのだが、部領使がこれはいいと思う歌を書き留めて中央の兵部省に報告していた。報告は義務づけられていたようで、どこの国からも提出されている。

この歌には、出征の風景が詠み込まれている。出征兵士を見送るたくさんの人たちが立っている姿がおりにふれて思い出され、松の木の立ち並んでいるのをみてその日を思い出している。花を見ては妻を思い出し、空を見上げては家族・友人との楽しかった日々を思い出す。郷里を離れることを望んだことなど夢にもなかったのに、一人行かなければならない。その気持ちは、さぞや寂しくせつなかったことであろう。

同情を禁じえないが、いまここで取り上げようというのは、作者の名前のことだ。

物部とあるが、真島はあの古代の中央政界で大活躍した大豪族・物部氏の血族ではない。名族・物部氏の一族だったのなら、朝廷から与えられた姓《かばね》を持っている。物部朝臣・物部連《むらじ》などのうちの朝臣とか連とかの部分が、姓といわれる称号である。これを帯びているのなら物部氏という氏族組織の一員であり、特権的支配者層に属する。古代史の叙述では、大和王権のトップクラス間の内紛などを取り上げることが多く、そこに登場するような人物にはたしかに姓のある人が多い。しかしそうしたイメージとは異なり、そうそういたわけではない。こうした姓の保持者は、社会全体からみればせいぜい一〜二%である。姓は、まさに特権階級の象徴であった。

それに対して、姓のない物部真島ならば、それは一般庶民である。真島は物部という自分に馴染《なじ》みのない名など意識させられることなく、「真島さん」とのみ呼ばれて育ったはずだ。というのは、物部とは真島たちを支配している豪族の名であって、真島たちは税を納める相手先の氏族名である物部を名乗らされているだけ。自分につけられた名は、自分の主人を明らかにし、物部氏に支配されていてその命令に従うことを義務づけられているという刻印にすぎない。もちろん『万葉集』の時代には、律令制度の導入によってもはや物部氏との直接的な支配・被支配の関係はすでにとぎれていたが、その形は残されたのだった。

この物部という名は、陸奥（東北地方）から肥前（長崎県）までの日本各地に分布している。物部氏は、自分が支配をまかされた地域の人民に物部の名を付けさせたから、ぎゃくに物部と名のつく人たちの所在を辿っていけば、物部氏がかつて活躍したさまが探れるわけである。

同じように蘇我部《そがべ》（曽我部）とつけば蘇我氏の支配地で、蘇我氏した動きが辿《たど》れる。地名だけでなく人名も、古代史を解くのにとても重要な史料となっている。

※掲載誌紙を特に記していない記事は、「産経新聞（奈良版）」に《万葉集と遊ぶ》として二〇〇四年十月二十五日から二〇〇七年六月四日にかけて不定期に連載されたもの。

11　吉志火麻呂《きしのひまろ》の母

一　防人《さきもり》母子の惨劇

『日本霊異記』（新編日本古典文学全集本）中巻・第三縁には、聖武天皇の時代のある防人の話が載っている。

防人とは九州地方北辺を警備する兵士の称で、白村江《はくすきのえ》敗戦直後の天智天皇三年（六六四）から九世紀初頭にかけて置かれていた。防人には美濃国不破関から東のいわゆる東国に居住する人たちを徴発していたが、天平二年（七三〇）九月に停止し、天平九年九月に本国に帰らせるよう命じた。『万葉集』（日本古典文学全集本）巻二十・四三三一番歌の題詞によると「天平勝宝七歳乙未の二月に、相替りて筑紫に遣はさるる諸国の防人等が歌」という記事が見えるので、天平勝宝七歳（七五五）以前に東国防人は復置された。天平宝字元年（七五七）閏八月には九州地方七カ国の出身者をあてるようになったが、『続日本紀』（新訂増補国史大系本）天平神護二年（七六六）四月壬辰条によると西国防人は「人勇健に非ざれば、防守済《な》し難し」という状況だった。そこで九州在留の元東国防人を徴発して戍《じゅつ》に配し、人数の不足分を西国六カ国の防人で補なうよう命じたとある。

この兵役は、東国出身者にとってとくに辛いものであった。というのも、通常の兵士役ならば地元に設置されている軍団へ行かされるだけで、郡内かせいぜい隣の郡に一年間行ってくれれば済んだ。宮廷守護の衛士《えじ》に選ばれて上京するという場合でも、やや遠いが義務は一年間の就役だった。

しかし防人は、平城京を越してはるかに隔たった壱岐・対馬などに勤務するわけで、さらに年限も三年間と長くなっていた。その上、三年間経過したとしても交代の兵士が現実にこなければ、いつまでも足止めされた。『続日本紀』養老六年（七二二）二月甲午条によれば「諸府の衛士、往々に偶語して逃亡すること禁じ難し。然る所以は、壮年にして役に赴き、白首にして郷に帰る」とあり、防人より負担の軽い衛士でさえも、いちど徴発されれば本国になかなか帰ってこられないのが実情だった。こうした苦役にはもちろん地元の抵抗も感ぜられるわけで、そこで政府は延暦十四年（七九五）十一月からどうしても必要である壱岐・対馬への配属を除いて、あとは廃止（『類聚三代格』〈新訂増補国史大系本〉巻十八／軍毅兵士鎮兵事）させた。さらに『日本後紀』（新訂増補国史大系本）延暦二十三年六月甲子条の措置では、壱岐の防人二〇人が島出身の軍団兵士に置き換えられ、ここでやっと東国防人の徴発がすべて廃止されることとなった。

さて『日本霊異記』の話とは、武蔵国多麻郡鴨里出身の防人・吉志火麻呂（吉士・大麻呂とする本もある）のことで、その母は日下部真刀自《まとじ》といった。火麻呂は愛妻を家に置き、母をともなって任地に赴いた。義務期間の三年の任務もまもなく終わろうとしていたのだが、妻に会いたい思いがしきりに募った。そこで母を殺し、母の喪に服するという名目で任を解かれて帰国しようと謀った。母が信心深いことを利用して、山のなかで七日法花経を説く大会があるからと偽って連れ出し、そこで殺害しようと企てたのである。その場で母はもちろん子を諭したが、子は聞く耳を持たない。まさに母が斬られようとしたそのとき、火麻呂が立っている大地が裂けた。母は、そうまでされてもなお落ちようとする火麻呂の髪の毛をとっさに摑み、天に助命を求めた。しかし火麻呂は落下してゆき、母は残された髪の毛を持って帰郷した、という。

よくできた話であり、妻・母などの愛情に満ちあふれていた平和な家族が、国家から強《し》いられる度を超した苦役の前に離散し、殺人まで企てて瓦解した。そう読めば、貧窮問答歌とともに、古代農村で呻吟《しんぎん》する人々の哀しい生きざまを伝える恰好の庶民生活資料となりうる。

では、この話は実話だろうか。いや説話にそこまで真実であることを求めないとしても、あってもおかしくないといえる話なのだろうか。

たとえば本文中の「母は子に随ひて」部分の新編日本古典文学全集本の注釈（中田祝夫氏執筆）を見ると、「防人には家人が付添いで行けた。『防人ノ防ニ向カハンニ、若シ家人・奴婢及ビ牛馬ヲ将テ行カムト欲スルモノアラバ聴セ』（軍防令）。それで従者の形で母が随行した。ただし妻は随行できない。『凡ソ征行ノ者、皆婦女ヲ将テ自ラ随フコト得ザレ』（軍防令）。本説話もそのような定めに従っている」とある。つまりこの注文は、本文のような場面がありうるという前提で記されている。このことは日本古典文学大系本（遠藤嘉基氏）・日本古典集成本（小泉道氏）・新日本古典文学大系本（出雲路修氏）も同様である。しかしこうした場面、とくに防人赴任時に母を随伴することがほんとうにありうるのだろうか。

二　軍防令にある随行者

結論としていえば、こうした場面はなかった。これは説話記載者による虚構・脚色、と筆者は考えている。

前掲の『令義解《りょうのぎげ》』（新訂増補国史大系本）軍防令防人向防条には、たしかに防人は「家人奴婢及び牛馬を将て行かむと欲する」ならば許可するとある。しかし律令用語の家人《けにん》とは、いまの家族の意味でない。だから、この規定によって母が随行できるとするのは、見当違いである。家人・奴婢はセットであって、ともに奴隷にあたる。奴隷身分のうちで、家族をなしている者が家人と呼ばれ、家族を伴わない者を奴婢というのである。この条文は、所有財産としての奴隷や牛馬などを任地に持っていくことを許すとした規定である。ちなみに律令で家族の一員というときには、家口《けく》という。家人が家族の意味で使われるのは、『古事談』（一二一二～五年の成立）公忠蘇生奏事に見えるのが早い例である。

これに対して、軍防令征行者不随婦女条には「凡そ征行せむときは、皆婦女を将て、自ら随ふること得ざれ」とあり、従者一般についてではなく、とくに女性の随行を禁じている。前掲の中田氏の施注では、婦女とは妻のことで、母は入らないものとしている。だが同条の義解には「家女及び婢、亦随ふことを得べからず」と女性はすべて排しているのに、それでも母は除かれるとなぜ読むのか不可解である。法律では、法文解釈よりも法意を考えることが重要である。そもそも家族のうちのとくに婦女を禁ずるのは、戦意を阻喪させて士気を衰えさせ、怯懦《きょうだ》の心をおこすもとになり、兵士間の喧嘩・紛争のもとともなるからであろう。戦地にあって家族を思い起こさせるのは、よくないことなのである。

軍防令征行者不随婦女条にそうあっても、防人はもともと征人でないから、防人向防条によって妻妾を連れて行けるという義解の解釈もある。しかし前述のようにそう解釈できないし、義解の説は防人制が廃止されたあとの法律家による机上の議論である。防人に就役することは、あきらかに戦地に立つことである。防人が戦役への参加でないというのは、義解の作者が白村江の戦い直後の緊張感をすでに忘れているからであろう。

彼らが敵と遭遇したらただちに戦うべき兵士として置かれていることは明白で、事実として征戦に赴いていると位置づけられている。それは以下のことでわかる。すなわち軍防令有所征討条には軍の発遣にさいしての慰労を規定しているが、征討軍についての規定の下条に「其れ防人一千に満ちむ以上は、発たむ日に内舎人《うどねり》を遣して発《た》て遣《や》れ」とある。征行と同質とみて、官吏の発遣を規定している。それに、婦女を連れて行くことをなぜ禁じるのかの趣旨・法意からすれば、前に述べたとおり、戦地に婦女を随行させるのはよくない。百歩譲って義解にある「若《も》し妻妾を将むと欲さば、亦須《すべか》らく聴《ゆる》せ」が適用されるのだとしたら、もともと母でなく、妻を随行させていれば問題がなかった。母を殺そうと思い詰めるくらいなら、母と妻を交代させるか、さらに帰還する防人にでも託して妻を呼び寄せればよかったのである。

なお、軍防令征行遭父母喪条では「凡《およ》そ征行せむ、大将以下、父母の喪に遭へること有らば、皆征きて還らむを待ちて、然して後に告発せよ」とあり、同条義解には「大将以下とは、戦士以上なり」とある。戦地に赴いたら、帰還するまで喪は停止される。軍防令遇衛士下日条にも「凡そ衛士、下日と雖《いえど》も、皆輒《たやす》く卅里の外に私に行くこと得ざれ。……其れ上番の年は、重服有りと雖も、下《まか》る限りに在らず」とある。この規定は、防人にも適用された。重服とは父母の喪のことで、上番の年とは、衛士で一年・防人で三年の全期間をいう。したがって火麻呂の喪は、上番が終わって下番となるまではじまらないから、母を殺したとしても防人の任を解かれない。母の喪を利用して妻のもとに帰るという舞台設定は法律的に不可能で、じっさいおこりえない。つまりこれは、律令規定に通じていない作者の架空の舞台設定である。

三　随行しうる可能性

規定がどうあろうとも、随行できた。随行できたからこそ描かれたのだ、と見る向きもあろうか。しかしその蓋然性はない。

東国の人たちが防人に指名されて徴発されたとすると、国司のうちのだれかが部領使《ことりづかい》となり、彼らをまとめて難波津（大阪湾）まで連れて行く。軍防令防人向防条によりそこまでの防人の食料は、彼らの自弁である。難波津から那ノ津（博多湾）までは兵部省が仕立てた舟で行き、その途次の食料は沿岸諸国の国庁が用意する正税稲があてがわれる。あとは大宰府防人司の管轄下に入るわけで、以後の住居や食料などの生活についての心配はまったくいらない。

しかし防人の母がこれに随行しようとすれば、どうなるだろうか。

すべて自前で生活に必要な品々を用意していこうとすれば、まず少なくとも最初の一年分の食料は持っていかなければならない。基本として一日米三合を食すとすれば、一斛九升五合（一六四・二五キログラム）。さらに炊爨《すいさん》用具や数年分の衣類、開墾用の農具、それに副食物や生活用具などを入手

大宰府防衛のために築かれた水城の跡

するための原資となる物々交換用の布・米などの財産を持ち歩くことになる。もとより手で持てる量ではなかろうから、馬に負わせる。そうとすれば、馬の秣《まぐさ》や関係品がさらに必要にもなる。母を助けるために家人・奴婢などを随行させたとすれば、さらに彼らの食料も別に必要となる。

少なくとも一年分としたのは、前掲の防人の徴発に関わる法令はいずれも九月(閏八月も)に出ているので、おそらく防人の徴発が九月ごろなのだろうと推測した。九月・十月に到着するのでは、そこから開墾をはじめたとしても一年後にしか収穫が見込めない。だから、すくなくとも一年間は食料を自給できないので、出発地点から持ち込むほかない。

ついで難波津まで自力で防人集団のあとをおって同道できたとしても、随行者はそこから舟に同乗できない。舟の大きさは、決まっているからだ。

『大日本古文書（編年文書）』所載の天平十年周防国正税帳（二巻一三九頁〜一四〇頁）に、大宰府の官吏に率いられた防人が京をへて本国に帰還しているさまが記録されている。前般一〇〇〇人（四月）・中般九五三人（五月）・後般一二四人（六月）の三般に分け、それぞれ部領使を付けている。その途次、部領使が周防国庁に牒を発し、防人の人数分だけ人別食料米四把・塩二勺で二日から二日半分の供給を受けている。部領使の食料などは「下船伝防人部領使」としてべつに支給されている。それだけの食料しか支給されないということは、この舟にほかの乗員はいなかった。使っているのは兵部省・大宰府管轄の舟であって、乗り合いの舟ではないのだ。かりに随行が許されていたとしても、大荷物を背負った防人の家族を好きなだけ乗船・同乗させることなどできようはずもない。

そうなると自分で舟を雇うか、または陸上を行かなければならない。大宰府までの船便を探すことも困難だろうし、陸路上には旅人を泊めるような常設の宿泊施設などない。

ところで宿泊設備については、駅の施設として駅館がある。ここは宿泊できる。だがそれは『令義解』雑令私行人条に「凡そ私の行人、五位以上、駅に投りて止宿せむと欲へらば、聴せ。若し辺遠く、及び村里無からむ処は、初位以上及び勲位も亦聴せ」とあって、有位者・有勲位者は私的旅行でも使用できたが、一般の者は宿泊できなかった。

それでも『令義解』戸令五家条には「如し遠くの客、来り過りて止まり宿ること有り、及び保内の人、行き詣く所有らば、並に同保に語りて知らしめよ」とあり、義解には遠来の客とは一日以上の行程があることで、日帰りの人は遠来の客にあたらないとする。また『日本霊異記』上巻・第九縁には、孝徳天皇のときに「鷲に子を擒《と》らえし父、縁の事有りて丹波の後の国加作《かさ》郡の部内に至り、他《ひと》の家に宿りき」とあり、同じく上巻・第十八縁に大和国葛城上郡の多治比《たじひ》某が前世のことを知ろうと伊予国別《わけ》郡まで尋ね歩くとき「然ありて、諮《とぶら》ひ往きて、当《まさ》に猴《さる》の家に到り之《ゆ》きつ。門を叩きて喚《よ》ぶに」とある。つまり遠来の客があることを前提とした規定になっていて、『日本霊異記』の話ではじっさいに「他の家に宿」ることができている。神々のこととされているが、『備後国風土記』逸文（日本古典文学大系本）では武塔神が蘇民将来の家に宿ったとしている。またはじめて行くような見知らぬ土地であっても、そのなかを「諮ひ往」くことができている。野宿などしなくとも、一般の人でも旅行ができたわけだ。また楽観的に考えれば、なんらかの物資との交換や御礼などができれば、食料なども現地で調達したり、供応を受けたりたりして過ごせる状態だったかもしれない。

ただ、これが九州北部までそうした調達や供応をあてにしていけば可能だろうと推測するのは、そうとうな楽観主義者であろう。ハワイ島まで海が繋がっているだろうから、ともかく泳ぎ出そうとするようなものである。真剣に止めてやるのがふつうの反応であろう。

ともかくそれでも、沿道の各地の家に宿泊させて貰ったとして、そして無事に辿り着けたとしよう。そこまでの旅行は、臨時に「他家への宿り」を続けていくだけだから、ときどきの野宿を覚悟さえすれば、できないとはいわない。一回限りのことであれば、運よく辿《たど》り着けるかもしれない。

問題は、到着後の物資調達である。そこでの三年間の暮らしは、どう立てていけるのだろうか。しかも交代の防人がこなければ、六年にも九年にもなるかもしれない。この期間、まさか母一人で墾田開発などできまい。では郷里から物資を運び続けさせるのか。それはともに無理だろう。

前者については軍防令在防条に「凡そ防人、防に在りて守固する外、各防人の多少を量りて、当処の側近に、空閑地を給へ。水陸の宜しき所に逐《したが》ひて、斟酌して営種せよ。并《あわ》せて雑菜、以て防人の食に供せよ」とあり、防人は空閑地といわれる開発されても産業の妨げにならないような未開墾地を力をあわせて開いて田圃にしていた。しかしそれは兵士の訓練業務の一つであり、業務によってえた物であるから、収穫物は防人全員に食料として分配された。

となれば母のための田圃は、非番のときにあらためて墾田を開発しなければならないが、これでは子どもの方は休息がとれず、随行されたほうがかえって迷惑というものだ。

また養老七年（七二三）四月の三世一身法発令以前では、墾田開発は国司がするものであって、庶民がするのも法律上想定されていなかった。そうであれば、開発の許可がえられなかったろう。本貫地がその国内にないしかも短期滞在の外来者に開発を許可できるかどうかも問題になるだろう。国司や貴族・社寺は本貫地がそこにあるわけではないのに、墾田を設定できているから、それと同格とはいえないが、それに準じれば書類上の処理はできる。ただ一介の外来者の申請がほんとうに受理され、貴族・寺社に準じるように扱ってくれるなどとは信じがたいが、かりに外持田《ほまち》を開墾させてもらったとしても、律令の規定ではせっかく開いた墾田も短ければ二カ年で収公された。少なくとも防人と随行者が一緒に屯田村を築いて生活するというような辺境防備の伝統など、わが国にはないのだ。

浮浪のように家族ごと本貫地を移せば、あたらしい場所での班田も与えられ、生計は立てられる。しかし一過性のよそ者である随行者には、居住しつづける場所も与えられないし、食料も入手する手だてがない。三年以上になろうとも郷里から送り続けてやるならばそれでもよいが、それができるというのは机上のプランにすぎまい。外来者が衣料や食糧供給などの供給をうけつつ異郷で暮らしつづけることなど、とうてい無理な話である。
　莫大な財産のある家族が多数の従者を使ってただちに家を造らせ、郷里からたえず食料を運ばせていれば、随行者となれる。たしかにそうではあるが、火麻呂は三兄弟の長子として描かれている。兵士徴発の実例をみるかぎり、律令制下ではいずれも戸主・各戸の嫡子を外して選ぶのが常識とされていた。(1)兵士に徴発されるのは、ほとんど郷戸主の戸主本人やその嫡子でない。傍流の戸主か、戸主の弟や従父兄弟など非嫡子などである。火麻呂が三人の男子のうちの長子だというのにもかかわらず徴発されているとすれば、郷戸主の嫡子ではなくて、郷戸主の下にいる傍流家の出身であろう。だからその母がかわいがらないわけではないが、出身からみれば経済的に有力な家でない。三年以上も毎週か毎月かに生活物資を送り続けさせるほどの豊かな資産と人手と人脈のある家ならば、子に位階を有させて帳内《ちょうだい》・資人《しじん》などにさせて兵役を免れさせたであろう。
　微に入り細をうがってすべての可能性を封じようとまで思わないが、解釈のわずかな余地を縫い合わせてもなおこれが実景だと主張すべき意欲が、筆者にはとても湧かない。

（「礫」二二〇号、二〇〇五年二月）

【注】
（1）拙稿「大海人皇子と大伴氏」（『白鳳天平時代の研究』所収。笠間書院刊、二〇〇四年）

12　だれが挽歌を詠んだのか

一　挽歌の数

『万葉集』（日本古典文学全集本）の歌を分類するには作者別・時代別・地域別などいろいろな方法があろうが、『万葉集』自体は雑歌《ぞうか》・相聞《そうもん》・挽歌《ばんか》という三つの部立で分類している。たとえば巻一は雑歌、巻二は相聞・挽歌という総括的な類題がついていて、それに即した歌が並べられている。この類題のもとに集められた挽歌だけならば、全部で二一八首である。しかしこのいわば挽歌集のようなまとまりのほかにも、

日本挽歌一首

大君の　遠の朝廷《みかど》と　しらぬひ　筑紫の国に　泣く子なす　慕ひ来まして　息だにも　いまだ休めず　年月も　いまだあらねば　心ゆも　思はぬ間に　うちなびき　臥《こ》やしぬれ　言はむすべせむすべ知らに　石木をも　問ひ放《さ》け知らず　家ならば　かたちはあらむを　恨めしき　妹の命《みこと》の　我をばも　いかにせよとか　にほ鳥の　二人並び居　語らひし　心そむきて　家離《ざか》りいます（巻五・七九四）

のように、題詞に「日本挽歌」などと挽歌であることを明記したものが十一首ある。また、

わたつみの　恐《かしこ》き道を　安けくも　なく悩み来て　今だにも　喪なく行かむと　壱岐の海人の
ほつての占部を　かた焼きて　行かむとするに　夢《いめ》のごと　道の空路に　別れする君

反歌二首

昔より　言ひけることの　韓国《からくに》の　辛《から》くもここに　別れするかも
新羅《しらき》へか　家にか帰る　壱岐《ゆき》の島　行かむたどきも　思ひかねつも

右の三首、六鯖《むさば》の作る挽歌　（巻十五・三六九四〜九六）

とあって、左注に挽歌と記されたものも九首ある。

これらを合算すると、『万葉集』で挽歌と書き込まれている歌の合計は、一二三八首となる(1)。

このほかにも、詠まれている歌の内容が挽歌にあたると判断できるものもある。

長逝せる弟を哀傷《かなし》ぶる歌一首并《あわ》せて短歌

天離《あまざか》る　鄙治《ひなおさ》めにと　大君の　任《ま》けのまにまに　出でて来し　我れを送ると　あをによし　奈良山過ぎて　泉川　清き河原に　馬留め　別れし時に　ま幸《さき》くて　我れ帰り来む　平らけく　斎《いわ》ひて待てと　語らひて　来し日の極み　玉桙《たまぼこ》の　道をた遠み　山川の　隔りてあれば　恋しけく日《け》長きものを　見まく欲り　思ふ間に　玉梓《たまづさ》の　使の来れば　嬉しみと　我が待ち問ふに　逆言《およづれ》の　狂言《たわごと》とかも　はしきよし　汝弟《なおと》の命《みこと》　なにしかも　時しはあらむを　はだすすき　穂に出づる秋の　萩の花　にほへるやどを　[言ふこころは、この人ひととなり、花草花樹を好愛《め》でて、多く寝院の庭に植ゑたり。故に「花薫《にお》へる庭」といふ]　朝庭に　出で立ち平《なら》し　夕庭に　踏み平《たいら》

げず　佐保の内の　里を行き過ぎ　あしひきの　山の木末《こぬれ》に　白雲に　立ちたなびくと　我《あれ》に告げつる［佐保山に火葬す。故に「佐保の内の里を行き過ぎ」といふ］

ま幸くと　言ひてしものを　白雲に　立ちたなびくと　聞けば悲しも

かからむと　かねて知りせば　越の海の　荒磯《ありそ》の波も　見せましものを

（巻十七・三九五七〜五九）

右、天平十八年秋九月二十五日に、越中守大伴宿祢家持、遥かに弟の喪を聞き、感傷びて作る。

とあり、「長逝せる弟を哀傷」している内容から判断して、これは挽歌に類別されて穏当であろう。

こうして歌の内容を一首づつ吟味していけば、挽歌はさらに多く検出できる。

ただそういう現代人の今日的な判断は、読者の受け取り方しだいで判断が異なってくる。また挽歌のように作為的に装われているが、そう偽装した背景が忘れられてしまった場合もあろう。たとえば三題噺的なまたは戯画的な歌だった。『万葉集』編者はその事情を十分に知っていたから、挽歌に類別しなかった。そういうこともありうる。事情を知りえない現代人には誤認する危険性もあるので、いまは『万葉集』の編者・作者が挽歌と判断した範囲内に限っておくことにしよう。すなわち挽歌という記載が付いている二一三八首だけを対象とし、そのなかで挽歌の詠み手がどういう人なのかを考えていく。

なお、挽歌とは「挽きながら詠む歌」の意味である。挽くのは、周知のように遺骸を納めた棺を載せた車である。それがほんらいの意味だが、少なくとも『万葉集』に棺を載せた車を挽きながら詠んでいる歌はない。葬礼の場やゆかりの地またはその周辺地で死者に捧げた歌というのが、日本的な挽歌の定義となろう。

二　公開の場で詠まれた挽歌

『万葉集』の挽歌には、聴衆または多数の参列者を前にした、公に開かれた場で詠まれたものがある。この種の挽歌は、おそらくその場にいあわせた人が筆録したものであろう。それを職務としていた人か、またはたまたま参列していた篤志家・趣味人が記録したのか、それは明瞭でない。ともかく詠んだ本人が書き残したのではなさそうで、だれかが記録しようとしなければ、これだけの量の歌がそろって残されることはない。

公開された場での挽歌を検討してみると、基本的には夫が妻に、妻が夫に捧げている。たとえば夫が亡妻に詠んだものとしては、

死にし妻を悲傷びて、高橋朝臣の作る歌一首并せて短歌

白たへの　袖さしかへて　なびき寝し　我が黒髪の　ま白髪に　成りなむ極み　新代《あらたよ》に　ともにあらむと　玉の緒の　絶えじい妹と　結びてし　ことは果たさず　思へりし　心は遂げず　白たへの　手本《たもと》を別れ　にきびにし　家ゆも出でて　みどり子の　泣くをも置きて　朝霧の　おほになりつつ　山背の　相楽山《さがらかやま》の　山のまに　行き過ぎぬれば　言はむすべ　せむすべ知らに　我妹子と　さ寝しつま屋に　朝《あした》には　出で立ち偲ひ　夕には　入り居嘆かひ　わき挟む　子の泣くご

とに　男じもの　負ひみ抱《むだ》きみ　朝鳥の　音《ね》のみ泣きつつ　恋ふれども　験《しるし》をなみと　言問《ことと》はぬ
ものにはあれど　我妹子が　入りにし山を　よすかとぞ思ふ

反歌

うつせみの　世の事なれば　外《よそ》に見し　山をや今は　よすかと思はむ

朝鳥の　音のみし泣かむ　我妹子に　今また更に　逢ふよしをなみ

右の三首は、七月二十日高橋朝臣作る歌なり。名字未だ審《つばひ》らかならず。ただし奉膳《かしわで》の男子と
云ふ。（巻三・四八一～四八三）

とあり、「死にし妻」に対して夫の高橋朝臣が挽歌を作っている。また、

古き挽歌一首并せて短歌

夕されば　葦辺に騒き　明け来れば　沖になづさふ　鴨すらも　妻とたぐひて　我が尾には　霜
な降りそと　白たへの　翼《はね》さし交《か》へて　打ち払ひ　さ寝とふものを　行く水の　帰らぬごとく
吹く風の　見えぬがごとく　跡もなき　世の人にして　別れにし　妹が着せてし　なれ衣　袖片
敷きて　ひとりかも寝む

反歌一首

たづがなき　葦辺をさして　飛び渡る　あなたづたづし　ひとりさ寝れば

右、丹比《たじひ》大夫、亡き妻を悽愴《せいそう》する歌（巻十五・三六二五～六）

とあって、これも「亡き妻」に対して夫の丹比大夫が悲しんで捧げた挽歌である。

ほかに「柿本朝臣人麻呂、妻の死にし後に、泣血哀慟して作る歌二首并せて短歌」（巻二・二〇七～

二一六）でも、妻への挽歌と明記している。

　雑歌に類別されている前掲の日本挽歌は、「家ならば　かたちはあらむを　恨めしき　妹の命の　我をばも　いかにせよとか　にほ鳥の　二人並び居　語らひし　心そむきて　家離りいます」（巻五・七九四）とあって、筑前守・山上憶良が赴任先に同行して客死した妻に捧げた挽歌である。あるいは、憶良の妻ではないという意見もある。というのは、憶良の上司にあたる大宰帥《だざいのそち》・大伴旅人《たびと》がこのときに妻を亡くしている。夫・大伴旅人が亡妻への挽歌を詠むところだが、山上憶良が他人である下僚としてでなく、旅人自身になりかわってその悲しみを詠みあげた、と解釈するのだ。

　また「河内王を豊前国の鏡山に葬る時に、手持女王《たもちのおおきみ》の作る歌三首」（巻三・四一七〜四一九）では、河内王と手持女王の関係が分からないが、ほかの事例から推《お》せば河内王が妻である手持女王の死を悼《いた》んで捧げた挽歌であろう。

　亡夫に向けた妻の挽歌は、大后・倭姫王《やまとのひめみこ》が夫の天智天皇に、鸕野《うの》皇女（持統天皇）が夫・天武天皇に捧げた例がある。これは次節で述べることにする。

　一般の人々の例では、

　　柿本朝臣人麻呂の死する時に、妻依羅娘子《よさみのおとめ》の作る歌二首
　今日今日と　我が待つ君は　石川の　貝に［一に云ふ、「谷に」］交《ま》じりて　ありといはずやも
　ただに逢はば　逢ひかつましじ　石川に　雲立ち渡れ　見つつ偲はむ　（巻二・二二四〜二二五）

とあり、死んだ夫に対して「妻依羅娘子の作る歌」と明記されている。

　　柿本朝臣人麻呂、泊瀬部《はつせべ》皇女と忍坂部《おさかべ》皇子とに献る歌一首并せて短歌

飛ぶ鳥の　明日香の川の　上つ瀬に　生ふる玉藻は　下つ瀬に　流れ触らばふ　玉藻なす　か寄りかく寄り　なびかひし　夫《つま》の命《みこと》の　たたなづく　柔膚《にきはだ》すらを　剣太刀　身に副《そ》へ寝ねば　ぬばたまの　夜床も荒るらむ［一に云ふ、「荒れなむ」］　そこ故に　慰めかねて　けだしくも　逢ふやと思ひて［一に云ふ、「君も逢ふやと」］　玉垂《たまだれ》の　越智の大野の　朝露に　玉藻はひづち　夕霧に　衣は濡れて　草枕　旅寝かもする　逢はぬ君故

反歌一首

しきたへの　袖かへし君　玉垂の　越智野過ぎ行く　またも逢はめやも［一に云ふ、「越智野に過ぎぬ」］

（巻二・一九四〜一九五）

右、或本に曰く、「河島皇子を越智野に葬る時に、泊瀬部皇女に献る歌なり」といふ。日本紀に云はく、「朱鳥五年、辛卯の秋九月己巳朔の丁丑浄大参皇子川島薨ず」といふ。

という例もあり、これでは柿本人麻呂が泊瀬部皇女と忍坂部皇子とに挽歌を献上している。しかし左注によると死んだのは川島皇子であり、献上された人たちは生きている。泊瀬部皇女と忍坂部皇子はともに宍人《ししひと》大麻呂の娘・擬媛娘《かじひめのいらつめ》の子であり、川島（河島）皇子は忍海小龍《おしぬみのおたつ》の娘・色夫古娘《しこぶこのいらつめ》の子。客観的にみれば、両者は異父兄弟姉妹という関係しかない。だが同格の皇子女であるから、おそらく泊瀬部皇女が川島皇子の妻となっていて、妻として夫・川島皇子に挽歌を捧げる立場にあった。その作歌を人麻呂が代行したのであろう。

以上から、原則として亡妻には夫が、亡夫には妻がそれぞれ挽歌を捧げる関係にあったことが確かめられる。だがそうしているというだけでなく、「そうすべきだ」「そうでなければいけない」という

ようなつよい社会規範のあったことを窺わせるやりとりがある。

石田王の卒《みまか》る時に、丹生《にう》王の作る歌一首并せて短歌

なゆ竹の　とをよる御子　さにつらふ　我が大君は　こもりくの　泊瀬《はつせ》の山に　神さびに　斎《いつ》き　いますと　玉梓《たまづさ》の　人ぞ言ひつる　およづれか　我が聞きつる　たはことか　我が聞きつるも　天地に　悔やしきことの　世の中の　悔やしきことは　天雲の　そくへの極《きわみ》　天地の　至れるまでに　杖つきも　つかずも行きて　夕占問《ゆうけ》ひ　石占もちて　我がやどに　みもろを立てて　枕辺に　斎瓮《いわいべ》を据ゑ　竹玉《たかたま》を　間なく貫《ぬ》き垂れ　木綿《ゆう》たすき　かひなにかけて　天なる　ささらの小野の　七ふ菅《すげ》　手に取り持ちて　ひさかたの　天の川原に　出で立ちて　みそぎてましを　高山の　いはほの上に　いませつるかも

反歌

およづれの　たはこととかも　高山の　いはほの上に　君が臥《こ》やせる

石上《いそのかみ》　布留《ふる》の山なる　杉群の　思ひ過ぐべき　君ならなくに

同じく石田王の卒る時に、山前王の哀傷《かなし》びて作る歌一首

つのさはふ　磐余《いわれ》の道を　朝去らず　行きけむ人の　思ひつつ　通ひけまくは　ほととぎす　鳴く五月には　あやめぐさ　花橘を　玉に貫き［一に云ふ、「貫き交へ」］　かづらにせむと　九月《ながつき》の　しぐれの時は　黄葉《もみじば》を　折りかざさむと　延《は》ふ葛の　いや遠長く［一に云ふ、「葛の根の　いや遠長に」］　万代に　絶えじと思ひて［一に云ふ、「大舟の　思ひ頼みて」］　通ひけむ　君をば明日ゆ［一に云ふ、「君を明日ゆは」］　外にかも見む

右の一首、あるいは云はく、柿本朝臣人麻呂の作なり、といふ

或本の反歌二首

こもりくの　泊瀬娘子《おとめ》が　手に巻ける　玉は乱れて　ありと言はずやも

川風の　寒き長谷《はつせ》を　嘆きつつ　君があるくに　似る人も逢へや　（巻三・四二〇〜四二五）

右の二首は、あるいは云はく、紀皇女薨ぜし後、山前王、石田王に代はりて作る、といふ

右には、丹生王・石田王・山前王・紀皇女の四人の皇子女名があがっている。まずは石田王が死没し丹生王がそれに挽歌を捧げ、ついで山前王が挽歌を詠んだ。そして石田王に挽歌を捧げた山前王が、引き続いて紀皇女に挽歌を捧げたのである。その紀皇女に捧げた挽歌には、「あるいは云はく」とはあるものの、「山前王、石田王に代はりて作る」と説明があって、なにか説明を付けなければならないような特殊な事情が背景にあったようである。

このなかで丹生王と石田王との関係は分からないが、山前王と石田王の関係は「薬師寺縁起（醍醐寺本）」（藤田経世編『校刊美術史料　寺院編』上巻所収、中央公論美術出版刊）に窺える。すなわち、

三品志壁（忍カ）（子、脱カ）

生三男

大野王

山前王

石田王

とあり、山前王・石田王はともに忍壁《おさかべ》皇子（刑部親王）の子で、掲出順から見ると山前王が石田王の兄にあたるらしい。

この二首の反歌は「(こもりくの) 泊瀬おとめが手に巻き付けていた玉は乱れているというではないか」「川風の寒い泊瀬を嘆き嘆き通っていた王に似ている人にも逢えないことだ」という意味で、磐余池のほとりを通いつづけていた人(石田王)が泊瀬おとめ(紀皇女)を恋い慕った内容である。ところが、この歌は泊瀬おとめを恋い慕って通い詰めた本人の詠歌ではない。左注では「紀皇女薨ぜし後、山前王、石田王に代はりて作る」とあり、兄の山前王が詠んだものとしている。まさか、山前王が石田王とともに紀皇女を恋い慕っていたわけでもあるまい。では弟王が愛してきた人に対する挽歌を、なぜ兄王が代わって詠んだのか。

これは直前の歌が「石田王の卒る時に、山前王の哀傷びて作る歌一首」とあることと関係しているのだろう。すなわち石田王の死没またはそれに準ずる状況にさいして、山前王が兄として挽歌を詠んだのだ。

ほんらいいちばん親しくしていて事実上の夫であった石田王が、妻・紀皇女に挽歌を捧げる立場だった。それが葬送の場に参列している人たちが納得できる順当な行為であり、挽歌が詠まれる場の諒解事項であった。夫の立場にある石田王が健在であれば、その代理人(兄・山前王)が立つのはおかしい。ところが事情の急変つまり紀皇女をおくるべき石田王がおりあしく罹病して危篤状態となったか、さらにはとうとつに死没してしまったか。または殯《もがり》の最中で浮遊した魂をもう一度体に寄りつかせ鎮めようとする招魂儀礼のさなかで、生きてもいないが死んだと決まってもいないと見なされる状態であったか。紀皇女の死の直前か直後かはわからないが、ともかく挽歌が詠めなくなった。そこで代作と断った上で、山前王が「彼女を恋い慕う夫」としての立場で挽歌を詠んだものと思われる。

「紀皇女の薨後、山前王、石田王に代はりて之を作る也」という左注からは、もともとだれがつまりどの立場の人が挽歌を詠むかについて、会葬者全員が納得できる人選、ほんらい詠むべき人の人選ルールが確立していたことが窺える。とくに山前王の挽歌は、義兄の立場での作歌でない。歌の内容は夫婦としての情感であり、ほんらい詠むべき夫（弟）になりきって詠んでいる。この場には、存命ならばどうしても夫の歌（夫という立場での歌）が必要だったのである。

あるいはしょせんは文学作品であり、「親しい姻戚関係の仲だったので、たまたま夫の立場での挽歌を作ってみたくなった」という軽々しい解釈もできなくはないが、厳粛な葬儀の場である。「みずからの妻であった」かのように装う戯れの心は、亡くなった紀皇女に対して失礼である。参列の人々に忌まわしい想像をかき立てさせるような言動は、いまでも許されることではあるまい。弟・石田王の死没があまりに近接していたか、または存命しているが危篤状態にあるか、招魂中で死没が確定していないために、石田王の魂を込めて代作した、とみておくのが穏当だと思う。

ともあれ紀皇女への挽歌はほんらいだれが詠むべきか、いわなくても分かっていた。夫・石田王がすべきなのだ。前にみてきたように、公開された場での挽歌詠の場合、これはどの人に対しても通じる普遍的な通則であった。こうしたことは、今日の葬儀でも通用する。母親が生きているなら、その夫に対しては彼女が喪主であるべきだ。それなのに長男が喪主となって会葬御礼の挨拶をしたなら、なにがしかの事情があるものと詮索される。「母は闘病中で喪主が務められない」など事情の説明が必要となる。そうでなければ、「母親は後妻だったのかしら。仲がよくなかったのか」とか「亡くなった方の妻はもう故人でしたっけ」といわれてしまう。通則を破った場合には「代わり」と断らなければならなかった。ぎゃくにいえば「代作」とわざわざことわるからには、厳然たる通則が存在するのである。この歌は、そういう社会の背景を物語っている。

さて、そうはいっても配偶者がすでに死没しているなどして、夫へのまたは妻への挽歌が詠めないときもある。そのときは、同母・異母の兄弟姉妹の人が詠むことになっていた。先掲の石田王への山前王の挽歌もそうである。

弟の死にけるを哀《かな》しびて作る歌一首并《あわ》せて短歌

父母が　成しのまにまに　箸向ふ　弟の命《みこと》は　朝露の　消易《けやす》き命　神のむた　争ひかねて　葦原の　瑞穂の国に　家なみや　また帰り来《こ》ぬ　遠つ国　黄泉《よみ》の界《さかい》に　延《は》ふつたの　己が向き向き　天雲の　別れし行けば　闇夜なす　思ひ迷はひ　射ゆ鹿の　心を痛み　葦垣の　思ひ乱れて　春鳥の　音《ね》のみ泣きつつ　あぢさはふ　夜昼知らず　かぎろひの　心燃えつつ　嘆き別れぬ

反歌

別れても　またも逢ふべく　思ほえば　心乱れて　我《あれ》恋ひめやも［一に云ふ、「心尽して」］

あしひきの　荒山中に　送り置きて　帰らふ見れば　心苦しも　（巻九・一八〇四〜〇六）

右の七首、田辺福麻呂の歌集に出づ

とあり、田辺福麻呂が弟の死没にさいして挽歌を詠んでいる。

大津皇子の薨ぜし後に、大伯皇女、伊勢の斎宮より京に上る時に作らす歌二首

神風の　伊勢の国にも　あらましを　なにしか来《き》けむ　君もあらなくに

見まく欲《ほ》り　我《あ》がする君も　あらなくに　なにしか来けむ　馬疲らしに

大津皇子の屍《かばね》を葛城の二上山に移り葬る時に、大伯《おおく》皇女の哀しび傷《いた》みて作らす歌二首

うつそみの　人なる我や　明日よりは　二上山《ふたがみやま》を　弟《いろせ》と我が見む　（巻二・一六三〜一六四）

とある。大津皇子の姉・大伯皇女が、弟に捧げた挽歌である。周知のことだが、大津皇子には山辺皇女《やまのべ》という妻がいた。大津皇子の謀反が発覚したとされ、山辺皇女は驚愕した。そして『日本書紀』（日本古典文学大系本）持統称制前紀によれば、「妃皇女山辺、髪を被《くだしみだ》して徒跣《そあし》にして、奔り赴きて殉《ともにし》ぬ。見る者皆歔欷《なげ》く」とあって、みだしなみとされる髪も結わずに裸足《はだし》で走りまわって殉死したという。したがって挽歌を詠むべき立場の妥当な人（この場合は妻）がいないので、姉が血族として挽歌を作ることとなった。

田口広麻呂の死ぬる時に、刑部垂麻呂《おさかべのたりまろ》の作る歌一首

百足《ももた》らず　八十《やそ》隅坂《くまさか》に　手向《たむ》けせば　過ぎにし人に　けだし逢はむかも　（巻三・四二七）

とあるのは、死没した田口広麻呂と挽歌を詠む刑部垂麻呂との関係が不明である。家族的な関係などは不明だが、おそらくは女子を介して義理の兄弟関係にあたるのだろう。

なお、二首だけだが、非血縁者が詠んだことのわかる挽歌もある。

天地と　共にもがもと　思ひつつ　ありけむものを　はしけやし　家を離れて　波の上ゆ　なづさひ来にて　あらたまの　月日も来経ぬ　雁がねも　継ぎて来鳴けば　たらちねの　母も妻らも　朝露に　裳《も》の裾ひづち　夕霧に　衣手《ころもで》濡れて　幸《さき》くしも　あるらむごとく　出で見つつ　待つらむものを　世の中の　人の嘆きは　相思はぬ　君にあれやも　秋萩の　散らへる野辺の　初尾花　仮廬《かりお》に葺《ふ》きて　雲離れ　遠き国辺の　露霜の　寒き山辺に　宿りせるらむ

反歌二首

はしけやし　妻も子どもも　高々に　待つらむ君や　山隠れぬる

もみぢ葉の　散りなむ山に　宿りぬる　君を待つらむ　人しかなしも

右の三首、葛井連子老《ふじいのむらじこおゆ》の作る挽歌。

わたつみの　恐《かしこ》き道を　安けくも　なく悩み来て　今だにも　喪なく行かむと　壱岐《ゆき》の海人《あま》の

ほつての占部を　かた焼きて　行かむとするに　夢《いめ》のごと　道の空路に　別れする君

反歌二首

昔より　言ひけることの　韓国《からくに》の　辛《から》くもここに　別れするかも

新羅《しらぎ》へか　家にか帰る　壱岐の島　行かむたどきも　思ひかねつも

右の三首、六《む》鯖《さば》の作る挽歌。

（巻十五・三六九一〜九六）

右の六首は葛井子老と六人部《むとりべ》鯖麻呂の作歌で、その対象は雪宅満《ゆきのやかまろ》という人である。三人の間に血縁・姻戚関係はなかったと思うが、挽歌を作って捧げている。それには、それなりの事情があった。この挽歌は「壱岐嶋に至りて、雪連宅満の忽ちに鬼病に遇ひて死去せし時」に作ったからで、かれらは遣新羅使に任命されていて、壱岐で風待ちをしていた。そのおりに、雪宅満がたまたま病死した。しかしひとたび遣外使節となって大使が節刀をうけたならば、一行は任務を解かれるまで戦闘状態にあると同じ扱いとなる。一行から離れるわけにも、妻子とあうこともできなかった。たしかに戦争のさなかでの死没であれば、その妻子を呼んでいちいち葬儀をあげたりするなど考えられない。したがって、血縁でも姻戚でもない人が葬儀を仕切り、挽歌も彼らが捧げるほかなかった。姻戚ならざる他者に委ねなければならない。そういう例外もある。

ところで原則として挽歌を詠むのは家族・血縁者だとしたが、これだけ数多くの挽歌があるのに、世代的に逆縁になる関係つまり父母が子や孫など下の世代に捧げる挽歌は見あたらない。これは偶然でない。上の世代の人は下の者に挽歌を「捧げる」べきでないとする、ある種の社会的な規制・抑制が働いた結果であろう。また『万葉集』という世界に限れば、子が親に対して捧げた挽歌が見あたらない。偶然なのかもしれないが、天智天皇に対する大友皇子の挽歌があってもしかるべきだし、天武天皇に対して草壁皇子が挽歌を捧げて穏当である。ともにないのは、挽歌は同じ世代が詠むものとされていたのかもしれない。

以上述べてきたように、公開された葬儀の場で、誰が挽歌を捧げるのか。それは、死者の立場で決まっていた。夫ならば妻、妻ならば夫、それらがいなければ兄弟姉妹または義理の兄弟姉妹が詠む。しかもその歌はほとんど一首しか残っていない。それからみれば、通常は適任者として選ばれた人ひとりだけが、公開された場で単独でただ一首詠むものであった。つまり公開された場での挽歌は通常一人で一首しか詠まないので、筆録される歌もとうぜん一首だけになる。

現代の告別式では、喪主が遺族を代表してひとりで参列者に挨拶する。それに通じる習慣が、古代の挽歌詠者の選定から読みとれそうである。

三　大王・王族に対する挽歌詠

故人に捧げる挽歌はほとんどが一首づつしか残されていないが、例外がある。それが、天皇（大王）

をはじめとする皇族（王族）への挽歌である。
天智天皇への挽歌は、妻妾の立場にあるものがつぎつぎに捧げている。

近江大津宮に天の下治めたまふ天皇の代天命《あめみこと》開別《ひらかすわけ》天皇、諡《おくりな》を天智天皇といふ

天皇の聖躬《みやまい》不予したまふ時に、太后の奉る御歌一首

天の原　振り放け見れば　大君の　御寿《みいのち》は長く　天足《あまた》らしたり

一書に曰く、近江天皇の聖躰不予したまひて、御病急《にわ》かなる時に、太后の奉献る御歌一首

青旗の　木幡《こはた》の上を　通ふとは　目には見れども　ただに逢はぬかも

天皇の崩《かむあが》りましし後の時に、倭大《やまとのおおきさき》后の作らす歌一首

人はよし　思ひやむとも　玉かづら　影に見えつつ　忘らえぬかも

天皇の崩りましし時に、婦人《おみなめ》の作る歌一首姓氏詳らかならず

うつせみし　神に堪《あ》へねば　離《はな》れ居て　朝嘆く君　離《さか》り居て　我が恋ふる君　玉ならば　手に
巻き持ちて　衣ならば　脱く時もなく　我が恋ふる　君ぞ昨夜《きぞのよ》　夢に見えつる

天皇の大殯《おおあらき》の時の歌二首

かからむと　かねて知りせば　大御舟　泊てし泊りに　標結《しめ》はましを　［額田王］
やすみしし　わご大君の　大御舟　待ちか恋ふらむ　志賀の唐崎　［舎人吉年］

大后の御歌一首

いさなとり　近江の海を　沖離《さ》けて　漕ぎ来る舟　辺つきて　漕ぎ来る舟　沖つかい　いたく
なはねそ　辺つかい　いたくなはねそ　若草の　夫《つま》の　思ふ鳥立つ

石川夫人《ぶにん》の歌一首

楽浪《ささなみ》の　大山守は　誰がためか　山に標結ふ　君もあらなくに

山科の御陵《みはか》より退《まか》り散《あら》くる時に、額田王の作る歌一首

やすみしし　わご大君の　恐きや　御陵仕ふる　山科の　鏡の山に　夜はも　夜のことごと　昼はも　日のことごと　音《ね》のみを　泣きつつありてや　ももしきの　大宮人は　行き別れなむ

（巻二・一四七～一五五）

右の歌群は、天智天皇の不予から死没・大殯・埋葬のそれぞれの場で詠まれた挽歌である。不予の時点では大后・倭姫王が、没時には大后と姓氏未詳の婦人が、ついで大殯の場では額田姫王と舎人吉年および大后・石川夫人が、御陵退散の時には額田姫王が挽歌を奉っている。

このうちの舎人吉年は男性的な名だが、「衣手に　取りとどこほり　泣く子にも　まされる我を置きていかにせむ」（巻四・四九二）を赴任する大宰府官人・田部櫟子《いちいこ》に贈っていることからすると、女性であろう。とはいっても女性が舎人の職務につくことはないから、この舎人は職名としての舎人の意味でない。金刺《かなさし》舎人氏や他田《おさだ》舎人氏などの氏の名を一部省略し、舎人＋名としたのであろう。なお舎人吉年もそうだが、額田姫王も妻妾の一員ではなく(2)、後宮の女性たちの気持ちを代表して彼らの立場で歌を作っている。

こうした複数の人々による挽歌奉呈は、天武天皇の子・草壁皇子のときにも見られる。

日並皇子尊《ひなみしのみこのみこと》の殯宮の時に、柿本朝臣人麻呂の作る歌一首并せて短歌

天地の　初めの時の　ひさかたの　天の河原に　八百万《やおよろず》　千万神《ちよろず》の　神集ひ　集ひいまして　神

はかり　はかりし時に　天照らす　日女《ひるめ》の命［一に云ふ、「さしあがる　日女の命」］　天をば
知らしめすと　葦原の　瑞穂の国を　天地の　寄り合ひの極み　知らしめす　神の命と　天雲の
八重かき分きて［一に云ふ、「天雲の八重雲分けて」］　神下《くだ》し　いませまつりし　高照らす　日
の皇子は　飛ぶ鳥の　清御《きよみ》原《はら》の宮に　神ながら　太敷《ふとし》きまして　天皇《すめろき》の　敷きます国と　天の
原　石門《いわと》を開き　神上り　上りいましぬ［一に云ふ、「神登り　いましにしかば」］　我が大君
皇子の尊の　天の下　知らしめしせば　春花の　貴からむと　望月の　たたはしけむと　天の下
［一に云ふ、「食《お》す国」］　四方《よも》の人の　大舟の　思ひ頼みて　天つ水　仰ぎて待つに　いかさまに
思ほしめせか　つれもなき　真弓の岡に　宮柱　太敷きいまし　みあらかを　高知りまして
朝言に　御言《みこと》問はさず　日月の　まねくなりぬれ　そこ故に　皇子の宮人　行くへ知らずも［一
に云ふ、「さす竹の　皇子の宮人　行くへ知らにす」］

反歌二首

ひさかたの　天見るごとく　仰ぎ見し　皇子の御門《みかど》の　荒れまく惜しも
あかねさす　日は照らせれど　ぬばたまの　夜渡る月の　隠らく惜しも［或本は、件《くだり》の歌をもち
て後《のち》の皇子尊の殯宮の時の歌の反《はん》とす］

或本の歌一首

島の宮　勾《まがり》の池の　放ち鳥　人目に恋ひて　池に潜《かづ》かず

皇子尊の宮の舎人等の慟《かな》しび傷《いた》みて作る歌二十三首

高光る　我が日の皇子の　万代に　国知らさまし　島の宮はも

島の宮　上《かみ》の池なる　放ち鳥　荒びな行きそ　君いまさずとも
高光る　我が日の皇子の　いましせば　島の御門は　荒れずあらましを
外《よそ》に見し　真弓の岡も　君ませば　常《こと》つ御門と　侍宿《とのい》するかも
夢にだに　見ざりしものを　おほほしく　宮出もするか　佐日《さひ》の隈廻《くまみ》を
天地と　共に終へむと　思ひつつ　仕へまつりし　心違ひぬ
朝日照る　佐田の岡辺に　群れ居つつ　我が泣く涙　やむ時もなし
み立たしの　島を見る時　にはたづみ　流るる涙　止めそかねつる
橘の　島の宮には　飽かねかも　佐田の岡辺に　侍宿しに行く
み立たしの　島をも家と　住む鳥も　荒びな行きそ　年かはるまで
み立たしの　島の荒磯《ありそ》を　今見れば　生ひざりし草　生ひにけるかも
とぐら立て　飼ひし雁《かり》の子　巣立ちなば　真弓の岡に　飛び帰り来ね
我が御門　千代とことばに　栄えむと　思ひてありし　我れし悲しも
東《ひむがし》の　多芸《たぎ》の御門に　侍《さもら》へど　昨日も今日も　召す言もなし
水伝《みなつた》ふ　礒の浦廻《うらみ》の　石《いわ》つつじ　もく咲く道を　またも見むかも
一日には　千《ち》度《たび》参りし　東の　大き御門を　入りかてぬかも
つれもなき　佐田の岡辺に　帰り居ば　島の御橋に　誰か住まはむ
朝ぐもり　日の入り行けば　み立たしの　島に下り居て　嘆きつるかも
朝日照る　島の御門に　おほほしく　人音もせねば　まうら悲しも

真木柱《まきばしら》　太き心は　ありしかど　この我が心　鎮めかねつも
けころもを　時かたまけて　出でましし　宇陀の大野は　思ほえむかも
朝日照る　佐田の岡辺に　鳴く鳥の　夜泣きかへらふ　この年ころを
はたこらが　夜昼といはず　行く道を　我れはことごと　宮道《みやじ》にぞする
　右、日本紀に曰く、「三年己丑夏四月、癸未朔の乙未に薨ず」といふ
（巻二・一六七〜一九三）

右の長大な歌群は草壁皇子（日並皇子尊）への挽歌で、詠み手は柿本人麻呂と島宮に奉仕した二十三人の舎人たちである。草壁皇子の子・珂瑠《かる》皇子（のちの文武天皇）は年少で歌詠できないとしても、妻・阿陪《あへ》皇女（元明天皇）や母・持統天皇は存命であった。近親順という挽歌詠の原則からすれば、彼らのうちでは阿陪皇女が詠むべきである。(3) しかしここには姻戚の挽歌がなく、人麻呂・舎人の挽歌のみとなっている。「人麻呂・舎人の歌とはべつに、阿陪皇女らも挽歌を詠んだが、それらは記録されなかった」ともしうるが、そうでなかろう。ほかの挽歌群の例から推測すると、詠んだのならば記録されたはず。ここでの家族の思いは、人麻呂が代行しているとみなすべきであろう。

草壁皇子は即位せずに死没したから、天皇の礼をもっては葬りえなかった。しかし母・持統天皇の画策によって、草壁皇子の葬儀を天皇（大王）のそれに擬《なぞら》えさせようとして異例の設定とされているようだ。天皇の葬儀ならば殯《もがり》の場で妻妾たちや臣下らによる誄《しのびごと》があげられるが、即位はもとより立太子式もまだ法制化されていなかったので、天皇に準ずるような儀礼がなにもできず、ふつうの皇子の葬儀しか執行できない。そこでほかの皇子と差異のある待遇をさせようとして、あえて舎人たちに

ながながと挽歌詠をさせて天皇への誄に擬えたのであろう。
天皇への挽歌奉呈のさまは別格としたが、有力な皇子たちについても宮廷歌人の挽歌詠が優先された。この場合には、原則として妻妾や兄弟姉妹の挽歌は披露されない。

明日香皇女の城上《きのへ》の殯宮《あらきのみや》の時に、柿本朝臣人麻呂の作る歌一首并せて短歌

飛ぶ鳥の　明日香の川の　上つ瀬に　石橋渡し［一に云ふ、「石なみ」］　下つ瀬に　打橋渡す　石橋に［一に云ふ、「石なみに」］　生ひなびける　玉藻もぞ　絶ゆれば生ふる　打橋に　生ひををれる　川藻もぞ　枯るれば生ゆる　なにしかも　我が大君の　立たせば　玉藻のもころ　臥《こ》やせば　川藻のごとく　なびかひの　宜しき君が　朝宮を　忘れたまふや　夕宮を　背《そむ》きたまふや　うつそみと　思ひし時に　春へには　花折りかざし　秋立てば　黄葉かざし　しきたへの　袖たづさはり　鏡なす　見れども飽かず　望月の　いやめづらしみ　思ほしし　君と時どき　出でまして　遊びたまひし　みけむかふ　城上の宮を　常宮《とこみや》と　定めたまひて　あぢさはふ　目言《めこと》も絶えぬ　しかれかも［一に云ふ、「そこをしも」］　あやに哀しみ　ぬえ鳥の　片恋づま［一に云ふ、「しつつ」］　朝鳥の［一に云ふ、「朝霧の」］　通はす君が　夏草の　思ひしなえて　夕星《ゆうづつ》の　か行きかく行き　大舟の　たゆたふ見れば　慰もる　心もあらず　そこ故に　せむすべ知れや　音のみも　名のみも絶えず　天地の　いや遠長く　偲ひ行かむ　御名にかかせる　明日香川　万代《よろづよ》までに　はしきやし　我が大君の　形見にここを

短歌二首

明日香川　しがらみ渡し　塞《せ》かませば　流るる水も　のどにかあらまし［一に云ふ、「水の　よ

どにかあらまし」」
明日香川　明日だに［一に云ふ、「さへ」］見むと　思へやも［一に云ふ、「思へかも」］我が大君の　御名忘れせぬ［一に云ふ、「御名忘らえぬ」］
（巻二・一九六〜一九八）

右の歌は、柿本人麻呂が明日香皇女に捧げた挽歌である。

明日香皇女は天智天皇の皇女で、母は阿倍倉梯麻呂《くらはしまろ》の娘・橘娘。同母妹に、新田部《にいたべ》皇女がいる。夫は刑部《おさかべ》親王で、彼は慶雲二年（七〇五）に没した。明日香皇女は文武天皇四年（七〇〇）四月に没しているので、この葬儀のときに夫は生きていた。

かつて持統天皇は亡夫・天武天皇に長歌・短歌三首を捧げており、「一書に曰く、（天武）天皇崩ります時に、太上天皇の製《つく》らす歌二首」（巻二・一六〇題詞）とあって、嫡后の立場で歌詠した。この例に倣えば、刑部親王が夫として明日香皇女への挽歌を捧げてもおかしくない。新田部皇女も同母妹として資格はあるが、夫が健在ならばその方が適任である。それなのに、赤の他人である柿本人麻呂を挽歌の詠者とするのは、いささか不可解でもある。しかし『日本書紀』持統天皇八年（六九四）八月には、持統天皇が明日香皇女の田荘《たどころ》に行幸し、明日香皇女のために沙門《しゃもん》百四口を度したとある。また没時にも文武天皇が使者を遣わして弔賻するなど、特別に待遇した形跡がある。こうした殊遇の延長線上に、柿本人麻呂の起用があったのであろう。

ほかにも高市皇子・弓削《ゆげ》皇子・志貴親王に対して柿本人麻呂・置始東人《おきそめ》・笠金村が挽歌を捧げた例があるが、これらは宮廷歌人として皇子たちに捧げたものである。こうして天皇より遣わされた宮廷歌人が詠んだ場合は、近親の家族が挽歌を奉呈しないのが通例のようだ。ここに天皇大葬と王族葬儀との差があるらしい。

なお、「吉備津采女《うねめ》の死にし時に、柿本朝臣人麻呂の作る歌一首并せて短歌」（巻二・二一七～二一九題詞）・「溺れ死にし出雲娘子《おとめ》を吉野に火葬《やきはぶ》る時に、柿本朝臣人麻呂の作る歌二首」（巻三・四二九～四三〇題詞）がある。吉備津采女や出雲娘子らは皇子女でない。だが采女は後宮に奉仕する天皇に直属して奉仕する女性である。臣下との婚姻は禁止されている。これでは、だれも個人的に挽歌を詠んで捧げられる立場になりえない。そこで宮廷歌人が天皇の命令をうけて、天皇に代わって作歌したと思われる。出雲娘子は采女と記されていないが、出雲の国名を負っているので采女とみなしてよかろう。

以上、通覧してきたように、天皇・王族または天皇と婚姻関係にある采女などには、天皇より宮廷歌人が特別に派遣された。天皇（大王）の大葬では配偶者や妻妾の挽歌が披露されるが、格下の皇子女の葬儀については、宮廷歌人が派遣された場合、親族の挽歌詠は省略される。そういう原則があったようだ。

四　そのほかの挽歌詠の場

自分が奉仕したり交際したり馴れ親しんだりしてきた人が亡くなったとして、その人の葬儀に参列しようとする気持ちを懐くくらいの人たちならば、その多くが哀悼の言葉を心のうちに思い浮かべるだろう。いまは歌詠までしないが、古代であればその言葉は挽歌として口をついて出る。そういう人は多かったことだろう。筆者も、これまでに多くの人の死に立ち会い、葬儀にも参列した。追悼の言葉を心のなかで呟《つぶや》くことも、また数多くあった。しかしそうした個人の心のなかでの思いは、記録に残らない。

古代でも事情はおおむね同じで、公開された葬儀の場以外での挽歌は残らない。自分の心のなかで呟いても自宅で筆記してみても、個人的に捧げた追悼の言葉や歌などふつう残らない。

それでも残るとすれば、残るだけのそれなりのわけがある。

その第一は、「柿本人麻呂歌集」や山上憶良の「類聚歌林」など歌集が編まれて、そこに採られた場合である。たとえば、「或書の反歌一首」として

泣沢の　神社《もり》に神酒《みわ》据ゑ　祈れども　我が大君は　高日知らしぬ　（巻二・二〇二）

右の一首は、類聚歌林に曰く、「檜隈《ひのくま》女王、泣沢神社を怨むる歌なり」といふ。日本紀を案《かんが》ふるに云はく、「十年丙申の秋七月、辛丑朔の庚戌に、後皇子尊《のちのみこのみこと》薨ず」といふ。

とある。この歌は檜隈女王が泣沢神社を怨むという歌意で、左注によると後皇子尊（高市皇子）の死没となんらかの関係があるらしい。鹿持雅澄《かもちまさずみ》『万葉集古義』には「此王の姉妹などにや」とあるが、確証はない。ともあれ公開された場所での関係者の詠歌ではなく、社前などで檜隈女王が個人的な述懐を込めて詠んだ。その記録（或書）を山上憶良の『類聚歌林』が採った。こうした個別の事情がなければ、この挽歌は詠まれたとたんに消えていた。

あるいは現存の『万葉集』の編集に深く関わっている大伴氏が手元に集めていた資料のなかに入っていれば、それは残りうる。

天平三年辛未秋七月、大納言大伴卿の薨ずる時の歌六首

はしきやし　栄えし君の　いましせば　昨日も今日も　我を召さましを
かくのみに　ありけるものを　萩の花　咲きてありやと　問ひし君はも
君に恋ひ　いたもすべなみ　蘆鶴《あしたづ》の　音《ね》のみし泣かゆ　朝夕《あさよい》にして
遠長《とおなが》く　仕へむものと　思へりし　君しまさねば　心どもなし
若子《みどりご》の　這ひたもとほり　朝夕に　音のみそ我が泣く　君なしにして　（巻三・四五四〜八）

右の五首は、資人《しじん》余明軍、犬馬の慕ひに勝《あ》へずして、心の中《うち》に感緒《おも》ひて作る歌。

見れど飽かず　いましし君が　黄葉《もみじば》の　移りい行けば　悲しくもあるか

右の一首、内礼正県《ないらいのかみあがた》　犬養宿祢《いぬかいのすくね》人上に勅して、卿の病を検護《とりみ》しむ。しかれども医薬験《しるし》なく、逝《ゆ》く水留まらず。これによりて悲慟《かなし》びて、即ちこの歌を作る。（巻三・四五九）

とあるのは、いずれも大伴旅人の死没を悼む挽歌である。この作者は公の場で挽歌を詠むべき妻でも子でも血縁者でもなく、「犬馬の慕ひ」を懐《いだ》いてきた資人（官給の従者）であり、あるいは勅命で看病にきた内礼正の県犬養人上である。このように多くの人たちが挽歌を作り、故人と家族に対して捧げている。ただそれは「心の中に感緒ひて」とあるように、参列者の前でつぎつぎ公開されたものでない。それがわかる。そういう受け取った人だけが知りうるまたは人知れず作った挽歌が残りえたのは、大伴氏の手元にあったからである。

こうした幸運で残された歌の一例には、家持が藤原継縄《つぐただ》に贈った「挽歌一首并せて短歌」がある。

天地の　初めの時ゆ　うつそみの　八十伴《やそとも》の緒は　大君に　まつろふものと　定まれる　官《つかさ》にし
あれば　大君の　命恐《みことかしこ》み　鄙離《ひなざか》る　国を治むと　あしひきの　山川隔《へな》り　風雲に　言《こと》は通へど

直に逢はず　日の重なれば　思ひ恋ひ　息づき居るに　玉桙《たまほこ》の　道来る人の　伝《つ》て言《こと》に　我に語らく　はしきよし　君はこのころ　うらさびて　嘆かひいます　世の中の　憂《う》けく辛けく　咲く花も　時にうつろふ　うつせみも　常なくありけり　たらちねの　御母の命《みこと》　なにしかも　時しはあらむを　まそ鏡　見れども飽かず　玉の緒の　惜しき盛りに　立つ霧の　失《う》せぬるごとく　置く露の　消《け》ぬるがごとく　玉藻なす　なびき臥《こ》い伏し　行く水の　留めかねつと　狂言《たわこと》か　人の言ひつる　逆言《およづれ》か　人の告げつる　梓弓　爪《つま》引く夜音の　遠音にも　聞けば悲しみ　にはたづみ　流るる涙　留めかねつも

反歌二首

遠音にも　君が嘆くと　聞きつれば　音《ね》のみし泣かゆ　相思ふ我は

世の中の　常なきことは　知るらむを　心尽くすな　ますらをにして（巻十九・四二一四～一六）

右、大伴宿祢家持、聟の南右大臣家の藤原二郎の慈母を喪ひつる患《うれ》へを弔《とぶら》ふ。

とあるが、左注の「南右大臣家」とは藤原南家・豊成のことで、藤原二郎は子の継縄である。その継縄は、大伴家持の娘（名は不明）を娶っていた。このとき継縄は「慈母」とされる生母・路《みち》虫麻呂の娘を喪い、悲嘆に暮れていた。そこで大伴家持は、「慈母を喪って患いとしている」継縄を岳父の立場で慰めつつ、継縄の「慈母」に挽歌を捧げた。これはもとより公開された場での詠歌などでなく、継縄のもとに個人的に贈られたもの。このやりとりの歌が残されたのは、贈られた相手（藤原氏）や介在者の事情ではなく、作歌した家持が下書きまたは覚えとして手元に留めていたからである。

第二は、公開された儀礼的な場面で詠まれた挽歌なら残る。具体的には、行路死人歌や伝説的美女などを讃える挽歌である。

和銅四年、歳次辛亥、河辺宮人、姫島の松原に娘子《おとめ》の屍を見て悲嘆しびて作る歌二首

妹が名は　千代に流れむ　姫島の　小松がうれに　苔生《む》すまでに

難波潟　潮干なありそね　沈みにし　妹が姿を　見まく苦しも　（巻二・二二八〜二二九）

柿本朝臣人麻呂、香具山の屍を見て悲慟びて作る歌一首

草枕　旅の宿りに　誰が夫《つま》か　国忘れたる　家待たまくに　（巻三・四二六）

とある。姫島は淀川河口にある島だが、松原嬢子と河辺宮人との関係は明らかでない。妻ともないので、おそらくは土地ぼめの意味で、その地を代表する伝説的な美女に敬意を払い、悲話に感動して詠んだ挽歌であろう。香具山の行路死人歌もその地の鎮魂や称揚の意味などを込めた儀礼で、公開の場での詠歌であろう。このたぐいの歌には勝鹿の真間の手児名への挽歌（巻四・四三一〜四三三、巻九・一八〇七〜〇八）・芦屋の菟原処女《うないおとめ》への挽歌（巻九・一八〇九〜一一）などがあり、歌に詠まれた彼女らはその土地の名を負う伝説的な美女である。その地域の人々の心に残っている伝説的な女性に挽歌を捧げることは、それがほんとうにあったことであろうとなかろうと、その土地に住む人々に敬意を払ったことになる。それゆえに、公開された場であらためて悲しみを込めて詠み上げられた。葬儀の場での挽歌とはまったく詠歌の場所も目的も異なるために、著名人によるものならば記録されやすかったのであろう。

このほかでも、葬儀とは離れた日時・場所で詠まれたとおぼしき挽歌がある。

それは、男女の不倫・刑死など第三の場合である。

但馬皇女の薨じて後に、穂積皇子、冬の日雪の落るに、御墓《みはか》を遥かに望み、悲傷流涕して作らす歌一首

降る雪は　あはにな降りそ　吉隠《よなばり》の　猪養《いかい》の岡の　寒からまくに　（巻二・二〇三）

とあるのが一例で、但馬皇女は藤原鎌足の娘・氷上娘《ひかみのいらつめ》を母とする天武天皇の皇女である。穂積《ほづみ》皇子にとっては、異母妹にあたる。但馬皇女は、題詞によると「高市皇子の宮に在す時に」（巻二・一一六）とあって、高市皇子のおそらく嫡妻であった。それにもかかわらず「窃かに穂積親王に接《あ》ひ、事既に形《あら》はれて作らす歌一首」（同上）とあり、世間的には好ましからざる恋愛関係にあった。そのために公開された場では彼の挽歌が披露できず、時間が経過しまた遥かに墓場から離れたところでの詠歌となったのである。もちろん歌は文学作品で、歴史的な事実とは限らない。しかしそういう非倫理的な設定であれば、葬儀の当日に、不倫関係にある男性が挽歌を捧げる場面は作られない。そうした社会的な規制があったことは、こうした歌からも推測できる。

また「膳部王《かしわでおう》を悲傷《かなし》ぶる歌一首」として、

世の中は　空《むな》しきものと　あらむとそ　この照る月は　満ち欠けしける　（巻三・四四二）

右の一首は作者未だ詳らかならず。

とある。膳部（膳夫）王は、長屋王の子で、母は吉備内親王である。神亀六年（七二九）二月の長屋王の変に連座して、父母とともに処刑された。詠んだ人物は不詳となっていてわからないが、恋愛感情をテーマとしないので、僚友・従者などの男性の詠歌だろうか。あるいはややうがった見方ながら、大伴旅人とする説もある。(4) 捧げる相手は刑死であるから、公然たる立場で死を悼む挽歌を捧げること

が憚られ、作者名も伏せられたのだろう。
　長屋王をめぐっては、

　　神亀六年己巳《きし》、左大臣長屋王、死を賜はりし後に、倉橋部女王の作る歌一首

大君の　命恐《みことかしこ》み　大殯《おおあらき》の　時にはあらねど　雲隠ります　（巻三・四四一）

とあり、倉橋部女王が刑死した長屋王に挽歌を捧げている。倉橋部女王の系譜関係は不明瞭だが、長屋王の娘（元暦本万葉集）・賀茂女王の歌（『万葉集』巻八・一六一三）の左注に「或は云はく、椋橋部《くらはしべ》女王の作なりといふ。或は云はく、笠縫女王の作なりといふ」とあるが、賀茂女王と誤解されるほどの近親者だったのだろうか。これも「死を賜はりし時に」ではなく「後に」となっており、刑死者への挽歌は、公然と捧げられてはいない。
　それは、有間《ありま》皇子の刑死の場面でも同じである。

　　有間皇子、自ら傷《いた》みて松が枝を結ぶ歌二首

磐代《いわしろ》の　浜松が枝を　引き結び　ま幸《さき》くあらば　またかへりみむ
家にあれば　笥《け》に盛る飯を　草枕　旅にしあれば　椎の葉に盛る　（巻二・一四一〜一四二）

とあるが、これは生前の自作の歌であって、もとよりほんらいの挽歌でない。これに続けて、

　　長《なが》忌寸奥麻呂《おきまろ》、結び松を見て哀しび咽《むせ》ふ歌二首

磐代の　崖《きし》の松が枝　結びけむ　人はかへりて　また見けむかも
磐代の　野中に立てる　結び松　心も解けず　古《いにしえ》　思ほゆ未だ詳らかならず

　　山上臣憶良の追和する歌一首

翼《つばさ》なす　あり通ひつつ　見らめども　人こそ知らね　松は知るらむ

右の件《くだり》の歌どもは、柩《ひつき》を挽く時に作る所にあらずといへども、歌の意を准擬《しゅんぎ》す。故以《このゆえ》に挽歌の類に載す。（巻二・一四三〜一四五）

とある。斉明天皇四年（六五八）十一月、有間皇子は蘇我赤兄《あかえ》に謀反を勧められ、それに同調したために謀反の罪で捕縛された。策略に載せられたとはいえ、叛意を懐《いだ》いたのは事実である。処刑されるのを覚悟して、松の前で自傷歌を詠んだ。捕縛・連行した一行のだれかがこれを筆録し、のちに有間皇子のその自傷歌を知っていた長奥麻呂が彼を偲《しの》んで挽歌を詠んだ。そしてその歌に憶良が追和した。

さらに、

大宝元年辛丑、紀伊国に幸《いでま》せる時に、結び松を見る歌一首柿本朝臣人麻呂の歌集の中に出づ

後《のち》見むと　君が結べる　磐代《いわしろ》の　小松がうれを　またも見けむかも（巻二・一四六）

とあって、有間皇子の死から四十三年たった大宝元年（七〇一）にまただれかが挽歌を捧げた。死の直後に公然たる場で捧げなくとも、挽歌はこうした長い時間が過ぎたあとでも作られうる。処刑場での刑死者への挽歌詠など許されるはずもなく、はるか後年の人が挽歌を捧げるほかなかったのである。

こうした後年の、場を離れたところで詠まれた挽歌がどうして残りえたのか。十分明らかなわけではないが、たとえば「柿本朝臣人麻呂の歌集の中に出づ」などのように著名な歌人の歌集に収録されたり、大伴氏のような歌を集めている人たちの耳目に接する場が必要だったろう。

【注】

（1）井上さやか氏「『万葉集』にみえる『挽歌』および死者儀礼に関する語（基礎資料）」（第二回万葉古代学研究所主宰共同研究・発表資料）の記載によると、「集中の『挽歌』」二一八首、「歌の題詞としての『挽歌』」十一首、「左注の『挽歌』」九首の合計は二三八首となる。

（2）拙稿「額田姫王と十市皇女」（『古代史の異説と懐疑』所収）。笠間書院刊、一九九九年。

（3）天皇が挽歌を詠むことは禁忌に触れるから、という意見もありうる。阿陪皇女はこの場で詠んだが、彼女がのちに元明天皇となったために削除された、と。しかし持統天皇には「一書に曰く、（天武）天皇崩ります時に、太上天皇の製《つく》らす歌二首」（巻二・一六〇題詞）とする挽歌があり、まずは嫡后の立場で詠んでいる。さらに持統天皇となってからも「天皇の崩りましし後の八年の九月九日、奉為の御斎会の夜、夢の裏に習ひ賜ふ御歌一首〔古歌集の中に出づ〕」（巻二・一六二題詞）とあって、夢のなかでだが歌詠している。ただ、天皇の立場では公開された場で挽歌を詠まないという原則があったようで、そのためにこうしたいいわけが必要となっているのではないか。それにしても、天皇になった人の挽歌は溯って削除される、という原則はない。

（4）日本古典文学全集本『万葉集』四四二番歌の頭注には「『世の中は空しきもの』と見る歌は七九三にもあり、その作者は大伴旅人である。この歌も旅人と膳部王との間に個人的な関係があって、その死を悲しんで旅人が詠んだのを伏せて『作者未詳』としたということも考えられなくはない」（二六九頁）とある。

※本稿は、財団法人奈良県万葉文化振興財団万葉古代学研究所・第二回主宰共同研究（平成十七・十八年度）「古代儀礼と万葉集」において発表した「万葉挽歌詠の作者と場」（『万葉古代学研究所年報』第六号、二〇〇八年三月）を簡約したものである。

（『翔』五十一号、二〇〇八年十一月）

万葉集の時代

1　蘇我氏の仏教導入策の狙い

一　仏教公伝から丁未の変まで

ことのはじまりは、百済《くだら》の聖明王が大和王権の中枢に仏教を伝えてきたことだった。

これは『上宮聖徳法王帝説《じょうぐうしょうとくほうおうていせつ》』『元興寺《がんごうじ》縁起《えんぎ》幷《ならびに》流記《るき》資財帳《しざいちょう》』によると五三八年の出来事だが、『日本書紀』では欽明天皇十三年（五五二）のこととされている。その年代考証はともあれ、『三国史記』によると仏教が高句麗《こうくり》に入ったのは小獣林王二年（三七二）六月で、百済には枕流王《ちんるおう》元年（三八四）九月。いずれも四世紀代に伝わっている。それならば、隣国の日本には五世紀前半にも伝わっていてよいはずである。それが一五〇年もの間をおき、大きく遅れているのは、それが外交交渉の一手段・切り札となりえたからのようだ。仏教教理の文化水準は高く、まるで百科事典のような高水準の知識の上に成り立っている。その伝授はいまでいえば高度技術の供与であって、かなりの恩恵と見なしうる。だから簡単に渡したくなかったのだろう。しかしとうじの聖明王は、北は高句麗からの圧力を排することにおわれ、東は建元元年（五三六）に建国を宣言したばかりの新興国・新羅《しらぎ》から攻撃を受けていた。これら複数の敵と戦って国の安寧を図るためには自国の兵士だけでは足りず、日本からの援兵に期待を寄せていた。日本からの派兵を求め、その見返りとして仏教を伝授してやろうというのだから、古代社会における仏教の価値の大きさが推しはかれよう。

聖明王は欽明天皇に金銅《こんどう》釈迦像一躯・幡蓋《はたきぬがさ》若干と経論若干巻を贈り、「是の法は諸の法の中に、最も殊《すぐ》勝れています。解《さと》り難く入り難し」ではじまる詔文を付けてきた、という。もっともこの詔文の表現は、『日本書紀』編者がのちに最勝王経如来寿量品を剽窃《ひょうせつ》しながら改竄・捏造したもので、もともとは『元興寺縁起』に「当《まさ》に聞く、仏法既に是世間無上の法。其れ国亦応《まさ》に修行すべし」(『寧楽遺文』中巻)とあるていどの簡単な言葉しか伝わっていなかったらしい。

これを受けた欽明天皇は「これは、今までになくすばらしい法だ」といったというが、どうも疑わしい。内容がそれほど理解できていたとは思えないし、そのあとの態度も仏教にきわめて冷淡だ。ともかく自分だけでは受けてよいか決められないとして、最高幹部である大臣《おおおみ》・大連《おおむらじ》らにこれを礼拝すべきかどうか諮《はか》った。これはもちろん日本に持ち込んでよいかどうかではなく、大和王権の国教として採用してよいかどうかを諮問したのである。

大臣の蘇我稲目は「隣国はみな礼拝しているから、日本だけがそれに背くべきでない」(『日本書紀』〈日本古典文学大系本〉欽明天皇十三年十月条)と受容の姿勢を示したが、大連の物部尾輿《おこし》は朝廷祭祀官である中臣鎌子とともに反対に回った。「我が国家の、天下に王とましますは、恒に天地社稷の百八十神を以て、春夏秋冬、祭拝りたまふことを事とす。方《まさ》に今改めて蕃《あたしくにのかみ》神を拝みたまはば、恐らくは国神《くにつかみ》の怒りを致したまはむ」すなわち「わが国の王は、たくさんの天つ神・国つ神を四季折々に祭ることを任務としてきた。それをむやみに改めて蕃神を礼拝したら、神々の怒りは免れない」といって反対した。この論議のありさまを見て欽明天皇は国家として受容することつまり国教化を控え、礼拝を希望した稲目に仏像・経論などを授けて、試しに礼拝させることとした。稲目は小《お》墾田《はりだ》宅（奈良県明日香村）に安置し、さらに向原《むくはら》（飛鳥の西隣）の家を喜捨して寺にした。ところが折悪《おりあ》しく、この直後に疫病がはやりはじめた。おそらくこれは疱瘡（天然痘）で、仏像などを運んできた百済の一行のうちの誰かが罹病していて、そこから蔓延したのだろう。以後日本では、数十年ごとに一度大流行するというサイクルができあがってしまった。[1]そうした事情は、とうじの人々に分かるはずもない。尾輿・鎌子らは「あのときの献言を採り上げなかったから、疫病が生じた。いますぐ仏を投棄し、もとに戻して幸を求めよ」と大王に進言し、欽明天皇はそれを承認した。勢いづいた鎌子らはただちに仏像を難波（大阪）まで運んで堀江に投棄し、稲目が整えた仏寺施設を焼きつくした。これが第一次排仏事件である。

この紛争は、次世代にも持ち込まれた。

敏達天皇十三年（五八四）九月、百済にいた鹿深《こうが》某・佐伯某が弥勒石像・仏像各一躯を持ち帰ってきた。蘇我稲目の子である馬子はこれらを受け入れて、このための仏殿を邸宅の東方に造って安置した。また石川（橿原市石川町）にも仏殿（石川精舎《しょうじゃ》）を設けた。さらに播磨にいた高句麗出身の恵《え》便《べん》を招き寄せて、自分の師僧として迎えた。そして善信尼（司馬《しば》達等《たっと》の娘）ら三人の尼を得度《とくど》させて法会を行ない、池辺氷《いけべのひ》田《た》・司馬達等らとともに修行に励ませた。その翌年の二月にも大野丘（甘樫丘のことか）の北に塔を建てて法会を行ない、仏舎利をその柱頭に納めた。そうしていたらこの数日後に馬子が病気に罹ったので、理由を占ってみた。するとそれは稲目が祭った神（つまり仏）の御心に祟ったからだとの判定がなされたので、敏達天皇にその旨を奏上し、稲目が崇《あが》めた仏を祭ってよいとする許可をあらためて得た。これによって、父の代の無念まで晴らしたわけであった。

ところがこれまた折悪しく、疫病つまり数十年サイクルの天然痘が流行しだした。第二次排仏事件のはじまりである。

尾輿の子である物部守屋《もりや》と鎌子の子であるらしい中臣勝海《かつみ》は、「どうして私たちの提言を採り上げなかったのか。疫病が流行して国民が死に絶えようとしているのは、蘇我氏が仏法を広めようとするからだ」と大王につよく迫った。敏達天皇はその抗議を諾《うべな》い「いまや因果関係は明白だから、仏法を禁断する」と命じたので、守屋はみずから寺に赴いて塔を倒し、仏像・伽藍とともに焼いてしまった。焼け残った仏像も、難波の堀江に棄てさせた。さらに佐伯御室《みむろ》を派遣し、善信尼ら三人の法衣を奪った上で縛り、見せしめとして人通りの多い海石榴市《つばきいち》の駅舎《うまやたち》に連行してから鞭打った。ここではもっぱら物部・中臣の奏上によるとしているが、じつは敏達天皇自身が『日本書紀』に「天皇、仏法を信《う》けたまはず」と書かれており、公然たる仏教嫌いだったようだ。

その後、敏達天皇も守屋も疱瘡に罹《かか》り、人々は仏像を焼いた罪ではないかと噂しはじめた。そこに馬子から仏法の力に頼らねば病気が治らないと嘆願がなされたので、敏達天皇はしかたなく馬子にふたたび仏法を修めることを許し、尼たちも釈放させた。馬子は、あらたに寺を建てて供養したという。

こうした一連の争いに決着をつけたのが、丁未《ていび》の変であった。

この政変は、敏達天皇・用明天皇のあとの大王候補がだれになるかをめぐって起きた。後継の大王は敏達天皇の子の押坂彦人《おしさかのひこひと》皇子（先の大后・広姫の所生）・竹田皇子（後《のち》の大后・額田部《ぬかたべ》皇女［のちの推古天皇］の所生）あたりになるのか、と取り沙汰されていた。そこに欽明天皇の子・穴穂《あなほ》部《べ》皇子が後継指名を求め、敏達天皇の後の大后となっていた額田部皇女に実力でつよく推挙するよう

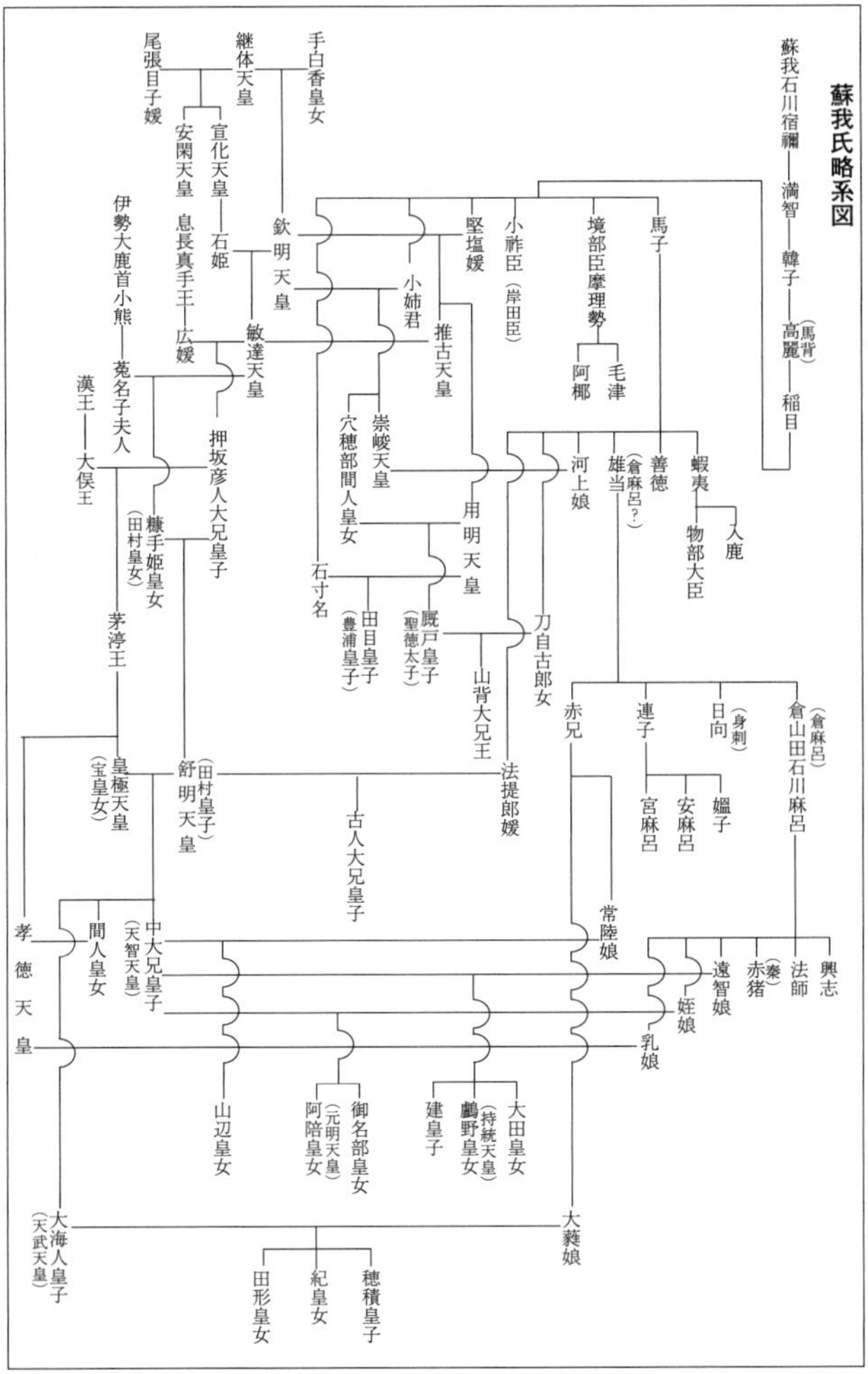

加藤謙吉氏「蘇我氏—古代政界の覇者」（「別冊歴史読本」〈12巻3号〉「天皇家と日本の名族」）より転載

に迫った。さらに、その穴穂部皇子を物部守屋が支援した。守屋にとっては、穴穂部皇子を擁立するほどの縁などなかった。穴穂部皇子の母は稲目の子・蘇我小《お》姉君《あねぎみ》であるし、穴穂部皇子が頼ったさきの額田部皇女はこれまた稲目の子・蘇我堅塩《きたし》媛《ひめ》が生んだ娘である。つまり穴穂部皇子と額田部皇女は従兄弟同士なのだ。本心でいうならこのどちらも支援できないところで、蘇我系の皇子女のなかでの内輪《うちわ》もめである。だが蘇我馬子が額田部皇女と手を組んで穴穂部皇子の排除を画策するのなら、ここは宿敵を追い落とす絶好のチャンスである。馬子としても守屋にはかねて深い恨みを懐いていたから、さっそく額田部皇女の号令のもとに穴穂部皇子・守屋討伐軍を招集させた。まず佐伯丹経手《にうて》に穴穂部皇子の宮を包囲させて、彼を殺害。事態の急展開にやや遅れをとった守屋は渋川の家（東大阪市）に急ごしらえの稲城《いなぎ》(2)を築いて立て籠もり、討伐軍の三度にわたる総力での攻撃を斥けたが、衆寡敵せず敗れた。

丁未の変を蘇我氏の勝利に導いた中心者は額田部皇女だったが、彼女の父・欽明天皇も、夫・敏達天皇も、さきに述べたとおり仏教への信仰心などなかった。しかし同母兄の用明天皇は法隆寺の発願《ほつがん》者でもあって、仏教への帰依心がつよかった。また崇仏派の頭目であった稲目は彼女の母方の祖父、馬子はおじにあたる。こうした生育環境であれば、彼女には排仏の気持ちなどなかったろう。また推古女帝の政治を補佐した厩戸《うまやど》皇子（聖徳太子）にも、周知のとおり仏教帰依の気持ちがあった。こうして物部氏の没落後の政界は崇仏派によって領導されたため、とくにさらなる論議を重ねなくとも、崇仏の方針は暗黙の諒解事項として受け入れられることとなった。

二　仏教と政治

仏教受容をめぐる論争・係争は、蘇我・物部間の権力争いの材料とされただけで、両者にとって生命をかけて守り通したいほどの事柄でなかった。宿敵を追い落として政権を奪取するためには、なんらかの争点が必要になっていた。そのために利用された表面上の問題にすぎない、と。そういう理解もある。しかしそうだろうか。筆者は、蘇我氏にとって朝廷への仏教受容の是非は、こだわるべき譲れない重要な問題だったように思う。

まずは仏教受容の是非が、なぜ大きな問題だったのか。

受容にあたって問題となる点は、前掲の物部尾輿・中臣鎌子らの奏言に尽くされている。

日本には天《あま》つ神もいるし、各地にそれぞれの地域を創造した土着神もいる。だからだ。たしかに大和王権の支配者層を構成する氏族はそれぞれ氏神として祖先（神）を崇め、その後裔であることに誇りを持ってきた。たとえば物部氏の祖は饒速日命《にぎはやひのみこと》で、大伴氏の祖は天忍日《あめのおしひ》命。蘇我氏の祖は蘇我石川宿禰で、巨勢氏は許勢小柄《こせのおがら》宿禰から出ている。『出雲国風土記』（日本古典文学大系本）によれば、出雲の国土創造神として八束水臣津野命《やつかみずおみつののみこと》がおり、国引きをして国土を整えたという。『播磨国風土記』（日本古典文学大系本）では、播磨の国土統一神として伊和《いわ》大神がいて、全土で外来の神である天日槍《あめのひぼこ》と激しい闘いを展開したとある。大和王権が成立したおりの状態について、たとえば天照大神《あまてらすおおみかみ》が石窟《いわや》に隠れて地上が暗黒となったとき、中臣氏の祖・天児屋命《あめのこやね》と忌部氏の祖・太玉《ふとたま》命が天香具山の真坂樹《まさかき》を抜いて、そこに玉・鏡・布を取りつけて祈祷した、と伝承してきた。また崇神天皇十年には天下を平定するために四道将軍が任命され、大彦が北陸へ、阿倍氏の祖・武渟川別命《たけぬなかわわけのみこと》は東海に派遣された。こうした祖先（神）の活躍を得意げに家記に書き込んで秘蔵してきた。そこに書かれ伝承されている「事実」が大和王権でのいまの自分の地位や職掌の根拠となっているから、一言の誤りもないように大切に伝えてきた。持統天皇五年（六九一）に『日本書紀』の編纂材料として提出するよう命ぜられた「祖等《おやども》の墓記《おくつきのふみ》」とは、こういう事情で書き継がれ伝えられてきた各氏族の家記である。

自分がいまここにこうしてあるのは、祖先（神）の働きのたまもの。そうであれば、祖先（神）を崇めるのはとうぜんであって、ないがしろにしては氏族員が見捨てられ祟られる。いくら見かけがきらぎらしく（端麗）とも、由緒もわからぬ流入したての蕃神に節操なく鞍替えできようはずがない。それだけの大事なのに、これに対する蘇我氏の賛成理由はあきれるほど安易だ。ほかの国が受け入れているから日本でもとうぜんでしょう、とは。ここには、祖先（神）への配慮も、国家の主体性も感じられないではないか。

ではいったい、蘇我稲目は何を考えていたのか。

蘇我氏は臣姓豪族で、伴造《とものみやつこ》氏族の出身でない。ほんらい廷内の庶務を分担・請け負いする立場ではなかったが、時代の趨勢を読みとって屯倉の設置と運営など財務面での中央集権化の基盤づくりに尽力し、その功績で政権中枢での発言力を高めてきた。この業務遂行の過程で、財務運営に欠かせない物品管理や帳簿作成あるいは最新機器の調達などを通じて渡来系氏族と接触した。渡来人は、たとえば秦《はた》氏は秦の始皇帝の子孫・功満王が仲哀朝に渡来したとか、その子の弓月君《ゆづきのきみ》が応神朝に来朝したとか称した。また東漢《やまとのあや》氏は後漢・献帝（在位一九〇～二二〇年）の末裔で、西文《かわちのふみ》氏は前漢・高祖（在位紀元前二〇〇～一九五年）の末裔と称している。しかしそれらは僭称であって、ほんとうは高句麗・百済・新羅などから渡来してきたのである。朝鮮半島にはすでに一世紀以上前に仏教が流入していたから、彼ら渡来人の間にも深く浸透し広く普及しており、多くの信者がいたであろう。七世紀初頭以前の竈《かまど》が火葬墓に転用された例（堺市陶器千塚の二号墳〈カマド塚〉に十一体分の人骨）も多数見られるというから、仏教公伝などと大騒ぎする前に仏教信仰はいますこし早く日本国内にもたらされていたのだろう。そうした渡来人の生活をじかに見聞きするなかで、蘇我氏には仏教に対する偏見も違和感もなくなっていた。蘇我稲目が発言したとき、渡来人たちの拝礼している姿が思い浮かんでいたことであろう。こうした彼らの信仰に理解を示し、保護してやる必要があったともいえる。

だが渡来人への同調だけでない、もっと重大な狙いがあった。

蘇我氏は、国政改革の方向性を中央集権国家の確立に定めていた。分権国家では力が内部で拡散してしまい、外国に対抗しながら国力をのばしていくことができない。国家を中央集権的にまとめていこうとするとき、政権中枢が財政的に豊かになるのも一つの方法である。屯倉《みやけ》の増設や管理強化などの施策は、政権中枢の経済力を飛躍的に高めてきた。地方国造の経済力との間に明瞭な差がつけば、輸入・製造できる武器からして違ってくるから軍事面で差が出るし、軍事力の格差は政治力の差をもたらす。地方政治を中央政権の意のままに操れる日は、たしかにこの延長線上に展望できる。だがこれだけでは、力づくで黙らせたことにしかならない。力の差が縮まれば覆されるし、不満は見えないところで燻《くすぶ》るかもしれない。また地方に対して政権中枢の力量が大きくなったとしても、その中枢においてえている各氏族の気持ちがばらばらでは、国家として大きな力を発揮できない。それでは中央集権化している意味がない。

では、どのようにしたら別々の祖先（神）を崇めている各氏族の気持ちをまとめられるのか。

既存の方法で考えるなら、系図上に共通の祖を架上《かじょう》して仲良くさせることだ。蘇我石川宿禰の父は武内《たけしうち》宿禰で、武内宿禰の子として巨勢・葛城・平群《へぐり》・紀の各氏祖が並ぶ。こうすればみな武内宿禰を共通の祖とする同族となるから、「なんだ、みな仲間だったのだ」ということでまとまれる。武渟川別命は孝元天皇の孫で大彦命の子だから、神武天皇をさらにその祖と見れば大王家を中心にまとまりを作っていける。ただし中央豪族同士はそれができるかもしれないが、地方豪族はどうするか。またこの方法でたしかにグループ化できるが、一つにまとまるのにはかなり長い歳月がかかりそうだ。

その解決のための妙案が、教義の普遍性が高く、帰依する人を選ばず差別しないという仏教を導入することだった。

豪族どもの祖先（神）や一般の人たちの祖先崇拝の儀礼とはべつに、全員がまったくあたらしい宗教に帰依すれば、一挙に共通の信仰心で結ばれた社会になる。仏教はそれだけの説得力と懐《ふところ》の深さを持っている。しかも、働いた知恵はそれだけでない。その信仰の中心となるだろう仏像の顔を、大王に似せておけばどうか。仏像を拝むことが、すなわち大王を拝むこととなるではないか。仏教の信仰心はそのまま大王への帰依となり、精神的にも大王が国家の支柱となる。こんな効率のよい中央集権化策は、ほかにない。

この方策は、じつは稲目の発案でない。

たとえば中国北魏には雲崗《うんこう》石窟のいわゆる曇曜《どんよう》五窟（第十六窟～第二十窟）がある。製作年代は文

雲崗石窟第二十窟。この仏は北魏の開祖・道武帝をイメージしたといわれる。

成帝のときで、和平年間（四六〇〜四六五）のものである。その五窟の主仏は道武帝から文成帝までの五帝（ただしくは四帝。晃景穆は太子）をイメージしたものといわれ、また第十三窟の未来仏弥勒も文成帝に似せてあるという。後者については、『魏書』釈老志に「この大仏の足下《あしもと》には黒い石が置かれている。それはこの大仏が皇帝に似せて作られているので、文成帝の足にある黒子《ほくろ》を象徴するもの」とある。こうして中国では臣下から「皇帝即《そく》如来」と讃えられ、仏教は皇帝の国家支配の補強剤となっていた。

古代史における仏教の役割、導入の意味も、中国におけるそれを模倣している。稲目がそういう効能を力説しようとしていないのは、不思議でもある。おそらく国政改革がまだ未熟であることに鑑みて、政権中枢部の心の統一を問題とするのは時期尚早。いまつよくそれを唱えればいっそう反発を招く、と考えて口を噤《つぐ》んだのだろう。

古代社会において、仏教はたしかに政治の道具として導入された。最近の考古学調査によれば、蝦夷勢力と対峙した陸奥国の宇多郡・信夫《しのぶ》郡などいくつかの前線地帯では、行政の中心となるべき郡家《ぐうけ》設置にさきがけて寺院が建てられている。(3) 政治支配を確立してから仏教を広めるのではなく、信仰心をさきに植え付けて敵愾心《てきがいしん》・抵抗する気持ちを失わせておくこと。それが行政の前提だったのである。

【注】

(1) 富士川游氏『日本疾病史』(平凡社東洋文庫、一九六九年)

(2) 拙稿「稲城について」(「朱」五十号、二〇〇七年二月)

(3) 木本元治氏「陸奥南部の官衙・寺院」(「日本考古学協会二〇〇五年度大会　研究発表要旨」所収、二〇〇五年十月)によれば、「郡家遺跡の成立年代は、白河・安積・伊具・磐城・標葉・行方郡では七世紀第四四半期、磐瀬・信夫郡でもその可能性がある」が「付属寺院とされたものの創建年代は、宇多郡では七世紀第二四半期、信夫郡では第三四半期、白河・磐城郡では第四四半期、磐瀬郡では八世紀第二四半期で郡家遺跡より古い寺院もある」とし、郡家よりも寺院建造が先行した場合が少なくないと指摘されている。また「寺院が先行する例は関東の那須郡や芳賀郡でもみられ寺院の半数近くを占める」ともいう。

(原題は「蘇我氏VS物部氏　崇仏排仏戦争」。「月刊歴史読本」五十一巻五号、二〇〇六年三月)

2　東国国司は何を目にしていたのか

一　問題の所在——大化改新と国造の没落

皇極天皇四年（六四五）六月、大和王権の中枢部で大きな為政者の交代劇があった。それが乙巳《いっし》の変である。

最高執政権を完全に手中に収めていた大臣《おおおみ》・蘇我入鹿《いるか》は、日ごろおたがいに仲の悪い高句麗《こうくり》・百済《くだら》・新羅《しらぎ》の三韓が揃って朝貢するという画期的な情報を耳にした。それが警戒心を解かずにいる自分を誘《おび》き出すための偽りの宮廷行事とはつゆほども思わず、飛鳥板蓋宮《あすかいたぶきのみや》に赴いた。そこを、大王・皇極天皇の子である葛城皇子（中大兄皇子）とその一派によって殺害されてしまった。

これによって政治の実権は、臣連姓豪族を代表する蘇我蝦夷《えみし》・入鹿らの独裁から、大王家の代表者たる皇極天皇・中大兄皇子らの手に移った。

それだけであったならば、はるかに離れている東国の在地社会にとって、とりわけて関係するところのない、また権力欲に取り憑かれた者たちにありがちな内紛と軍事クーデタにすぎない。ところがこの新政権の担い手は、蘇我氏から執政権を奪取するにとどまらず、とうじ強大・強力な中央集権国家を建設中であった中国・唐の律令政治を模倣し、律令制的中央集権国家への国政改革をはじめた。

この動きは、わずか半年後には具体的に人々の目にできるものとなった。大阪湾にほどちかい場所に、中国の都城を模倣した難波長柄《ながら》豊碕宮（前期難波宮）が建設され、大極殿や朝堂を構えたいままでみたこともない赤・緑・白・青などのきつい原色に彩られた異国風の都宮がとうとつに出現した。また大化二年（六四六）正月には四箇条にわたる大化改新の詔が出され、国内を中央集権化するという施政の基本方針が明示された。

もちろん、地方の在地社会は大和王権から半独立的な存在で、盤踞《ばんきょ》する国造《くにのみやつこ》などによって統治されている。分権的な統治のしくみは長い歴史性を負うものであって、一片の法令でかんたんに転換できるものでない。そのはずだった。だが粘りづよい説得とおりおりの恫喝《どうかつ》などを交えた交渉を積み重ねて、また白村江《はくすきのえ》での敗戦や壬申の乱での王位簒奪などをきっかけとした大きな社会変動などにも助けられて、結果としてわずか半世紀という短期間で国造の半独立的な統治権は否定された。そして、東国すべてを巻き込んだ中央集権化が達成されてしまった。

乙巳の変・大化改新から大宝元年（七〇一）の大宝律令成立つまり律令制的中央集権国家の完成までの約五十年の政治過程を俯瞰《ふかん》すれば、おおむね右のようにまとめられる。

しかし、こうした過程を叙述しながら、筆者としてつねに心のなかに疑問としてわだかまりを感じる部分があった。それは、在地社会のあまりの無反応ぶりである。

古代はそういうもので、現代と同じに考えてはいけないといわれてきた。それで納得できないのは、歴史的な感覚がないからだともいわれる。しかし地方に君臨してあれほどしっかりと地元に根付いて統治していたはずの国造たちは、なされるがままに支配権力・統治権を奪われ、手もなく自分の支配地を蝕《むしば》まれて分割されていく。それはやはり不思議なことだ。

その無気力ともいえる衰微のさまは、国造たちのなれのはての姿からよういに察しがつく。というのも、全国の郡数は『和名類聚抄』(二十巻本)によれば五九二郡である。この書は郡と郷の名が記されており、厳密で精確である。だが内容は、どうやら九世紀前半の状況を反映したものらしい(1)。同時期成立の『延喜式』では五九〇郡、鎌倉中期成立の『拾芥抄《しゅうがいしょう》』では六〇四郡とある。さいわいにも一部が残っている『律書残篇』は『和名抄』より一〇〇年ほど遡った平安初期の成立とみられるが、郡の総数のみなら五五五郡という記載がある。

これに対する国造の数はどれほどだったか。

『先代旧事《くじ》本紀』(鎌田純一氏校訂『先代旧事本紀の研究　校本の部』)の第十巻・国造本紀によれば、その数は一四四である。この書は古く成立したように見せかけたいわゆる偽書であって記述の信憑性に問題もあるが、中国の同時代史である『隋書』倭国伝(岩波文庫本)でも、

> 軍尼《くに》一百二十人あり、なお中国の牧宰のごとし。八十戸に一伊尼翼《いなぎ》を置く、今の里長の如きなり。十伊尼翼は一軍尼に属す。

とある。この軍尼は国のことで、日本の国造を意味しているようだ。とすれば、裴世清《はいせいせい》が来日した七世紀初頭ころには、一二〇前後の国造が日本にいたとみて大きく外れないだろう。

かりに国造数が一二〇で、郡数を五五五郡とすると、国造のかつての支配地は平均して四・六郡に分割されたこととなる。国造数が一四四ならば、平均して三・九郡である。そのいずれにせよ旧国造

の支配地は、律令国家による中央集権化政策の浸透過程で、おおむね四分割されたわけである。数百年にわたって国造が支配しつづけてきた土地を、新政府の上からの命令とはいえ、これほど短期間になぜやすやすと分割してしまえたのか。受け入れた国造は、どうして分割命令を承知したのだろう。

大和王権による屯倉《みやけ》の設定はすなわち国造の支配地の一部を奪い取るものであったから、『日本書紀』安閑天皇の条々には国造の反乱記事がみられた。歴史的に獲得してきた権益を侵されたのであれば、あって当然《とうぜん》の反発だろう。それよりもはるかに大規模な支配地の分割なのに、この時期には反乱記事がなぜ一つも見られないのか。そのとき国造は何を考えていたのか。それが筆者の疑問であった。

もちろん、それなりの辻褄《つじつま》合わせの答えは用意していた。

七世紀は古墳後期にあたり、大型の古墳が造営される一方で、群集墳が多数造られている。群集墳を造っているのは、国造よりやや下位の有力農民層であった。彼らは首長層の造る個人墓をまねるものの、大型化させるほどの資力や組織力がなく、小型のいわゆる群集墳しか造れなかった。それでも身分差をつけられない共同墓地に葬られるよりは、一般の人たちとの階層のちがいを明らかにできていた。群集墳の発生を、このように読み取る。そうなると、群集墳が数多く造られるのは、彼ら在地有力者が広範に擡頭してきたことの現われである。彼らの上にたって統括してきた国造は、資産や組織力においてかれらとの力の差が縮まってくるわけで、相対的にみれば統治力が落ちたことになる。七世紀の半ばごろには支配者の地位からやがて転落するおそれも感じていたので、中央集権国家の末端に加わることで支配者層としての地位を確保しまた支配力の低下を補い、群集墳を造るような有力農民層の擡頭に対応したのだ、と理解する。それが一つの回答である。

しかしこうした理解には、みずから認めざるをえない難点がある。

群集墳は一定の境域にまとめて造られており、上位者から大きく規制された範囲内で成立している。強い規制を受け入れていることからすれば、むしろ在地の権力構成・支配秩序のなかにきちんと組込まれ、序列化されてしまった姿とも考えられる。つまりこれは、資力・組織力をつけてきた者たちの成長によって国造の権力基盤が補なわれ強化されたことを意味するだけ、と受け取ることもできる。考古学的な事象は解釈が多様で、そのなかには自分の理解に沿わないものもあり、こうした解釈もできるわけだ。それがどうであれ、全国的に施行された中央集権化策への対応について、群集墳の成立がいかに全国的に展開したとしても、その一事象だけで説明し通せるとは思えない。

また別の回答も準備できる。この時期の東アジア世界全体を見渡せば、日本には国難が迫っていたからだ、と。

皇極天皇三年には中国の唐が第一次高句麗遠征に着手し、朝鮮半島諸国の制圧のために三〇万以上の兵力を投入しはじめた。唐による朝鮮半島遠征は、百済と連携を深めている日本にとってさまざまな既得権益を喪失または阻害されることであり、好ましくない。もとより唐と戦うのは未曾有《みぞう》の大事業であり、その軍事力・政治力を正面切って排除するのにはむりがある。むしろ唐と連携した方が賢明である。それは分かっていたかもしれないが、日本は長年の盟友関係を重視し、利益の多い百済との同盟・連携関係を維持することに決めた。となれば超大国である唐との戦いは必至となる。勝てる相手でないが、負けないくらいで現状を維持できないものか。唐との戦いの日を控えて、日本国内全体が緊迫した状況におかれていた。そうした国際情勢を勘案すれば、中央集権化によって政治指導力を強化し、また国内の経済資源・人的資源を中央政府がすべて把握することで挙国一致・全国動員でこの国難に立ち向かうべきである。一国造の私的な利害など、比較にならないささいな問題である。このさい在地の国造が中央集権化に協力してみずからの権限を進んで譲り渡すことは、ごく自然な動きである。そういう大局を見すえた理解も可能である。

だがこれも、国難・国家存亡の危機と理解しまたそれに対応する大化新政府の高度な政治・外交の施策内容が理解できたとしても、一〜二いや一〇〜二〇、さらに過半の国造がかりに中央集権化策の受け入れを納得したとしても、一二〇の国造が揃いも揃って無抵抗で固有の権利を手放したりはしない。六〜七割の国造は代々引き継いできた在地支配権をむざむざ喪失させることに同意などしない。国難への対処に協力するとしても、それは自分の指揮権のもとに協力できる範囲でする。そのていどの反応に止まるだろう。蒙古襲来にさいして、鎌倉武士はいくら朝廷・幕府から国難といわれようとも、なお個人的な恩賞のためにしか戦わないという状況だった。それが現実であろう。

いずれにせよ、一般論では解釈しきれない。また前近代社会において、在地の権力者・富裕層がさしたる見返りもないことで、黙って私的権益を譲ってしまうことなど、筆者には考えられない。

それでは、国造は大化改新以後五十年で中央集権化をなぜ受け入れ、律令国家の一下僚となってしまったのだろうか。

二　東国国司と対峙する国造

そもそも大化改新前後の国造は、どれだけの範囲に、どれくらいの支配力を持っていたのだろうか。

それを窺わせるのが、『日本書紀』（日本古典文学大系本）の東国国司派遣をめぐる記事である。東国とは愛発《あらち》・不破《ふわ》・鈴鹿の三関の東にある国で、越前・美濃・伊勢以東の諸国のことである。(2) 新政権は、乙巳の変から二ヶ月もたたない大化元年八月初めに東国へ国司を遣した。そして翌年には、東国に滞在していたときの国司の業務内容について、調査に基づいて処分を下している。

まず大化元年八月庚子条には、東国国司派遣の事実と彼らがすべき業務内容が記されている。

凡《およ》そ国家の所有《たもて》る公民、大さに小きに領《あずか》れる人衆を、汝等任《まか》に之りて、皆戸籍を作り、及田畝を校《かんが》へよ。其れ薗池水陸の利は、百姓と倶《とも》にせよ。……又、閑曠なる所に、兵庫を起造《つく》りて、国郡の刀・甲・弓・矢を収め聚め、辺国の近く蝦夷と境接《さかいまじわ》る処には、尽《ことごとく》に其の兵を数へ集めて、猶《なお》本主に仮《あず》け授ふべし。

とあり、第一は造籍・検校田すること。第二は兵庫に武器を集めるが、戦闘地域では調査・登録したのちに本主に返還する。すなわち財政・軍事の基盤に関する調査と確保がおもな業務であった。

ついで、国司の職務遂行にさいしての禁止事項が記されており、

①国司等、国に在りて罪を判《ことわ》ること得じ。
②他の貨賂《まいない》を取りて、民を貧苦に致すこと得じ。
③京に上らむ時には、多に百姓を己に従ふること得じ。唯《ただ》国造・郡領をのみ従はしむること得む。
④但し、公事を以て往来はむ時には、部内の馬に騎《の》ること得、部内の飯《くら》ふこと得。……其の長官に従者は九人。次官に従者は七人。主典に従者は五人。若し限に違《す》ぎて外に将《い》たらむ者は、主と従ならむ人と、並に当に罪科《おお》せむ。

⑤若し名を求むる人有りて、元より国造・伴造・県稲置《こおりのいなぎ》に非ずして、輙《たやす》く詐《いつわ》り訴へて言さまく、『我が祖の時より、此の官家《みやけ》を領《あずか》り、是の郡県を治む』とまうさむは、汝等国司、詐の随《まま》に便《たやす》く朝に牒《もう》すこと得じ。審に実の状を得て後に申すべし。

とある。すなわち裁判の禁止・収賄の禁止・上京時の従者の資格・訴求事項の上申の禁止と真偽調査が指示され、翌大化二年三月甲子条・三月辛巳条に論功行賞および命令違反者への処分内容が記されている。

すなわち三月辛巳条によると、

①穂積臣咋が犯せる所は、百姓の中に、戸毎に求め索《こ》ふ。仍《また》悔いて物を還せり。而るを尽には与《あた》へず。

②其《か》の巨勢徳禰《こせのとこね》臣が犯せる所は、百姓の中に、戸毎に求め索ふ。仍悔いて物を還せり。而るを尽には与へず。復、田部の馬を取れり。復、国造の馬を取れり。

③其の紀麻利《きのまり》耆《き》拕《た》臣が犯せる所は、人を朝倉君・井上君、二人の所に使《や》りて、為に其の馬を牽き来しめて視たり。復、朝倉君をして、刀作らしめたり。復、朝倉君の弓・布を得たり。復、国造の送る兵代の物を以て、明に主に還さずして、妄《みだり》に国造に伝へたり。復、所在へる国にして、他に刀偸《ぬす》まれぬ。復、倭国にして、他に刀偸まれぬ。

④其の阿曇《あずみ》連名を闕せり。が犯せる所は、和《わ》徳史《とこふひと》が所患《うれえ》有る時に、国造に言して、官物を送らしむ。

⑤復、湯《ゆ》部《べ》の馬を取れり。其の介膳部《かしわで》臣百依《ももより》が犯せる所は、草代の物を、家に収め置く。復、国造の馬を取りて、他の馬に換へて来れり。

⑥大市連名を闕せり。が犯せる所は、前の詔に違へり。前の詔に曰ひしく、『国司等、任所にして、自ら民の所訴を断ること莫《まな》』とのたまひき。輒《すなわ》ち斯の詔に違ひて、自ら菟《う》砺《と》の人の所訴、及び中臣徳《とこ》が奴の事を判れり。

⑦涯田《きした》臣名を闕せり。が過《とが》は、倭国に在りて、官の刀を偸まる。是謹まざるなり。

⑧平群臣名を闕せり。が犯せる所は、三国の人の所訴、有れども未だ問はず、とまうす。

とあり、連帯責任とされた者はほかにもいるが、右の八人が直接の責任者として処分されている。ただし⑦涯田某だけは不注意・不謹慎であって、詔命への違反でない。

東国国司への指示と違反者への処分内容を通覧してみると、現地支配の実権を握っている国造に対して、新政権がいかに気を遣い、既得権益の侵害に神経質になっていたかがわかる。

巨勢徳禰は「国造の馬を取」り、阿曇某は「国造に言して、官物を送ら」せた。膳部百依も「国造の馬を取りて、他の馬に換へ」た。また大市某は、裁判をするなといわれていたのに「自ら菟砺の人の所訴、及び中臣徳が奴の事を判」った。平群某は裁きに関与しなかったのはよいが、「三国の人の所訴、有れども未だ問はず」つまり実情調査に着手しなかったことを職務怠慢と受け取られた。

ここでは、国造固有の私有財産権を侵害することが、厳重に止められている。国司に求めることはもちろん、国造側が進んで差し出してきたとしても、受け取ってはならなかった。また現地の裁判権は中央政府になく、国造が保有してきた。その国造の裁判権を侵してはならない。つまり国造の財産・権益をすべてにわたって温存させ、紛争を生じないよう注意深く配慮している。

これらの記事からは、国造の在地社会での権益が大きく、また新政権がまずは国造の権益の継続を保証していたように受け取れる。これから五十年後に、国造勢力の地盤が分割されつくし、律令国家の地方組織の末端にぶらさがって過ごすような哀れな存在になるなど、この状況からはとうてい予知できない。

三　東国国司が目にした在地社会

新政権が国造の旧来保持してきた資産・権益を少しも侵さない方針であったなら、五十年後の国造の支配領域もその権限も大きく異なっていただろう。それがどの時点かで中央政府が強気に転じ、ささやかな抵抗などに目もくれず、かれらの権限をあらかた剝奪して、支配地を無慈悲に分割してしまった。

そうはいうものの、『令義解』（新訂増補国史大系本）選叙令郡司条には、

凡《およ》そ郡司には、性識清廉にして、時務に堪へたらむ者を取りて、大領・少領と為《せ》よ。強幹・聡敏にして、書計に工《たくみ》ならむ者を、主政・主帳と為よ。其れ大領は外従八位上、少領は外従八位下に叙せよ。其れ大領・少領、才用同じくは、先づ国造を取れ。

とあり、「才用同じくは」とあるものの、大領・少領は律令国造家をふくむ旧国造の流れを汲む家からもっぱら採用されていた。個人的能力重視の採用を掲げる律令制度ではめずらしく、譜代《ふだい》主義とよばれる非律令的な原則の登庸方針がとられている。

この譜代主義は、国造を優遇した政策だといわれる。そういえなくもないが、それでもそれはある一郡の郡司職への採用に限られている。三〜四郡あるいは一ヶ国にわたって隣接する郡の郡司職を、

旧国造の一族で広く独占しうるわけではない。つまり四分割された旧国造の支配地について、旧国造の一族だけで郡司職を独占し旧態然として国内支配をつづけることはできなかった。

『令義解』選叙令同司主典条には、

凡そ同司の主典以上には、三等以上の親を用ゐること得ざれ。

とあり、この同司には郡司もふくまれていた。筑前国宗形《むなかた》郡・出雲国意宇《おう》郡などで三等已上の親に連任の特別許可を与えている（『続日本紀』文武天皇二年三月己巳条）のは、この規定に抵触しているからである。三等親は、いまの数え方とやや異なる。『令義解』儀制令五等親条によると、「曽祖父母、伯叔の婦、夫の姪、従父兄弟姉妹、異父兄弟姉妹、夫の祖父母、夫の伯叔姑、姪の婦、継父の同居、夫の前の妻妾の子を、三等と為よ」とある。いまなら三等親にあたる伯叔父は、律令では二等親にあたる。ともあれ、某郡司の三等親は郡司になれない。三等親も離れれば、一族の中枢からすればかなり隔たった傍流家である。また姻戚関係を結んだ家も三等親の適用を受けるので、郡司家同士が婚姻関係を結ぶことはできない。ある郡司家は、隣郡・他郡の郡司家と重なれないのである。

そうなると、すでにみたように旧来の国造支配地は平均して四分割されており、そのうちの一郡について譜代主義で旧国造家から登庸されることはある。しかし残る三郡については、旧国造家は従来占めていた支配者的な地位に就けない。

右のように理解するならば、この五十年間に大化新政権成立以来の強硬策と懐柔策をたくみに交えた中央集権化策がしだいに浸透していき、国造がすこしづつときには急激に没落していったという姿が想像される。それで、ほんとうによいのか。このイメージは当を得ているのだろうか。

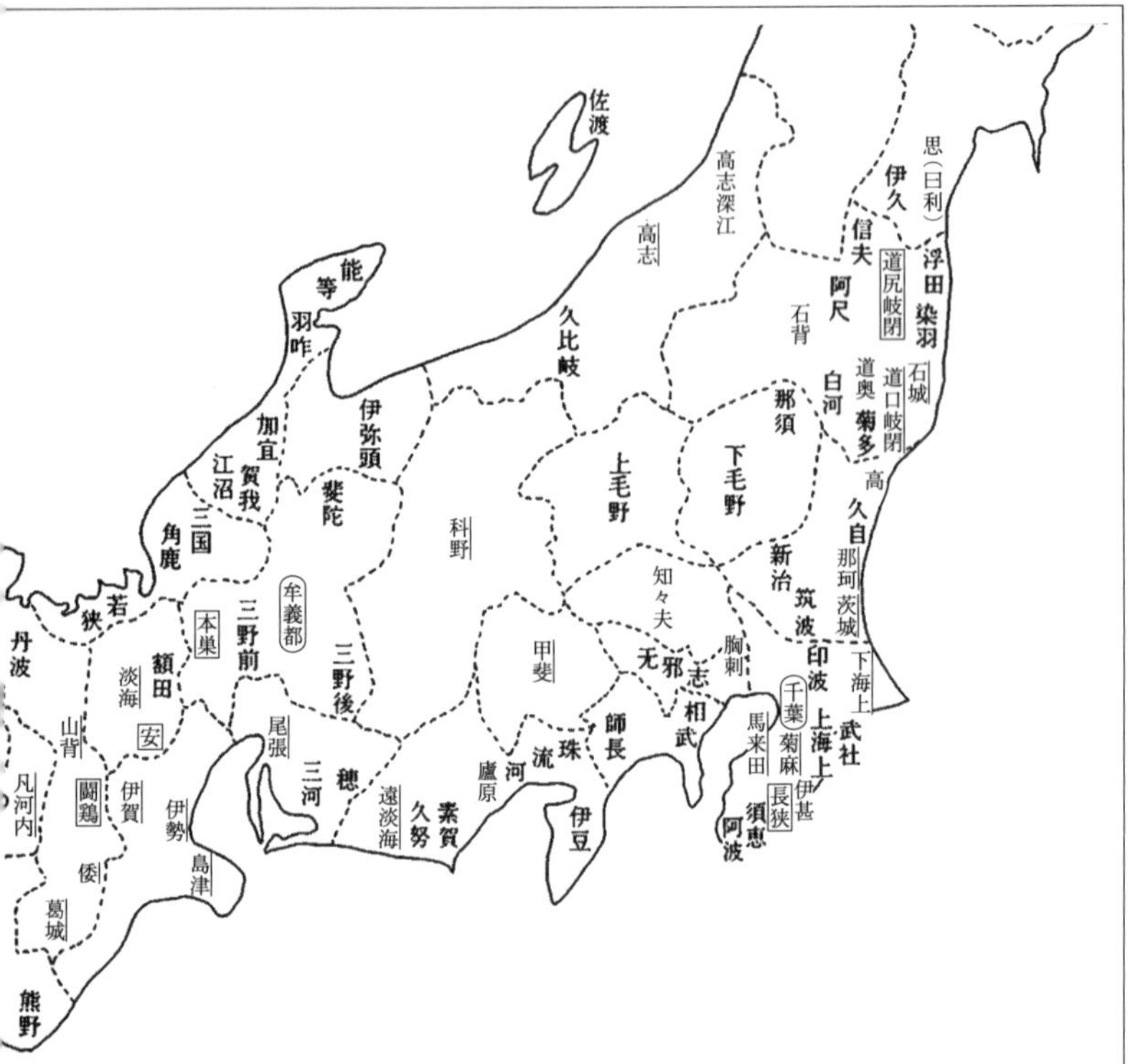

・——傍線は記紀・旧事本紀
・□は記紀
・無印は旧事本紀
・◯は記紀・旧事本紀以外の史料

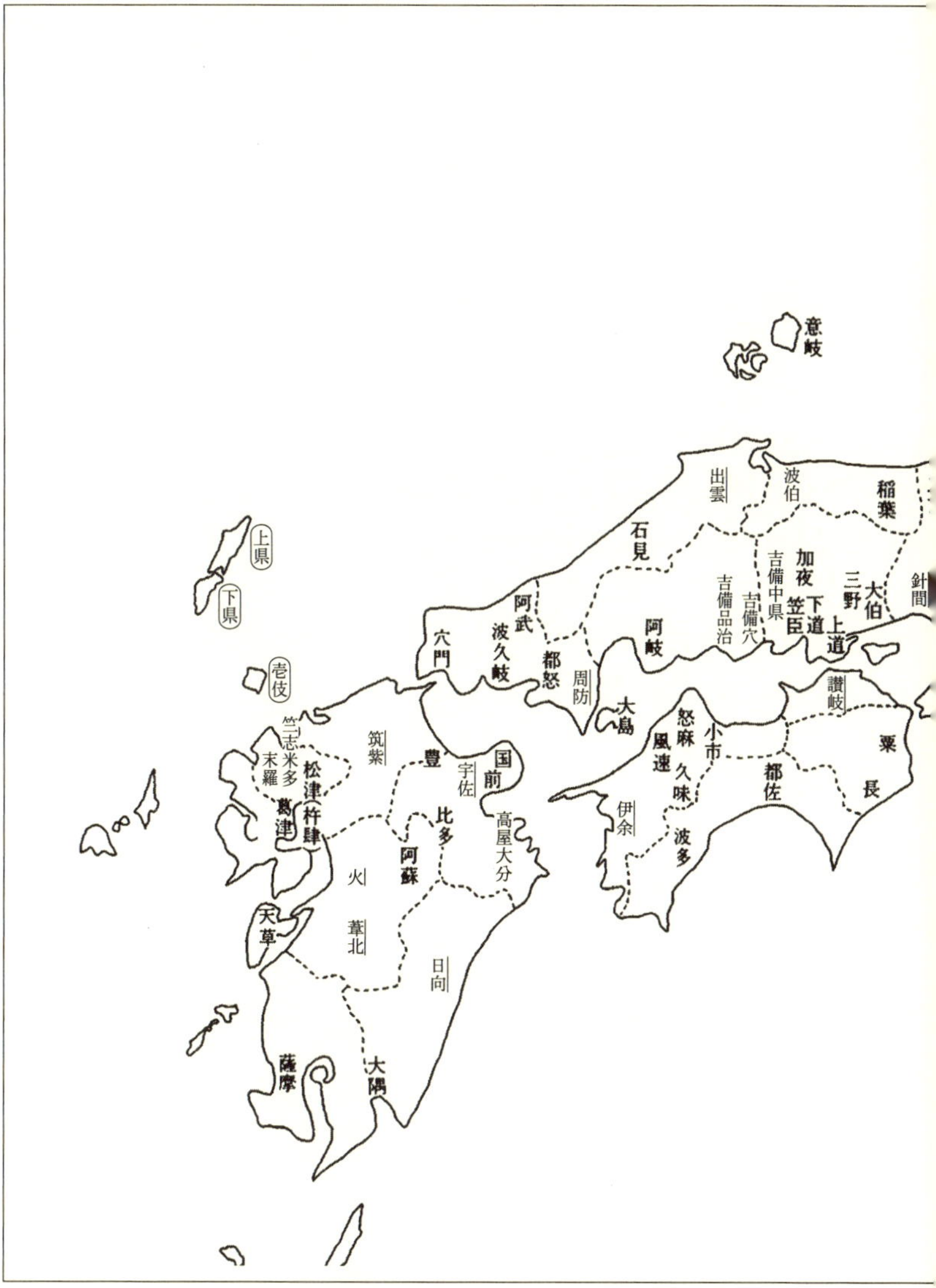
意岐
出雲
波伯
稲葉
石見
吉備中県
加夜
三野
大伯
針間
吉備品治
吉備穴
下道
笠臣
上道
阿武
阿岐
穴門
波久岐
都怒
周防
大島
讃岐
上県
下県
壱岐
竺志米多
末羅
筑紫
豊
国前
宇佐
葛津
比多
高屋大分
阿蘇
火
葦北
天草
日向
薩摩
大隅
怒麻
風速
小市
久味
伊余
波多
都佐
粟
長

国造の配置図

いま筆者は、いささか異なるイメージを懐きつつある。

大化改新前の在地社会には、一二〇の国造が割拠していた。それは事実だろうが、一二〇の国造だけで日本の国土をほぼくまなく分割しおおせていたという意味なのか。大和王権の下で一二〇の国造がその時点の全国土をくまなく分割支配していたとみなしているから、国造の支配地は平均して四分割されて五五五の郡司ができ、差し引き四三〇ほどの郡司があらたに登庸されたと考えてきた。しかし国造たちだけでもともと国内全域が分割支配できていなかったとすれば、在地権力の構図も国造の評価も大きくかわってくる。国造は国内を分割しきれていなかった。かれらの支配の及ばないところが、多くあった。そこには、大和王権から国造とされなかった有力者が、まだたくさんいた。そうではなかったか。

そう考える理由の第一は、国造の数の少なさである。

たとえば山背・河内・伊賀・伊勢・志摩・尾張・伊豆・甲斐・飛騨・信濃・上野《こうづけ》・若狭・越中・佐渡・丹波・因幡《いなば》・伯耆《ほうき》・出雲・石見《いわみ》・隠岐・安芸・淡路・筑紫《つくし》・日向・大隅・薩摩・壱岐の各国では、国造が一人しかいない。伊賀・志摩・飛騨・隠岐・淡路・壱岐などは、国土がせまいからと諒解もできる。上野国造も、その主・上毛野君《かみつけののきみ》が有力豪族として知られているから、さもあろうとも思える。だがそのほかはどうだろうか。東国のなかでいえば、信濃には科野《しなの》国造しかいない。信濃は科野国造によって完全統一支配されていたこととなるが、科野直はさして著名でないし、ほんとうにそう考えてよいものか。。科野国造以外にも、信濃にはほぼ勢力が均衡する複数の在地豪族が割拠していた、と考えられる余地がある。

筆者は、かつて相模の国造の分布と勢力基盤を考察した(3)。その結論を要約すれば、『先代旧事本紀』によると、相模には相武《さがむ》国造・師長《しなが》国造の二国造しか見られない。相武国造は大住郡に発生したが、そこを大住屯倉として大和王権に没収され、高座《たかくら》郡に転進した。師長国造は余綾《よろぎ》郡を地盤として成立している。しかしこうした分布図では、政治的要衝の地である鎌倉郡の主がいなくなる。そこで鎌倉之別《かまくらのわけ》氏をそれにあてたが、この氏族は国造に数えられていない。また相模北部や南東の御浦郡は相武国造の勢力範囲と想定したが、疑問の余地もある。相模北部は産土《うぶすな》の地であるといっているので甲斐との連絡路と考えておいたが、はたしてそれでよかったか。べつの在地豪族が盤踞《ばんきょ》していたのではないか。また御浦《みうら》郡は、武蔵から上総に抜ける道を確保するために軍事的に重要な地である。そうであれば、独自の在地豪族が成立していた蓋然性も高い。

すなわち大和王権は、各国内の独立的・半独立的な在地勢力を網羅的に国造としていたわけではないのだろう。在地豪族の一部を大和王権に協力的存在と認め、国造に任じた。ある国では二国造、ある国では一国造を決めた。それは大和王権の統治の都合であって、地方諸国の意味の国内の都合ではない。一国造しか指名されていないからといって、その国内の在地豪族がすべてその一国造の支配下にあった証拠にはならない。国造以外にも、国内には大和王権からまだ国造として把握されていない独立的・半独立的な在地豪族が複数存在していたのではないのか。

国造以外のべつの在地勢力の存在は、東国国司の記事からも垣間見られる。

大化元年八月庚子条では、「京に上らむ時には、多に百姓を己に従ふること得じ。唯国造・郡領をのみ従はしむること得む」とあり、国造とはべつに郡領がいると考えている。また「若し名を求むる人有りて、元より国造・伴造・県稲置に非ずして、輙く詐り訴へて言さまく、『我が祖の時より、此の官家を領り、是の郡県を治む』とまうさむは、汝等国司、詐の随に便く朝に牒すこと得じ。審に実の状を得て後に申すべし」とある「国造・伴造・県稲置に非」ざる者とは、大和王権との提携をしてこなかった在地勢力であろう。従来はこれを、国造・伴造などの配下がこのさい国造・伴造などから独立しようとして虚りの申告をすると考えてきた。しかし大和王権が国造を通じてすべての在地勢力を把握しきれていたとすべき根拠は、もともとなにもない。大和王権と長く提携してきた国造の顔を立て、国造と在地で敵対していたべつの勢力との統治権の紛争にみだりに干渉するなとの注意だったと受け取って不自然でない。

ついで大化二年三月辛巳条を見ると「穂積臣咋が犯せる所は、百姓の中に、戸毎に求め索ふ」「巨勢徳禰臣が犯せる所は、百姓の中に、戸毎に求め索ふ」とあるが、これは国造支配地外で、在地勢力の版図を把握するさいの違法行為であろう。国造・田部・湯部の馬をとったと非難されているが、湯部はもともと大王家固有の私地・私民であり、これはたしかに大王家財産の侵害である。田部つまり屯倉の戸口調査・造籍は六世紀にはじまっており、大和王権下にある国造支配地についても国造に検田や戸口調査を委任したろう。そのほかにある国造支配地外の戸を、個別に調査しはじめようとしていたのではないか。

「紀麻利耆拕臣が犯せる所は、人を朝倉君・井上君、二人の所に使りて、為に其の馬を牽き来しめて視たり。復、朝倉君をして、刀作らしめたり。復、朝倉君の弓・布を得たり」とある。国造はおおむね直《あたい》姓となるが、国造の配下の者が直姓より格上の君姓を授けられているのは不自然である。直姓の国造から独立しているべつの勢力に、君姓を授けて大和王権側に取り込もうとしていた結果と解することもできる。もっとも紀麻利耆拕が上野国に派遣されていたとすれば、国造の上毛野氏は君姓である。朝倉の氏名は上野国那波郡朝倉郷（前橋市朝倉附近）にちなむもので、君姓は上毛野氏の枝族だったためかもしれない。しかし『新撰姓氏録』によると、上毛野氏には上毛野坂本・上毛野佐位《さい》・上毛野名取・上毛野陸奥・上毛野鍬山・上毛野中村・上毛野賀美・上毛野胆澤《いさわ》など上毛野の名を冠した同族は見られるが、上毛野を冠さない朝倉・井上という名だけの同族は知られていない。上毛野氏はめずらしい君姓の国造だが、これに対抗させようとして、半独立的であった在地豪族の朝倉氏に上毛野氏と同格の君姓を授けたということも考えられる。

「国造の送る兵代の物を以て、明に主に還さずして、妄に国造に伝へたり」とあるのも、国造が兵器を集める担当者・責任者となっていたが、その兵器は国造が出したものだけでなかった。それをそれぞれの本当の持ち主にでなく、国造にすべて引き渡してしまったという錯誤である。国造は国司の配下として一係員になったのであり、武器収集の対象は国造支配下でない人たちにも及んでいたことが読みとれよう。訴訟・裁判のことは、大市某が「前の詔に曰ひしく、『国司等、任所にして、自ら民の所訴を断ること莫』とのたまひき。輙ち斯の詔に違ひて、自ら菟砺の人の所訴、及び中臣徳が奴の事を判」った。これも、国造配下の人の訴訟だったと読みとる必然性などない。それは平群某が「三国の人の所訴、有れども未だ問はず」とあるのも同様である。

ようするに、中央から派遣された東国国司が目にしていたのは、湯部・屯倉などの大和王権の支配地、国造の支配地、そしてそのどれにもまだ属していないが大和王権との提携を求めていた在地豪族の支配地。この三種類の支配地が錯綜した状態だったのだろう。

そういう勢力が広く存在していたと考えれば、大化改新後に国内分割がすみやかに進み、立郡へと至る経緯がむりなく理解できる。乙巳の変後の新政権は、まず東国国司を派遣し、国造外の在地勢力との接触をはかった。屯倉・湯部などの地は中央政権により、国造の支配地は国造により、それぞれ調査することにしていた。それとはべつの部分について、東国国司を派遣し、国造を係員として手足に使いながら、戸口調査・検田などの調査・把握と兵器の点検または集積をはからせた。その後、国造の支配権はそのまま認め、とりあえずその地域を立評して評造へと任命した。それ以外の地域に割拠する在地勢力については、範囲を決めてつぎつぎと評督・助督などに採用していった。これが着手できてしかもすみやかに進行させられたのは、国造の配下から引き抜いて評造・評督などに登庸したのでないからである。もしも国造の支配地を割《さ》き出させて、彼らの配下にあった者たちを旧国造と同格に遇していったのだったら、国造たちの不満・反撥はもっと大きかったであろう。

以上のように読みとることで、冒頭に不審とした一二〇国造から五五五郡司へという地域分割の経緯は、より整合的に理解しうるのではなかろうか。

【注】

（1）池邊彌氏「和名類聚抄郡郷里駅名解説」『和名類聚抄郡郷里駅名考証』所収、四五頁。吉川弘文館刊、一九八一年。

（2）関晃氏「大化の東国国司について」「文化」二六—二。一九六二年二月。のち『大化改新の研究』下巻に収載。

吉川弘文館刊、一九九六年。

（3）拙稿「古代相模豪族の基盤とその性格」「昭和五十一年度神奈川県私立中学高等学校長協会　研究論文集」所収、一九七七年三月。のち『古代の社会と豪族』収載。笠間書院刊、二〇〇五年。

（原題「東国国司は何を見ていたのか」。「横浜歴史研究会創立二十五周年記念誌　悠久」、二〇〇七年十二月）

3　大化新政府の財政基盤

一　改新詔の発布と現実

大化新政府の施行した税体系といえば、まずは大化改新の詔が思い浮かぶ。『日本書紀』（日本古典文学大系本）大化二年（六四六）正月元日条によると、新政府は難波長柄《ながら》豊碕宮で、公地公民・中央集権的行政制度・班田収授制・新税制の施行の四項目を発令した。そのうちの新税制の内容については、「旧来の税制を改めて田積単位で賦課する調を基本とし、それとは別に戸《こ》別《べつ》の調や調の副物《そわりつもの》・贄《にえ》を徴収する。また官馬・兵士を適宜徴発し、仕丁《してい》は従来三十戸単位に一人としていたのを五十戸単位に改める」などと指示している。同年三月には中大兄皇子（のちの天智天皇）が率先して私有民・屯倉《みやけ》を献上し、翌年四月にも人民の私有が停止されている。白雉三年（六五二）四月にははやくも戸籍が完成して五十戸・五保の制も施行されたと記され、またたくうちに順調に改新政府の施策《せさく》の趣旨が実現されていったかのように見える。

しかし国政改革に着手してからまだ十年にもみたず、収税事務を執《と》れる役人も育っていないし、人民の数も田積も何一つ把握できていない。そうした十分でない政務状況のなかで全国を一気に中央集権化すると力んでみても、ただちに租・調などの新税制を施行できたはずがない。しかも乙巳《いっし》の変で倒されたのは専権をふるった蘇我蝦夷《えみし》・入鹿《いるか》だけで、中央政界には保守的な大豪族が犇《ひし》めき、地方にも国造《くにのみやっこ》が長期間にわたって分権的支配を続けている。彼らには何の罪もないから、既得権を奪われるべき理由がない。新政府に対して権限や税源の譲渡に協力的な姿勢を示すはずもなく、新政府はとりあえず大化改新前からの税収入によって財政運営をスタートさせるほかなかった。

二　大化新政府の財源

新政府の当初の財政基盤のうち、もっとも大きなものは旧屯倉からの収入である。屯倉は三宅とも書くが、ミヤケつまり御宅であって、事務用家屋に倉庫と田地を付属させた経営体である。ただし、事務用家屋と倉庫だけの場合があったかもしれない。

国造・県主《あがたぬし》支配地のうちの経済性の高い地域とそこの人民を強引に接収し、はじめは国造・県主の一族（三宅直・三宅首などと称する）を割《さ》き出させて管理・運営の実務に当たらせた。のちには田司《たのつかさ》・田令《たのうながし》を派遣し、大和王権が管理権を直接行使するようになった。屯倉の名は六十ほど知られるが、精確な数は明らかでない。全国に分布しており、総数は数百あってておかしくない。

経営の実態としては、岡山県の白猪屯倉を例にとると、屯倉の土地を耕す人は田部《たべ》として戸籍に登録されていた。また耕作者としては、钁丁《くわよぼろ》などの名も見られる。大和王権は屯倉内の人民を国別・郡別に管理・統合しようとしており、田部・钁丁などの身分を確定して独自の動員体制を作り上げようとしていたようだ。この屯倉から見込まれる税収の内容は、米穀が中心であろうが、山林・鉱山・塩浜・漁場・牧場・狩猟場なども支配地内にふくまれている。したがって、材木・鉱石・水産物・酪農品・畜産物なども各地からもたらされた。

大化元年八月、新政府ははやばやと東国すなわち三重・岐阜・福井以東の諸国に東国国司を派遣しているが、そのおりの滞在費や所用経費を地元でやりくりできたのは、こうした財源が各地に点在していたからである。

新政府は、東国国司派遣のさいに「他の貨賂《まいない》を取りて、民を貧苦に致すこと得じ」と注意し、論功行賞でも「百姓の中に、戸毎《へごと》に求め索《こ》ふ」「国造の馬を取」ることを罪として厳重に処分した。つまり国造やそれ以下の人々など非政府系の人々の私財に手をつけさせていない。新政府は地方行政区画として全国を数百の評に区分し、旧国造の政務拠点とはべつなものとして、政府の出先機関となる評の庁舎をあらたに設置させた（立評）。その立評にあたっては、国造が公共事業を行なうもととして保有していた資産を供出させたはずだとする見解もある。だが東国国造への神経質ともいえる指示を念頭におけば、国造管理下の私物を供出させるのはとうていむりである。立評時の設置・運営にかかる当初の財源は、屯倉に長きにわたって蓄積されてきた公有資産をあてにしたものと考えられる。

屯倉に類似した財源として、名代《なしろ》（部）・子代《こしろ》（部）がある。

『日本書紀』大化二年三月壬午条には、中大兄皇子が「万民を使ひたまふべきところは、唯《ただ》天皇ならくのみ」として「入部《いりべ》五百二十四口・屯倉一百八十一所を献」ったとある。

入部が何なのかはかならずしも明らかでないが、名代（部）・子代（部）の別称であろう。これは皇子女のために一定の土地を指定し、居住する人民にその名のもととなった皇子女の生育・扶養とその王宮の維持にかかる経費・労働力のすべてを賄わせる制度である。たとえば藤原部であれば、その名を付けられた人たちは、応神天皇の孫・藤原琴節郎女《ことふしのいらつめ》の生涯の生活物資の調達などに奉仕し、さらにその主人の没後はそれを相続した子弟に代々奉仕することとなっていた。

名代・子代と屯倉との違いは、納入物の内容とその納入先である。名代・子代は稲もあるが生活用品・労働力の調達が主となり、それが大王家一族にとっては収益となる。他方の屯倉は稲が主であり、大王家（内廷）のものも少しくあるが、多くは大和王権の外廷の財源である。しかしそうした区別は支配者・管理者側からのものであり、支配される者からみれば差などない。その意味で、中大兄皇子が入部や大王家分の屯倉を朝廷に差し出したところで、こまかい縦割り支配を受けていた土地・人民が公地公民へと一括して名称変更されたにすぎない。

ところで、中大兄皇子らが大王家とその一族の財源を放棄したら、新政府中枢の経済基盤が弱体化してしまいそうに思える。だがそれは、勘違いである。中大兄皇子は、自分の持っているものをすべて投げ出したふりをして、むしろ中央豪族や国造など持っているものを根こそぎ奪おうとしているのである。すべての土地・人民を国有資産とさせて、その管理権を大王家・政府中枢が握る。公地公民制の導入とは、見方を変えれば全国の土地・人民の屯倉化なのである。

戸籍作成が屯倉ではやくから始まっていたことを考えあわせればよくわかるが、ようするに屯倉で行われてきた土地・人民の管理制度・税制を全国にくまなく及ぼそうとしていたのだ。中大兄皇子はみすみす放棄したのではなく、相手に放棄させるために一芝居打ったということが、その結果をみれば容易に諒解できよう。

ついで新政府が直轄管理した物納税としては、贄がある。調の一起源といってもよい。贄は塩や若布《わかめ》・魚貝などの水産加工品や農産物を供給させるもので、律令制下でも若狭《わかさ》・志摩・伊勢など特定地域の一定の集団（村・里の単位）が、定められた納入物を特定の時節に貢納していた。この贄からやがて調が分離していくのだが、全国の人民を直接的に個別支配できていない段階では人頭税の調など徴収できるはずもなく、このころに課税できる方法となればせいぜい改新詔にある「戸別の調」ていどしかない。これならば、戸口調査なしに村々にある家数を見かけだけ調べればすぐにも賦課できる。調査されていることに対しても、さしたる抵抗がなかったろう。この点では、戸別の調は律令国家税制成立前の税のありようとしてふさわしい。だがそれでも、中央豪族・国造の管理・支配してきた領域内に新政府が独自に税目を賦課してよいとされる権利がいつ生じるのかが問題である。ふつうならば、まずは拒絶される。もし収税しはじめるとしても、当初は豪族・国造経由で徴集することになろう。とすれば、大化改新の直後にただちに全国的に賦課・徴発していけたはずがない。「戸別の調を実施する」などといってみても、はじめはせいぜい旧屯倉や子代・名代の範囲からの徴収にとどまる。ここから全国の国造などの支配地に課税できるようになるのは、「国造からの権益の譲渡」と「国造の利権への見返り」についての長い下交渉を経てのちのことであろう。

これ以外の税源としては、まず国造領域からの収入がある。『日本書紀』崇神天皇十二年九月に「男の弭調《ゆはずのみつき》・女の手末調《たなすえのみつき》」が見られるので、これを各国造に対して定率で賦課していた証とみる説もある。国造に毎年・定率で納税させるなど筆者には考えがたいが、随時貢納させることはあった。それが国造貢献物で、『令義解《りょうのぎげ》』賦役令にも「諸国貢献物」として継承されて名が残っている。規定内容は金銀・珠玉・皮革・香薬・彩色など珍異の類が手に入ったとき、上納するという定めである。律令制下では国司が貢献することとなっているが、そもそもは国造がおりにふれて朝廷に貢納していたのが起源である。

国内ではなく、外国からの収入もあった。

日本側も相手国に対して納めていたろうが、朝鮮半島諸国すなわち高句麗《こうくり》・百済《くだら》・新羅《しらぎ》から得られる国家間の贈答品がある。また「任那《みまな》の調」と呼ばれる貢納を新羅に、のちには百済に求めており、名前と実態の差はどうであれ外交ルートでの贈物が朝廷に多数もたらされていた。内容の詳細はしるよしもないが、舶載品の品質は国産品をはるかに凌《しの》いだであろう。朝廷はこれらの入手物を廷内で消費する一方で、一部は民間市場に出して必要品と取り替えるための財源としたであろう。

また朝廷が管理した難波津などの港湾施設の使用料も収益となる。

船史《ふねのふひと》氏の祖先伝承らしいが、『日本書紀』欽明天皇十四年（五五三）七月に「王辰爾を遣して、船の賦《みつき》を数へ録《しる》す。即ち王辰爾を以て船長《ふねのつかさ》とす。因《よ》りて姓を賜ひて船史とす。今の船連の先なり」とあり、入港する船の積荷などを渡来系氏族に調べさせた上で、船主に課税していたようである。船荷そのものの一部を物納させたり、交易価値の高い物をべつに納めさせたりしたのであろう。

物納ではないが、労働税も徴発していた。

『日本書紀』皇極天皇元年（六四二）九月、皇極天皇は飛鳥板蓋宮造営のために「国々に殿屋材《とのき》を取らしむべし。然《しか》も東は遠江を限り、西は安芸を限りて、宮を造る丁《よほろ》を発《おこ》せ」とし、広範囲から役丁を集めさせている。こうした労働力も、ものを産出する原動力となるから、税源である。ただしこれは国内から人口比率で均等に就役させたのではなく、管理下にある钁丁など屯倉内の役丁を国ごとに徴発したものであろう。

なお律令成立前には、ミユキという労役もあった。これは大王やその使者が国造領域を行幸・巡行するさい、国造配下の人民が臨時に徴発された労役である。下級支配権の国造が上級支配権を持つ大王に対して奉仕するのだが、これはまったく臨時の税役である。国造が支配地内で徴発していた労役とは別体系で、令制の雑徭《ぞうよう》の淵源にはならない。

以上が大化新政府の税源であるが、大王家は、新政府のもとに屯倉・子代・名代を一時的にでも預け切ることで、王室固有の財源を失なう危険性があるとも心配していたらしい。大王家だけの資産をなおも一部に残していた。

その一つが屯田《みた》で、畿内の大和・摂津・河内・山背に置かれていた。供御《くご》すなわち天皇が直接食べる米を生産するため、とくに別置されたらしい。

第二は屯倉である。屯倉はすべて献上して放棄するといいながら、大宝律令施行時までたしかに存続していた。『続日本紀』（新訂増補国史大系本）大宝元年（七〇一）四月戊午条によれば、「田領を罷めて、国司の巡検に委」ねたとある。田領は田令とも書き、タツカヒと訓ませている。『日本書紀』欽明天皇十七年七月己卯条に白猪屯倉を設置した記事があり、そこに「葛城山田直瑞子《みつこ》を以て田令に」任命するとあって、この職名の由来は古い。瑞子は中央からときとして派遣される屯倉の管理人であり、収納などの責任者でもある。これを職務とする者が国内の屯倉を巡検していたというのなら、大宝元年まではまだ全国各地にかれらに管理・巡検される対象となっていた屯倉があったわけである。

第三に、子代・名代の後身と思われるものも、またあった。その一つが湯沐《とうもく》である。壬申の乱のとき、大海人《おおあま》皇子は「汝等三人、急に美濃国に往りて、安八磨《あはちま》郡の湯沐令《ゆのうながし》多《おお》臣品治《ほむち》に告げて、機要を宣ひ示して、先づ当郡の兵を発《おこ》せ」(『日本書紀』天武天皇元年六月壬午条)と命じており、個人に属する湯沐(部)を美濃国安八磨郡に持っていた。湯沐は子代・名代の一種と考えてよく、大海人皇子が美濃の湯沐を頼りにしてここを拠点としたのも、生育時からの主従関係がそのまま保たれていたからであろう。孝徳朝・斉明朝・天智朝を越えて、まだ皇子に個人に付属する子代・名代(湯沐)の組織が公然と残されていた。

ところがこれは天武・持統朝もさらに越して、律令制度下にもまだ存続していた。そのことは天平九年(七三七)の「但馬《たじま》国正税《しょうぜい》帳」(『大日本古文書(編年文書)』二巻)などにみられる「中宮職捉稲《そくとう》(使)」の存在から知られる。中宮など一部の皇族用には、子代・名代に系譜をひく税源が温存されていたのだ。大王家後宮の家政を担当する中宮職は、律令国家組織である民部省や大蔵省を経由せず、独自に中宮職職員を遣わして皇室財源を運営していた。中宮職捉稲使は、中宮職が地方舎屋や付属倉庫に管理・保管している官稲を、現地に赴いて附近の住民に出挙《すいこ》つまり貸し付けていた。これは屯倉などで行われてきた、淵源の古いタイプの経営の仕方のようだ。春に出挙本稲を貸し付け、秋に元利稲を回収する経営手法で、この出挙のために但馬国内などを往き来したのである。中宮職捉稲使が扱っていた稲は、やっと天平六年の官稲混合令で整理・統合の対象とされて、五年後に消滅したと考えられる[1]。ということはつまり、天平十一年まで、遺制のままかたくなに存続させられていたのである。

三　律令税制への転換

右のような税体系がどのようにして租庸調・雑徭と括《くく》られる律令税制に移行したのか、その過程は必ずしも明らかでない。そうではあるが、大雑把《おおざっぱ》にいって天智朝に軌道に乗せられ、天武朝におおむね形をなし、大宝律令で完成したとみる向きが多い。

中大兄皇子は、唐軍が朝鮮半島遠征に乗り出しやがて日本と対峙《たいじ》するという未曾有《みぞう》の国際的軍事緊張を利用し、中央豪族・国造やそれ以下の諸豪族に中央集権化への協力を呼びかけた。国家一丸となって抗戦するには旧権益の譲渡または放棄と地域ごとの権力を統合させることが必要だと力説し、既存権益を部分的に温存するといいくるめもしたのだろう。結局は、一二〇の国造が中心となって地域ごとに分権的に支配している形から五百以上の評（郡）へと分割し、中央集権体制を受け入れさせた。

これによって公地公民化が進み、評督（郡司）の協力をうけて戸籍造りと五十戸を一里とするための編戸《へんこ》がはじまり、並行して田積の調査も行われていった。天智天皇九年（六七〇）二月に庚午年籍《こうごねんじゃく》が完成したが、この戸籍の眼目は身分と本籍地を定めることにすぎない。とはいえ全国規模での戸口調査が一通りできたことは、公民制の導入が在地で原則として承認されていた証である。そして壬申の乱を経た天武天皇四年（六七五）二月、高まった天武天皇の権威を背景として諸氏の所有する部曲《かきべ》の完全廃止を宣言し、諸豪族支配下にあった私地私民を例外なく公地公民化することに成功した。

公地公民制が確立してもそれは原則の承認にすぎず、班田収授制を導入するのはそうたやすくなかった。土地配分の基本台帳としての戸籍ができるまでに十五年かかり、やっと持統天皇四年

（六九〇）に庚寅《こういん》年籍ができた。そこまできてもなお、班田収授制は全国に施行できなかった。水害・旱魃《かんばつ》などのために租を免除した『日本書紀』『続日本紀』の記事を通覧すると、租を全国的に免除できるようになるのは大宝律令施行後で、それまでは「益須《やす》郡の今年の調役・雑徭を原《ゆる》し除めよ」（持統天皇八年三月己亥条）などとあって、調や雑徭などは免除しているが、それらよりはるかに軽い税である租を免除したという記載がない。つまり戸籍はできても、班田収授を施行できていない地域がまだかなりあったのだ。班田にかかわる事務作業の煩雑さも障害だったろうが、特定の田圃の耕作権をめぐる抵抗が地元にあったのかもしれない。班田がすぐにできない場合には、一部の屯倉で行われていたかまたは国造制下での徴税方法であった旧式の収税方法をとった。それはさきにも述べた出挙という方法であり、稲の貸し付けをして元利を回収するというやり方で租にあたる分を徴税していた。また国家機構の整備が十分でないなかでは、調はとりあえず戸別の調を取り、労役の徴発も旧国造・評督の在地支配力に運営をゆだねるほかなかった。

「とりあえずできるところから」「ともかくできるところまで」の試行錯誤を積み重ねて、大宝元年（七〇一）大宝律令の成立に漕ぎ着けた。大宝律令で制度化されることで、ついに全国人民に班田収授法にともなう口分田《くぶんでん》が配分されて租が課せられ、戸籍とともに作られる計帳によって調庸などが全国的に人別に徴収されることとなったのである。

【注】

（1）拙稿「官稲混合について」（『白鳳天平時代の研究』所収。笠間書院刊、二〇〇四年）

（原題「大化新政府の税収入」。「別冊歴史読本」三十三巻二十二号、二〇〇八年六月）

4　使われなかったのか、大化元号

一　戊申年記載の木簡

平成十一年（一九九九）十一月二十二日、大阪府教育委員会は、大阪市中央区大手前三丁目の大阪府警本部新築工事現場地下にある前期難波宮址の地層から「戊申年《ぼしん》」と記されたものなど二十六点の木簡《もっかん》が出土した、と発表した。

その戊申年と記されている木簡は、長さ二〇二×幅二六×厚さ三ミリメートルの檜材《ひのきざい》である。そこに、

・□稲稲　戊申年□□□

　　　　□□□□□□（連カ）

・［　　　　　　］

　佐□□十六□　支□乃□

（「木簡研究」二十二号、四七頁）

とあった。冒頭部は残っているが下部は折れた状態であって、もともとどのくらいの大きさのものだったかが復原できない。

さて、この木簡に書かれた「戊申年」とは、西暦の何年にあたるのだろうか。

戊申という記載は、十干と十二支を組み合わせた数え方のなかの一つである。甲乙丙丁戊己庚辛壬癸の十干を上、子丑寅卯辰巳午未申酉戌亥の十二支を下にして、上下一字づつとって「甲子《かっし》」などとして組み合わせを作る。しかし上は十、下は十二だから、十二支の後ろ二つがあまる。そこで「癸《き》酉《ゆう》」の次は、上は甲にもどるが、下は十一番目の戌つまり「甲戌《こうじゅつ》」となる。組み合わせが二つづつずれていくのだが、つねに二つづつずれてしまうので、組み合わせは六十通りにしかできない。

この序列表示法を年紀や日付の記載に用いたのである。人間の一生が五十年ていどと見なされていたときには、生きている間のある干支の組み合わせは一度しか訪れないので、たとえば筆者にとって戊子年は生まれた年の一九四八年しかないはずだ、と決まってしまう。これがある特定の大王の治世であれば、即位したあとの年数はせいぜい三、四十年だから、干支一運（六十年）のなかにまず収まる。大王の名と干支とをいっしょに記しておけば、年紀を間違えないですむはず。まだ元号《げんごう》や西暦が知られる前の、古い形の年数の記載法である。

とはいえ、この出土木簡には大王の名など見られない。戊申年とあるだけでは、どこの六十年・一サイクルのなかの戊申年にあたるのかわからない。そうなると、出土した遺跡の年代観を手がかりとすることになる。

この前期難波宮遺跡は、難波長《な》柄《がら》豊碕宮として有力視されている。長柄豊碕宮は孝徳天皇が大化元年（六四五）十二月に遷都し、白雉三年（六五四）九月に完成した王宮である。その二年後に孝徳天皇が没するまで、いちおう日本の首都とされていた。この難波宮がいつ廃絶したのかはっきりしていないが、天武朝（六七二年〜六八六年）までは維持されていたらしい。となると、この孝徳朝から天武朝までの四十年間で戊申年となるのは、大化四年つまり六四八年しかない。こうして大化四年にあたる古い年紀の木簡が出土したことで、この木簡は新聞紙上を賑わせたのであった。

もっとも、これは習書木簡である。習書とは字を練習するという意味で、木簡の冒頭部には「稲」の字が繰り返し書かれている。これは「稲」の書き方を確認したり字の格好を試しているのである。「戊申年」はその次に書かれているので、習書だった蓋然性が高い。「戊申年」という書き出しの正式な文書木簡だったが、それを転用してその上に習書した、と考える人もいるだろうか。しかしそうだとすると「戊申年」という記載が下になりすぎ、上の余白があまりに大きすぎる。この「戊申年」は、おそらく試し書きにすぎないのだろう。そうではあるが、習書は正式に書く前の試し書きだろうから、習書した直後にどこかに戊申年と記したと見てよい。そうなると、たしかにたんなる習書にすぎないものの、戊申年はやはり大化四年の意味で書いたと考えてよさそうである。

ところで、ここでの最大の問題は、大化四年と書かずになぜ「戊申年」と記載したのかである。『日本書紀』孝徳天皇即位前紀には「天豊財重日足姫天皇の四年を改めて、大化元年とす」とあり、改新政府は大化という元号を正式に定めている。それなのに、なぜ政府の定めた元号を王宮の近くの施設ですら用いず、年紀をことさらに干支年号で記そうとするのだろうか。

二　元号使用の意味

日本の元号は大化にはじまるが、いまや元号はその意味すら忘れられかけている。昭和末年には、天皇の代によって元号を変えることは民主国家の理に合わないとか、西暦（キリスト教暦）と元号の二種類を併用するのは煩わしいし国際社会の一員となるつもりならすでに世界に広く通用している西暦に統一したらどうかという論議がなされた。たしかに社会主義国家である中国でも、公元すなわち西暦に統一している。台湾（中華民国）は西暦にしていないが、中華民国×年という建国からの年数であって、統治者を基準とした数え方などしていない。溯れば本家の中国でも、宣統三年（一九一二）の辛亥革命で清朝が倒れて、数千年続いた元号制度は絶えた。そのなかで、日本だけがまだ元号制度という無用の長物に固執している、などといわれている。

その論議を蒸し返す気はないが、元号は古代日本の特殊な地位と思念を物語る無形文化財であると思う。東大寺正倉院の宝物や法隆寺の飛鳥・天平仏像群と同じような、あるいは各地に残る一之坪（条里制の遺称。市ノ壺など）や在家《ざいけ》（荘園制下の役務等の賦課単位の遺称。本在家・今在家など）などの歴史的地名と同じような、連綿と伝わっていまや日本だけに残されている貴重な歴史遺産である。

もともと東アジア世界では、古代にかぎらず近代まで、中国のみが元号を制定していた。

東アジア世界は中国を中心とする国際秩序によって成り立っており、すべてにおいて世界の中央に花咲く大輪の華すなわち中国を上位としてきた。その中国を治める皇帝はたぐいまれな徳を有し、周辺諸国はその徳を慕い徳化に浴したいがために中国に朝貢してくる。そして僻遠の地に住む人々は、その王「化」に「帰《き》」したいと望んで帰化《きか》してくる。それが朝貢や帰化する人たちの真実の心情だったのかまた客観的な事実であるかどうかは別にして、中国側が決めたそういう建前が通用し、周辺諸国がその論理を認めて成り立っている世界であった。

中国に朝貢する国はとうぜんすべて中国の暦を用い、その信書には中国の制定した元号を記した。「正朔《せいさく》を奉ず」という言葉が長く使われてきたが、その正朔の正は年の初め、朔は月の初めのことであって、つまり暦のことである。古代中国では、新しい帝王が立つと暦を改めた。その暦を推《お》し戴《いただ》いて、周辺国はみずからの国の暦とした。このことから、この「正朔を奉ず」という言葉は、帝王の統治に服従して、その臣民となるという意味となった。そのさい「赤烏《せきう》元年二月十日」などというように元号と暦は一体として使われるから、つまり元号・暦は中国朝貢国というか東アジア世界一帯に強制されたものだった。韓国でも、王の在位年で数えることはあっても、みずからの元号を独自に制定したことなどない。そんなことはあってはならない、不遜な行為だったのである。

三　日本に生じた元号

そうした希少価値をもつ元号が、古代の日本に生じている。これは特筆すべき事柄である。もちろん日本は、国土の大きさからすれば、いまでも中国の東海に浮かぶいわば粟散《ぞくさん》国である。そして当時は政治的・経済的にまた文化的にもおくれた発展途上国。いや、そう表現すれば発展するに決まっていたかのようにみえるが、その見通しすらあやしい弱小国家であった。

たとえば東大寺正倉院の宝物は豪華ですばらしいというが、しかし統治者である聖武天皇遺愛の品だというのに、珍宝・金銀財宝とは呼べない模造品と鍍金《メッキ》の文物である。国際的にまた客観的に見て、中国に比べるべくもない辺境の小国である。

だがその小国が超大国である中国に肩を並べようと懸命に背伸びし、中国並みの律令体制を導入した。そして師匠と仰いでいるはずの中国を対等な隣国と位置づけ、みずからが戴く天皇を中国皇帝と同じく徳の高い皇帝として周辺からの朝貢を受ける立場であると自称した。その証として元号を独自に定め、箱庭のような小さな帝国主義世界を完成させたのである。もちろんそうした思いが国際舞台で通用するのかといえば、おそらく通用しない。中国が一元的に支配するという東アジアの政治秩序を崩すものとして、つよく叱責されるだろう。

それでも日本は、そのなかで人知れずでもひそかにでも、ともかく元号を創設できた。そしてその文化を一三〇〇年以上繋いで伝えてきた。このことは辺境に位置していたからならではのことであって、東アジア世界の亜流、陰画とも影・戯画ともいいうる。中国の論理に反撥したり、憧れたり。中国にひたすら従う国・まねる国・逆らう国など多様な姿が周辺部に展開しながら、古代東アジア世界ができていたのである。

かつて中国で寛永通宝が発見されたことがあったそうだ。皇帝は「通宝」という以上、中国の銭貨だと思った。貨幣の鋳造権は、もとより中国の皇帝一人に帰属するもの。だから私鋳銭が作られて、みずからの権利を侵されたと思い、国内をくまなく探索させた。やがてこれが日本の貨幣であることが分かって、一件落着となったという（南開大学教授・劉雨珍氏の御教示による）。日本がしていることは、それほどまでに知られていなかったのである。日本の元号も国際舞台でまったく話題とならず、知られざることであったろう。だがそれでもほかの中国近隣諸国と異なって、ひとりよがりでも帝国主義的な国家理念を標榜し、独自な元号を立ててきたことは事実である。古代日本の意気軒昂な気概が、そこには詰まっている。その漲《みなぎ》る気概をこういう形で表現し、それをなお続けていることが、歴史遺産・無形文化財だと思うのである。

四　大化元号の用途

中国皇帝だけがほんらい制定するはずの元号を、古代日本が建てた。しかも建てたのは、大化改新という国政改革をあるていど成し遂げたあとでなく、改新政治をこれから断行しようとする始発のときである。中国と対峙する姿勢、対決的な政策、と受け取られかねない。そういうことはたぶん承知の上で、決意のほどを示した。そういう気負いを持った上で、あの改新政治がはじめられたのだ。元号を独自に制定したのだから、そういう決意を持っていたと受け取ってよい。そうか、そういう決意をしていたのだな、と思う。

ところがそうまで覚悟して制定したものを、じっさいに用いた形跡がない。これはどういうわけなのか。しかも大化だけでなく、白雉《はくち》・朱鳥もそうである。いまのところ木簡・金石文などの同時代史料には、制定されたはずの元号を使用した実例が見られない。(1)

たとえば金石文では、法隆寺旧蔵御物《ぎょぶつ》の「金銅《こんどう》観音菩薩造像記」に、

辛亥年七月十日記笠評君名大古臣、辛丑日崩去辰時故、児在布奈

太利古臣、又伯在建古臣二人志願　　（『寧楽遺文』下巻・九六三頁）

とあり、同じく「金銅釈迦仏造像記」にも、

甲寅年三月廿六日、弟子
王延孫奉為現在父母、
敬造金銅釈迦像一躯、
願父母乗此功徳、現
身安穏、生生世世、不経
三塗、遠離八難、速生
浄土、見仏聞法

（『寧楽遺文』下巻・九六三頁）

とある。辛亥年ならば白雉二年、甲寅年ならば白雉五年、という元号がすでに建てられていて周知させられていたはずだ。[2]

また「石神遺跡第十六次調査出土木簡」によると、

・丙戌年□月十一日
・「大市マ五十戸□□（人カ）」

（『木簡研究』二十七号、三九頁）

とあり、「石神遺跡第十八次調査出土木簡（現地説明会資料）」にも、

・□□（丙戌カ）年二月四□
・「□（敬カ）□□陳」

とある。出土地は明日香村にある石神遺跡で、まさに王宮の所在地に隣接した官営施設内である。しかも遺跡の年代観からして、丙戌年は朱鳥元年（六八六）にあたるのに、いずれも干支で記されている。

これはどうしたことなのだろうか。

考えられるケースはいく通りかある。

まずは、大化年号を当時のものとするかしないかで、大きく分かれる。

このように大化元号の使用例がないのだから、つまり大化元号は七世紀半ばのものでない。のちの時代になって、さも昔からそれだけの覚悟と用意があったかのように装うために捏造されたものだ。最終的には『日本書紀』の完成時までに、乙巳《いっし》の変直後の記事として嵌《は》め込んだ、と考える説である。

これに対して、元号は当時のものとする。そして使用例が見あたらない理由を説明しようという立場がある。その場合には、使用されなかった理由の説明内容が、いくつかにわかれる。そのうちの三つだけをあげれば、

①正式な公用の文書では使われていた。出土する木簡はもともとかりに書き留めたりしたものであり、正式な文書でないから見られないだけである。

②元号の使用は、強制されていなかった。そのため一般の役所や民間にまで、制定されたことが十分に伝わっていなかった。大宝令で元号を使うことが義務づけられるが、それまでは旧来の干支で記録するのがふつうの習慣だった。

③元号の制定は十二分に周知されていたが、王室や政府の最高幹部だけが使用することとなっていたため、一般的な書類や民間での実例はもともと見られるはずがないのだ。

などという解釈がある。

しかし乙巳の変の直後に、中国式の本格的な宮城をまねた壮大・華麗な難波宮を造営しはじめる覚

悟と気概がすでに表出していたことを考えれば、改新政府が元号を建てていたとして不自然でない。元号はのちの時代の追記だ、とまで疑わなくてもよかろう。

また元号は制定されていたとする説のなかでも、使用がいくら強制されなかったとしても、一例くらいは元号が書くことがあってもいいだろう。使われることがなくては、もともと制定した意味がない。そういうことからすると、③の説が妥当かと思う。たとえば王室や政府の最高幹部が使用する場合というのは、国と国とがやりとりする場合である。外国あての信書にことさらに威厳を持たせるため、自国が制定した元号を麗々《れいれい》しく用いる。中国と対立的になっても、なお対峙《たいじ》してみせるぞという気概があることを諸外国に顕示する場面を想定してもいい。そうなるとその実例の出土地は受け取った相手つまり海外の遺跡からとなってしまうが、そうした朗報がやがて入ることに期待をつなごう。

【注】

（1）「宇治橋断碑」には山尻の恵満家出身の道登が宇治川に橋を架けたことを顕彰する碑文があり、そこに「大化二年丙午之歳　構立此橋」（『寧楽遺文』下巻・九六二頁）とある。しかし顕彰碑であって、いつでも作成できる。架橋の完成時つまり大化二年の使用実例とはみなしがたい。

（2）兵庫県芦屋市の三条九ノ坪遺跡から出土した木簡には、

・子卯丑□伺

・　三壬子年□

（「木簡研究」十九号、四四頁）

とあり、壬子年は白雉三年（六五二）にあたる。干支の前の「三」が白雉三の意味だとすれば、いまは干支しか書かれていないが、白雉三年の元号を使用している例ともいえる。しかし、記載内容はもともと十二支が記されていて、後年に作られた年号と干支を対応させた簡易換算表かもしれない。白雉三年に作られた木簡かどうか、確信を持てない。

（原題「制定された元号はなぜ使われなかったのか─大化元号と『戊申年』木簡」。『歴史研究』五〇二号、二〇〇三年三月）

5　近江京址は見つかるのか

天智天皇が近江（大津）宮に遷都したのは、朝鮮半島南部の白村江《はくすきのえ》での敗戦から三年半たった天智天皇六年（六六七）三月のことだった。

中央豪族たちは、対唐・新羅戦争に勝利するためということで一連の国政改革をあえて受け入れてきた。だが唐・新羅との戦争に敗れて、目的としてきた朝鮮半島での権益を守れなかったために、戦争指導責任と国政改革の継続の是非をめぐって天智天皇への批判が噴出した。そうしたきびしい批判にあって、畿内という大和王権の伝統的な政治基盤すら放棄した。近江に遷都すれば、難波津・山背で防衛戦が張れるし、万一敗れた場合にも北陸へと退避できる。そうした王室防衛の観点もあったろうが、ひとまず旧勢力のつよい飛鳥を離れたいという気持ちも強かったであろう。

この近江宮には、白村江の戦いに敗れて国を喪った百済《くだら》の旧貴族たちが多数招聘された。かれら百済の亡命貴族たちは、高い文化的教養をもっており、それまでの渡来人つまり朝鮮半島での暮らしに見切りをつけたり高い報酬に惹かれたりしてやってきた者たちとはすこしく文化教養の水準が異なっていた。日本の皇貴族たちは彼らと漢詩文を交わし、宮の近くにあるらしい浜楼《はまろう》などで酒宴や舞をしばしば行ない、高い文化の香り漂う日々がつづいた。

しかし五年後の壬申の乱で大海人皇子軍の攻撃にさらされ、総大将・大友皇子がわずかな伴を連れて都落ちするなかで、近江宮はあえなく陥落した。

『万葉集』（日本古典文学全集本）には、

あまざかる　鄙《ひな》にはあれど　いはばしる　近江の国の　楽浪《ささなみ》の　大津の宮に　天の下　知らしめしけむ　天皇の　神の尊《みこと》の　大宮は　ここと聞けども　大殿は　ここと言へども　春草の　しげく生《お》ひたる　霞立ち　春日の霧れる　ももしきの　大宮所　見れば悲しも　（巻一・二九）

とあって、「旧都はここだというけれど、宮殿はここだというけれど、春の草が生い茂り、春霞が立って霞んでいる」といわれる始末で、建物はまさにあとかたもなくなっていた。

一世代もたたない時点で柿本人麻呂に痕跡すらないといわれた宮址だが、それでも「旧都はここだ」「宮殿はここだ」という人はまだいたわけだ。しかし一三〇〇年も経たいまは、それすらない。では、ほんとうにどこにあったのだろうか。

その手がかりの一つは、『扶《ふ》桑略記《そうりゃっき》』（新訂増補国史大系本）天智天皇六年二月条の記事である。

そこには「天皇の夢に法師があらわれて、近江大津宮の乾《いぬい》（北西）の山中に霊窟があると告げ、そののち十余丈の火焔に導かれて勝《すぐ》れた寺地を見つけた」とあり、そこに崇福寺《すうふくじ》を建立したという。崇福寺跡は滋賀里西方山中にあるので、ぎゃくにその南東にあたる錦織《にしごり》・南滋賀・滋賀里や白鳳寺院跡の発見された北東の穴太《あのう》など四地区が近江宮跡の候補とされてきた。

そのあたりはいずれも住宅密集地であることもあって、具体的な痕跡はなかなか見つからなかった。

それが昭和四十九年（一九七四）、滋賀県大津市の錦織地区の御所之内遺跡で内裏《だいり》南門と回廊跡が発見された。のち内裏正殿も発見され、錦織地区が宮の中心部だったことが明瞭となった。これによって近江宮の中軸線は判明したものの、断片的な発掘調査報告だけでは全容を摑みがたい。今後周辺地

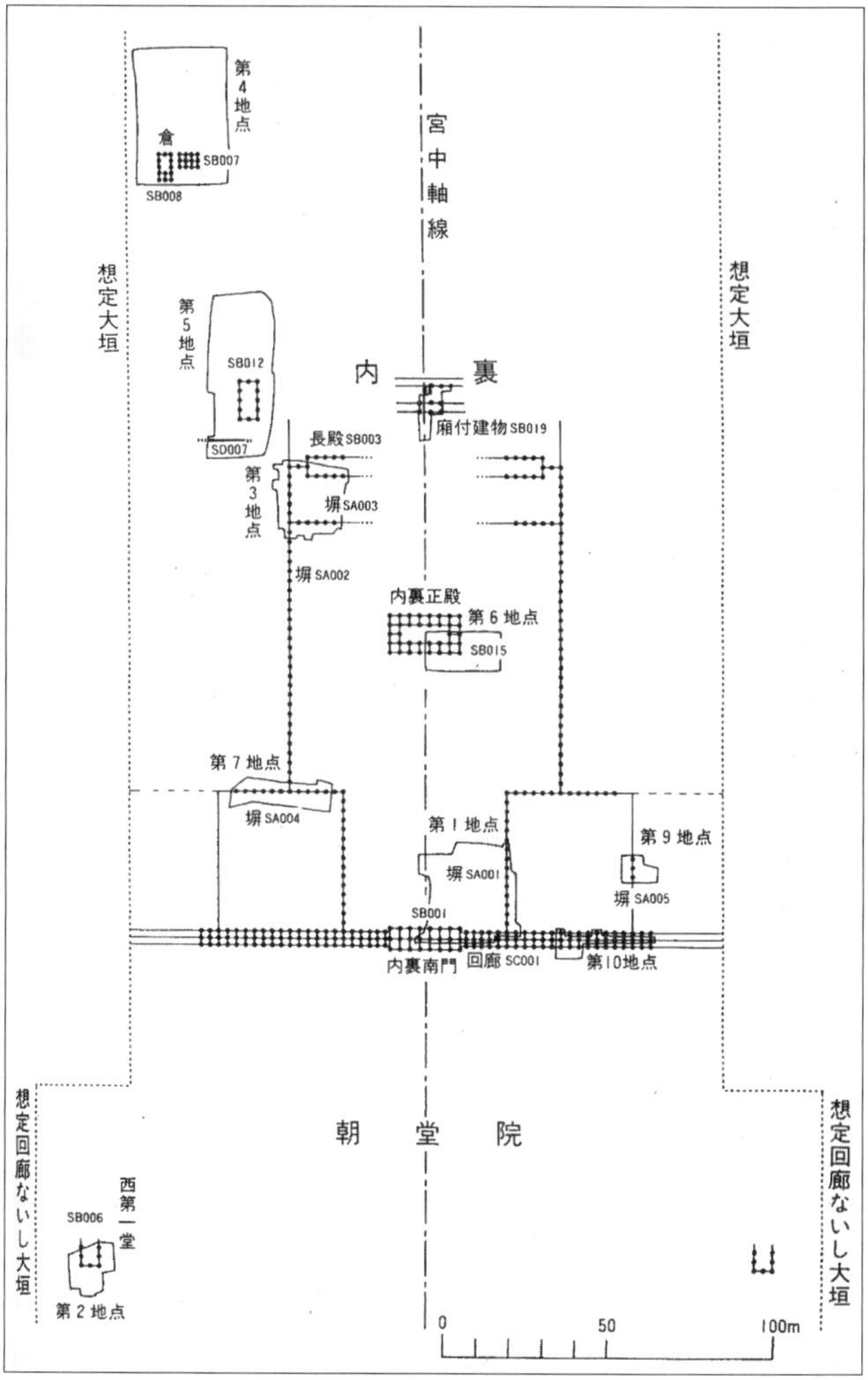

大津宮中枢部復原図
（林博通氏「近江遷都と壬申の乱」「別冊歴史読本」24巻5号より）

域の建て替え時期をみはからった考古学的調査によって事例・知見を積み重ねられれば、やがて近江宮の全体像が見えてくるだろう。

さてこの天皇の内裏や官庁などが立ち並ぶ宮の施設に対して、近江京つまり宮廷に勤務する官人やその家族、使役される人々などの居住施設はどうなっていたか。唐・長安城や日本の藤原京・平城京などと同じような碁盤目状の井然《せいぜん》とした条坊がしかれていたのだろうか。そこが問題というか、古代史の大きな謎となっている。

結論からいえば、現在まで、近江京はその痕跡すら見つかっていない。問題は、これをどううけとるのかである。まだ見つかっていないだけだと考えるのか、あるいはもともと造られていないのだから見つかるはずもないのか。

まず、近江京がもともとなかったと考えるのはなぜか。

近江宮のある大津市周辺地域は西高東低の傾斜のきついところで、平らな地面を京域で必要とするほど広くとることが設計上むずかしい。しかも、七世紀後半の琵琶湖の水位は現在より高かった。水面が広がっていたので、現在の岸辺から六〇〇~七〇〇メートルほどは、陸地ではなくて、湖水に浸かっていた。(1) その上、小河川や湿地帯なども広がっていたから、居住・建築が可能な面積はさらに狭かった。宮の置かれた錦織地区でも、南北七〇〇×東西四〇〇メートルの敷地をとるのが精一杯で、これでは宮内に内裏とすべての官庁を置けたかどうか。前期難波宮（難波長柄《ながら》豊碕宮）の内裏・朝堂院部分と東西にわずかな官庁がおけるていどで、大半の官庁は宮外に散在していたと推測されている。(2) 宮の中枢部でさえそれくらいしか想定できないのだから、琵琶湖西南岸に京域を広くまた長方形にとるなどはじめから望むべくもない。そういう場所と知っていて都を遷したのならば、近江京は最初から作るつもりがなかったのではないか。

これに対して京域を想定する考えもある。京域があったとすれば、琵琶湖西岸地域にどのように京極線を引けるのか。ともかくやってみよう、という試論である。

藤岡謙二郎氏(3)は、難波宮の二分の一規模を想定し、滋賀里蟻ノ内を北限、際《さい》川を南限としている。秋山日出雄氏(4)は、十条×六坊の規模で、南京極を錦織・山上、北京極を滋賀里塚ノ下として復原してみせた。これらは穴太地区を境として、古代条里の方向がその北と南で違っていることに目つけ、南側の条里はもともと近江宮の条坊の跡だったのではないかと解釈したのである。

林博通氏(5)は従来の京域の先入観を排して、大規模かつ長方形の都城ではなかったと考えた。近江宮の周囲には、園城寺《おんじょうじ》前身寺院・南滋賀廃寺・崇福寺・穴太廃寺という白鳳時代の四寺が点在する。それに囲まれた地域こそが、近江京だったのではないか。古代の寺院は軍事施設に転用されるというか、軍事施設そのものといってもよい。白村江の敗戦後の王宮防衛の都合で近江に遷都したのであれば、防衛が第一義だったはずである。そうしたとうじの緊張感からすれば、四方を軍事施設で固めた王宮が構想されてもよい。このさい、形が整った長方形であるかどうかなどどうでもよかった、というわけだ。

たしかに近江宮周辺には、京らしい典型的な長方形の近江京を置ける場所などない。それでも壬申の乱時に見られる倭京が宮の多くある飛鳥の一定地域のことにすぎないのにそう呼ばれるのならば、林氏説のように不定形の近江京があったとしてもよい。四つの古寺に囲まれるなかに方位のそろう古代の街区・住居跡が見つかってくれば、それがとても条坊制とよべないものであったとしても、近江における近江京の姿として認めるべきかもしれない。

ただ、疑問も残る。そうした施設はもはや山城に包摂された都市国家または砦《とりで》のようなもので、もともと京と呼ぶことなど考えなかったのではないか。それをいまから近江京と名付けてよいのかどうか、それまでしてなお近江京と呼ばせる必要があるのだろうか。復原案がそこまでになると、いささか疑問に思う。

ところで、平成二十年（二〇〇八）三月十五日、ＪＲ西日本㈱は湖西線西大津駅を大津京駅へと改称した。「大津京」という言葉は、歴史資料のなかに実例がない、まったく後世造作された用語である。歴史資料では、大津宮・近江宮・近江荒都とした例があり、前述のように倭京との対比で近江京という言葉が使われたこともある。しかし大津京という言葉は一度もなかった。このように、かつて使用された用語だったかどうかという点もあるが、右に述べたようにもともとこの地に京が存在したことがあるのかどうか。そのことも考えるべきだった。この駅名改称の動機が、歴史ブームにあやかろうとか、さしたる経費のかからない地域の顕彰というような目先の集客などであったのなら、功利的な観点で物事を考えないでほしいものだ。地名・駅名は長く残る。この地名が残ることによって、私たちの数百年後の人々が「ここにその名残りの地名がある」と誤認するだろうことが恐ろしい。そうしたことの責任が、歴史を毎日負いまた担っている私たちにはある。

【注】

（１）上野純也氏「大津宮」（「歴史読本臨時増刊」三十七巻十二号、一九九二年六月）

（２）林博通氏『さざなみの都・大津京』（サンブライト出版刊、一九七八年）

（３）藤岡謙二郎氏「古代の大津京域とその周辺の地割に関する若干の歴史地理学的考察」（「人文地理」二十三巻六号、一九七一年）

（４）秋山日出雄氏「飛鳥京と大津京都制の比較研究」（『飛鳥京跡１』、明日香村教育委員会発行、一九七一年）

（５）林博通氏『大津京』（ニュー・サイエンス社刊、一九八四年）

（原題「天智天皇の近江京が所在不明なのは」、「別冊歴史読本」二十七巻二十八号、二〇〇二年十月）

6 天皇号の成立が物語る気概——飛鳥池工房遺跡出土木簡

一 飛鳥池工房遺跡

平成九年（一九九七）、奈良県高市郡明日香村の飛鳥池工房遺跡で、「天皇」と書かれた木簡が出土した。

出土地は江戸時代に作られたらしい飛鳥池と呼ばれる灌漑用の溜池の下層にあたり、奈良県立万葉文化館の建設にあたって発掘調査が行なわれた。発掘調査は、奈良国立文化財研究所飛鳥藤原宮跡発掘調査部が担当した。

南からは斉明朝（六五五〜六六一）ころの道教的な祭祀遺跡とされる亀形石槽が出土しており、(1) 酒船石遺跡と呼ばれている。この北側に飛鳥池工房が造られていた。七世紀半ばごろから稼働していたようだが、八世紀初頭に藤原宮が廃都となるとともに閉鎖されたと見られる。(2) すなわち、七世紀中ごろから八世紀のごくはじめまでの工房址である。

ここでは飛鳥浄御原宮や藤原宮などの王宮で使うものを、その折々に求められた数だけ作り出していた。宮廷の要望に直結した、官営工房だったのである。

たとえば鏃《やじり》・飾金具・蝶番《ちょうつがい》・釘などがほしいときは、その形に削った木製品の様《ためし》という見本を作る。工房ではその様を鋳型に写しとり、鉄・銅などを溶かして注文数だけ作る。

遺跡面には金銀銅鉄を溶かした直径二十～六十センチメートルくらいの数百基分の炉址と、空気を送るための鞴《ふいご》の羽口が一〇〇〇点以上見つかっている。とうぜんだが周囲には金属の滓《かす》や木炭が散乱し、木炭を作る炭窯や鑪《やすり》・砥石《といし》などもあった。さらにガラスの鋳型・ガラス玉などガラス製品関係、漆工房関係のものなどがあり、周知のように日本で最初の鋳造貨幣とみられる富本銭《ふほんせん》の破片も三〇〇点以上出土した。

そうした工房址から、七六六〇点もの木簡が見つかった。木簡には寺院関係の記載が多く、天文や暦法の知識をもたらした観勒《かんろく》や道照の死を看取《みと》った智調などの僧名や法華経・観世音経などの経名も見られる。また難波銀・金屑・男瓦など工房関係のものももちろん多い。そのなかに、「石川宮鉄」「大伯皇女宮物　大伴」「陽（湯）沐戸」などの皇室関係の木簡に混じって、「天皇」と書かれた木簡が出土したのである。

二　「天皇」木簡の貴重さ

いわゆる「天皇」木簡には、

天皇聚（露か）□弘寅（寺か）□　（「木簡研究」二十一号、二二頁）

とある。「天皇」木簡が出土した南北溝ＳＤ〇五の木簡群のなかには、年紀を記したものはない。だが、六七〇～八〇年代つまり天武朝ころの木簡と見てよさそうだ。

飛鳥池工房遺跡遺構図
（「飛鳥池工房」奈良県万葉文化振興財団発行、2001年）

というのは、出土木簡にはたとえば「加《か》尓《に》評久々五十戸《さと》人」とあって、大宝令以降の郡表記ではなく評と記している。また五十戸とあって、里と記していない。里は内容的には五十戸の集合体のことをさすが、かつては五十戸とその実態のままに表記したのである。改称の時期はまだ明瞭でないが、明日香村石神《いしがみ》遺跡から辛巳《しんし》年（六八一）の「鴨評加毛五十戸」木簡が出土し、藤原宮址から癸未《きび》年（六八三）の「三野大野評阿漏《あろ》里」木簡が出土する。これで五十戸から里への区画表示の変更の境目はこの間となるところだが、飛鳥池工房遺跡のＳＤ○一Ａの溝から丁亥年（六八七）の「若佐小丹《おにゅう》評／木津部《きづべ》五十戸」（『木簡研究』二十一号、二七頁）木簡の記載例が出ていて、まだそう截然と分けられない。そうなると、出土状態が有力な手がかりになる。この溝が埋められたのは持統朝ごろなのだが、木簡は溝のごく下層から出土している。だから、木簡だけの年代観となれば天武朝とみてよさそうだ、と判断されている。(3)

ところでこう書いてきたことで、この木簡が貴重な発見だと多くの人たちに感じて貰えるだろうか。はなはだ心もとない。というのは、多くの人たちにとって古代から天皇号が使われていたのは周知のことで、すこしもめずらしい話に聞こえないだろうからである。

『日本書紀』（日本古典文学大系本）巻第三の冒頭には「神日本磐余彦《いわれびこ》天皇　神武天皇」とあり、「神日本磐余彦天皇、諱《ただのみな》は彦火火出見《ひこほほでみ》。彦波瀲武鸕鷀草葺不合尊《ひこなぎさたけうがやふきあえず》の第四子なり。母をば玉依姫と曰す。海童《わたつみ》の少女なり。天皇、生れましながらにして明達《さか》し」などとある。

神武天皇という呼び名は漢風諡号《しごう》といって、大王の没後にたてまつられた中国風の美称であって、『日本書紀』が編纂されたときにはできていなかった。漢風諡号は天平宝字年間（七五七～六五年）にまとめて作られたもので、通説では文章《もんじょう》博士にもなった淡海《おうみ》三船などが選定したと目されている。

つまり奈良前期・中期には漢風諡号がなかったのだから、養老四年（七二〇）五月に撰上されたときの『日本書紀』にあったのは、「神日本磐余彦天皇」などの和風諡号だけだったわけだ。

そういわれれば、和銅六年（七一三）に作成命令のあった『風土記』の文には、漢風諡号がひとつも見られない。『播磨国風土記』（日本古典文学大系本）餝磨《しかま》郡大立丘条には「品太《ほむた》の天皇、此の丘に立たして、地形を見たまひき」とあるが、応神天皇とはない。『日本書紀』ができたあとに編纂された『豊後国風土記』（日本古典文学大系本）直入《なおり》郡禰疑野《ねぎの》条でも「昔者、纏向《まきむく》の日代《ひしろ》の宮に御宇しめし天皇」とあって、景行天皇という諡号は用いられていない。まだ作られていないのだから、使われなくてとうぜんである。

だが、神武・綏靖《すいぜい》などとはしないが、天皇という称号は『日本書紀』も『古事記』も用いている。『古事記』『日本書紀』の地の文は、神日本磐余彦（神武天皇）以来、国家統治者の名称をすべて天皇としている。

しかしそういうことを問題とするならば、神武天皇のときから河内国が見られ、葛城国造《くにのみやつこ》・磯城《しきの》県主《あがたぬし》の任命記事がある。この記事をもとにすれば、国郡制度も国造・県主制度も建国当時からすべて完備していたことになってしまう。そんな国家は、どこにもあるまい。じょじょに整えられていくのがふつうだ。書いてある文章表記とその記事内容は、厳密にいえばあくまでも書いた時点のものである。書かれた内容が古いことについてのものだからといって、古いことがただしく書かれているとは限らない。むしろ書いた目的や編纂の意図などによって、ふつう歪《ゆが》められる。

筆者は、神奈川学園に二十一年勤務している間に学園八十年史の編纂に携わった。編集を終えた会議の席上では、「ほんとうに苦労したことは、何ひとつ書けない」という執筆者たちの本音が語り合われた。八十年史は学園教育の進展を語るものでなければならず、種々の事件処理に四苦八苦した過去などあってはならないのである。「そうした事件が数多く起こったが、教員が力を振り絞り一丸となって解決してきた。それこそが輝かしい学園教育の歴史なのだ」と書いたら、教員は晴れやかな気分だ。だが受験生やその親たちからは、「こんなに多くの事件が起きるような学校に、自分の子弟を入学させたくない」といわれて敬遠されてしまう。書籍には編纂の目的があり、読ませたい読み手がある。書かないことで歪ませることも、またある。『日本書紀』もそうであって、天皇を中心として国家が成立してきたしだいを描くことにあり、屈服したり妥協したことがあっても、それを書けばいまの権威を揺らがせることにしかならない。

『日本書紀』はしょせんは養老四年という時点に合せて編纂された一つの歴史書であって、それ以前の記述については、時代を溯るほど信憑性が薄くなる。いまを書くことがもっとも重要で、かつてのことはその補ないに書いているにすぎない。その時代時代に使われていた用語に厳密に即していこうという姿勢など、その執筆者たちの念頭にはない。

そういう書物から、いま事実と脚色・潤色を厳密に識別しようと努力している。

いくつかの課題は解明されてきた。国という地方行政区画の呼称は天智朝、郡は大宝令によって施行されたものであった。国造という制度も、おそらく七世紀前半以降のもの。こうして『日本書紀』のなかの用語・記事を一つ一つ調べて、ほんとうはどういう社会だったのかを明らかにしつつある。そのなかで、天皇という称号はかなりあたらしく、鉄剣や鏡背などの金石文からみると、それ以前は大王《おおきみ》と呼ばれていたこともわかった。では大王から天皇へとかわったのは、『日本書紀』が成立する前のいつなのか。いまそれを、厳密に検証しつつ追っているのである。

ある人たちは、それを推古朝のことだとしてきた。

法隆寺金堂の「金銅《こんどう》薬師如来像光背銘」には、

池邊大宮治天下天皇大御身労賜時、歳次丙午年、召於大王天皇與太子而、誓願賜、我大御病大平欲坐、故将造寺薬師像作仕奉詔、然当時崩賜、造不堪者、小治田大宮治天下大王天皇及東宮聖王、大命受賜而、歳次丁卯年仕奉

（『寧楽遺文』下巻、九六一～二頁）

とある。「池邊大宮治天下大王（用明天皇）が病にかかり、推古天皇と厩戸皇子とがいっしょになって用明天皇の病気平癒を祈願し、薬師如来像を造ろうと誓い合った。大王は亡くなってしまったが、二人はそのときの志を継いで、丁卯《ていぼう》年（推古天皇十五年＝六〇七）にこの薬師如来像を完成させた」という。それならば、七世紀初めには天皇号が使われていたことになる。

しかしこの銘文は金属製の光背に書かれたものであって、その光背がいつできたかとなるとまったく不明である。光背と仏像は合体した一体のものと思われるかもしれないが、その方がむしろめずらしい。寺院は落雷・失火・戦乱などでたびたび火災にあっており、危急の事態にあたっては仏像本体だけを持ち出し、あるときには地中に埋め、どうしても急ぐときは池のなかに放り込んだりした。そういうときには、光背などどうでもよかった。仏像本体が守られさえすれば、光背など伽藍とともに焼失してもよい。だから光背はあたらしいものが多く、古仏本体とは年代が異なることが少なくない。

法隆寺でも天智天皇九年（六七〇）に若草伽藍が焼失しているから、光背は再建時以降に新造された蓋然性が高いのだ。しかもこの薬師如来像の造作《つくり》は、光背銘にある時期よりも新しいと思われている。天智天皇九年（六七〇）の全山焼失のあとに作られた擬古作とする見解もある。(4) これでは、像と光背が一体だったとしても、光背銘文は信用できなくなる。

つぎに、天智朝だとする人たちもいる。

大阪府羽曳野市の「野中《やちゅう》寺金銅弥勒菩薩像台座框《かまち》銘」には、

丙寅年四月大旧八日癸卯開記、栢寺智識之等、詣中宮天皇大御身労坐之時、誓願之奉弥勒御像也、友等人数一百十八、是依六道四生人等、此教可相之也（『寧楽遺文』下巻、九六三〜四頁）

とあり、丙寅年（天智天皇五年）に確認できるとしてきた。しかし弥勒仏自体はたしかに古いが、その銘文は大正年間（一九一二〜二五年）の追刻と見られている。(5)

こうした関心が集まる注目度の高いなかで、このたび「天皇」木簡が発見されたのだ。実年代は不明だが、ともあれ天皇号が天武朝にあったことは確実である。さらに溯らないとはいえないが、天武朝になってはじめて天皇号が成立したとするのがほぼ穏当、と受け止められるようになった。

三　天皇という称号

天皇号の成立時期に、なぜそれほどこだわりを感じるのか。

それは日本の古代国家の最高指導者たちが、天皇を頂点とする国家構想・政治理念をいつ懐《いだ》きはじめたのかに関心があるからである。

天皇の称号は、中国の民間信仰である道教に起源があるという。道教信徒にとっては海のかなたにある不老不死の神仙世界に赴くことが最善の方途であるが、その世俗界・神仙界をふくめた宇宙全体を支配しているのが最高神の天皇である。

この称号を、中国で採用していた人がいる。唐の高宗（李治）である。道教は自然発生的に起きた民間信仰だから、創始者などほんとうはだれともいえないのだが、一般には老子とみなされていた。その老子は、もともと李姓であった。李姓といえば唐王朝の皇帝も同じく李姓であり、高宗にとっては自分の姓でもあった。そこで上元元年（六七四）、高宗は老子をみずからの遠祖とみなすことにして、それにあやかって自称を皇帝から天皇へと変更した。

中国の皇帝が天皇と呼ばれるようになったので、これを知った天武天皇も天皇と称した。それが飛鳥浄御原令《きよみはらりょう》に採用されて、持統天皇三年（六八九）には公式名称となった、というわけである。これがいまのほぼ通説的な理解である。

たとえば天武天皇十三年に制定された八色姓《やくさのかばね》などには、神仙世界の仙人の最高位である真人《まひと》や道教団の指導者である道師《みちのし》などの名号が散見する。そうなると天武天皇は国家支配の理念を道教に求め、道教の理想世界・神仙世界を日本に実現しようとしたことになる。天皇への就任は、俗界と宗教界の両方の頂点に立つ偉大な存在であることを表わしたものとなろうか。

「中国が理想としている世界なら、むしろ日本にいち早く実現されているぞ」または「中国の高宗とともに、日本でも天皇を中心とした神仙世界を作って肩を並べたぞ」との、東西の神仙国家の成立を競わんがための名乗りあいだったのかもしれない。

だが筆者は、天武天皇の構想はもっと上を狙っているのではないかと思う。

高宗の名乗った天皇号は、遣唐使が往来しなかったこの時期の日本には伝わっていなかったろう。たとえ高宗が天皇と改称したことを知っていたとしても、李姓でない天武天皇にとってそれは追随すべきものと思えたろうか。筆者は、むしろ前代までにあった中国の天皇観をもとに、それに就任したのではないかと思う。それは、中国の皇帝をも超えようという果てしなき野望の実現である。

中国でははやくから革命思想が成立していた。

地上を支配する皇帝（ほんらい地皇）は、天帝の委託をうけて執政にあたった。天帝が地皇の治績を気に入れば、地上に数多くの珍奇な現象、たとえば五色の雲や連理《れんり》の枝などの祥瑞《しょうずい》を表して祝福した。しかし天帝が地皇の治績を気に入らなければ、地震や洪水を起こして、退位を求めた。そして天命は革《あらた》まってほかの人が地皇となるよう即位を促した。天帝は地皇を評定し任免権をもち、彼らの上位者という立場であった。その地位を天の皇帝の意味で天皇とし、それに就任したのである。もちろんこれを伝えれば、中国が承認するはずもない。倭王・倭国王としか認めないだろうし、そのようにしか待遇しない。だが日本にとっては、それが東アジア世界で通用するかどうかは、採用するかしないかの基準にならない。それがどうであろうと日本ではそう自称し、いまも続いていることは紛れもない事実である。七世紀第四四半期の日本では、国家意識が昂揚するあまり、中国に対して対等であることを求めず、意識としては中国の上に立とうと企てた。この意識が、天武天皇のもとで培われたものであったことが、この木簡で判明した。そういう価値が、この木簡にはある。

【注】

（1）拙稿「斉明天皇から天武天皇へ」（『白鳳天平時代の研究』所収、笠間書院刊。二〇〇四年）

（2）奈良文化財研究所編「飛鳥池遺跡」（奈良文化財研究所発行、二〇〇〇年）

（3）寺崎保広氏「奈良・飛鳥池遺跡」（「木簡研究」二十一号、一九九九年十一月）は、「木簡に見えるサトの表記がいずれも『五十戸』となっていて、『里』という木簡が一点もないことは重要で、あるいは木簡に関しては天武朝におさまるかもしれない」（一七頁）とする。

（4）町田甲一氏「(法隆寺）薬師如来像」（「国史大辞典」十二巻、吉川弘文館刊。一九九一年）

（5）東野治之氏「野中寺弥勒像台座銘の再検討」（「国語と国文学」七十七巻十一号、二〇〇〇年十一月）

（原題「飛鳥池工房遺跡出土木簡——天皇号の成立は何を物語るか」。「歴史研究」五一一号、二〇〇三年十二月）

7　七世紀史と『古事記』

一　はじめに

『古事記』は、和銅五年（七一二）正月二十八日というから八世紀初めに成立した。だが内容的に見れば、原材料となるもとは紛《まご》うかたなく七世紀のものである。

『古事記』（新編日本古典文学全集本）の序によると、天武天皇はそばに仕えていた舎人《とねり》のうちから聡明そうに見えた稗田阿礼《ひえだのあれ》を呼び、みずからが検討して定めた「古事」を誦み習わせた。つまり天武天皇がかねて頭のなかに描いてきた勅撰史書を、まるごと記憶させたのである。しかし撰定と記憶の連携作業は、おそらく天武天皇の病臥とそれにつづく崩御《ほうぎょ》によって頓挫《とんざ》した。天武天皇の崩御は、朱鳥元年（六八六）のことである。その四半世紀後、元明《げんめい》天皇はこの修史事業が頓挫したまま打ち捨てられていたのをかねて気にしていたのであろう。和銅四年四月に正五位下から正五位上にあがったばかりの下級貴族である太安万侶《おおのやすまろ》に命じ、阿礼から「勅語の旧辞」を聞き取りながら筆記させた、という。そういうしだいであれば、『古事記』の内容は七世紀第三四半期ごろの成果物といってよい。

では『古事記』は、いったいどういう事情で作られることになったのか。

というのは、そもそも『古事記』など作らなくとも、『日本書紀』（日本古典文学大系本）天武天皇十年（六八一）三月丙戌条に、

天皇、大極殿に御して、川嶋皇子・忍壁《おさかべ》皇子・広瀬王・竹田王・桑田王・三野王・大錦下上毛野《かみつけの》君三千《みち》・小錦中忌部《いんべ》連首《おびと》・小錦下阿曇《あずみ》連稲敷・難波連大形・大山上中臣連大嶋・大山下平群《へぐり》臣子首に詔して、帝紀及び上古の諸事を記し定めしめたまふ。大嶋・子首、親《みずか》ら筆を執《と》りて以て録《しる》す。

とあり、天武天皇自身が川島皇子・忍壁皇子以下に「帝紀及び上古の諸事」を記録するよう命じている。そしてこの作業は、それ以後各氏族・寺院などの保有している資料を集めながら『日本書紀』という形に結実していく。国家的視野で資料を集めまた多数の人材を投入すれば、精確で迅速しかも豊かな記述ができるはずである。こうしたグループを作って編纂事業を進めさせているのならば、天武天皇自身が宮廷の片隅でいじけたように一舎人を相手にしてたった二人で「勅語の旧辞」などを作り上げなくともよかったのではないか。

どうやら天皇のこうした行動には、七世紀の歴史が深くかかわっているようである。

二　中央集権化への歩み

四世紀から六世紀までの東アジアの国際情勢をみると、戦乱の連続であった。

建興四年（三一六）、晋（西晋）が北方民族からの軍事的圧力に耐えかね、河北（中国北部）から江南（中国南部）に東晋として退いたのが動乱のきっかけとなった。その後江南では五八九年までの間に、東晋から宋・斉・梁・陳へと王朝がつぎつぎ交替した。一方河北では五胡十六国が一二〇年間にわた

り興亡を繰り返したが、四三九年に鮮卑《せんぴ》から出た北魏が河北を従えた。それも五三五年になると西魏・東魏へと分裂。東魏は北斉に替わり、西魏のあとの北周が北斉を破って河北をほぼ制覇した。さらに河北を統一した北周を隋が乗っ取り、隋は開皇九年（五八九）に江南の陳王朝をも平らげて中国全土の統一に成功した。

隋は、西晋の南進から数えて約二七〇年・九世代近くもできなかった中国の統一をついに果たした。さらに武徳元年（六一八）には、唐がその統一王朝を受け継ぐこととなった。

中国での統一国家成立への動きは、日本列島につよい政治的な影響を与えていた。日本では、中国の統一王朝と交渉できる強力な主権国家、あるいはこれから強まるであろう中国からの政治的・軍事的圧力に抗しうる力ある国家、つまり強力な中央集権国家の建設が急務とされたのである。

日本での中央集権国家の建設の動きは六世紀後半からはじまり、七世紀冒頭の推古朝に形を伴って現れてくる。すなわち部民《べみん》制の改編や冠位制の採用などにより、中央の朝廷・官司が頂点に立って全国を管理する集権体制への転換がはじまる。

それまで大和王権のなかでは、氏族単位に仕事がわりふられ、軍事でも祭祀でも、氏族とその配下となっている部民が大和王権から命じられた仕事を請け負ってこなしていた。たとえば軍役ならば吉備臣氏・近江臣氏など国造《くにのみやつこ》クラスの豪族に出動命令がいく場合もあり、大王家直属の伴造《とものみやつこ》クラスから物部連氏・大伴連氏・久米連氏などが配下の物部・大伴部・久米部などを率いて戦いに赴かされたりしていた。また祭祀ならば、中臣連氏・忌部連氏が中臣部・忌部を率いて祭儀の実務にあたった。大和王権は見ようによってはこうした国務を分担して請け負う氏族の連合体ともいえ、大王らは一段高みにはいるものの、全体を見渡して調整する役回りにすぎなかった。

時代が中央集権化へと傾斜していくなかで、この旧来のシステムは中央官司が部民を直接統括する形へとかわりはじめた。山官《やまのつかさ》・馬官・鳥官・尻官《しりへのつかさ》などの出現がその例となるが、たとえば馬匹については、それまで馬養《うまかい》（馬甘・馬飼）首《おびと》氏・馬養造《みやつこ》氏などがそれぞれ生活している地域で一般人民である馬養部を使役して養育し、調教させていた。そのまとまりを大和王権に直接奉仕する中央伴造の馬養連氏が統括し、馬養首・馬養造から提供させた馬匹・人夫で大和王権中枢の求める用務を果たしてきた。大和王権中枢部は、馬のことはこの馬養連に任せておけばよかった。しかしその半面では、馬養部にじかに命令することができず、もしも馬養連がその指示に不服だったり裏切ったりすれば、馬に関する用務がすべて止まってしまう。また馬養部と物部とを組み合わせて一体的な活動をさせたくとも、管理責任者の長である馬養連・物部連のそれぞれの諒解をそのときごとに得なければならず、横の連携が円滑にできないでいた。

こうしたなかで馬官が設置されれば、事情は異なってくる。はじめこそ馬養連が横滑りで馬官につくとしても、やがては純然たる官吏が馬養部を登録・把握し、役所からの指示ひとつで馬養部がじかに使役できるようになる。また馬官を中央官庁に常駐させているので、たとえば物部や中臣などとの連絡がつきやすくなり、業務の連携も円滑になりかつ内容的にも深まる。こうした官司が数多く並べば、個々の氏族の思惑に左右されることなく、中央官庁が企画した通りに何ごとも遂行できるようになる。

さらに推古天皇十一年（六〇三）には、冠位十二階が制定された。当初の実態がどうだったかはべっとして、とにかく表向きだけでも出身氏族の規模や出身氏族全体の力量ではなく、出仕している当の氏族員個人が朝廷の命令内容に対してどれほど奉仕できたかという貢献度・達成度で論功行賞されるという大原則が承認された。

氏族単位に役割をわりふられた組織が連合している社会から、氏族単位というバリアを取り払って、中央官庁の統御《コントロール》のもとで企画されたものが全国規模でそのまま実現される上意下達の社会へ。中央政権が統御するままに計画的にくまなく動かせる国家体制の創出なくしては、統一された中国王朝を前にして強い態度に出ることなどできない。

こうした変革にあたっては、まずは政権中枢の経済力の強化が前提となる。資金力の劣るものが自分に有利な提案などしてみても、だれも聞こうとも振り向こうともしない。氏族に聞く耳をもたせ大和王権に拠《よ》ろうとさせるには、まず自分が優勢でなければならない。

大和王権で有能な経済官僚として台頭した蘇我氏は、そうした時代の要請に応《こた》えて活躍した氏族である。屯倉《みやけ》は中央政権の重要な財源であり、六世紀半ばから各地に積極的に置かれてきた。その財源を有効に使うための管理運営術と資産内容の充実策。蘇我氏は、そういう仕事をこなすのにたけた多才な渡来人をたくみに起用しつつ成長してきた。

たとえば欽明天皇十六年（五五五）、蘇我稲目は穂積磐弓《ほつみのいわゆみ》を伴って吉備五郡に白猪屯倉を設置した。その翌年には、屯倉の一部である吉備児島屯倉に葛城山田瑞子《みずこ》を派遣している。従来は現地の国造の一族を割き出して三宅直《あたい》などにし、彼らに屯倉の管理を委ねていた。それなのに、ここでは中央から現地に専任の官吏を派遣している。狙いは管理の緻密化と強化である。

ついで敏達天皇二年（五七三）には、蘇我馬子が白猪屯倉にじかに出向き、屯倉の耕作にあたる田部を増員させ、渡来系の白猪胆津《いつ》にその田部の丁籍を作らせている。つまり人数さえそろえばだれが耕作にあたっていてもよいという状態を変えて、屯倉耕作者を固定させた個別人身支配の導入を企てているのだ。小規模ではあるが、これは大化改新政策でやろうとしている公地公民制度の先取りである。国家がじかに土地と人民を管理・掌握し、人的資源・物的資源を自在にまた根こそぎ活用できる体制の創出。その雛形《ひながた》が、ここにもう見られている。劇的ではなかったが、六世紀半ばから集権化はじょじょに進められていたのである。

三　大王家の挫折と飛躍

ところが中央集権化を進めている大和王権の頂点にいる最高権力者間で、諍《いさか》いがはじまった。大王家と蘇我氏の対立である。

用明天皇二年（五八七）、大臣《おおおみ》・蘇我馬子は、大王の地位を狙った甥・穴穂部《あなほべ》皇子とそれを支援した大連《おおむらじ》・物部守屋を軍事力で葬り、肩を並べる者のない唯一の権力者となった。そしてみずから擁立した甥・崇峻《すしゅん》天皇を、自分の暗殺を謀っていると疑って殺させた。大王候補として数人の皇子はいたが、押坂彦人《おしさかのひこひと》皇子が夭逝し、竹田皇子も病弱であったらしい。大王家では、これといった大王候補者を立てられなかった。

推古天皇元年（五九三）、敏達《びだつ》天皇の大后であった推古女帝がしかたなく即位し、大王候補の称号である大兄《おおえ》はついていないがゆいいつ成人していた厩戸《うまやど》皇子（聖徳太子）が推古女帝の補佐となった。

推古女帝は馬子の姪《めい》で、厩戸皇子は馬子の姪の子でかつ馬子の娘・刀自古娘《とじこのいらつめ》の婿にあたる。そうではあったが、大王家を代表する立場となった二人からすれば、馬子はいまや強大な敵対者であった。

大王家としての地位・権威を守らなければならない。それが遣隋使の派遣を急ぐ理由となった(1)。親魏倭王として臣下と認められた卑弥呼《ひみこ》は、魏帝から政治的・軍事的保護を受けられた。それと同じように、隋帝から推古女帝がひとたび倭王に指名されれば、大王家の血脈が倭王として国際的に認知されたことになる。そうなれば、蘇我氏がどれだけの権勢を振るおうと、大王に取って替わることはできない。いいかえれば、そうした外部勢力の権威をかりなければ存立が危うくなるほど、大王家は追いつめられて危機感を募らせていたのでもある(2)。

馬子の子・蝦夷《えみし》は、厩戸皇子の子・山背大兄王を避けて、舒明天皇元年(六二九)に舒明天皇を大王として擁立した。舒明天皇には蝦夷の姉妹・法提郎女《ほてのいらつめ》が嫁いでおり、やがてはその子・古人大兄皇子を大王に立てるつもりだった。こうして七世紀前半は、蘇我氏が大王家を凌ぐ権力を持ち続けた。

もちろん国家の中央集権化は蘇我政権下でもあるていど達成できることで、強力な専制権力の出現は集権国家成立の地ならしとしては好ましくもあった。上位の権力者からの命令に盲従できる上意下達の体質は、官僚のたいせつな適性の一つだからだ。

しかし蘇我氏から命を狙われる者には、そうした余裕がなかった。

蘇我氏が古人大兄皇子を後継大王として推《お》すとすれば、舒明《じょめい》天皇・皇極天皇(斉明女帝)の嫡子・中大兄皇子(葛城皇子、のち天智天皇)は邪魔者となる。中大兄皇子が天寿をまっとうしたければ、蘇我本宗家を実力で葬るほかに術《すべ》がなかった。それに蘇我氏が最高権力を持っている以上は、氏族制度の枠組みを壊せないというデメリット（不利益）もあった。氏族を超越しているという立場の大王家であればこそ氏族制度が否定でき、氏族組織を解体して大王の命に従うよう求められる。蘇我氏が中心に立っても、蘇我氏というみずからがよってたつ氏族組織を解体してしまったら、蝦夷・入鹿《いるか》らの個人的命令などだれも聞かなくなる。蝦夷・入鹿の権力の根源は氏族としての組織的な力量であって、蘇我という氏族基盤から最終的に離れられないのだ。

中大兄皇子は、大化元年（六四五）六月の乙巳の変で蘇我本宗家の蝦夷・入鹿父子を倒して権力を握った。これに続く大化改新政策は一見画期的のようだが、じつはこの半世紀やってきた既定路線の踏襲にすぎない。より具体的に、より鮮明にしただけのもの、といってもよい。ただ大きく異なるのは、蘇我氏のもとでの結束でなく、大王家のもとに中央集権となる国家体制を創出することになったことだ。大化改新の詔にまとめられているように、国政改革の眼目は中央集権的行政制度の施行・個別人身支配体制の確立と人民の生活基盤の保証にあり、その一部は屯倉ですでに実験済みであった。

こうした政治改革はもちろん必要だった。中大兄皇子には抜群の企画力があり、ためらいのない決断力や実行力も備わっていた。たとえば天智天皇九年（六七〇）にできた庚午年籍《こうごねんじゃく》には、全国の村々の家族の名前・氏姓《うじかばね》・良賤の別などが記されていたらしい。そのとうじ調査担当能力・事務能力のある人などほとんど見かけられなかったはずなのに、そのなかでわずか四半世紀で全国にわたってそこまで調べえたのは、かれの非凡な企画力・政治能力のたまものである。自分のプランではなく、唐の律令制度を模倣して適用しただけといえばそうだ。だがそれを日本で可能にするには、綿密に計画を立て、反対する者を説得していく政治工作も必要である。反対する者をすべて粛清していったのでは、政策の遂行能力を持つ人がだれもいなくなってしまう。そうした見きわめが、中大兄皇子にはできた。それはすばらしい才能に恵まれていたことの証である。

だが、新制度の準備・設定とそれへの転換を促すだけでは、なにかが不足する。

中大兄路線と斉明・大海人路線との間には、なにがしかの違和感が醸《かも》し出されていた。天武天皇元年（六七二）に大海人皇子（天武天皇）が壬申の乱に踏み切るのは、天智天皇・大友皇子の路線の行く末にそうしたあやうさを感じていたからでなかったか。

それは、国民のいや限定すれば支配者層間の精神的紐帯のなさである。天智天皇には、制度のプランはあるが、制度に従う心を育成するプランがない。冠位の昇叙をちらつかせて操《あやつ》るか、それができなければ力で脅《おど》す。それでは、人はすくなくとも喜んでついてなどこない。

斉明女帝・天武天皇には、道教を導入しようとする共通性がある。(3) 斉明女帝は道観（道教の寺院）を作り（『日本書紀』斉明天皇二年〈六五六〉是歳条）、天武天皇の和風諡号《しごう》には「瀛真人《おきのまひと》」（『日本書紀』持統天皇称制前紀・朱鳥元年〈六八六〉九月丙午条）が入っていて、かつ制定された八色《やくさ》の姓の最高位が真人（道教の聖仙）と名付けられた（『日本書紀』天武天皇十三年十月己卯条）。これらは、その一例である。かれらは宗教などを意識的に用いて、政権内部・支配者層をひとつにまとめていこうと努めた。保守的な氏族層の心に道教という見えない網をかけて、そのなかにすべてを括《くく》り込もうとしたのである。

四　『古事記』にかける大願

あたらしい宗教を採用し、それにそれぞれの構成員を帰依させて精神的な拠《よ》り所とする。それによって、ばらばらだったグループ内に連帯感を醸《かも》し出させる。そうした政治手法は、かって用いられたことがある。それは、欽明天皇七年（五三八）に百済・聖明王から朝廷にもたらされた仏教である。「相貌《かお》端厳《きらぎら》し」き「西蕃の献れる仏」に大和王権内のすべての氏族が帰依すれば、それぞれ異なる氏神を奉ずるためにたがいに親近感を持てない氏族同士が、同一の神のもとに違和感なく結束し行動できる。さらにその仏像の顔が大王に似せてあれば、大王のもとに帰依しつつ、強い精神的な紐帯をもった政権が作れる。そうした期待が寄せられていた。(4)

中央集権国家をめざす蘇我氏は、とうぜん仏教の国教化に賛成した。そして、その先導者となっていった。ところが、明日香村の真ん中に蘇我氏の氏寺として飛鳥寺が造営されるなど、蘇我氏が仏教導入の先導者であることが目立ちすぎた。期待されていた一つの効用である、仏教崇拝を通じて大王家のもとに結束させるという意味はもはや通じなくなった。そこで天武天皇は、斉明天皇が着目した道教信仰を引き継ぎ、あらためて大王家中心の世界観に基づく政権中枢部の結束のよりどころを道教に託したのである。

だが意図と道筋が明確なよい企画であるとしても、実現するには相手の同意がいる。天武天皇のいうことだからとみかけは道教政策に同調したとしても、本心はどうだろう。この手に乗るだろうか。もしこれには乗ってこないとしたら、いったいどうしたら保守勢力の論理に即しながら彼らを天皇のもとに結束させられるか、と天武天皇は考える。

古代氏族がもっとも大切にしているのは、ほんとうのことをいえば、ほかの氏族と異なるみずからだけの氏族の祖先神である。だからほかの氏族との間に距離感が生じ、心からの結束ができない。

しかしあきらかにべつの氏族にも拘わらず、結びついている例もあるではないか。

たとえば上毛野氏と田邊氏がそうだ。群馬県出身の土豪と大阪府在住の渡来人が同族であろうはずがない。

『新撰姓氏録』右京諸蕃上には「田邊史　漢王の後《すえ》知惣自《よ》り出づ」とある。しかし左京皇別下では「上毛野朝臣　下毛野朝臣と同祖。豊城入彦命《とよきいりひこのみこと》の五世孫・多奇波世君《たきはせのきみ》の後也」とあり、下条に努賀《ぬか》君百尊《はくそん》が陵邊《はかべ》君を賜い、のち氏名が田邊史となったとある。この努賀百尊は、『日本書紀』では田邊史伯孫とされている。つまり二つの氏族は同族関係にあるというのだ。たしかに『日本書紀私記』（新訂増補国史大系本）の「弘仁私記序」でも「田邊史・上毛野公らの祖は、仁徳朝に百済から帰化した思《し》須《す》美《み》と和徳《わとこ》で、日本人の将軍・上毛野公竹合の子孫と主張した」とあり、上毛野公・田邊史という出自が歴然と異なる二氏が同祖・同族とみなされている。

そういえば、蘇我・巨勢・葛城・平群・紀の著名な中央豪族の五氏族だとて武内宿禰《たけしうち》を共通の祖とみなし、ひとしくその子だと詐称して憚らない。これらが平然と世間に通用するのならば、すべての氏族が氏祖の上に共通の祖「某」を架上《かじょう》して同族となっていけばよい。そうすれば氏族は枝分かれの時期が違うだけで、すべてが同族となっていくだろう。仏教・道教などにむりやり帰依させたりしなくても、氏族社会の枠組みのなかで堅い結束を作らせることが可能である。

天武天皇は時代の趨勢に任せず、あえて保守層の聖域・牙城であった氏族の祖先神問題に正面から斬り込もうとした。その手段が『古事記』編纂だったのではないか。

五　歴史編纂の歩み

そこで、まずは『古事記』成立までの史書編纂の歩みを概括しておこう。

日本がつねに模範として見習ってきた中国では、ある王朝の歴史を編集するのは次の王朝の責任とされた。隋の王朝史『隋書』は唐王朝が、唐の王朝史『唐書』は宋王朝が作っていた。しかし日本では中国的な意味での易姓《えきせい》革命つまりまったく家柄の異なる人物による王朝交替がなかったので、こうした慣習が根付かなかった。室町幕府の歴史を纏めた『後鑑《のちかがみ》』こそは徳川氏の手によって編纂されたが、鎌倉幕府の歴史を語る『吾妻鏡《あずまかがみ》』や江戸幕府の記録を纏《まと》めた『徳川実紀』は、それぞれの政権内で作られてきた。

中国での歴史は時代をうつす鏡鑑であり、自分たちが過去から教訓をうべき書でしかなかった。しかし日本では、もっと政治的な意図をもって作られた。五世紀ごろから統合国家としての集団意識が醸《かも》し出され、自国という意識が成立してくる。そうすると、それ以降に渡来してきた人たちを「帰化」人と呼んでことさらに区別するようになる。それは国家・自国という意識ができあがった証拠である。そのなかで、国家の成り立ちと氏族の関わりを伝承し、集団性のよりどころとして共有しようという意識が生まれた。それを書としてまとめた形が、歴史書である『帝紀《ていき》』『旧辞《くじ》』であった。

六世紀半ばまでには応神天皇を始祖とする第一次『帝紀』『旧辞』ができ(5)、以後、崇神天皇を始祖とする第二次のそれ、七世紀半ばまでに神武天皇を始祖とする第三次のそれへと発展していったようだ。『帝紀』『旧辞』は、そのままではまったく残っていない。だが、あえていえば『帝紀』は『古事記』の仁賢天皇段以降の記事つまり大王と后妃・王子の名や宮居《みやい》・陵墓などの記録で、『旧辞』は『古事記』の顕宗《けんぞう》天皇以前によく見られる氏族などが活躍する伝説的物語記事のことであろう。

推古天皇二十八年（六二〇）にはいわゆる「天皇記」「国記」を厩戸《うまやど》皇子と蘇我馬子が作るとあるが、これがおそらく第三次『帝紀』『旧辞』編集の動きのことだろう。

こうして何回も繰り返し編纂されるのは、そのときどきで国家の成立時期や諸事件での氏族の関わり方が微妙に異なり、その差異がときの政権内部での地位や位置づけに影響したからである。政治的配慮からその折々に書き換えられるなかで、この「天皇記」「国記」の編纂時には、各氏族の祖先伝承を中央集権の成立に関わらせた筋書きに書き換えさせようとした。とうぜんだが、「天皇記」「国記」にどういう形で記されるかは、各氏族にとって重大事である。思惑が行き交《か》い、政治的な圧力も加わって、編纂は困難を極めたはずだ。皇極天皇四年（六四五）六月に炎上中の蘇我蝦夷《えみし》宅から「国記」の一部が取り出されたとあるが、大王が三代交代しても、編纂はまだ終わっていなかった。

天武天皇は、前述の通りに『日本書紀』編纂を命じている。それは「天皇記」「国記」や『帝紀』『旧辞』というように大王家と氏族伝承を分離した史書ではなく、大王家を中心にして氏族伝承をも目いっぱい取り込んで記した史書、つまり天皇制的中央集権国家体制にふさわしい道筋をつけた史書を編纂させたかった。ふさわしい道筋をつけるとは、中央集権的体制の下での氏族の結束がそこに示されていることである。もとより『帝紀』『旧辞』を下敷きにして記すのなら、そう大きな史実の変更などできまい。だができればそのなかに、各氏族の祖神の武勇譚を記すとともに、かねての懸案つまり多くの氏族ができれば大王家の同族となるようにあらたな祖神・祖先を架上《かじょう》させたかった。「吾が氏族は、じつは某大王の後裔である」とかの話を加えて、氏族間の同祖・同族関係を数多く創り出して、結果として国家精神の統一をはかりたかった。

しかし、編纂をはじめるように命令ができたとしても、氏族の思惑を無視して外部で作った筋書きを飲み込ませるわけにもいかない。系譜を改竄《かいざん》したり架空の始祖をたてることは、いまでいえば経歴の詐称である。しかもこれでは氏族員全員の経歴をまとめて詐称させることになる。氏の上《かみ》としても、一存ではそう簡単に飲めない案である。天武天皇の思いは氏族の思惑に阻まれ、なかなか記定事業に反映されない。委員たちを集めた共同作業による編纂には時間もかかる。じっさい『日本書紀』の編纂には結果として四十年がかかっており、思いが先走った拙速はのちのちの混乱のもとであろう。

そうはいうものの天武天皇も焦《あせ》りを隠せず、自分が理想とし氏族の間で醸成されてきた同祖の観念による一体感をどこかで作り上げておきたかった。そこで『古事記』を記して、いち早くまたは先取りして実現しておこうとした。そうではなかったか。

そう考えるのは、『古事記』にはある傾向がつよいからだ。

綏靖《すいぜい》天皇から開化天皇までの大王は、欠史《けっし》八代と呼ばれている。大王としての名前はあるが治世に関する記事がほとんどなく、近年にわかに捏造されたばかりの八人の大王の時代である。その八人の大王の系譜には、臣《おみ》姓氏族の始祖注記がことのほか多いのだ。吉備氏など大和王権と拮抗《きっこう》できた氏族でも、七代・孝霊天皇の子を祖と称している。奈良北部に権勢を振るった春日《かすが》氏も五代・孝昭天皇の後裔とし、大和王権草創期の軍事基盤を担った巨勢《こせ》氏・平群《へぐり》氏でも八代・孝元天皇の裔孫とする。有力な君姓豪族の多くは応神天皇の裔孫としているのに、臣姓豪族では欠史八代の後裔氏族こそが有力で、七世紀後半の有力臣姓氏族はほとんどこの出身である、という。(6) あとから作られた八人の大王に、自分の氏族の祖先が連なっている。この八人の大王が作られることによって、臣姓豪族たちは大王家の血統のなかに大きく取り込まれている。これは誰かの構想に近くないか。そう、天武天皇の構想なのだ。

天武天皇は王権中枢を担う有力氏族に対して、大王の末裔と称するよう求めた。巨視的に見れば支配層はすべて大王の一家、有力氏族はみな大王家から出た兄弟だという擬似家族的な一体感を持たせたかった。そういう一体感が醸し出されれば、中央集権国家体制が盤石《ばんじゃく》になると考えたのではなかったか。『古事記』が始祖系譜をことさらに詳記するのは、天武天皇の胸にそうした思いがあったからだろう。

【注】

(1) 拙稿「天智天皇の称制について」(『白鳳天平時代の研究』所収。笠間書院刊、二〇〇四年)
(2) 拙稿「日本の外交ベタは遣隋使にはじまる?!」(松尾光編著『早わかり古代史』所収。日本実業出版社刊、二〇〇二年)
(3) 拙稿「斉明天皇から天武天皇へ」(『白鳳天平時代の研究』所収。笠間書院刊、二〇〇四年)
(4) 拙稿「崇仏排仏戦争　蘇我VS物部」(「月刊歴史読本」五十一巻五号、二〇〇六年三月。本書所収)

（5）拙稿「応神天皇の祖型」（『古代の王朝と人物』所収。笠間書院刊、一九九六年）

（6）直木孝次郎氏「欠史八代と氏族系譜」（「古事記年報」四十六号、二〇〇四年三月）

（「月刊歴史読本」五十一巻十二号、二〇〇六年九月）

8　大藤原京は何を語りかけているか

中大兄皇子（天智天皇）は乙巳の変につづいて大化改新という国政改革を断行し、日本を中国・唐に倣った中央集権的律令国家にしていこうと努めた。その決意の最初のあらわれが、大化元年（六四五）、政権奪取後そうそうに着手した難波長柄《ながら》豊碕宮の造営であった。かつての豪族の邸宅とそうかわらない王宮とは構想からして根本的に異なる中国風の殿舎が建ち並ぶ壮大な宮殿建築群である。旧来の政権とは異質の威厳に満ちており、並々ならぬ国家建設の意欲は人々に伝わった。

だが難波宮には、中国ならば宮のまわりにあるはずの京という生活空間が見られない。これでは、たとえていえば王者が広野の片隅に建てた異国風の豪奢な別荘に立て籠もったかのような風景にしか映らない。

天智天皇二年（六六三）の白村江《はくすきのえ》の戦いの四年後に近江宮に遷ったが、手狭な琵琶湖畔ではもともと京域を設けることなど望めない。天武天皇元年（六七二）の壬申の内乱をへて都は飛鳥（明日香）に戻り、その年の冬から飛鳥浄御原宮（現在の飛鳥板蓋宮《いたぶきのみや》跡伝承地）が沼沢を埋め立て整地しつつ作られはじめた。そこには大極殿院風の一郭（エビノコ郭）が設けられているが、これも基本的には天皇の居住する空間を広めにとった大きな王宮にすぎなかった。

日本では大化改新以来一世代強・三十数年の間、中国に比肩できるような国造りを目指してきた。その日本が規模や精密度などはともかく一通り国家体制・官僚機構・税体系などを整えたといえるのは、持統天皇三年（六八九）のことである。飛鳥浄御原令《きよみはらりょう》の施行がその指標となる。その法整備と並行して企画されたのが、律令国家にふさわしい王と民の都城、すなわち藤原京の造営だった。

一　藤原宮の選地と完成

藤原京が実現したのは持統天皇八年十二月のことだが、都城造営計画はかなり前に立てられていた。その企画は、天武天皇のもとで立てられたものであったらしい。まず天武天皇五年、大和国新城《にいき》（大和郡山市新木）に造都を計画し、候補地内の田圃では耕作を中止させた。天武天皇十一年三月にも「新城に遣して、其の地形を見しむ。仍《よ》りて都つくらむとす」とまで進んだが、これは「然《しか》れども遂《つい》に都つくらず」（天武天皇五年是年条）とあって、明瞭に頓挫させられている。天武天皇十三年二月には「三野《みの》王・小錦下采女《うねめ》臣筑羅《つくら》等を信濃に遣して、地形を看しめたまふ。是の地に都つくらむとするか」と書かれていて、信濃国にも造都の計画があったかもしれないが、これは副都の造営であろう。その後、いよいよ藤原京造営計画が立案されるのだが、その藤原京のことを新益京《しんやくきょう》（『日本書紀』〈日本古典文学大系本〉持統天皇五年十月甲子条）と表現することがある。どういう意味で「新益」と名付けられたのか。それはこの計画が、飛鳥を中心として成立している倭京・飛鳥京に対して、その北側に隣接した藤原に京域を増設するという宮都拡大案として採用されたからであるようだ。

『日本書紀』によれば、天武天皇十三年二月に「畿内に遣して、都つくるべき地を視占しめたまふ」

とあり、広瀬王・大伴安麻呂らに宮室の地を視察して定めさせた。藤原京の選地記事としては、これが早い。だがじつは、もっと早くに藤原京の選地はなされていたようだ。

というのは、この四年前に造営をはじめた本《もと》薬師寺が藤原京の条坊線を明らかに意識して作られているからだ。薬師寺は、もともと天武天皇九年十一月に鸕野《うの》皇后（のちの持統天皇）が病気となり、夫の天武天皇が妻の病気の平癒を祈願して薬師如来を本尊とした寺院建造を発願《ほつがん》したことにはじまる。しかし工事中に願主である天武天皇が亡くなり、妻・持統天皇が造寺事業を引き継いだ。このために、夫婦愛の結晶とかいわれている仏教寺院である。この本薬師寺の敷地などは、したがって天武天皇九年の段階に決定されていた。その寺地はのちの藤原京の（岸説の）右京八条三坊にあるが、四町区画の一坊（一坊を二六五メートル四方とみて、それを四町に分割した場合。後述の大藤原京説においては、一坊は五三〇メートル四方となり、本薬師寺の寺地は坊の四分の一となる）にぴったりとおさまっている。これはすこしも偶然でなく、藤原京の条坊案がこのとうじすでにできあがっていたことを意味する。さらに本薬師寺の寺地は、条坊を区画するために掘られていた道路をわざわざ埋め立てて整地している。つまり天武天皇九年以前に条坊案は確定していて、その企画にあわせて現地ではすでに道路側溝が掘られていた。宮城規模や都城計画は、すでに地面にくっきりと刻まれていたのである。

その後、藤原京は持統・文武・元明の三代の天皇の宮都となり、律令国家成立期の大舞台となった。大宝元年（七〇一）の正月元旦、大極殿前の朝賀の儀式には多数の幡《はた》が立ち、外国使節も参列し、その威容は「文物の儀、是において備はれり」（『続日本紀』）と表現されたそうだ。その三月に成った大宝律令はこの宮で全国に発令され、のちに養老律令と名を変えるものの、その内容は律令国家の屋台骨を少なく見積もって二〇〇年、形骸化した姿をも入れれば一一〇〇年以上を支えた。粟田真人を大使とする遣唐使一行、陸奥鎮東将軍の巨勢麻呂・征越後蝦夷将軍の佐伯石湯《いわゆ》らも、この藤原京の門から威風堂々出立した。奈良時代を通じて畿内などでさかんに使われた和同開珎《かいちん》も、ここが出発点だった。藤原京は、律令国家の威容をすべて備えて、はじめて花を咲かせた場所だった。

こうして古代びとの耳目を集めた藤原京も、すでに歴史の闇のなかに埋もれてしまった。かつての栄光の日々を偲《しの》ばせるものは、何一つ見えない。

二 藤原宮の発掘と都城計画

『万葉集』(日本古典文学全集本)の藤原宮御井の歌には、

大和の　青香具山は　日の経《たて》の　大き御門《みかど》に　春山と　しみさび立てり　畝傍《うねび》の　この瑞山《みずやま》は　日の緯《よこ》の　大き御門に　瑞山と　山さびいます　耳梨の　青菅山《あおすがやま》は　背面《そとも》の　大き御門に　よろしなへ　神さび立てり　名ぐはしき　吉野の山は　影面《かげとも》の　大き御門ゆ　雲居《くもい》にそ　遠くありける　高知るや　天の御陰《みかげ》　日の御陰の　……　(巻一・五二)

とある。経・緯は、いま経が縦の南北線、緯は横の東西線を意味する。中国でも、経は南北、緯は東西の意味である。しかし古代日本ではそうでない使い方もしたようで、『日本書紀』成務天皇五年九月条では日の縦が東西、日の横が南北の意味となっている。『万葉集』では日の経が東側、日の緯が西側となり、背面は北側、影面は南側にあたっている。語句の使い方に違いはあるが、それはともあれ藤原宮は、この歌によって大和三山の真ん中にあるとわかっていた。ただその具体的な場所となると、異説が多かった。

古い所伝では『扶桑略記《ふそうりゃっき》』（新訂増補国史大系本）に「高市郡鷺栖坂《たかいちぐんさぎすざか》の地、是なり」と見え、『釈日本紀』（新訂増補国史大系本）に引用された「氏族略記」にも「藤原宮は、高市郡鷺栖坂の北の地に在り」とあり、高市郡内の鷺栖という地名が手がかりとなってきた。この地名は橿原市四分《しぶ》町にあり、そこにはいまも鷺栖神社がある。これで決まりかとも思われるが、神社は町並みの都合や為政者の思惑などで動かされることもあるので注意が必要だ。

明治時代から昭和初期にかけて、藤原宮跡の候補地は二つあった。

一つは、前掲の「高市郡鷺栖坂の北」という記事から、鷺栖神社の真北一キロメートルにある長谷《はせ》田《だ》土壇という一・五メートルほどの高みが候補となった。いま一つは、鷺栖神社からは東北にあたる大宮土壇である。大宮土壇は昭和初期には大宮堂《おおみやど》と呼び慣わされていたが、明和五年（一七六八）に賀茂真淵《かものまぶち》が著《あらわ》した『万葉考』ではもう少しそれらしく「今も大宮殿と云て、いささかの所を畑にすき残して、松立てある是なり」と記されている。

長谷田土壇説を支持する喜田貞吉《きたさだきち》氏は、藤原京には十二条あったことを明らかにした。その根拠は、大宝令（ただしくは養老令）の職員令左京職条に「坊令十二人」とあり、「右京職も此に准《なぞら》へよ」とあるからだ。戸令には「坊毎《ごと》に長一人を置け。四坊に令一人を置け」とあり、四坊ごとに坊令が置かれていた。この規定から復原される景観は、こうなる。藤原京は左右両京に分かれていて、京域の中央の大通りである朱雀《すざく》大路から東西にそれぞれ四坊づつの区画がある。そして北側から東西に長く十一の大路を入れて、南北は十二条に分けられていた。そういうプランを描こうとすると、

藤原京大極殿址（大宮土壇）と耳成山

大宮土壇説では、十二条×八坊の京域をとろうとしても、京域は香具山の山中にかかってしまう。だから宮の位置として妥当でない、と退けた。

また喜田氏は、古道を取り込んだ京域の構想も示してみせた。

長谷田土壇を南北の中軸線とした場合、東の京極線は古代の官道である中ツ道で、西の京極線は右京二坊大路にあたる。北京極線は長谷田土壇のすぐ北を走る初瀬《はせ》街道で、それはもともと伊勢と難波を結んでいた横大路だったと考えた。

この喜田説では、藤原宮が平城京のように北端中央にあると考えていたし、中ツ道は香具山の西側を通っていると誤認してもいる。しかし京域を横大路・下《しも》ツ道・中ツ道という古道に囲繞《いにょう》されていたものと復原するなどの着想は、広い視野に立った優れたものであった。

しかし考古学的な発掘調査が実施され、昭和九年（一九三四）十二月一日に大極殿院西殿が発見されてこの論争に決着がつけられた。藤原宮大極殿跡は、大宮土壇の方だったのである。

これ以降に重ねられた発掘調査やかねての藤原京論争の成果を受け継いでさらに精緻にし、また藤原京を中国・日本の造都史のなかにたくみに位置づけてみせたのが、岸俊男氏であった(1)。

岸氏は、藤原宮大極殿跡を大宮土壇とし、また南北十二条×東西八坊という想定条坊を生かした上で、藤原京の範囲は北辺が横大路、東西辺が中ツ道・下ツ道、さらに南辺が同じく上《かみ》ツ道に連なる古道の阿倍山田道《あべのやまだ》で区切られているものとみなした。そしてこの下ツ道すなわち西京極線を北に直進させると、平城京の朱雀大路にあたっていることに気づいた。そこで、藤原京と平城京の設計プランをあわせて復原してみせた。すなわち、藤原京の西京極線の延長線を主軸にし、東京極線を裏返してまず東西を二倍にする。ついで南北も二倍にするが、このとき条・坊の大きさも縦横それぞれ二倍にする。これによって、総面積は藤原京の四倍とするはずだった。ところが、中国の都・長安などに倣って王宮を北辺にもっていくことにしたため、藤原宮より北にあった二条分をプランから削ってしまった。さらに上ツ道から繋がる阿倍山田道が十二条目を東西に横切るが、じつは道が条坊計画の中央を通ってしまい、山の丘稜部も条坊内に張り出してしまっていた。藤原京では、十二条目はじっさい半条しかないという未完成の条坊となっていた。そこでこの十二条目を現状に鑑《かんが》みて省略し、あわせて三条分をプランから削除した。これによって、八坊×九条ながら面積では藤原京の三倍となる平城京の基本設計ができあがった、とした。

平城京は唐・長安城を模倣したのではなく、日本にある藤原京のプランを下書きにして、その規模を三倍に拡大して継承したものだった。造都の歴史の流れにそった、まさにだれもが納得する卓見であった。

藤原京は、日本の造都の起点であった。岸説が出されたのちは、それならば藤原宮が藤原京の中央に位置するという特殊な構想は、どこからきたのだろうか、ということが関心事になった。そして、藤原京の源流を中国都城のなかに探すための研究がはじめられた。その祖型探究の結果、北魏の洛陽城や東魏の鄴都《ぎょうと》南城などのプランに似ているといわれたが、つぎの問題として古代日本人が接触していないそれらの都城の設計プランをどのようにして知りえて、構想のなかに取り込みえたのかという方向に論議が進もうとしていた。

三　大藤原京説の登場

しかし藤原京は、どうやら岸氏の考えたようなプランでなかったらしい。

平城京でも、当初その形は南北に長いただの長方形と見られていた。発掘調査によって、はじめて北辺坊の存在が知られ、東大寺の西門の前まで広がる外京《げきょう》があったことが明らかになったのである。古代史のいまの常識はあくまでも予想の上に立っているものであって、発掘調査によって検証されたり覆されたりしている。そしていま、藤原京についての予想が覆されたのである。

ともに藤原京の北四条大路（次頁の付図参照）にあたるのだが、平成八年（二〇〇〇）に橿原市の土《つち》橋《はし》遺跡で西京極線が、桜井市の上之庄《かみのしょう》遺跡で東京極線が発見された。ここはT字路になっていて、こ

大藤原京説区割り想定図

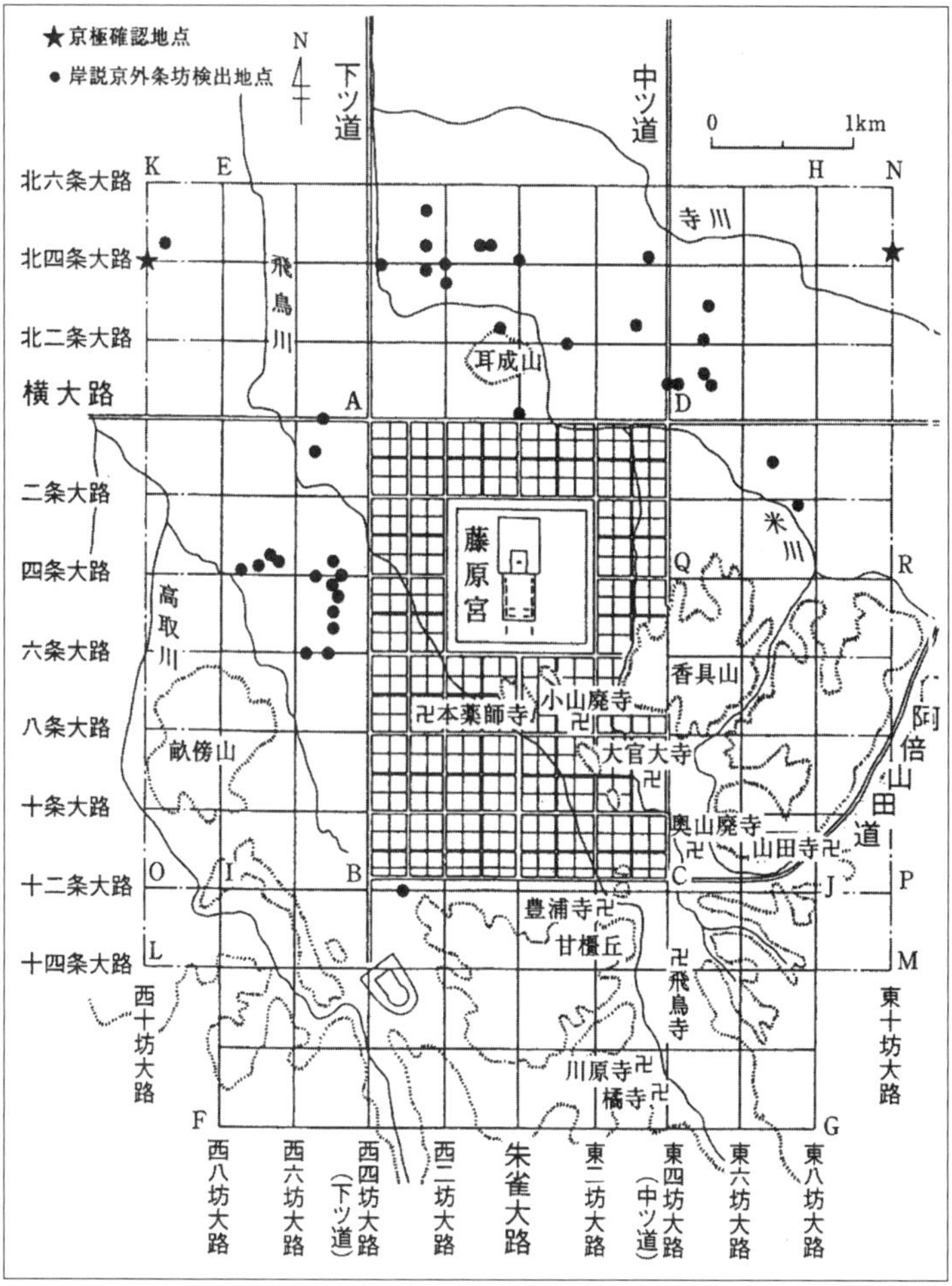

ABCD＝岸俊男　KOPN＝竹田政敬　EFGH＝阿部義平
KLMN＝小澤毅、中村太一　EIJH＝秋山日出雄
(寺崎保広氏『藤原京の形成』山川出版社による)

れ以上東にも西にも続かない道の形である。この二つの遺跡の間が藤原京の東西幅であることは明らかで、これで京域の横幅は確定した。二つの遺跡の発見は、これから藤原京の話をするときに不動の起点とされることだろう。

もっとも南北の京極線はまだ確定していない。しかし京外道路と従来呼ばれてきた遺構をふくむとすれば、北辺・南辺もおおよそ見当がつく。現在、横大路から二条半ほど北に上がったところで東西方向の小路が見つかっていて、北六条大路の存在までは確認できる。また南は、岸説の右京十二条四坊に相当する遺跡で十二条大路の北側側溝を発見したので、十二条大路（大藤原京説ならば九条大路にあたる）を確認した。とはいえ、南北ともまだT字路になっているかどうか分からない。さらに南北方向に条坊が広がる可能性は、まだある。

そうではあるが、あえて現時点で藤原京の形を推測すれば、小澤毅氏・中村太一氏などが提唱する十条×十坊となろうか。東西・南北が五・三キロメートルという真四角な都である。この想定が当たっているとすれば、岸氏がかつて推測してきた東西二・一二×南北三・〇九キロメートルはもちろんのこと、東西四・三×南北四・八キロメートルの平城京をもはるかに凌ぐ、古代最大の宮都だったことになる。

この発見は、歴史学界に大きな衝撃を与えた。もちろん学校教育の現場でも、大きな混乱が起こっている。

従来、藤原京の規模は平城京を下回ると考えてきた。そう考えるのが合理的だった。飛鳥京では京職大夫、藤原京でも京職大夫という役職があったが、大宝元年に制定された大宝令によって、はじめて左京職・右京職に分割された。最初は、一職で管理されていたようだ。これは藤原京が平城京よりも小さかったために、一つの役所で管理しえたからだと考えてきた。さらに時代の趨勢を見渡せば、律令制度の整備・拡充に基づいて国家機構が充実してくるはず。構想したばかりの時点では気づかなかった制度上の欠陥もあるだろうし、実施するなかで生じた細かい部分で事務作業が増える。そうした事務側の要望にともなって、都城も小さな器《うつわ》では不足してくる。当初の予想よりも仕事内容が多くなってたいへんなので、多くの臨時職員やその家族などを抱えることになってしまう。そこでいままでより一回り大きな宮都を造る必要に迫られて、もっと広い場所に大型の都城として平城京を造営しようということになった。そういう流れの方が、歴史的に素直に受け取れるようにも思う。

そうはいってみても、眼前の事実がそうでなかった。そこでその差をなんとか合理的に解こうとする説がいくつか出されている。

たとえば岸氏説の推定した京域を内城とし、その外側を外京とみなす説がある（秋山日出雄氏説）。『日本書紀』のなかで新城→新益京→藤原京というふうに藤原新京の呼称が変わっていくことを踏まえて、大藤原京は持統朝の新益京で、大宝律令の制定にともなって岸氏説の藤原京に縮小した、という説も出ている（仁藤敦史氏説）。こうした従来説を生かして整合性をもたせようという解釈もあるが、もともと内城・外京と分別すべき根拠も必然性もなく、京域の拡大・縮小という変転も考古学的には証明しがたい。

現在のところは、十条×十坊説を有力説としておくのが穏当であろう。

というのも、岸氏はすでに気づいていたことであるが、従来の岸説では偶数条の大路の幅員が広く、奇数条のそれは狭いという変則的な状態だった。それが、合理的に理解できるようになった。すなわちいままでの偶数条のみが条間大路であって、奇数条としてきたところは坊間路だったわけである。

ただし、問題点もある。大宝令では藤原京内に十二人（のち二十四人）の坊令《ぼうれい》が置かれていたのに十条×十坊復原案では勘定が合わなくなる。もともと十二人だから、十二条という仮説が唱えられたわけでもあった。そうではあるが、坊令が条ごとに東西一列の地域を担当するものとみなければ、一〇〇坊中の四坊は宮域となり、残り九十六坊分は十二でも二十四でも割れる。だから区割りの形を工夫すればよいのであって、九十六坊は十二人でも二十四人でも担当することが計算上可能である。(2)じっさい二十四人で割れば、一人四坊の分担となって令制にも合致する。ただ、十二または二十四で割れたとしても、左右京職という二職に管理されている。この二職の所轄の範囲をどのようにきれいに配分できるのか。まだ多少問題を感じる。

ところで、もう一つ。このような造都設計だったとなると、大藤原京説ではいささか大きな疑問が生じる。

それはどうして史上最大の広い宮都が造られ、のちより小さな平城京に遷るのかである。この説明ができなければ、どうしても納得してもらえないだろう。

いま有力な説は、つぎのようなものだ。すなわち、藤原宮は大藤原京の京域の中央に置かれている。中国の『周礼《しゅらい》』考工記には、九経・九緯つまり縦横が九筋の区割りで、正方形の都城中央に宮闕《みかど》（王宮）を置き、宮の前面に朝堂・背面に市場を配置する、という理想型が記されていた。藤原京では、これをほぼ実現して見せた。しかし八世紀冒頭の大宝二年、三十三年ぶりに遣唐使を送ってみると、眼前の中国・長安城では宮が北辺におかれていた。そこで帰国後の報告に慌てた政府は、見てきたばかりの長安城のプランに基づいてただちに設計しなおし、平城京を造りあげたとする。

しかし、そういう解釈はどうだろうか。

藤原京が『周礼』の掲げる理想像を実現したものであることも、平城京が唐・長安城を模倣したプランであることも、そうだとしてよい。だが遣唐使の帰国報告をもとに急遽造り直したとするのは、理解の仕方としてきわめて不自然だ。

遣隋使・遣唐使は、それ以前に何回も送られていた。彼らは藤原京のような形の都などどこでも見聞したはずがない。どこにもないのだから。つまり為政者はもともと模倣しようなどという気がなくて、中国にもないような造都の理想像をここ藤原に実現してみせたのである。それはそれで、造都の理念に従ったまでのことで、プランの基本理念によったという自負心すら感じられる。なぜこういう形の宮都を作ったのかという理由は、同時代の人たちがよく覚えていたはずで、遣唐使の見聞で慌ててすぐにかえられるような信念のないプランではない。

それに中国・唐の都がどのような設計になっていたか、知らぬはずがない。

天智天皇六年に派遣された伊吉博徳《いきのはかこと》は長安城に長く抑留されていたし、帰路にも洛陽城をよく見聞できたはずだ。長安城に似ていないからと恥ずかしそうに造り替えるくらいだったら、天武・持統朝の段階で長安城に合わせていたろう。ともあれ留学生を多数送りつづけていた日本が、隋の洛陽城・唐の長安城の姿を誰も知らなくなっていたなどとは、とても思えない。

筆者は、こう考えている。

藤原京の基本プランはともかくとして、現実の立地条件からすると大和三山がすべてふくまれてさらに南が山裾に及んでいて条坊を現実的に引くことができない。さらに天子は北極星にたとえられる存在であるから、高い位置から南面すべきだった。ところが藤原京は南高北低で北下がりの地形である。天子という思想が身についてくると、理想の形に合わないと感じるようになった。また造都としては理想型を実現して見せたが、じっさいには不必要に広くて管理しがたいという反省もあった。そうではなかったろうか。歴史の過程は無謬でない。いつも理に合《かな》って、一つの間違いもせずに進んできたわけではない。個人の来《こ》し方を顧みれば、理想に走ってやってみたが挫折し失敗することはあった。青臭く苦い経験として記憶され、修正してやりなおすことがあった。都城造りだって、やってみたが間違えたり手に負えなくなったという経験があったとしてよいではないか。

平安京でも造都設計の規模が大きすぎ、平安中期に成った慶滋保胤《よししげのやすたね》著『池亭記《ちていき》』には「東西の二京を歴《あまね》く見るに、西京は人家漸《ようや》くに稀《まれ》らにして、殆《ほとほと》に幽墟に幾《ちか》し。人は去ること有りて来ること無く、屋《いえ》は壊るること有りて造ること無し。其の移徙《いし》するに処無く、賤貧に憚ること無き者は是れ居り。或は幽隠亡命を楽しび、当《まさ》に山に入り田に帰るべき者は去らず」(『本朝文粋』〈日本古典文学大系本〉所収)とあり、西京(右京)は無人に近かったとあるほどだ。

あるいは藤原不比等が政界を主導した時期であるから、前代の施政との差異をことさらに示そうとする狙いがあったのかもしれない。

当否はともあれ、発掘調査しだいで動く部分も多い。まだまだ議論を深めていく余地と必要がある。

【注】

（1）　岸俊男氏『日本古代宮都の研究』（岩波書店刊、一九八八年）。簡易なものとして、同氏『日本の古代宮都』（日本放送出版協会刊、一九八一年四月）がある。

（2）　小澤毅氏『日本古代宮都構造の研究』（青木書店刊、二〇〇三年）第Ⅱ部第二章。寺崎保広氏『藤原京の形成』（山川出版社刊、二〇〇二年）

（原題「藤原京の盛衰―日本宮都の起点、その新たな謎」。「歴史研究」四九四号、二〇〇二年七月）

9　長屋王の無実はいつわかったのか

一　長屋王の変の顚末

神亀六年（七二九）二月十日、左京三条二坊にある長屋王邸は、式部卿の藤原宇合《うまかい》の率いる六衛府の兵士に取り囲まれた。翌日には知太政官事《ちだいじょうかんじ》の舎人《とねり》親王や新田部《にいたべ》親王、大納言の多治比《たじひ》池守、中納言の藤原武智麻呂《むちまろ》らが王邸に派遣され、訊問にあたった。その査問の結果として、翌日、長屋王とその妻・吉備内親王が聖武天皇から自殺を命ぜられ、王の子四人も縊死《いし》させられた。

ことのきっかけは左京に住む従七位下の漆部君足《ぬりべのきみたり》と无位《むい》の中臣宮処東人《なかとみのみやこのあずまひと》が「左大臣の長屋王が、ひそかに左道を学んで国家（天皇のこと）を倒そうとしている」（『続日本紀』〈新訂増補国史大系本〉）と、密告してきたことにある。彼らはこの功績により、ともに外従五位下《げ》を授かり、封戸《ふこ》三十戸と田十町を賜わった。同時に漆部駒長にも従七位下が授けられているから、駒長も同族・君足の密告に繫がるなにがしかの貢献をしたと評価された。

嫌疑は天皇に対する謀反計画つまり大逆罪《たいぎゃく》であり、訊問ではその事実の有無と真偽を糺《ただ》した上で罪に問うたのであろう。ただ、計画内容や具体的にどの行為を罪と認定したのかが明示されていない。「左道を学び」の左道とは邪道というていどの漠然とした意味で、罪を確定するための手がかりにならない。そうではあるが、古代社会では離れた空間でも相手を死に至らしめる威力があるとして道教系の呪詛《じゅそ》（道呪）が怖れられていたから、長屋王の道教への造詣の深さがあらぬ疑念を生じさせたと考えてもよい(1)。

そうした下地がかりにあったとしても、聖武天皇はなぜこの密告を信じたのだろうか。

聖武天皇にとって、長屋王は皇族の一員として天皇家の側に立ち、貴族層の進出を抑えてくれるたいせつな防波堤となっている人物である。さらに「長屋王は罪人だが皇族であるから、葬り方を醜くするな」とか「長屋王の兄弟姉妹と子孫およびその妾のうち連座となるべき者はみな赦免する」とか指示して、自分に向けられた刃に憎しみを返そうとしてもいない。それなのに、その一方で、彼らのような下級役人の密告をなぜやすやすと信じるのか。彼ら下級官人が、いったいどれほど左大臣の個人的存念を的確に知りうると思うのだろうか。

聖武天皇は前年九月に第一皇子の皇太子・基王を亡くしており、気が動転していたとの推測もあるだろう。「皇太子の死没は、長屋王の道呪によるものだ」とでも聞かされたら、効くかもしれない。しかしそうならば、皇太子への呪詛であって、国家つまり天皇への大逆や謀反とはいわれないはずだ。さらに同年中には第二皇子の安積《あさか》親王が生まれており、子を喪った心の痛手と相殺《そうさい》できる事柄ではないが、聖武天皇が後継者問題で絶望的な心境に陥る状況でもなかった。

二　誣告人の斬殺事件

聖武天皇さえ長屋王の謀反を信じないで、この疑念を笑って聞き流していたなら。天平勝宝七歳（七五五）十一月に橘諸兄が飲酒の庭で不遜の言辞を述べて「反状あり」と密告されたとき、聖武上皇は咎めなかった。ここでもそうしていたら、長屋王は死ななくてすんだ。と惜しむのも、これは誣《ぶ》告《こく》つまり罪状に当たる行為のない偽りの密告だったからである。

それは、『続日本紀』天平十年（七三八）七月丙子条の記事からわかる。中臣宮処東人はかつて長屋王に仕えていた大伴子虫《こむし》と囲碁をし、話が王の変事に及んだとき、憤激した子虫に斬殺された。それだけならばただの殺人事件だが、その事件を記した『続日本紀』の本文は、続けて「東人は即ち長屋王を誣告せるの人なり」と記している。

無実ならば、どういう意図で、だれが仕掛けた罠だったのか。

その真相は藤原氏がしかけた反対勢力の追い落とし工作だった、といま理解されている。すなわち神亀五年に聖武天皇と夫人《ぶにん》・光明子との間の第一皇子・基王がわずか二歳で死没し、その一方で同年中に夫人・県犬養広刀自《あがたいぬかいのひろとじ》に第二皇子の安積親王が生まれた。光明子は藤原不比等の娘で、武智麻呂などいわゆる藤原四子は藤原氏腹の皇子が聖武天皇の後継者となることを切望していた。死没してしまった以上、いまや第三皇子の出産を待つほかない。だが、かりに第三皇子が来年生まれたとしても、年齢的につねに先をゆく安積親王の即位を阻みがたい。同じ夫人格の子であるから、年長の皇子が有利となるのが通例なのだ。藤原氏は、そこで考えた。光明子を夫人から皇后に格上げし、格上の嫡妻の子として第三皇子に即位の優先権を持たせよう、と。しかしこうした提案は、長屋王の反対にあうと予見できた。長屋王は、かって聖武天皇が実母の夫人・宮子に大夫人の称号を贈ろうとしたとき、「律令では皇太夫人であって、天皇が違令罪《いりょうざい》を犯している」という主旨の反対論を唱えた（神亀元年三月）。天皇といえども律令を遵守《じゅんしゅ》すべしという、頑強な意思を持っている。そこでそうした反対意見を未然に排除してしまおうと、謀反の罪を着せて葬り去ったのである。事件の背景についてのこの解釈は、是認してよかろう。そして意図した通りに、光明子は、しばらくして皇后となれたのである。

よく考えれば、長屋王邸にいち早く駆けつけて、有無をいわさずに六衛府の兵士でその周囲を固めてしまったのは、式部卿の藤原宇合であった。ものものしい警戒ぶりで、謀反事件出来《しゅったい》という雰囲気が漂ってしまった。そして翌日の訊問にも、中納言の藤原武智麻呂らがあたっている。振り返ってみると、左京住人の漆部君足・中臣宮処東人が「長屋王が謀反」と密告した相手は、左京職である。その長官の左京大夫は、とうじ武智麻呂の異母弟の藤原麻呂であった（『公卿補任』〈新訂増補国史大系本〉によると養老五年〈七二一〉六月任官）。つまり密告を左京大夫の藤原麻呂が深く詮索・吟味をさせずに下役に受理させ、これをうけて式部卿・藤原宇合が六衛府の兵士を動員し、藤原武智麻呂が訊問に当たる。この藤原三兄弟ですべてことが処理されている。三人の共同作業・流れ作業で、長屋王はいとも簡単に罪人に仕立て上げられたのである。

さてそうした藤原氏の陰謀だったことは自明のこととして、中臣宮処東人らの密告内容が誣告だったというのは、いったいいつ判ったのだろうか。

最終的に確認できるのは、『続日本紀』に書かれているのだから、『続日本紀』編纂の時点となる。だが、『続日本紀』の天平十年七月丙子条の「誣告」という注記記事が斬殺事件に伴って書かれたものだとすれば、天平十年七月十日のその時点とも考えられる。

まず、『続日本紀』編纂時の方から検討する。

『続日本紀』の編纂過程はやや複雑だが、前半二十巻と後半二十巻に分別される。後半部は、光仁朝にすでに二十巻に纏められていたのだが、延暦十三年（七九四）に二十一巻から三十四巻の分として編集しなおされ、その二年後に三十五巻から四十巻の六巻分が編まれて完成した。これに対して前半部は、光仁朝ごろまでに三十巻としてできあがっていたが、天平宝字元年の分一巻を紛失。紛失分の補修作業をした上で、光仁朝にいったん奏上された。しかし不備が多いということもあって補正・再編集することになり、あらためて二十巻に仕立てられた。これが合体させられて、延暦十六年に、いまの形の『続日本紀』として奏上された。

こうした編纂過程のうちで考えると、神亀六年の誣告事件と天平十年の斬殺事件は、ともに前半部にある。したがって、天平宝字二年（七五八）七月の二十巻目までの分を編集した光仁朝の時点、再編集して撰進した延暦十六年前の時点、の二つで「誣告」と書き込むことが可能だ。しかし事件から二世代以上も隔たった時点で、しかも藤原氏の支配力はさらに強くなっている。藤原氏が仕掛けた罠の真相がいまさら暴露され、長屋王の無実が証明されることなど考えがたい。

その点、斬殺事件の時に誣告の事実が明らかとなることはありうる。斬殺される直前、中臣宮処東人が子虫に脅されながらも衆人の見守るなかですべてを自白した場合である。逮捕された子虫から、東人の自白内容を聴取したためとしてもよい。

三　武智麻呂への不自然な処遇

筆者は、誣告が周知のこととなったのは中臣宮処東人が斬殺された時と考えてよいと思う。それ以前ならば、闘訟律誣告謀反大逆条の規定を受けるからだ。謀反の誣告反坐、つまり誣告罪の制裁は斬刑とされているので、東人はすでに刑死していたはずである。

たしかにそれはそうなのだが、長屋王が自殺した直後から、政府内では藤原氏の仕組んだ冤罪事件と発覚していた節がある。この疑念は、大伴子虫などの下級役人にまでは知らされていなかったようだ。だからこそ、子虫はことの真相をはじめて聞いて憤激したのである。しかし政界中枢に立つ人の間では、「公然の秘密」だったようだ。陰謀事件・誣告事件・冤罪事件とわかった以上は、それを仕組んだ藤原氏一族が非難されるのはとうぜんであろう。いくらとうじでも、これだけの陰謀事件を不問に付して、穏便に無風のままに済ませてしまうことはない。

そう思うのは、藤原武智麻呂の昇進が不自然に延期されているからである。

長屋王のあとの政権担当者は、あたりをいくら見回してみても、年齢・家柄からしてもはや武智麻呂しか適任者がいない。

上席の大納言には、多治比池守がいた。年齢は不詳だが、たぶん高年であったろう（県守の兄とすれば、六十二歳以上）。翌年の九月には死亡している。しかも多治比氏は、いまや大臣職につける家格でない。持統朝・文武朝には多治比嶋が大臣になったが、後継者の池守は大納言、県守・広成は中納言どまりで、つぎつぎ後進の者に抜かれていく状態であった。

なにはともあれ問罪使の調査に基づいて、長屋王は謀反の容疑で刑死している。もしも誣告のしかけが明るみにでていないのならば、謀反を未然に防いだ武智麻呂らの功績は表彰されてしかるべきである。そういう目で『公卿補任』をみると、長屋王の変直前の台閣は、

知太政官事	一　品	舎人親王	五十四歳
左大臣	正二位	×長屋王	四十六歳
大納言	従二位	多治比池守	
中納言	正三位	大伴旅人	
	正三位	藤原武智麻呂	五十歳
	従三位	阿倍広庭	
参議	従三位	藤原房前	四十九歳

であった。これが長屋王の変のために二月十一日に、

権参議	正四位上	多治比県守《あがたもり》	六十二歳
	正四位下	石川石足	
	従四位上	大伴道足	

が加わり、三月四日に武智麻呂は旅人を超えて大納言になった。右大臣・不比等の長子として、また長屋王事件のすみやかな処理に貢献した者として、とうぜんの昇進人事だったろう。しかしそこから、武智麻呂が昇進しない。

天平二年九月に多治比池守が没した直後の十月には、

知太政官事　一　品　舎人親王　五十五歳
大納言　正三位　大伴旅人　十月一日任大納言
　正三位　藤原武智麻呂　五十一歳
　従三位　阿倍広庭
参議　正三位　藤原房前　五十歳
権参議　従三位　多治比県守　六十三歳
　正四位下　大伴道足

とあって、旅人が大納言となった。これだけならば、武智麻呂は一度抜いた旅人に並ばれただけのようにも見えるが、そうではなかった。天平三年正月の席次では、

知太政官事　一　品　舎人親王　五十六歳
大納言　従二位　大伴旅人　正月七日従二位。七月廿五日薨。
　正三位　藤原武智麻呂　五十二歳
中納言　従三位　阿倍広庭
参議　正三位　藤原房前　五十一歳

となり、旅人は従二位となって上席に座わっている。武智麻呂は、抜き返えされたのだ。七月に死没するまでの短期間だが、旅人は政府首班であった。

七月二十五日に旅人が没して執政官が四人となったところで、左記のように一度に六人の参議が任

命された。

従三位　藤原宇合　三十八歳　八月日任参議
従三位　多治比県守　六十四歳　同日任参議
従四位上　藤原麻呂　三十七歳　同日任参議
正四位上　鈴鹿王　同日任参議
正四位下　葛城王　四十八歳　同日任参議
正四位下　大伴道足　同日任参議

この参議への大量登用は、『公卿補任』の注によると「舎人親王が勅をうけて『執事の卿等、あるものは薨去し、あるものは老いた。そこで各人が知っているなかで政務に堪えられると思う者を推挙せよ』と宣した。その結果、三九六人が推挙されてきたので、そのうちの六人を参議とした。件《くだん》の宇合等がそれだ」とある。執務に不慣れな参議を大量に登用したことを考えれば、なおさら廟堂の中心となって高所から指導に当たる大臣格の人物が必要ではなかったか。それなのに、最高位の執政官のあいつぐ死没と参議の増員があっても、武智麻呂はなお最高官位を帯びたまま動かされない。左大臣・長屋王の失脚以来大臣職が連年空席という異常事態にもかかわらず、武智麻呂は大納言から昇進しなかった。

やっと天平七年正月、

知太政官事　一品　舎人親王　六十歳
右大臣　従二位　藤原武智麻呂　五十六歳

中納言	正三位	多治比県守	六十八歳
参議	正三位	藤原房前	五十五歳
	正三位	藤原宇合	四十二歳
	従三位	藤原麻呂	四十一歳
	従三位	鈴鹿王	
	従三位	葛城王	五十二歳
	正四位下	大伴道足	

となって、武智麻呂は右大臣に到達したのである。

こうした人事がふつうだったのかどうか、前任者と後任者の双方を見てみよう。

前任者を見ると、長屋王は養老二年（七一八）に大納言になり、養老五年に右大臣になっている。石上麻呂・藤原不比等は大宝元年（七〇一）に大納言になり、麻呂は大宝四年に右大臣に、不比等は慶雲五年（七〇八）に右大臣となった。つぎに後任者たちを見ると、橘諸兄は天平九年に大納言となり、翌年に右大臣となった。藤原豊成は天平二十年に大納言となり、翌年に右大臣となっている。藤原仲麻呂は天平二十一年に中納言を経ずに大納言となったが、大保（右大臣）任命は天平宝字二年（七五八）である。

通覧すると、武智麻呂は大納言から右大臣になるまで足かけ七年かかったが、不比等も八年、仲麻呂は十年もかかっている。しかし仲麻呂の場合は左右大臣が埋まっており、不比等の場合でも右大臣がすでにいた。大臣の職が空席なのに昇進がなくて推移した事例といえば、天皇・皇后・皇太子だけで執政していた天武政権下まで遡る。どう考えてもこの時代に大臣職を空席にし続ける意味はなく、武智麻呂がすなおに大臣となって政権首班につくべきだった。それなのに、なぜ昇進させられなかったのか。諸兄・豊成の例からすれば、翌年にでも大臣に進められてよいはず。長屋王の変の収拾に活躍したことが評価されるのなら、なおのこと七年も放置されるいわれはない。

とすれば、これは武智麻呂に対する制裁であったろう。

長屋王の変に関与した事実が確認できない房前はべつとして、宇合・麻呂は昇進をとくに遮《さえぎ》られていない。そうなると、政界では、武智麻呂こそが策略を巡らした灰色高官・悪徳政治家だとみなしていたことになる。いくら藤原氏といえども、この時期の藤原氏ではまだ画策のし放題など許されなかった。そういってもよい。長屋王への誣告が公然の秘密となって、その禊《みそ》ぎのために武智麻呂を七年間も長きにわたり大納言に据え置かれたのである。

誣告画策の疑念をもたれた時期の下限は、旅人に位階を逆転された天平三年正月以前。上限は、誣告の目的に関連する立后が阻まれていないことからすると、天平元年八月の光明子立后以降と考えてよいと思う。

【注】

（1）拙稿「『日本霊異記』の長屋王と行基」（『白鳳天平時代の研究』所収。笠間書院刊、二〇〇四年）

（「歴史研究」五六七号、二〇〇八年十二月）

10　阿倍内親王の立太子

一　立太子のうけとめられ方

阿倍《あべ》内親王は、聖武天皇と光明皇后（光明子・藤原安宿媛《あすかべひめ》）の間に生まれた長女である。天平十年（七三八）一月、彼女は皇太子に立てられた。史上初の、そしてあとにまったく例のない、日本史上ただ一人の女性皇太子である。

古代日本では、天皇（大王）はそもそも男子がなるものであって、女性が即位するのは変則的。ごくとくべつな事情があるときだけ容認される、という諒解があったようだ。

これは、大和王権の成立前からそうであった。

『魏志』倭人伝（岩波文庫本）には卑弥呼という女王が見られるが、「その国、本《もと》また男子を以て王となし、住《とど》まること七、八十年。倭国乱れ、相攻伐すること歴年、乃《すなわ》ち共に一女子を立てて王となす」とか「卑弥呼、以て死す。……更に男王を立てしも、国中服せず。更々《こもごも》相誅殺し、当時千余人を殺す。また卑弥呼の宗女壱与《いよ》年十三なるを立てて王となし、国中遂に定まる」とある。すなわち卑弥呼の即位前は、男子の王であった。卑弥呼の没後も、男子の王を立てようとしたが治まらなかった。だから、ふたたび女王としたとある。つまり三世紀半ばの時点でも、王はほんらい男子が就任するものという諒解があった。

大和王権下にも、数人の女帝が立っている。

推古天皇はもともと敏達《びだつ》天皇の大后であったが、崇峻《すしゅん》天皇没後の政治的空白を埋め、竹田皇子と押坂彦人《おしさかのひこひと》皇子の成長を待つために即位した。皇極《こうぎょく》天皇は舒明《じょめい》天皇の大后で、舒明天皇没後の山背大兄皇子と古人大兄皇子の対立を緩和しながら、問題の解決を先送りしようとして即位した。これに対して天武天皇の没後、草壁皇子の王系を文武天皇・聖武天皇という直系の男子に嗣《つ》がせようとの企図のもとに、その成長までの中継ぎ役を担ったのが持統・元明《げんめい》・元正の三女帝であった。

右に掲げた五人の女帝は、いずれも男帝の思いがけない死没にさいし、あるいは後継者が絞られないなかで死没してしまったために、あわてて即位に踏み切ったものである。平穏裡《へいおんり》に立てられるものならば男子を即位させたかったが、やむをえないからその場を収めるために女帝として立ってもらう。そういう事情だからとうぜんなのだが、非常事態が事前に予見できようはずもないので、女帝はいずれも皇太子として立てられることなく、あたふたと即位式に臨む。女帝即位のたびに、そうした光景を見るのが恒例となっていた。

それなのに、阿倍内親王だけは、次の天皇であることが周知される皇太子についている。なぜ急に天皇に即《つ》くのではなく、立太子して「次期天皇は彼女だ」という姿勢を見せたのか。いやもとより本人の意思でできるものでないから、ただしくは「立太子させられた」のだろうか。

これについては、聖武天皇・光明皇后たちには、阿倍内親王をほんとうに天皇とするつもりなどなく、安積《あさか》親王の即位を阻むためだったとする見方が一般的である。

聖武天皇の後宮には夫人として光明子がおり、その間には長女の阿倍内親王と第一皇子となる基王《もとい》（某王か）が生まれていた。基王は神亀四年（七二七）閏九月に生まれ、違例のことだったがただちに皇太子に立てられた。しかし翌五年九月、基王は死没。満一歳の誕生日も迎えられなかった。それだけでは済まない。おりしもその年のうちに、聖武天皇と夫人《ぶにん》・県犬養広刀自《あがたいぬかいのひろとじ》との間に、安積親王が生まれたのである。

聖武天皇は第二皇子の誕生をすなおに喜べたろうが、光明子はこれで国母《こくも》の地位を失うことになる。持統天皇や元正天皇など皇室の立場からすれば、天武天皇直系の皇子であれば、つまり聖武天皇の子ならばだれを天皇にしても差し支えない。しかし藤原氏からすれば、聖武天皇の母は藤原宮子であり、つまり国母。つづけて聖武天皇の次も、光明子所生の皇子に嗣いでもらいたい。もちろん外戚氏族として天皇家を内側からコントロールしたいからである。律令制度下の天皇には貴族層の人事権など多くの大権があり、律令貴族として繁栄するには、天皇を内側からコントロールできる地位に立つことがなにより必要である。安積親王がもしも即位することになれば、外戚氏族は県犬養氏に移り、そうした権限は藤原氏からやがて離れる。その見通しが、もうすぐ現実となろうとしていたのである。

天平九年段階の藤原氏は公卿《くぎょう》（閣僚）として左大臣武智麻呂《むちまろ》・内臣房前《ふささき》・参議宇合《うまかい》・参議麻呂を擁していたが、その年内にこの藤原不比等の四人の子すべてが病没するという不幸に見舞われた。だが、藤原氏腹でない安積親王を即位のスケジュールから排除しようという計画は、それまでに氏族内で既定の方針としてまとまっていた。天平十年、安積親王という男子がいるのにことさらに阿倍内親王を皇太子に立て、安積親王の次期天皇への就任を阻《はば》む姿勢を露《あら》わにした。

これは、たしかに藤原氏から見れば、みんなの期待が集まる安積親王の即位を当面防げる策である。しかし阿倍内親王をここで立太子させても、これではどれほどの解決策にもなっていない。阿倍内親王に男子が生まれなければ、その次にはけっきょく安積親王が即位することになるからだ。阿倍内親王は独身で、子の生まれる見通しがない。つまり藤原氏は、この時点の状況だけで判断すれば、見通しのないことをしているのである。だから藤原氏以外の大多数の貴族たちは、これで安積親王の即位を諦めたわけではなく、やがて安積親王が天皇になると思っていた。すくなくとも、この立太子によって「聖武天皇の跡継ぎが決まってしまった」などと落胆したりしなかった。

それは橘奈良麻呂《ならまろ》の変の取り調べの過程で明らかになる。天平十七年、奈良麻呂は光明皇太后と藤原仲麻呂を政界から排除すべく仲間を糾合《きゅうごう》する。そのために、軍事氏族・佐伯氏の族員である佐伯全成《さえきのまたなり》に近づいた。そして「聖武天皇の身体の具合はよろしくないようで、ほとんど危篤状態に至ろうとしている。ところがなお皇嗣を立てようとしていない。おそらくは政変が起きるのではないか」と切り出し、自分たちのクーデターに荷担してくれるよう頼んだ、という。この話にある天平十七年には阿倍内親王がすでに皇太子となっていたのだが、奈良麻呂など貴族たちの目からみれば、皇嗣を立てたことになど映っていなかったのである。

もちろん奈良時代から平安初期までは、皇太子に立てられても、つぎに天皇になれると決まったものでなかった。この二十年ほど前、首皇子《おびと》（聖武天皇）はすでに皇太子であったが、その存在は無視されて、元正《げんしょう》女帝が飛び越して即位した。また平安初期でも、早良《さわら》親王・高岳《たかおか》親王など廃太子されることはよくあり、皇太子はすこしも安定した地位でなかった。

二　光明皇后の思惑

安積親王の即位を阻もうとして、まずは前哨戦で皇太子の地位を埋めた。しかし皇太子になったからといって、阿倍内親王の即位が確実となったのではない。というのは、阿倍内親王が皇太子の地位を埋めたのは、聖武天皇と光明子との間に第三皇子が誕生することを期待していたからである。第三皇子が生まれる可能性を、藤原氏はまだ追求していたのだ。光明皇后腹の第三皇子が生まれたなら、基王のときのように、すぐに皇太子に立てよう。そういうときには、阿倍内親王が皇太子だった方が、藤原氏の身内だから、廃太子への諒解がとりやすい。安積親王に皇太子を譲るようにもとめても、自分の方が年長だとか適任だとかいって退かない危険性があり、下手をすれば貴族層を巻き込んだ政変に繋がりかねない。そうした場面はとうじの政情に鑑みれば十分に想像できそうで、大伴・佐伯・橘などによる反藤原氏の大連合が組まれて阻止されることも考えられる。だから、いわば仮の座席取りであった。現在は、おおむねこのように理解されているようだ。

しかし、ほんとうに右のように解いてよいのだろうか。

というのは、まず、皇太子に女性が立てられるのは、古代社会の通念からしてやはり異常な感じがする。橘奈良麻呂が前掲のように「なお皇嗣を立てようとしていない」と受け取るのも、不思議でない。独身の女性の天皇では、すこしも跡継ぎを決めたことになっていない。皇位継承の資格を有する子を生める、つまり男子の天皇候補こそが皇嗣。それ以外の者に決めてみても、決めたことに意味がない。藤原氏の関係者だから拒否的な反応をしているのではなく、まったく意味のない皇太子指名だから、奈良麻呂は無視・拒絶しているのである。もちろん藤原氏の都合ではそれがもっともよい方策であろうが、当時のおおかたの貴族たちには、女性皇太子を立てる必要性が納得しがたい。藤原氏腹の第三皇子に即位させたいという藤原氏の望みは理解できるが、それならば第三皇子が生まれたときにそれを皇太子にすればよい。安積親王を皇太子にしたら譲らないだろうと思うのならば、皇太子をだれとも決めなければよい。あるいは皇太子をへずに、第三皇子を直接即位させてもよかろう。そのくらいの政治的力量は藤原氏にあるし、皇太子がいるのにそれをさしおいて即位した元正女帝の前例もある。ことさらに物議を醸《かも》すような女性の立太子策など、従来の論理から出てこない発想ではないか。

筆者は、その決断は光明皇后の懐《いだ》いていたとくべつな信念に基づくものだと考えている。発想のもとは従来とはまったく異なる。

阿倍内親王の立太子について、さきほどは「その年内にこの藤原不比等の四人の子すべてが病没するという不幸に見舞われた。だが、藤原氏腹でない安積親王を即位のスケジュールから排除しようという計画は、それまでに氏族内で既定の方針としてまとまっていた」と推測したが、ほんとうは天平十年の時点での、光明皇后個人の発案でなかったろうか。

というのは、光明皇后は女性の即位について、中継ぎでも穴埋めでもなく、女帝が正式な天皇の形であるべきだというつよい信念を持っていたと思うからである。光明皇后は、安積親王の即位を阻止するための駒とか、第三皇子誕生までの穴埋め・座席取りとしてではなく、「本格的な皇帝」である女帝がいてよいと思っていたのではないか。

周知のことだが、光明皇后は大の武則天《ぶそくてん》（則天武后）好きだった。武則天の治世のまねを、数多くしていることでよく知られている。

たとえば、四文字の元号が使われている。武則天が国号を唐から周へと改めると、天冊万歳（六九五）・万歳登封（六九六）・万歳通天（六九六）とつぎつぎ改元した。中国では建武中元（五六〜五七）がはじめだが、唐王朝ではこれが四字元号の初例である。日本の四字年号は、光明皇后の影響力が及んだ時期にだけ固まって見られる。すなわち天平感宝（七四九）・天平勝宝（七四九〜五七）・天平宝字（七五七〜六五）・天平神護（七六五〜六七）・神護景雲（七六七〜七〇）である。また天平二十一年四月に天平感宝、さらに七月に天平勝宝と年内に二度改元している。これも、武則天が久視二年（七〇一）を大足・長安と二度改元したことと軌を一にする。(1) これらの共通した現象は、光明皇后が武則天の治世を敬慕していた証拠である。(2)

ほかにもある。役所の漢風表記への改名も、武則天の例にならったものらしい。

光宅元年（六八四）、唐では皇帝の利害を代表する中書省を鳳閣、貴族の利益を代表する門下省《もんか》を鸞台《らんだい》、行政事務をつかさどる尚書省管轄下の六官を天官・地官・春官・夏官・秋官・冬官と改めた。日本では、天平宝字二年（七五八）八月に、太政官を乾政官《けんせい》、紫微中台《しびちゅうだい》を坤宮官《こんぐう》、八省をそれぞれ信部（中務）・文部（式部）・礼部（治部）・仁部（民部）・武部（兵部）・義部（刑部）・節部（大蔵）・智部（宮内）と改名している。

影響関係がもっとも明瞭なのは、天平宝字三年に『維城典訓《いぜいてんきん》』を官吏の必読文献に指定したことである。この書物は『日本国見在書目録《げんざいしょ》』（藤原佐世《すけよ》撰。寛平三年〈八九一〉ごろ成立）に「維城典訓廿巻　則天太后撰」とあり、武則天がその政治訓を撰録させたものである。これを官吏候補生にかならず読むよう指定したのは、彼女が武則天の政治内容に限りない共感を覚えたためと推測して間違いなかろう。(3)

しかし光明皇后は、これほどに武則天を敬慕しその政治を模倣しようとしたにもかかわらず、彼女と同じように即位する道だけは選んでいない。

彼女は天皇になりうる力量を十分に持っていたし、それだけの実績も作っていた。国政の実権は、すでに完全に彼女の掌中にあった。天平勝宝七歳（七五五）十月に聖武上皇が不予《ふよ》（病気）となり、政治の表舞台に出られなくなりまた関与すらできなくなると、これにかわって紫微中台つまり光明皇后から種々の指令が流されるようになった。

紫微中台とは律令官制中の皇后宮職を改称したもので、ほんらいは光明皇太后の日常生活に奉仕する皇后宮付設の家政機関である。家政機関だから、皇太后の日常生活の私的な世話にあたるだけのはずだ。ところが光明皇太后は、それを一変させた。光明皇太后が天皇御璽《ぎょじ》（印鑑）を持ち、その印判を決裁や行政文書に代行して捺印《なついん》するようになり、やがて天皇御璽が捺《お》された正規の行政文書が下級官庁に直接流されるようになる。ほんらいは太政官上層部の公卿《くぎょう》たちが集まって審議し、そこで意思一致をはかって決定された内容が太政官管轄下にある八省を通じて官符・省符の形で流れる。そういうシステムだった。だが現実に権力をもつ人の意向にそって各官庁は動き、太政官中枢は無力化されていった。紫微中台は、国政の意思決定機関の役割、つまり独裁者の司令塔の役割を果たすようになっていった。

光明皇太后は聖武上皇・孝謙女帝の持つべき天皇御璽を所持し、天皇に代わって大権を行使した。日本国において、上皇でも天皇でもない人が、実質的には天皇であった。しかしそれでも光明皇太后は、則天武后のように臣下を操って帝位に推戴《すいたい》するための小芝居などさせず、天皇への道を目指さなかった。この点は武則天とあきらかに異なっている。

なぜ、光明皇后は即位しようとしなかったのか。大王家・天皇家の血を引かない者の即位には、貴族層の抵抗感がつよい。そういう解釈ももちろんあるだろうが、筆者は「すでに、その政治的信念にそった形を眼前に実現させていたからだ」と思う。

周知のように、中国では女帝の存在を承認していなかった。律令でも、女帝に夫がいる場合という事態をまったく想定していない。それは、女帝の夫にあたる人についての名称が規定されていないことで、十分にわかる。また『三国史記』新羅《しらぎ》本紀・第三によると、新羅では、真平《しんぺい》王の長女・徳曼《とくまん》が善徳《ぜんとく》女王として王位にあった。その善徳王十二年（六四三）九月、善徳女王は唐に救援軍の派遣を請うた。唐がその使者に示した三策のなかに「お前の国は婦人を王としていて、隣国からの軽侮《けいぶ》を受けている。唐王室の親族を遣わして王としたいがどうか」とあり、女王であることが軽侮の原因になっているとすらいわれている。これが中国など東アジア世界で生きていた人々の感覚であった。

こうした感覚のある中国で、武則天は天授元年（六九〇）に即位し、十六年間も女帝として君臨した。中国ではいまでも則天武后つまり皇后としてしか呼ばず、皇帝としての呼称を持たせない。しかしどのようにその歴史を否定しようとしても、中国にはかつて女帝が存在していた。

それはともあれ、光明皇后は女帝となるために、聖武天皇を退位に追い込んだり排斥したりしなかった。そのかわりに、自分の分身である娘・阿倍内親王を、最初から女帝として立てていくことにしたのである。とうとつに出現する中継ぎ・穴埋めとしての女帝ではなく、正式な手順を踏んでつく皇帝の形として女帝があってとうぜん。中国でも、燦然《さんぜん》と輝く武則天の事例がある。だから男王と同じように女性も正式な手続きによって皇太子となり、正式な手続きをへて天皇となっていくべきだ。光明皇后はそう思って、ことさらに阿倍内親王の立太子を図ったのでなかったか。聖武天皇と光明皇后との間の第三皇子の出産までの仮おさえでなく、かならず次に女帝として登極《とうぎょく》（即位）させる。女帝もいわば男帝とならぶ市民権を持つべきだ。その決意・意思を示すために、阿倍内親王を正式に立太子させた。則天武后を深く敬慕する光明皇后なら、それがとうぜんのことと確信できたと思う。

繰り返すが、第三皇子の誕生を待ったり、安積親王の立太子の野望を阻むためだったのなら、皇太子を置かせなければよい。立太子させる小芝居など必要ない。たとえ安積親王が立太子していても、その即位を阻む力は光明皇后や藤原氏には十分あったはずである。

（「礫」二五〇号、二〇〇七年八月）

【注】

（1）拙稿「四字年号の採用とその経緯」（「月刊歴史読本」五十三巻一号、二〇〇八年一月）、本書所収。

（2）岸俊男氏『藤原仲麻呂』吉川弘文館刊、一九六九年

（3）林陸朗氏『光明皇后』吉川弘文館刊、一九六一年

11　紫香楽宮はどこにあったか

一　繰り返される遷都

紫香楽宮は、ふしぎな都である。なぜ造られ、いつ遷都したのか、最近まではどこに造られたのかすらわからなかった。ホメロスの叙事詩に登場するトロイの遺跡のように実在しないとまではいわれなかったが、文字通り「謎につつまれた都」であった。

造都のきっかけは、天平十二年（七四〇）九月に勃発した大宰少弐《だざいのしょうに》・藤原広嗣の乱にある。

聖武天皇は、母・藤原宮子と妻・光明皇后の甥にあたる藤原広嗣という身内による反乱に当惑し、激しく動揺した。反乱鎮定の大将軍に大野東人《おおののあずまひと》を任命して討伐軍を組織させたり、土豪や現地の軍団が広嗣に荷担しないよう説諭する勅命を九州地方に配布させたり、しばらくは事態の収拾に忙しくしていた。ところがその十月二十九日、まだ反乱鎮圧の報告も入っていないのに、聖武天皇はとつぜん首都の平城京を離れた。

『続日本紀』（新訂増補国史大系本）天平十二年十月己卯条によると、天皇みずから「朕意《ちんおも》ふところ有るに縁《よ》り、今月之末暫《しばら》く関東に往かむとす。其の時に非ずと雖《いえど》も事已《や》むこと能《あた》はず」とし、さらに「将軍之《これ》を知りて須《すべから》く驚怍《きょうかい》すべからず」といっているのだから、これを聞いた人には驚くほかに合理的な推測などできようはずもない。この報に接して、みなただとまどったろう。

この行動について、伊勢神宮への奉幣《ほうべい》が目的だったとも、壬申の乱の足跡を辿ることが目的だったともいう。しかし、それは不自然だろう。たしかに天平十二年十一月三日には「少納言の大井王幷《ならび》に中臣・忌部等を遣わして伊勢大神宮に幣帛《へいはく》を奉らせた」とあるが、もしも伊勢神宮への奉幣が目的で、それによって反乱の鎮定と国家の安定を願ったとするのならば、聖武天皇本人が赴くべきである。少納言や中臣・忌部を派遣しただけでは誠意にかけるし、これが目的だったのに本人が行かないというのでは話の筋道が通らない。伊勢では、「関東に往かむとす」の言葉にも合わない。そんな大袈裟な表現にせず、「伊勢に往かむとす」とすれば済む。しかも伊勢神宮に祈願に行くのであれば、これを知った将軍も驚怍しないだろう。また伊賀・伊勢・美濃・近江を辿ったことは事実で、壬申の乱にさいして天武天皇・鸕野皇后が辿った道と大局的に見れば重なる。だがこまかくみれば、壬申の乱で通った道をほとんど辿らない。重なる部分は、それしか道がないからのようだ。彷徨《ほうこう》の途次《とじ》に壬申の乱の往事《おうじ》がとくに意識された、とみなす理由はない。また足跡を辿るだけならば、そのあと五年間も平城京に戻ってこない理由が説明できない。それになによりも壬申の乱の起点となる吉野を訪れていないことが、その解釈の説得力をなくさせている。

ともあれ聖武天皇の一行は、十月二十九日に東国へ向かい、伊賀・伊勢・美濃・近江をへて山背に入った。広嗣は十月二十三日に五島列島の値嘉島《ちかのしま》で捕らえられ、十一月一日には斬られた。聖武天皇が反乱の終息を知ったのは、伊勢国の河口頓宮《かりみや》あたりであったろうか。だがそれでも、平城京に戻ろうとはしない。これは、広嗣の反乱にあって身内としてきた藤原一族への不信感が生じて心の傷となり、藤原氏が支配する平城京に戻りたくないとする思いが胸一杯に広がったためであろう（1）。

ともあれ十二月十五日、山背国相楽《さがらか》郡の木津川ぞいに恭仁宮《くにのみや》を造ることになった。

翌十三年正月にはその恭仁宮で新年の朝賀をうけることとなったが、「宮垣未だ就《な》らず、繞《めぐ》らすに帷《い》帳《ちょう》を以てす」とあって正月休み中の工事現場に目隠しの天幕をかぶせて儀式・宴会を執り行うというありさまだった。それでも恭仁宮の造営に鋭意つとめ、閏三月には平城宮から兵器を移して宮に運び込み、八月には平城京の東西市を恭仁京に遷させた。その一方で、閏三月に五位以上の者が平城京に居残るのを禁じた。そして十一月二十一日に大養徳《おおやまとのく》恭仁大宮《にのおおみや》と命名した。本格的な遷都の雰囲気が漂い、平城京にかわる恒久的な宮都がここに建設されていくとだれしも思っただろう。

しかし天平十四年二月五日に恭仁京から近江国甲賀郡に通ずる道が開かれはじめ、紫香楽《しがらき》村に天皇が行幸するための離宮が建設されることとなった。八月末に第一回目の行幸があり、つづく十二月、翌十五年四月・七月と、たてつづけに紫香楽宮に長期滞在した。

それだけではない。天平十五年十月には東大寺大仏としてのちに実現される毘盧遮那《ビ・ルシャナ》仏をここ紫香楽村に建立するという詔が発せられ、十二月には恭仁京の建設が停止されてしまった。もはや都は平城京でも恭仁京でもなく、事実上紫香楽宮に遷ったとみなされるほどになった。

ところが、聖武天皇自身はそのように進ませる心づもりでもなかったらしい。

天平十六年閏正月一日、天皇は官人たちに「恭仁・難波の二京、何《いず》れか定めて都となさむ。各其の志を言へ」と問いかけた。だが、紫香楽宮はこの選択肢中に見られない。

さてその結果だが、恭仁京が五位以上で二十四人、六位以下で一五七人、難波京は五位以上で二十三人、六位以下で一三〇人だった。ついで閏正月四日に市場の人に聞いてみさせると、一人が難波京、一人が選択肢になかった平城京と回答したが、あとはすべて恭仁京を望んだ、という。

京を定めるにあたって異例な輿論《よろん》（世論）調査をしたのだから、その声に従うのだろうと思うところだ。だが、その声は結果的にまったく無視されてしまった。

二月には恭仁宮にあった内外《ないげ》の印（内印は天皇印、外印は太政官印）・駅鈴・高御座《たかみくら》・大楯・武器などを難波京に運ばせる一方で、四月二十三日には「始めて紫香楽宮を営」むとして本格的な都づくりをはじめている。恭仁京建設を中途で投げ出して、難波に遷るのかと思えばさらに新都造り。これでは、古代の人々も、といっても事情を知りうる下級官人以上の人たちだろうが、さすがに納得しない。彼らの不平不満は、放火という形で表現されることが多い。すでに四月から「紫香楽宮の西北の山に火あり。城下の男女数千余人、赴いて皆山を伐り、然《しか》して後に火滅《き》ゆ」とある。しかし天皇はなおひるまず、十一月には甲賀寺に毘盧遮那仏の骨柱を立てさせた。そして天平十七年正月一日、もとより未完成だったろうが、

乍《たちま》ち新京に遷りて、山を伐り地を開きて、以て宮室を造る。垣牆《えんしょう》未だ成らず。繞《めぐら》すに帷帳を以てす。

（『続日本紀』天平十七年正月己未条）

という荒野のような殺風景な佇《たたず》まいのなかで、大伴牛養《うしかい》・佐伯常人に大いなる楯槍を樹《た》てさせて正月朝賀の儀式を執行させた。

人々の不満はいっそう募り、四月前半だけで紫香楽宮の周囲に五回も断続的な火事騒ぎがあった。さらに四月末から五月中旬にかけては、地震がこれまた断続的に襲った。地震は人為的でありえず、もとより天災に違いない。だが天変地異は、瑞祥《ずいしょう》ならば為政者の徳を称えるもので、災害はその不徳ぶり・為政者としての資格の欠如を示すものとうけとられていた。ついに前年に引き続き、五月二日に太政官が諸司官人たちに「何処《いづこ》を以て京になさむ」と問いかけ、聞かれた官人たちは「皆平城に都すべし」と答えた。また四大寺(大安寺・元興寺・薬師寺・興福寺)の僧侶も全員が平城京を望んだ。今度はこの民意を受けた形で、天皇は紫香楽宮をついに放棄することに同意し、五月十一日に恭仁京をへて平城京に還都することとなった。平城京を出てから、じつに五年が経過していた。

この間には、皇室最上部で聖武天皇と元正上皇との確執も生じたようだ。

天平十六年二月には難波京に種々の物品を移しはじめているが、そのときは元正上皇・左大臣橘諸兄を難波に残したままであった。一方で聖武天皇は、紫香楽宮にひとり遷ってしまった。それなのに「勅宣」によって難波京遷都が宣言されているのである。元正上皇のいる「法制上の首都・難波京」と聖武天皇の「実質上の首都・紫香楽宮」の二都が、ここに並び立つこととなった。

勅宣はもとより天皇の意思・命令のことだが、もしも聖武天皇の勅宣とすれば言行不一致もはなはだしいことになる。そこで、元正上皇が勅宣の形で出したものと理解する向きがある。もしそうだとすれば、皇室最高権力者間での意見の食い違いが表面化したことになろう。この二都の並立状態はその年の十一月、元正上皇らが難波を引き払って紫香楽宮に赴く、つまり聖武天皇に押し切られることで解決された。しかしもしも対立が長期化していれば、廷臣を二分した政治的葛藤・争闘に発展することもありえた。直木孝次郎氏は、この政策の齟齬の背景には「元正上皇・橘諸兄」対「光明皇后・藤原仲麻呂」の対立があったと推測されている。(2)

二　紫香楽宮の姿はどういうものか

すでに見たように、聖武天皇ははやくから紫香楽宮の建設に熱意を持ち、しかも毘盧遮那仏の造顕の舞台にまでしようとした。恭仁京・難波京・紫香楽宮の三つの宮都にかけた聖武天皇の思いとは、いったいどのようなものなのだろうか。

直木孝次郎氏は、紫香楽宮への思いは藤原氏の思いに根ざすもの、と解いた。(3)不比等は、のちに淡海公《たんかいこう》といわれるようになる。淡海とは淡水湖のことで、近《ちか》つ淡海《あわうみ》（近江）は琵琶湖、遠《とお》つ淡海（遠江）は浜名湖のことである。ここでは、近江のことである。その国名を不比等に負わせたことには、なにがしかの執着する思い入れがあるのだろう。近江宮への思いとするのが、通説だろうか。ともあれそれに即した事実として、藤原氏の総帥となった人物は、近江国守を兼ねることが多い。それはたしかだろうが、近江国といってもいささか広い。なにもこうした山深いところに宮都を建設しなくてもよかったのではないか。

このプランについて、中西進氏はこう説く。すなわち三都は総合的な国家プランに基づくものであり、難波京は「港都」、恭仁京は「文化首都」、紫香楽宮は「法都」と位置づけられた、と。(4)しかしそのように三都を一体とみる構想を立てていたとするならば、宮都を一箇所とすることを前提とする「遷都」の詔はそもそも誤解を招くかまたは意に反することであり、少なくとも無用の行為である。また

かつては紫香楽宮址ともいわれてきた甲賀寺跡

そうした確信あるプランに基づくとするならば、官人・市人などに「都はどこがよいか」と択一で選ばせることもなかったろう。

三都をめぐる迷走に関して、筆者にはいまのところ明快な解釈案がない。

紫香楽宮は遷都の詔も明確に出されず、地理的にみてじっさい左右京域を長方形で設けるだけの空間的な広さがない。聖武天皇は首都を恭仁京・難波京のいずれかにするか迷ったことはあるが、紫香楽宮を選択肢に入れていない。そうであれば、紫香楽宮を首都とする意思だけはもともとなかったわけだ。三都構想はいまだ説得力不足だが、「離宮を中心として、毘盧遮那仏を配した仏法の聖地を営みたい。そういう意思があった」とみるのは、それとしてよいかもしれない。ただそうなると、なぜその構想を挫折させたのか。すでにはじめてしまったプランを挫折させるだけの困難が、聖武天皇の眼前に見えていたとは思えないのに、というあらたな疑問を生じる。

こうした判断について、これからの行方を左右しそうなのが近年の考古学的な発掘成果である。

紫香楽宮は甲賀宮国分寺（近江国分寺）に施入されたと考えられ、甲賀郡信楽町黄瀬の内裏野遺跡の寺院址がそこだとされてきた。筆者も、かってその地を二度ほど訪れたことがある。

しかし信楽町宮町地区（宮町遺跡）から「尾張国山田郡両村郷白米」などと書かれた木簡が多数出土し、各地の貢進物がここに集められていることが知られた。また平成十二年（二〇〇〇）の調査では、桁行二十二間（九一・五メートル）以上×梁行四間（一一・八メートル）で東西北の三面庇《ひさし》付きの長大な掘立柱建物址が発見された。柱痕は直径三〇センチメートルあるというから、どうみても宮殿建物である。平城宮内の西池宮には桁行八七・六×梁行一一・九メートルで二面庇付き脇殿があるが、規模がこれに類似している。これは紫香楽宮の中枢部で朝堂院的施設の脇殿《わきどの》にあたるのであろうか。[5] この規模は国庁より大きく、平城宮などより小さい。規模としても、離宮から発展した紫香楽宮にふさわしい遺構である。

『続日本紀』天平十六年三月丁丑条には、

金光明寺の大般若経を運びて、紫香楽宮に致す。朱雀門に至る比《ころおい》、雑楽迎へ奏し、官人迎へ礼す。引導して宮中に入れて、（大）安殿に置き奉る。

とあり、紫香楽宮にはほかに朱雀門・（大）安殿なども造られていたようだ。

新宮神社遺跡（信楽町大蔵谷）からは天平十六年五月に伐採された材木を使った橋脚が発見され、宮町遺跡と甲賀寺址とを結ぶ線上の丘陵には一〇メートル幅の「切り通し」の痕跡も見つかった。こ

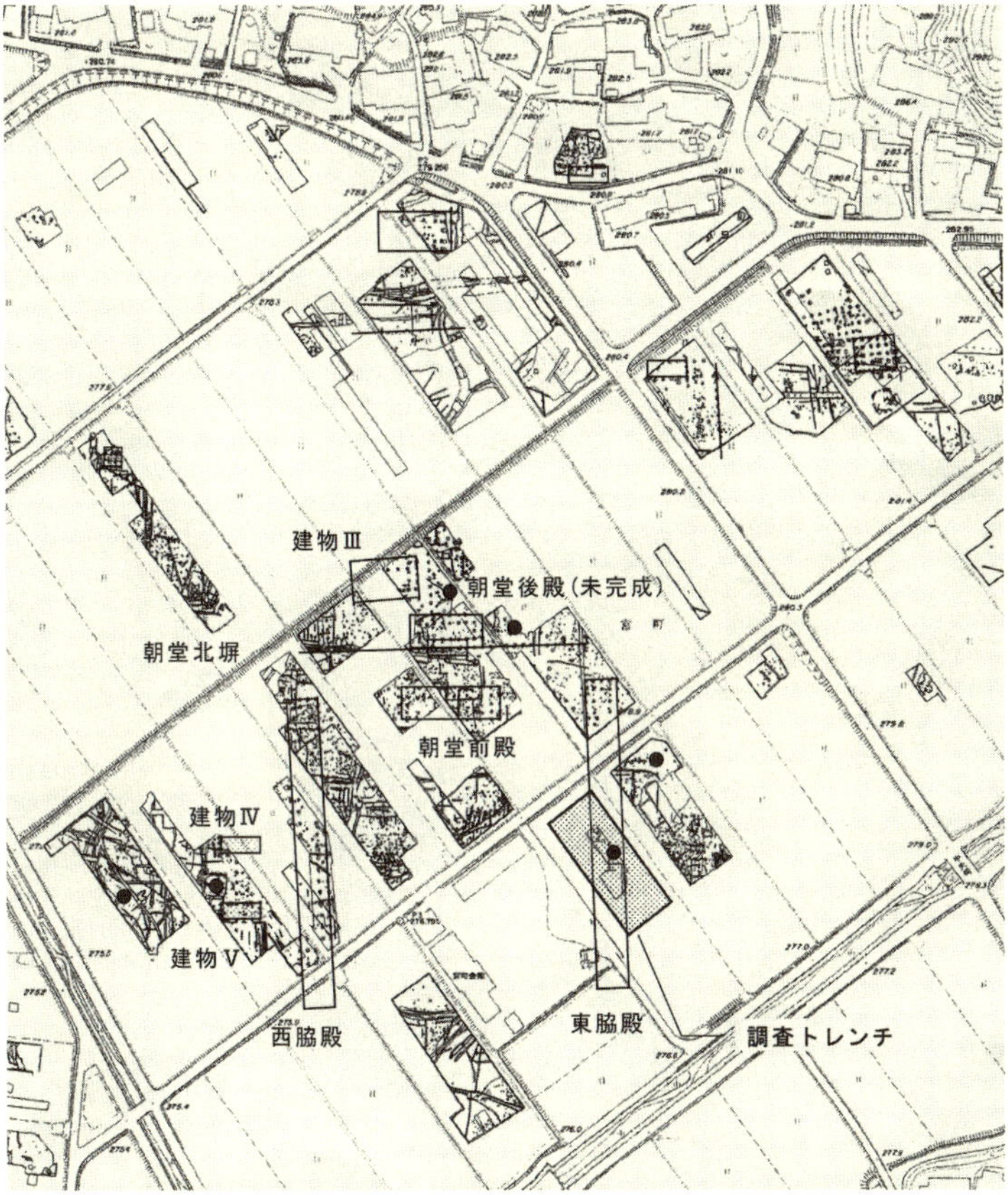

宮町遺跡（紫香楽宮跡）の発掘調査図（第36次現地説明会資料より）

れらの資料から、紫香楽宮・朱雀大路・甲賀寺（毘盧遮那仏）という一体の施設が整然と計画されていたありし日の風景が彷彿してくる。

今後の発掘によって紫香楽宮の造作・規模などの遺構が具体的に解明され、木簡をはじめとする遺物が多数出土すれば、紫香楽宮に託された聖武天皇の思いの全容を摑めるかもしれない。

【注】

（1）拙稿「藤原広嗣の乱と聖武天皇」（『天平の政治と争乱』所収。笠間書院刊、一九九五年）

（2）直木孝次郎氏『万葉集と古代史』（吉川弘文館刊、二〇〇〇年）、「政争の季節」の「心を通わせる元正太上天皇と橘諸兄—光明皇后と藤原氏を相手に」。

（3）注②に同じ。

（4）中西進氏『聖武天皇』（PHP研究所刊、一九九八年）第一章・巨像の夢。

（5）信楽町教育委員会「宮町遺跡第二十八次発掘調査現地説明会資料」

（「歴史研究」四八三号、二〇〇一年八月）

12　四字年号の採用とその経緯

一　四字年号の採用

日本の元号は、皇極天皇四年（六四五）六月十九日にはじめて定められた大化以来今日の平成まで、ほとんどが二文字である。ほとんどというのは、一部に四文字の元号があるからである。

四文字の元号とは、天平感宝（七四九年）・天平勝宝（七四九〜七五七年）・天平宝字（七五七〜七六五年）・天平神護（七六五〜七六七年）・神護景雲（七六七〜七七〇年）の五種類である。

その元号の採用のしだいを、以下にかんたんに紹介する。

まず天平二十一年（七四九）四月十四日に天平感宝と改められたのが、四字年号の初例である。この改元のきっかけは、陸奥国（東北地方東部）小田郡から砂金が採れたことにある。

じつは、かつて対馬国（長崎県）で黄金が出土したというので、大宝と改元した。ところが、のちにそれは虚偽だったと判明した。欲しがりすぎていたところにうまく付け込まれ、思わず信じてしまった。そういう苦い記憶もあって、政府は国内での黄金採取は見込めないと諦めかけていた。そうではあるが、おりしも東大寺毘盧遮那《ビ・ルシャナ》大仏の鋳造がはじまっていて、鍍金《メッキ》の材料となる砂金が大量に不足するという現実的な問題に直面していた。中国・朝鮮半島から必要量をどのようにして、もちろん廉価に調達できるだろうかと悩んでいたときだったから、この黄金発見の報せには驚喜した。そこで造仏する善なる心に天が感じて宝（黄金）を出現させたとみて、感宝と改元したのである。

そうまでした天平感宝だったが、その元年七月二日にははやばや天平勝宝と改元した。

この日に聖武天皇が譲位して、娘の孝謙女帝が即位したのを言祝《ことほ》いだのである。元号は、勝《すぐ》れた宝の意味だから、同年中の最大の喜びであった黄金の出現にちなむ名を引き継いだのだろう。

天平宝字には、天平勝宝九歳八月十八日に変わった。

これにさきだつ三月、孝謙女帝の寝所の天井《てんじょう》に天下太平の四文字が自然に現れた。さらに八月十三日、駿河国（静岡県）益頭《やいづ》郡から「蚕が『五月八日開下帝釈標知天皇命百年息』と読めるように産卵した」との報告が入った。宮廷では、これを「五月八日は聖武天皇一周忌の悔過《けか》の終わる日で、孝謙女帝と光明皇太后の至誠に感じ入った帝釈天《たいしゃくてん》が天に通じる門を開き、孝謙女帝の優《すぐ》れた仕事ぶりを見て感動し、その治世が永く続くと嘉《よみ》したもの」と読みとった。天が地上に出現させたこの吉祥文字にちなんで、天平宝字と改めたのである。

天平神護は、天平宝字九年正月七日に採用された。

前年に藤原仲麻呂（恵美押勝）の乱が起こり、大和・近江と三関国中の美濃・越前に戦乱の影響が及んだ。それでも争乱は短期間で片づいたのだが、それは「神霊が国を守り、風雨が自軍を助けてくれたので、十日ほどで誅殺しえた」とみなした。そこで、神霊の加護を意味する神護と改元した。

天平神護三年八月十六日には、神護景雲と改められた。

同年六月十六日に平城宮の東南角に麗《うるわ》しい七色の雲が見られ、翌日には伊勢国（三重県）度会《わたらい》郡の等由気宮《とゆけのみや》（伊勢外宮《げくう》）の上に五色の瑞雲《ずいうん》が立ち上って、神宮を覆った。さらに平城京の陰陽寮《おんみょうりょう》からも

伊勢神宮外宮

七月十五日に西北角に美しい雲が、二十三日にも東南角に本が朱色で末は黄色という五色の瑞雲が観測されたとの報告がもたらされた。この一連の景雲は大瑞にあたり、これらは天はもとよりのことだが、伊勢神宮の主神・天照大神《あまてらすおおみかみ》などまでが称徳女帝の政務内容を嘉する意思をあらわしたものとし、神護景雲と名づけた。

以上の五件が、日本で採用された四字年号とその名称の由来である。

二　四字年号の手本

この四字年号は、日本の独創ではない。

中国には、建武中元（五六～五七年）・太平真君（四四〇～五〇年）・天冊《てんさく》万歳（六九五年）・万歳登封（六九五年）・万歳通天（六九六年）・太平興国（九七六～八三年）・大中祥符（一〇〇八年）・延嗣寧国（一〇四九年）・天祐垂聖（一〇五〇～五二年）・福聖承道（一〇五三～五六年）・天安礼定（一〇八六年）・天儀治平（一〇八六年）・天祐民安（一〇九〇～九七年）・建中靖国（一一〇一年）の四字年号例があり、なかには始建国（九～一三年）・天賜礼盛国慶（一〇七〇～七四年）という三文字・六文字の例すら見られる。

ただし日本では八世紀にしか見られないから、年代的にみて唐の天冊万歳・万歳登封・万歳通天が影響したものと考えてよかろう。

唐時代のこの四字年号は、すべて一帝の治世にかかわるものだった。その一帝とは武則天《ぶそくてん》（則天武后）で、中国史上唯一の女帝である。(1)

彼女はもともと唐の太宗《たいそう》の後宮におり、ほんらいならばそのまま先帝の寵姫として逼塞《ひっそく》させられるところだった。しかし彼女は、後継皇帝の高宗に望まれて昭儀（宮女の最高位）として入内《じゅだい》し、寵愛をうけて皇后に立てられた。生来病弱・魯鈍《ろどん》であった高宗にかわって政務を決裁することとなり、そのうち権力を行使する快感と魅力のとりことなったようだ。皇太子（李忠）を廃位し、彼女の子・李弘を、つづいて甥・李賢（章懐太子）を立てては廃位。子・李哲が皇太子のときに高宗が没したので、李哲を即位（中宗）させた。しかし中宗の后となった韋氏《いし》（韋元鼎《いげんてい》の娘）が気に入らなかったため、中宗を廃して遠方に流した。かわって子・李旦（睿宗）を即位させたが、ついにこれをも降ろして、みずから皇帝（聖神皇帝）の地位についた。

この間、高宗の前皇后・王氏（王仁祐の娘）や寵姫だった蕭淑妃《しょうしゅくひ》とその一族、自分の子をのぞく太宗の子孫は殺戮しつくした。さらに彼女の政務・言動に批判的・反抗的な政府高官は、長孫無忌などの名族であろうと建国以来の功臣であろうと、選ぶことなく粛清した。

その彼女がなぜ四字年号を採用したのか、理由はかならずしも明らかでない。ただ彼女は自分の意志によってでなく、天命によってまた臣下のつよい推戴《すいたい》をうけてやむをえず登極《とうぎょく》（即位）したかのように装ってきた。その影響は元号にもみられ、「天の冊命をうけた（天冊）」「泰山山頂に登って封ずる（祀天）」「天に通ず（通天）」など天命をうけての登極であることを明示した称号となっている。

三　光明皇后と四字年号

日本にこの四字年号を導入したのは、聖武天皇の正妻・光明皇后（藤原安宿媛《あすかべひめ》）である。

彼女はもともとつよい中国かぶれだったが、とりわけて武則天につよい憧憬《しょうけい》をいだいていた。同じように女帝となりたかったろうが、そこまではまねしなかった。草壁皇子→文武天皇→聖武天皇と苦労して直系の男帝をつないできた皇室の歴史と王家の血の繋がりをなによりも重くみる宮廷の慣行・貴族たちの視線に配慮したのか、みずからが即位するための動きを見せたことはない。ただし娘・阿倍《あべ》皇女（孝謙天皇）を、皇太子を経させて正式な女帝へと導いている。彼女は、娘を「日本の武則天」に仕立てることで自分の構想を実現できたと満足し、悦に入っていたのかもしれない。(2)

彼女が武則天治下の四字年号をまねたことは、年号の名付け方からもわかる。

武則天の年号は、天冊万歳・万歳登封・万歳通天とあって万歳が共通する。日本の光明皇后のもとでは、天平感宝・天平勝宝・天平宝字とあって、天平が通じて用いられている。孝謙女帝治下での天平神護・神護景雲では、神護が通じている。

ここで気づかされるのだが、天平のあとも天平感宝・天平勝宝・天平宝字として天平を通じて用いている。これは改元とはいうものの、「天平」元号の時代が続いていることを意味するのではないか。つまり基本的に聖武天皇・光明皇后の共同統治時代の称号であり、聖武天皇の没後に改められた天平宝字でも、この時代は孝謙女帝の治世ではなく、聖武天皇と光明皇后の治世の延長上にあることをつよく意識させようとしているように思える。つまり、天平感宝・天平勝宝・天平宝字は天平時代のなかの小区画というか、一変種・バリュエーションの一つだったのである。孝謙女帝の天平神護・神護景雲は、最初こそ天平とつけて前代の聖武朝の継承であることを表明するが、女帝としての自意識が明瞭となると神護を自分の特性として主張するようになる。そこで神護を通じて用いることにした。

元号に込められた意思は、そういうことではなかったろうか。

その当否はともかくも、武則天は天冊万歳・万歳登封のほか、垂拱五年（六八九）に永昌・載初とするなど年内の三元号が合計五例ある。日本では、新帝の登極という特殊事情もあったが、天平二十一年から天平感宝さらに天平勝宝へと、年内に二度改元することがどれほどの躊躇《ためらい》もなく行なわれている。ここにも、武則天の例に倣《なら》おうとする光明皇后の意思が働いていると見てよい。

ところで、聖武天皇の治世の半ばというこの時期に、なぜとつじょ四字年号が出現しはじめるのだろうか。これは聖武天皇の意思ではないか、と思われるかもしれない。

じつはこの時期は、光明皇后がまさに政治の実権を握ったときなのである。

天平十九年三月に光明皇后は聖武天皇の病気平癒を祈って新薬師寺建立を発願しているが、そのころから天皇の体調不良がひどくなった。聖武天皇の退位は時間の問題として見通せるようになり、しかも翌二十年四月には天皇の後見役となってくれていた元正女帝も死没し、天皇権限を代行できるのは光明皇后しかいなくなっていた。光明子は皇后の地位にあるままで、天皇にかかわる全権を掌握した。天平勝宝元年には聖武天皇がついに退位し、孝謙女帝が即位した。しかし光明皇后は、孝謙女帝に天皇権限をかけらほども譲らなかった。孝謙女帝にかわって天皇権限を発揮するため、天平勝宝元年に皇后宮職《こうごうぐうしき》を紫微中台《しびちゅうだい》と改組し、太政官での公卿《くぎょう》会議の審議内容など無視してここから専権的に指令することとなる。彼女は、四字年号のもとで実質的な女帝、「日本の隠れ武則天」となったのである。つまり四字年号の採用こそは、「日本の隠れ武則天」登場のファンファーレだったのである。

彼女の武則天への傾倒は、圀・𠀑(天)・埊（地）などのいわゆる則天文字の採用にも窺えるが、役所名の改称に着手している点でも通じあう。

光宅元年（六八四）、武則天は中書省を鳳閣《ほうかく》、門下《もんか》省を鸞台《らんだい》、尚書《しょうしょ》省管轄下の六官を天官・地官・春官・夏官・秋官・冬官と改めた。これに応じるかのように、光明皇太后も天平宝字二年に太政官を乾政《けんせい》官、紫微中台を坤宮《こんぐう》官、八省を信部（中務）・文部（式部）・礼部（治部）・仁部（民部）・武部（兵部）・義部（刑部）・節部（大蔵）・智部（宮内《くない》）と改称させた。

しかもその翌年には、『維城典訓《いぜいてんきん》』を官吏の任用・昇進のさいの必読文献に指定している。この書物は『日本国見在書《げんざいしょ》目録』（藤原佐世《すけよ》撰。寛平三年〈八九一〉ごろ成立）に「維城典訓廿巻　則天太后撰」とあり、武則天がその政治訓を撰録させたものである。[3]彼女がこれを指定したのは、もちろん武則天の政治姿勢にかぎりない共感を覚えたからである。

【注】

（1）中国では女性の皇帝の存在を認めないので、武則天を「則天武后」と呼び、歴史的には皇后としてしか扱わない。また彼女の建てた周という国号も、採らない。

（2）拙稿「阿倍内親王の立太子」（「礫」二五〇号、二〇〇七年八月）、本書所収

（3）林陸朗氏『光明皇后』（吉川弘文館刊、一九六一年）

（『月刊歴史読本』五十三巻一号、二〇〇八年一月）

13　加賀郡牓示《ぼうじ》木簡の威力

石川県河《か》北郡《ほくぐん》津幡町《つばたちょう》の加茂遺跡は、かつての加賀国加賀郡深見村の地である。石川県埋蔵文化財保存協会・石川県埋蔵文化財センターが六次にわたる調査を行ない、そこから文字痕のある六枚の木簡を見つけた。その一枚が、「古代の慶安の御触書《おふれがき》」と騒がれた特異な牓示札の木簡である。

一　加茂遺跡の概要

加茂遺跡のおおよその場所は能登半島の基部、ＪＲ西日本鉄道㈱金沢駅の東北十一キロメートルの地点にあたる。いまは平野の奥部となっているが、かつては眼前に河北潟をのぞむ低地帯であった。調査によって、道路址・大溝・掘立柱建物址・柵列址・井戸・土壙・畝溝などの遺構が見つかった。このうちの道路遺構は、古代の北陸道《ほくろくどう》と見られる。八世紀には両側溝中心部の間が九メートル（道路面は七メートル）で、九世紀に溝を付け替えて六メートル（同五メートル）幅へと改められている。

七道の一つである北陸道に面している掘立柱建物・柵列となると、これら建物はふつうの民家でなかろう。出土遺物には、大量の墨書土器・心葉《しんよう》形馬具・巡方《じゅんぼう》・和同開珎《かいちん》（銀銭）・軒丸瓦・瓦塔などがある。墨書土器には曹司・西家・中家・大寺・羽咋《はくい》郷などと記されていたというから、建物址は曹司（役所）の中家・西家などの一部だろうか。巡方は役人が腰帯につけている装飾品であり、ここは能登国羽咋郷と国境を越えて連絡もとれる。そうしたことから、調査団は、ここを深見駅址と推定した。また調査団は、陸路は加賀・能登・越中の分岐点で、水路も河北潟から日本海に広がりをもつ。渤海使の来着に備えた関所もこの近くにあった。つまり古代には北陸の交通の要衝であり、軍事的にも枢要な地であった、と分析している。

二　牓示木簡の発見

この遺跡から出土した五号木簡が、九世紀半ばの年紀を持つ牓示札である。

記載の漢文体では、

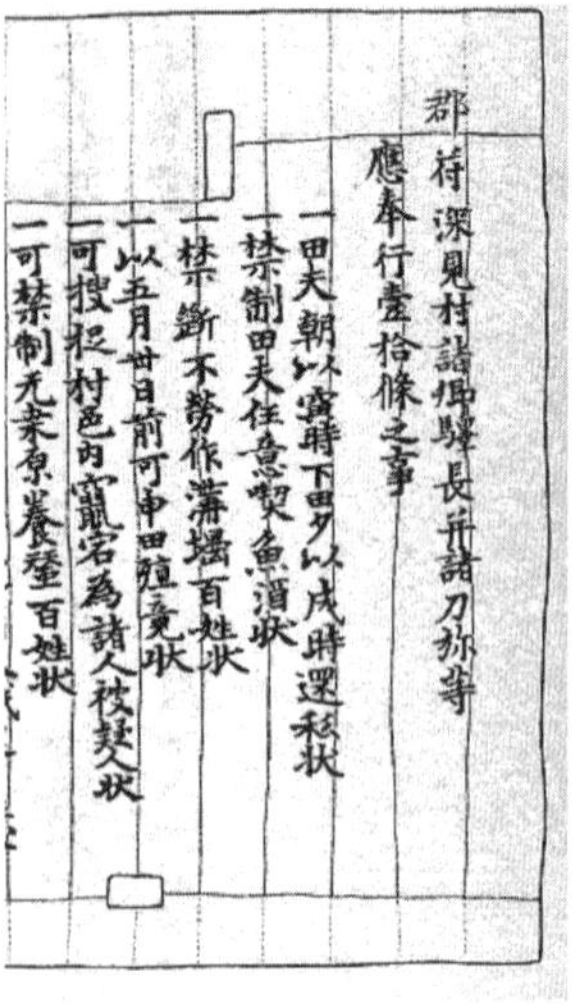

郡符深見村□郷驛長并諸刀祢等
　應奉行壹拾條之事
一、田夫朝以寅時下田夕以戌時還私状
一、禁制田夫任意喫魚酒状
一、禁断不労作溝堰百姓状
一、以五月卅日前可申田殖竟状
一、可捜捉村邑内竄宕為諸人被疑人状
一、可禁制无桑養蚕百姓状

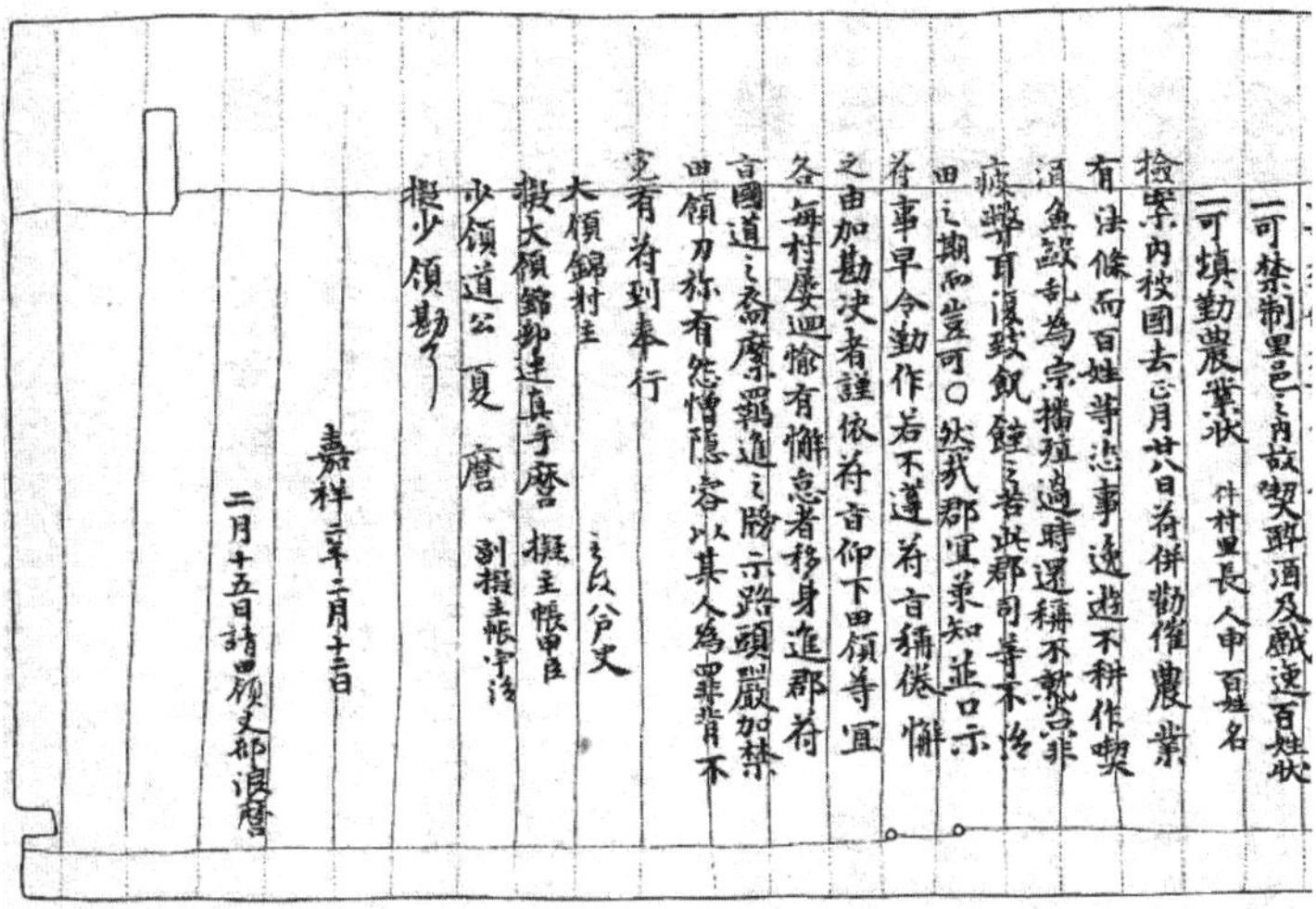

（財）石川県埋蔵文化財センター（原資料蔵）・文字は佐野光一氏筆・平川南氏監修。（財）石川県埋蔵文化財センター編『発見！古代のお触れ書き』大修館書店、2001年より。

一、可禁制里邑之内故喫酔酒及戯逸百姓状
一、可慎勤農業状　件村里長人申百姓名
撿案内被国去正月廿八日符偁勧催農業
有法條而百姓等恣事逸遊不耕作喫
酒魚歐乱為宗播殖過時還稱不熟只非
疲弊耳復致飢饉之苦此郡司等不治
田之期而豈可　然哉郡宜承知並口示
符事早令勤作若不遵符旨稱倦懈
之由加勘決者謹依符旨仰下田領等宜
各毎村屢廻愉有懈怠者移身進郡符
旨國道之裔糜羈進之牓示路頭厳加禁
田領刀祢有怨憎隠容以其人為罪背不
寛有符到奉行
大領錦村主　主政八戸史
擬大領錦部連真手麿　擬主帳甲臣
少領道公夏麿　副擬主帳宇治
擬少領勘了
嘉祥二年二月十二日

二月十五日請田領丈部浪麿

となる。ただし法令本文の各行の上二文字は、出土した板自体に欠損があるため、字が入っていなかった。ほかの法令文や前後の意味などをもとに、推測して補なったものである。

その意味でやや厳密でないが、この推測した文をもとに書き下し文を作ると、

郡符す、深見村□郷の駅長并に諸刀祢等、応《まさ》に奉行《ぶぎょう》すべき一十条の事

一つ、田夫、朝は寅《とら》の時を以て田に下り、夕は戌《いぬ》の時を以て私に還るの状。

一つ、田夫、意に任せて魚酒を喫《くら》ふを禁制するの状。

一つ、溝堰《こうえん》を労作せざる百姓を禁断するの状。

一つ、五月卅日前を以て、田殖《たう》ゑを竟《おわ》るを申すべきの状。

一つ、村邑の内に竄《かく》れ宕《す》みて諸人と為《な》ると疑はる人を捜し捉ふべきの状。

一つ、桑原无《な》くして蚕を養《か》ふ百姓を禁制すべきの状。

一つ、里邑の内にて故に酒を喫ひ酔ひて戯逸に及ぶ百姓を禁制すべきの状。

一つ、農業を慎みて勤むべきの状。件《くだん》の村里の長たる人は百姓の名を申せ。

案内《あない》を撿ずるに、国の去る正月廿八日の符を被《こうむ》るに偁《いわ》く「農業を勧催すること法条有り。而《しか》るに百姓等恣に逸遊するを事とし、耕作せず、酒魚を喫ひ、歐《う》ち乱るるを宗《むね》と為す。播殖《はんしょく》に時を過し、還りて不熟と称《もう》す。只疲弊する耳《のみ》に非ず。復た飢饉の苦しみを致す。此れ郡司等、田の期《とき》を治めずして、豈然《あにしか》るべけん哉。郡宜しく承知し、並びに符の事を口示《こうじ》し、早く勤作《ごんさく》せしむべし。若《も》し符の旨に遵《したが》はず倦懈《けんかい》の由《よし》を称さば、勘決を加へよ」といへれば、謹みて符の旨に依り、田領等に

仰せ下し、宜しく各村毎に屢《しばしば》廻して愉《さと》すべし。懈怠《けたい》有らば身を移し郡に進めん。符の旨を国の道の裔《すえ》に縻羈《きび》して之を進め、路頭に牓示して厳《おごそ》かに禁を加へん。田領・刀祢《とね》、怨憎《おんぞう》・隠容することと有らば、其の人を以て罪と為せ。背くこと寛《ゆる》さず。符有りて到りなば奉行せよ。

大領錦村主《すぐり》　　主政八戸史
擬大領錦部連真手麿　　擬主帳甲臣
少領道公夏麿　　副擬主帳宇治
擬少領勘へ了んぬ

嘉祥二年（八四九）二月十二日
二月十五日請《う》く　田領丈部浪麿《はせつかいべのなみまろ》

右の書き下し文のうちの法令本文だけを意訳すれば、次のようになる。すなわち、加賀郡から深見村の各郷の駅長や役人たちに通達する。つぎの十ケ条（以下には八条しかない）を実行させせよ。

①午前四時に田圃に向かい、午後八時に帰宅するほど仕事に精を出せ。
②好き勝手に魚や酒を飲み食いして、遊びに耽《ふけ》るな。
③灌漑に必要な溝堰の整備に努力しない農民を処罰せよ。
④田植えは五月三十日以前に終わらせよ。
⑤逃亡して村里に紛れ込んだと疑われるような人がいたら、捜し出して捕えよ。
⑥桑を栽培しないのに蚕を養うことは止めさせせよ。

⑦村里内でことさらに酒に酔って遊びまくっている者を処罰せよ。

⑧生業に精勤させよ。精勤している農民がいるなら、その村里の長はその人の姓名を申告せよ。

通達を見ると、加賀国が去る正月二十八日の符でいうには「農業を勧め促す法律はあるが、人々は好きなように遊び耽って耕作しない。酒・魚を飲み食いし、争いごとばかりしている。田植えの時期をやり過ごし、今年は不熟だったという。これでは当事者の生活が疲弊するだけでなく、飢饉の苦しみをすることになる。こうした事態は、郡司らが田仕事の時期をよく理解して治めないからであり、そういうことではいけない。郡は国符の内容を承知して口示し、人々に早く農作業に励むようにさせよ。もしも符の通達に遵わないで怠る者がいれば、程度に応じて処罰せよ」とのことである。この国符のいうとおり、田領らに指令して、治下の村々に繰り返し回覧させて説諭せよ。怠慢者がいるならば身柄を拘束して郡に進めよ。符の趣旨を国の道の畜《ほとり》に繋留して進め、路頭に牓示して厳禁させよ。田領や刀祢などの役人が怨みや憎しみで対処したり隠したりしたら、その人を処罰し許してはならない。郡符の到着しだい執行せよ。

となり、農業経営の健全化と不法隠匿の禁止が告示の趣意である。

法制史料としての価値だけならば、『類聚三代格』（新訂増補国史大系本）にもしばしば見られるものので、とくに珍しい内容でない。魚酒を喫うことを諌《いさ》めているが、これは田植・刈入など短期集中型の労働力が大量に必要なとき、周辺の人たちを招き寄せるための必需品である。しかし労働力の需要期が重なるので、富める者は高価な魚酒をたくさん用意する。一方、貧しい人たちはそのままでは手伝ってくれる人が確保できないので、豊かな人たちと競える魚酒を準備しようとして、分不相応に費用をかけてしまって結果として没落する家が出てしまう。そのために、早くからこの「魚酒」競争は問題視されていた。また田植えを早くさせてかつ完了したかどうかを見届けることや浮浪・逃亡者など村里における不法滞在者の摘発は、国司・郡司らの基本的な職務である。したがってここに書かれている内容自体は、さほど目あたらしい事柄ではなかった。

しかしこの木簡は、古代社会での人々への法律内容の伝達の仕方を考えさせるものである。はじめての知見であり、その点が貴重であった。

三　読めない木簡の謎

政府が太政官符を国（国司）相手に出し、国庁がそれをうける。国司はその趣旨を入れ込んだ国符を作成させ、その国符を郡家《ぐうけ》（郡司）向けに出す。郡司は郡符を作成して、地元の下役《したやく》に命令を伝える。そうしたシステムは予想されていた。しかし政府から地方下役までの指示ルートはわかっていても、一般の人々にまでどうやって告知していたかは、分かっていなかった。いや、太政官符などは国司をはじめとする地方役人に注意を喚起するだけで、役人さえ心得ていればよい。指示・督励の対象は役人までで、一般の人々にまで通知してはいないだろうとみていた。だから、江戸時代のように村中にこうした高札《こうさつ》が立てられていようとはほとんど考えていなかった。

それでも疑問は起きる。慶安二年（一六四九）の御触書でも、明治元年（一八六八）発布の五榜《ごぼう》の掲示でも、高札は町村の上層部にしか読めなかったはずである。ましてそこから八〇〇年も一〇〇〇年も遡る嘉祥年間（八四八～五一年）に、いったい誰がこの牓示札を読むのだろうか。

よく見れば加賀国符には「郡宜しく承知し、並びに符の事を口示し」ろとあって、内容は口頭で伝えるように指示している。郡司は郡雑任《ぐんぞうにん》と呼ばれている諸役人を集め、諸役人は農民たちを集める。国符・郡符の文章のままでは分からないから、本文は示さず、その趣旨がわかるよう言葉を換え噛み砕いて、納得いくまで言い聞かせる。あるいは農閑期にでも部内を戸別に訪問して、国符の趣旨を触れまわる。それが口示することであって、指示内容を浸透させるには現実的な方法である。読めない文字を羅列した高札など立ててみても、どれほどの意味があろう。

いや、そうではないのか。この牓示札木簡があるということは、農村でも識字率がそれだけ高かったことを証明しているのだろうか。それとも、読む・読めるかどうかとは違う観点での、なにか古代的意味があるのだろうか。

ともあれこの高札は、文中の「符の旨を国の道の裔に糜羈し之を進め、路頭に牓示して」にあたるわけだが、推定復原されている部分が「符の『旨』」なのかどうかは確実でない。重要なポイントであるが、別の文字かもしれない。ついで加賀郡は、国道のほとりに繋ぎ留め路頭に高札として立てるよう指示している。まさにこの遺跡は、国の道、駅路のはたである。そして羈糜・牓示というからには、文が書かれた物を用意して掲示させるのだろう。

もっとも、あれこれ推測しなくとも、国符・郡符を収載したその実物が眼前に出土して示されていた。それがいかに意外な事実でも、掲示されていた事実はもはや否定できない。

しかもこの牓示木簡は、かなり風化していた。じつは木簡の表面には、墨痕などなかったのだ。墨が染みついていたために周りの木目と風化の度合いが異なってしまい、墨付きの部分の木がより多く残って、周囲からみるとすこし高みになった。そのために、横から見ると文字痕が読みとれる。そういう状態だったのだ。つまりこの高札は、墨がなくなって風化してしまうほど地上に長く立てつづけられてきたのである。

そうなると、こう考えればよいか。

いくつかの郷に跨《また》る深見村の国道ぞいに、高札が立てられた。その前で郡司が諸役人に、また諸役人が農民・漁民など村里の住民たちに、一条ごとの説明をしていく。諸役人には字が書けるので、あとで説明するときの備忘録も兼ねて、法令の一部を書き写したり郡司の説明を書き取ったりした者もいたろう。この牓示札は、説明のときの黒板・白板の役割を果たしていた。「いまは説明したのはこの部分だぞ」とか「ここまで説明したな」とかいうときの、いわば板書である。

ただもしそうならば、そうした場面は一度切りのはずではないか。いまであれば、巻いた紙を広げて説明し、終わったらまた巻き戻して持ち帰ればよい。ずっと貼っておくものではなかろう。

ではそののちも、いや風化するほど長くこの高札を立てつづけるのはなぜか。

それは、為政者側が文字の力を信じたからだろう。音声つまり言霊《ことだま》を発するのも一法だが、文字にもその字が内包する呪的な威力がある。そう思っていたのだ。いまでも扉などになにか書かれていれば、起こらなそうでもまた必要のない事柄であろうと、筆者でも一応は気にする。その文章のなかに書いた人の意思を感じるし、文字にはそれを実現させようとする力が籠もっているとも思う。言葉はそれを聞いた人にしか届かずまたすぐに消えてしまうが、高札の文字は立っている限り効めが継続する。行き交《か》う人たちにそう示している。毎日人々に読ませようためではない。読めるとは思わないが、説明はしてある。その字面《じづら》が村里を向いているかぎり、説明をうけたあの内容が拘束するのだぞと、そういう暗黙の脅しをかけているのだ。

役人たちの操る読めない字「形」が、人民の生活を規制する。

彼らは説明をうけても書いてある内容は十分にわからなかったろうが、分からないほどに国・郡の権威をより深く感じたのであろう。掲げられているうちは守らなければならないのだと、そういう見張られているかのような気分を味わわせるのだ。また律令国家は文書主義であり、通達は文書が原則であった。噛み砕いた説諭文を記すのではなく、よりなじみのない国符・郡符の原文を高札として掲げたのは、その新しい行政システムに新しい権威を感じてもらいたかったためなのかもしれない。

（原題「読めない高札をなぜ立てたのか―加賀郡牓示木簡の発見」「歴史研究」四九三号、二〇〇二年六月）

付録

1　今日は三角縁神獣鏡の日？

考古学と文献史学は歴史学の両輪といわれているが、この数十年、新聞紙上を賑わせるのは考古学的発掘調査の華々《はなばな》しい成果ばかりである。考古学者側の車輪の回転だけが速すぎて、文献史学者側の車輪はただただ引きずられている。

こうした状態は、私のような文献史学者の立場からは羨ましく思える。だが考古学分野で発言されている方々にとっては、寝起きのニュースを見逃したために見当はずれな講演を聞かせてしまうことすら起こしかねない。しかもたとえば近時、弥生土器の使用や稲作のはじまりを従来説（紀元前三百年ごろ）より五〇〇年溯らせようとの説が唱えられている（国立歴史民俗博物館、二〇〇三年五月）。この説を承《う》けるとして、何をどこまで読み替えて連動させられるだろうか。弥生初期文化に伴う鉄器文化の開始も、当たり前のこととしてそこまで溯らせてよいのだろうか。稲作の伝播経路などでも、溯らせた場合は相手先の社会状態がまったく異なってくるから、それなりの問題を生じよう。一つの知見を変化させることになれば、社会史全体の構想にどのような影響を与えるか、はかりしれない。

考古学の最前線での研究は、やりがいがあるが、情報通で目配《めくば》りができてかつ即断力も必要。とても近寄りがたい世界になってしまった。

これでは筆者には最新の考古学的な成果を盛り込むことなどできないが、遅蒔《おそま》きながらの情報でも、何がしかの考古学の成果を取り込もうとは思っている。まずは友人の考古学研究者にお話を聞き回るのだが、それにも限度がある。時を選ばず、また自分の関心のあることだけをしつこく聞くわけにもいかない。

そこでなんとか自力で自分の関心事に関連する考古学の知識を得たりまとめたりしたいのだが、それがそう簡単なことでない。

発掘報告書や調査概報は、文献史学の一般研究者にはたやすく手に入らない。幸いに手にできたとしても、分厚《ぶあつ》い報告書のどこを複写すべきなのか、あまりに膨大でその必要箇所がよくわからない。しかも報告書はおおむね一遺跡ごとに作られるので、手にできたとしてもそれは一例にすぎない。例えばミニ水田遺跡では、面積を一筆づつ詳細に記したものもあれば、最大値と最小値だけとかまたは平均値しか書かれてなかったり、ともあれ基準の異なる記録となっていることがあった。そのために、残念ながら資料として使えなかった。ともかく一、二の遺構・遺物例ではものがいえないから、全国規模で調べようとか地方単位でまとめようとか、ある単位での見通しを得ようとすれば、それなりの分量の資料の蓄積が必要になる。そこまで考えると、出不精《でぶしょう》で机上の原稿用紙を前にして唸《うな》っているだけの文献史学の研究者では、むりがある。やはり「その道の友人に、いつかまとめて聞いてみよう」となるのだが、そんな時がいつ訪れるかもわからず、いつの間にかその疑問もいや疑問を持った記憶すらも忘れてしまう。

そこで無理を承知でいうのだが、たとえば三角縁神獣鏡について、全国の所蔵している機関・個人からいっせいにインターネット上のホームページ（ＨＰ）へ書き込んでいただくわけにいかないか。

日本考古学協会と考古学研究会が共同で書き込み可能なＨＰを用意し、学会員に「今日は三角縁神獣鏡の日」と知らしめ、サイズ・出土地・発掘機関など厳選したいくつかの項目について、共通の基準によって全国からいっせいに書き込んでもらうのだ。こうすれば、一夜にして「全国三角縁神獣鏡出土一覧」が完成する。同じように独鈷石《どっこいし》の日、前方後方墳の日、ミニ水田の日、環頭大刀《かんとうたち》の日、郡《ぐう》家《け》の日、古代官道の日など、次々課題と日を設定していけば、たちどころに全国の研究者が共有できる「項目別考古学資料一覧」ができる。

良識ある多くの方たちは、私のことをあきれはてた天下一の横着者と思われるであろう。しかし必要は発明の母というし、洗濯機や扇風機などの近時の機械・電気製品の多くはもともと横着こそが発想の原点となっている。それがほんとうならば、私のこの横着な考えが役に立たないともかぎらないので、かねての思いを告白した。

それに、以上のことは、三日前に見た私の夢ではたしかに実現できていたのである。


（「月刊考古学ジャーナル」五〇六号、二〇〇三年九月）

2 史料の価値には順がある

一 情報価値の優劣

大学進学を前にして、歴史好きだった私は、歴史を一生の趣味としていこうか、それともそれを生かして身を立てていこうか迷った。とはいえ迷いに迷ったのでもなく、数日考え込んだ記憶があるというていどのことである。

それには家庭環境も影響していて、父・聰は『源氏物語』『浜松中納言物語』などの中古文学の研究者であったし、二兄・暸は石川淳・三島由紀夫などの日本近代文学、三兄・檀は伊勢物語古注釈などの日本中世文学、四兄・涼は三井家などの日本近世経済史の専攻者となるべく、文学部のそれぞれの学科や大学院修士課程・博士課程などに進んでいた（長兄は十七歳で病没）。私の家では、経済学部・法学部などに進もうとする方がむしろ不自然だったのである。

文学部史学科を卒業し、大学院人文科学研究科史学専攻博士課程の在学中に神奈川学園中学高等学校社会科教諭となり、なんとか歴史を生かせる道に入り込めた。それから高岡市万葉歴史館主任研究員・姫路市立姫路文学館学芸課長を経て、奈良県立万葉文化館／万葉古代学研究所へ。いろいろと経験したが、いまあのすこしためらった日々から四十年が経とうとしている。それだけの歳月を経てみると、ひとからもいわれまた自分自身でも、「なるほど、史学科出身者だからそう思うのだろうなぁ」と思うときがある。

平成九年（一九九七）二月五日に父が病没し、そののち二年半して「父・松尾聰との思い出」を出した。(1)そのおり、松尾家本家が作成していた系図や戸籍謄本・祖父松尾儀一の残した日記などにより、明治維新期からの松尾家の歴史をかなりたんねんに調べた。直系親族として溯れるかぎりの戸籍謄本を管轄の役所に請求し、その戸籍上の地番を現代地名のどこに比定するかなどにかなり執念をもって挑んだ。当該の役所に電話し、その市史編纂室などに繋いでいただいたこともある。もちろん、調べたことに注記を施したかったからである。

そのとき母・八洲子《やすこ》（旧姓・三浦）は、「どうしてそんなに調べるの。史学科だねぇ」とあきれ顔でいうのだ。母からすればその地がどこだろうと調べる必要などない。母は日本女子大学校文学部国文科の卒業生だったから、場所などどこでもよく、起こったものごとやそのときどきの自分の気持ちの方がたいせつなのだ。しかし私からすれば、それがいつ・どこで起きたのかは大きな問題で、それが押さえられないことは、事実として確認できるかどうかの信憑性にもかかわるゆゆしき事態なのだ。地名が出てきてそこがいまのどこにあたるか注記できないのは、許容しがたい怠慢。たとえ「××村（現在の○○市□□町あたりか）」と「か」がついてもいいから、なにか付けたい。そうでないと気が済まないのである。

平成十年十一月三日に本多洋子《ひろこ》と結婚したが、そのまえに家族の紹介がてら松尾家の吊書《つりがき》（系図）

を渡して、本多家の弔書を求めた。すると彼女は、家族から「いまどき、そんなものの提出は求められるものじゃない」といわれたとのこと。仕方なく要望を取り下げたが、聞き書きをもとにして結局自分で作り上げた。「この人は母方の従兄弟で」とか「父方のおじの奥さんが」とかいわれてもまったくどのような関係か頭に思い浮かべられない。しかし弔書に書けば、すぐにどういう関係か一目瞭然で理解できるし覚えやすいのだ。見慣れてきた形だから、これを書かなければ私の頭は整理できない。偏屈といわれようと、変わっているといわれようと、こうしたことは史学科卒業生の身に付いてしまった習性《さが》である。

その習性のなかでも、身に付いていることが幸いしたと思うことがある。かりのたとえでいえば、「母はミルクが嫌いだ」と私が見聞きしたことと、『母はミルクが嫌いだ』と兄がいうのを聞いた」というのをはっきり区別するようになったことである。

前者は自分が聞いたことで、母がミルクを嫌いだといった状況も把握できており、自分にとってただしい情報と確信が持てる。しかし後者では母の言葉であったとする証拠がない。兄つまり人を介した聞き伝えであって、その言葉がまずもってほんとうに母の発言したとおりの語句なのか不明で、伝達する兄が「ようするに母はミルクが嫌いということか」と思って纏めたものなのかもしれない。言ったことの断片であって、苺の上にミルクをかけるのは嫌いだといったのをその発言や場面を成り立たせている構成要素を捨象し、片言を一般化させて伝えている恐れもある。話が兄を経由すれば、他者に話すときには印象に残ったある部分だけを伝えようとする兄の価値判断が入る危険性があり、ふつうどういう状況での発言かはあわせて語られないものだ。聞いている人は、自分がかってに描いた状況のなかでその言葉を理解する。たとえば「一般的にミルクは嫌いなんだろう」と。ここに誤解が生ずる。

兄から聞いたのならばそれをきっかけとして、それがいかなるときでもそうなのかどうか、本人に確かめること。それができないうちは、まだ嫌いかどうか確定した発言と思わないでいることだ。本人から聞けないのであれば複数の証言を集めることだが、それでも確かさはやや劣る。ともあれそれだけ「語られた内容」「聞いた内容」と「語られたというのを聞いた内容」「聞いたというのを聞いた内容」の信憑性・信頼性は段違いに異なる。その信頼性に差をつけて受け取るようになったのが、史学科卒業生の特性といえようか。

神奈川学園中学高等学校という女子校に勤めていたが、そこで担任をしている組の生徒が「Uさんに殴られた」とか訴えてくる。その場合、多くの生徒は、どういう場面だったのか説明しない。聞いても、おおむね「何もしていないのに」「何もいっていません」という。しかし、よく聞いてみれば、そこに至る理由がある。殴ることはいいことでないが、殴った・殴られただけを取り上げても、争いごとの解決にはならない。そういう経験は、いくらもした。

もちろんこの種の感覚は、史学科卒業生が独占して持つものでもない。この違いを厳密に把握することについては、警察署・検察庁・裁判所などでも同じような論理が通じると思う。たとえば本人が「私がやりました」という見聞と、「本人が『俺がやった』といっているのを聞きました」という伝聞の情報では、捜査担当者にとってぜんぜん使用価値が異なってくる。前者は自白だが、後者ではまだこれから証拠固め・逮捕・自白までの長い道程《どうてい》がつづくだろうから。ちなみに刑事訴訟法第三二〇条一項には伝聞証拠禁止の原則があり、伝聞証拠は原則として証拠として採用されないと規定されている。無責任な他人の噂をもとに逮捕されたり有罪が確定したりしては、不都合だからだ。伝聞が信憑性に欠け、価値を持たないことは、法曹界《ほうそうかい》でも認めている。

そんなていどの感覚はだれでも持っていて、たいしたことでないと思うかもしれない。しかし、それなりに効果を上げたこともある。

さきほどの神奈川学園でのある年、高校三年生の副担任というわりと自由な立場にいた。その学年会議で、長期欠席中のWという生徒の話が報告された。死別か離婚かは覚えていないが、父親はいなかった。担任T氏は「電話をすると『母親が病気で寝込んでいるもので、かわりに家事をやり、幼い弟の面倒をみなければいけないので』という話で、ほんとうに健気《けなげ》な親孝行な娘ですよ」との報告。「でも一～二時間ほど遅れてくればいいでしょう。一日中欠席しなくても」と私にいわれて、T氏がまた電話をすると「じつは祖母も倒れてしまって、一日中いないと看病できないのです」といっているとの報告。T氏は生徒との会話内容を信じ切って度重《たびかさ》なる不幸に見舞われた彼女に同情さえしているのだが、私からすると「母親が病気」「祖母が倒れた」というのはすべて生徒からの情報であって、担任は母親・祖母からは直接なにも聞いていない。とくに母親がかりに病気であるとしても、担任に対して電話ができるはずだ。母親の病気で娘の学業に支障をきたしていることもそうだが、さらに祖母が倒れたのであれば「就学意欲のある健気な生徒」に長期欠席をしいているわけだから、母親ならばそのことを娘の担任にまず報告して、善後策を相談するのが自然と思えた。そこで会議の席上、T氏に「この話はほんとうのことですか」と尋ねた。「すべて生徒からの報告がもとになっていて、それが事実かどうか確かめていないですよね」と発言した。T氏はさっそく家庭訪問したが、二人の病気はいずれも捏造で元気にしており、生徒はアルバイトなどして好きなように生活していたのだった。

金銭がからむと、真剣さが増す。遺産相続などのような重大な問題にさいしては、これが弁《わきま》えられているかどうかで、解決までの時間と当事者の心の傷の深さに差が出てくる。

母方(三浦家)の祖母・しげが亡くなり、遺言書《ゆいごんしょ》が一通出てきた。それが強迫されて作られたものか、自由意思で書かれたものか、どういう経緯で作られたものか分からない。ともかく遺言書があったのだ。そこには「私は夫の遺志をついで、ここに遺言します。八洲子・Sは家も土地もあり、何もないHにこの家と土地すべてをやる様に。其他収集して来た品物をこの家とともに末長く保管してください」とあって、祖母の財産はすべて末娘・Hに承継させると書かれている。そうすべき理由はHの嫁入り道具がとても貧相であったからで、「Hには将来三浦の姓と土地及家をやるつもりで、当時何もやらずに居りました」とし、四十年以上前から懐《いだ》いてきた思いだったとある。

それに対して姉二人が分与を求めて挑んだのである。そのさい、長姉である母はそのようなことを祖母の意思で書くはずがないとし、祖母からは「Hの子であるMの嫁が、三浦家の土地の上に嫁の実家名義で建物をつぎつぎ建てており、やがて土地も自由にされかねない。相続にあたっては、決して自分の取り分を権利放棄しないように」といわれている。四十年前から末妹のHに承継させようと決めていたのであれば、このようなことをいうはずがない。だから捏造された遺言書だ、と主張した。

しかしこの係争の間に入った私としては、①遺言書は、この内容を書くまでの経緯をどのように推測できたとしても、ともかく祖母本人が書いた一次的な資料である。②これに対して母の聞いたという祖母の言葉は、母にはいかに確信できるものであろうとも、それをさらに聞く人にとっては二次的な資料となる。情としては母の味方をすべきだが、これを主張しつづけても勝ち目がないと判断した。そこで弁護士と相談の上、早々に遺言書を祖母本人の遺志と認めて、遺留分減殺《げんさい》請求に切り替えたわけであった。

さきごろの二子山《ふたごやま》親方（花田健士。元大関・貴ノ花）の二人の子、花田勝《まさる》（三代目若乃花／第六十六代横綱）・光司（貴乃花／第六十五代横綱）兄弟の係争もそうである。

平成十七年五月三十日、二子山親方が口腔底癌で死没すると、その葬儀の執行権（ただしくは、花田家の祭祀権）と遺産をめぐりマスコミ界を媒介して激しい舌戦が繰り広げられた。遺産問題はおもに二子山親方の年寄り名跡《みょうせき》（年寄株）のありかとその帰属をめぐるもので、光司は角界にいない兄・勝にとって価値のない財産である（角界のなかの取引では二億円ほどの価値があるが、角界人で十両以上三十場所か幕内で一場所以上の経験者しか取得できない）。葬儀の執行については、花田家葬としては勝が長男として、相撲協会葬では光司が後継の親方として、それぞれ喪主を務めた。そのさい葬儀の執行をめぐって、勝は「父から、『家のことは長男であるおまえがやってくれ』といわれた」と述べている。

じつは、この勝の発言がたいへんよくない。これはいわれたという当人以外に知りようがないもので、証明不能である。みんなの前でいわれたことでないかぎり、ほんとうにそうであったか分からない。それに、いわれた・聞いたという人がどのようにでもその内容を作れる。そういう余地が明らかにあるから、もともと伝聞資料は二次的価値しか認められないのである。上記のことでいえば、じかに聞いたという勝にとってはたしかに信憑性の高い一次的な資料と思えようが、それを聞かされた人たちにとってはあくまで伝聞の情報であって、信憑性の劣る二次資料にあたる。だから自分が信用できるとする資料でも、聞く相手にとっては信頼性の劣る資料にしかならない。そう受け取られるつもりで発言しなければいけない。

これが弁えられるだろうか。そういう自信があるだろうか。ほんとうにそういわれた者として「父から、『家のことはおまえがやってくれ』といわれた」といわないで気がすむかどうか。じっさいにそうした場にいれば、話を止められるかどうか疑問だ。だがそれを我慢できずに口にしてしまえば、つぎはこうなる。いわれた他者には対抗する話がいくらでも作れるから、「自分も『すべておまえに任せる』といわれている」という話が出てくる。それを防ぐ手だてなどない。子としての自尊心もあるから、自分だけがそうしたことを聞いていないと認めるのはいやだ。そこで何か話を作り上げようとする意識も生じる。そういうものだ。そこでいつの話かまたあったかどうかすらわからない、「父がこういったのを聞いた」の応酬がはじまる。だからそもそもこういう劣った価値しか認められないような資料は、我慢して他人様《ひとさま》に披露しないのがよい。みんなにいわせないように、自分もそのていどの価値のことはいわない。そう自分を抑えられるかどうか。子たちにそんな我慢はできなかろうと懸念するのならば、二子山親方は子どもみんなと立会人《たちあいにん》などを呼んで、公開の場で自分の意思を表明すればよかったのである。裏付けとして複数の同じ証言があれば、価値はいくぶん増す。それでも「あのあとで、父はこういった」とかがはじまりそうだが。

なによりもいちばんよいのは、だれもがじかに本人の意思だと確認できる自筆の遺言書を書いておくことだ。本人の書いた本人の意思が一次資料であり、別人が語る「本人の意思」などとうていかなわない。

何が一次資料で、何が二次資料か。どっちの資料の価値が、どうして高いか。いつも一次資料と二次資料の優劣比較ばかりではない。ときには二次資料同士の、または三次資料同士を比較検討することもあろう。しかしそれでも書かれた内容を論議する前には、まず拠って立とうとする資料そのものの持つ価値の優劣・信頼性の高低を判断しておくことだ。その上で論議していけば、その検討結果はおのずから一致してくるはずである。

二　薬師寺論争と法隆寺論争

奈良市西ノ京町に古刹《こさつ》・薬師寺がある。境内には、明治中期に文化財調査にためここを訪れたアーネスト・F・フェノロサから凍《こお》れる音楽と評された三重六層の東塔があり、初唐の影響を窺わせる優雅な薬師三尊像が安置し、宝庫には天平美人図の代表的な遺品である吉祥天《きっしょうてん》画像を所蔵している。かつてはそれだけしかなかったが、第一二七代管主・高田好胤氏が先頭にたって白鳳伽藍の復興をめざし、法話をしながら、数多くの心のこもった写経によって再建したいと呼びかけた。その運動が功を奏してしだいに写経の輪が広がり、併行して伽藍の復興が進んでいる。すでに金堂《こんどう》・西塔・中門・講堂とそれらを取り巻く回廊のうち南半分ができている。さらに新築の玄奘《げんじょう》三蔵院には平山郁夫画伯の描いた絵が納められ、寺勢はさかんである。

さてここでの問題は、再現されようとしているのが白鳳伽藍なのかどうかである。

本薬師寺金堂跡の礎石群

周知のことだが、薬師寺は天武天皇九年（六八〇）十一月に、天武天皇が皇后・鸕野《うの》皇女（のちの持統天皇）の病気平癒を祈って発願《ほつがん》した寺院である。だから丈六《じょうろく》（一丈六尺）の薬師如来を本尊として鋳造している。その場所は藤原京内で、本《もと》薬師寺址としていまは礎石が残るだけである。皇后の病気は治り、造営工事はそののちも進められた。ところが朱鳥元年（六八六）、薬師像の「鋪金《ほきん》未だ遂げざるに、龍駕騰仙せり。太上天皇、前緒に遵《したが》ひ奉りて、遂に斯《こ》の業を成す」（寛元元年写「薬師寺縁起」〈『群書類従』二十四輯〉所収の「塔露盤銘文」、三九五頁）とあるように、発願主の天武天皇が病没。持統天皇は夫・天武天皇の作りはじめた事業ということで、造営業務を引き継ぐこととなった。しばらくたった『続日本紀』文武天皇二年（六九八）十月庚寅条には「薬師寺の構作略《ほぼ》了《おわ》るを以て、衆僧に詔して其の寺に住せしむ」とあり、金堂・講堂・塔などがおおよそ揃ったようだ。それでも大宝元年（七〇一）六月壬子条には波多牟胡閇《はたのむこへ》・許曽倍陽麻呂《こそべのひまろ》を「造薬師寺司に任ず」とあって、伽藍の整備・修築などのための役所が設置されている。

薬師寺がこうしてやっと完成したばかりというのに、和銅三年（七一〇）、都が平城京に遷された。その遷都にともなって、寺院も移転していくことになった。藤原京の大官大寺は、平城京では大安寺となった。京外の飛鳥寺（法興寺）も移転して、元興寺《がんごうじ》と名乗った。こうしたなかで養老二年（七一八）、薬師寺も平城京右京六条二坊へと移転したのである。ここでいう移転とは本部を平城京内に移すことであって、かならずしも寺院の建築物などを撤去することを意味しない。この移転の意味内容が、薬師寺では大きな問題となっているのだ。薬師寺は、白鳳時代（大化元年〈六四五〉～和銅二年〈七〇九〉）に建造された本薬師寺を撤去し、現在の本尊・伽藍などを現在地に移した。そう思っているから、現在のたたずまいを白鳳伽藍と称しているのである。

その根拠は、こうだ。

承保二年（一〇七五）十月五日奥付の「薬師寺縁起」（『続群書類従』二十七輯下所収）は長保年間（一〇〇二～一六）の成立と考えられている。それには、

一、金堂《こんどう》一宇。二重二閣。五間四面。……其の堂の中に安置せる丈六金銅須弥座《こんどうすみざ》薬師像一躯《く》。円光中に半ば出づる七仏薬師仏像。火炎の間に無数の飛天を翅（刻）み造る也。右の脇士は日光遍照・月光遍照菩薩像、各一體。已上、持統天皇の奉《おおん》（為《ため》）に、造鋳坐すといへり。

とあり、ついで、

古老の伝へに云く、件《くだん》の仏像、本寺従《よ》り七日して奉迎すと。　（二八一頁）
とある。これが文献的な裏付けである。また本薬師寺の金堂址では現在十四個の礎石が露出しているが、柱間は正面の中三間が天平尺（一尺が二九・八センチメートル）の十二・五尺、左右の二間は十尺、側面の中四間が十尺となっている。それは西ノ京の薬師寺も同じである。考古学的な知見では、同尺なので移築ができるし、少なくとも否定できない。
しかし移築できるということは、もとより移築したことの証明にならない。
反証もある。同じ承保二年奥付の「薬師寺縁起」には、
一、宝塔二基。各三重。重毎に裳層有り。高さ十一丈五尺。縦・広さ三丈五尺。　（二八一頁）
とあり、その末尾には、
流記《るき》に云く、宝塔四基。二口は本寺に在りと云々。
とある。薬師寺の塔は四基あって、西ノ京町に二基・本薬師寺に二基あったのである。また「去る天平及び宝亀年中に注《しる》す寺家の流記に云く、寺院の地十六坊四分之一」とも書かれている。その左にある注記には「件の注録する所に彼本寺并《なら》びに今寺と見ゆ。十六坊四分之一と謂《い》ふは、是如何乎《これいかんか》」とあり、「但し、今寺十坊四分之一なる者、尤《もっと》も顕然也」とある。しかし本文中に「四坊は塔・金堂并びに僧坊等の院、二坊は大衆〈以上本寺〉」としてあり、六坊分は本寺にあったようだ。
また『扶桑略記《ふそうりゃっき》』（新訂増補国史大系本）天平二年（七三〇）三月二十九日条には、
同月廿九日、始めて薬師寺の東塔を建つ。　（八九頁）
とある。

さらに右大臣・藤原（中御門）宗忠の日記である『中右記』（史料大成本）の嘉承元年（一一〇六）八月廿一日の記事では、

> 未剋許《ひつじのこくばか》り、薬師寺に参詣す。別当・隆信法橋《ほっきょう》、聊《いささ》か御儲有り。舎利取り出し奉り、……先づ説法□前取り出だし、舎利見奉る。自然落涙す。神心春の如し。説法了《おわ》りて後、諸僧に被《かづ》き物・布施を給ひ、燭を秉《と》りて本の隆透（秀）房に還る。
> 件の舎利、元是本薬師寺の塔下の地底に在り。数百年の間、人全く知らず。已《すで》に年月を経るの後、先年夢告に依り、薬師寺別当の隆信、試みに塔の底の地、深さ数見（尺）、已にして金壺を得、驚きて之を開けり。尋ね求めし舎利三粒を得て、新たに薬師寺金堂に奉納せり。□従《よ》り以来《このかた》十余年、天下の男女随喜す。之《これ》を因縁として、今日相具《あいぐ》して人々参詣する所也。誠に末代と雖も仏法の霊験不可思議也。（一三四頁〜一三五頁）

とあって、塔の下から数百年ぶりに舎利と金製の壺に入った容器が見つかって、それを平城薬師寺に奉納したという。しかし十分な用意をもって移築しようとしたのであれば、塔建築にとってもっとも大切な要素である舎利が置き忘れられるはずがない。周知のように塔（卒塔婆《ストゥーパ》）のもとは釈迦の遺骨である舎利を蔵《おさ》めた土のマウンド（墳丘）であり、三重・五重をなす屋根は暑さよけの傘にすぎない。造塔の本旨は、舎利をそこに蔵めることである。

また塔・金堂など個々の伽藍に触れてはいないが、参議・左大弁の源経頼の日記である『左経記』（史料大成本。経頼記・糸束記・源大丞記などともいう）の万寿二年（一〇二五）十一月九日・十日の記事には、

> 九日丁亥。晴れ。宮瀧に向かひ、次いで龍門に向かひ、本薬師寺に宿《やど》る。

十日戊子。晴れ。晩に及《いた》り、薬師寺に帰る。　　　（一五五頁）

と見え、本薬師寺には宿泊できるような建物が存在していた。少なくとも寺院と名乗れるだけの施設がまだ存在しており、荒野に戻ってはいない。

この問題をどう考えればよいのか。いろいろな文献があって、ひとそれぞれの取りようなのか。根拠がそれぞれあるから、一つには定めがたいものなのか。

文献史学というのは、何らかの文献によっていれば、それで実証主義的とみなしているのではない。記載された史料に基づいて歴史を構成していくことだけでなく、史料としての価値の優劣を判断しながら、その優劣に適切な差をつけながら再構成している。同じく文献として並んでいたらみな価値が等しい、というわけではない。書かれている内容がより詳しいからとかより筋が通っているからということで、価値の高低が決まるのでもない。

たとえていうなら、株主総会である。株主総会では、発言した内容の良否によってその優劣が決まるのではない。出席してそれを聞いている株主の頭数《あたまかず》で決議されるわけでもない。それぞれの株主は、あらかじめその所有する株式数に応じて発言力に優劣があり、出席していること自体の価値が異なっている。それと同じことである。だから右の史料のなかで、どれがもっとも発言力がつよく、優れているのか。それが的確に判断できさえすれば、この問題にはおのずから決着がつく。

結論をさきにいえば、この問題についてもっとも価値の高い史料は『中右記』である。

藤原宗忠は、本薬師寺の塔址から舎利が出土し、平城の薬師寺金堂に奉納されたときの同時代人である。本人の記した日記であるから、この記述の信憑性・信頼性がもっとも高い。「薬師寺縁起」は編纂物であるが、ほかにないなかでは次点となる。その縁起のなかでも本寺・今寺という区別があり、そこには本寺の塔・金堂についての記載もある。これに対する古老の話はそもそも又聞きの不確かなもので、縁起本文の全体的な趣旨から見て矛盾することを述べている。そのためか、縁起のなかですら史料としての価値が低く扱われている。まともに採り上げるほどの文献・記事でない。したがって、「本薬師寺の白鳳伽藍は移転せず。二寺が併存した」「平城の薬師寺は天平伽藍」とするのが妥当なのである。文献史料の優劣から判断するという手順を踏めば、一致して導かれるべき結論がこれになる。

　史料価値の高低・優劣の見分け方は大学の史学演習などで最初に学ぶことだが、梅原猛氏にはそうした心得がなかったようだ。梅原氏は哲学博士だから、個々の内容を同価値として並べて、そのうちのどの説明・解釈・理論付けがよりよいかという観点で読もうとする習性がある。そういう考えだから、博士（史学）とはなりえないのだろう。

『隠された十字架―法隆寺論―』（新潮社刊、一九七二年）のなかに「山背大兄一族全滅の三様の記述」という項目があり、山背大兄皇子を討伐した主体が誰であったか、という問いを発している。そして①『日本書紀』皇極天皇二年（六四三）十月戊午条では「蘇我臣入鹿、独《ひと》り謀りて、上宮の王等を廃《す》てて、古人大兄を立てて天皇にせむとす」とあって、入鹿の単独犯説。②『藤氏《とうし》家《か》伝《でん》』（沖森卓也・佐藤信・矢嶋泉著『藤氏家伝注釈と研究』）では「宗我入鹿、諸王子と共に謀りて、上宮太子の男、山背大兄等を害《そこな》はむと欲ひて曰ひしく……諸王、然諾《しかうべな》ひき。但、従はずは、害身に及ぶを恐り、共に許す所以なり」（一四五頁）となって共同謀議だが、入鹿の強制説。③『上宮聖徳太子伝補闕記』（『群書類従』

五輯）では「宗我《そが》大臣、并びに林臣入鹿、致奴《ちぬ》王子の児軽王、巨勢徳太古《とこだこ》臣、大臣大伴馬甘《うまかい》連公、中臣塩屋枚夫《ひらぶ》等六人、悪逆を発して、太子子孫男女廿三王を計るに至り、罪無くして害せらる」（三三九頁）とあって、蝦夷《えみし》・軽王（孝徳天皇）など六人との共同発案者説、が紹介されている。

梅原氏はこのうちの第三の説を採るのだが、そのさい『上宮聖徳太子伝補闕記』の序文に「日本書紀・暦録、并びに四天王寺聖徳王伝、具《つぶ》さに行事奇異之状を見るも未だ委曲を尽さず。憤々尠《すく》なからず。斯に因りて、略耆旧を訪ね、兼ねて古記を探りて、調使《つきのおみ》膳臣《かしわでのおみ》等二家記を償得す。大抵古書に同じと雖《いえど》も、説、奇異有り。之を捨つるべからず」（三三五頁）とあるのをうけて、

明らかに『補闕記』は、『日本書紀』及び『四天王寺聖徳王伝』という既成の歴史書に腹をたてている。『補闕記』の著者は、真実を明らかにするために古記をさがし、調使、膳臣の二家記をみつけ、それにもとづいて異説をたてている。私はこの言葉の中にこもる憤激の口調からみて、この文書は真実を語っていると思う。……私はどうもこの三つのうち、第三の説、積極的共犯説が真実ではないかと思う。この『補闕記』の著者は、おそらく、歴史の偽造に怒っていたのである。彼は藤原氏以外の資料によって、歴史の真実を明らかにしようとしたのではないかと思う。

（一〇六頁〜一〇八頁）

とされている。三種の史料から、どれを採り上げるか。どの文書が真相を物語っているかの重要な見極めをしようというときに、先見的に「真実を明らかにするために古記をさがし」ていると見なしてよいのか。また「この言葉の中にこもる憤激の口調からみて」とか、記述されたそれぞれの内容を吟味することで優劣・採否を決めてよいのか。

文献史料に向かうときの姿勢が、根本的に問題である。問題として捉えるときの基盤にある、史料の価値判断をしていないからである。『日本書紀』は、おそらく天武天皇十年（六八一）三月丙戌条の川島皇子・忍壁皇子らへの「帝紀及び上古の諸事」の編纂命令にはじまり、養老四年（七二〇）四月癸酉条にあるように完成して舎人《とねり》親王から奏上されたものである。『藤氏家伝』は鎌足伝・貞慧《じょうえ》伝（上巻）と武智麻呂《むちまろ》伝（下巻）の二巻からなり、成立は天平宝字四年（七六〇）ごろ。著者は、上巻が藤原仲麻呂で、下巻は僧延慶《えんぎょう》である。上巻については、『日本書紀』の言葉や表現とまったく同じものが多く見られ、『日本書紀』の記事を下敷きにし、そこに独自性のある顕彰記事を若干付け加えている。『上宮聖徳太子伝補闕記』はさらに後《おく》れた平安前期の成立で、平安遷都以降で『聖徳太子伝暦《でんりゃく》』（九世紀末〜十世紀前半）以前にできた。(2) すべて等しく編纂物であり、後人の手が入りやすい点では史料としての価値に大差ない。だからここでは、いつの編纂物かという、その書籍の成立年次が問題になる。

皇極天皇二年（六四三）のできごとについて、どの内容がより真実を伝えていると思うかではなく、どれがもっともできごとに対して成立時期が早いか。そういう観点で見る必要がある。『日本書紀』では編纂開始からすれば三十八年前で、成立からすれば七十八年前のこと。それに対して、『藤氏家伝』では一二〇年ほど前になり、『上宮聖徳太子伝補闕記』ではかりに八〇〇年成立としてほぼ一六〇年前のことを記したことになる。今日（二〇〇五年）を起点とすれば、『日本書紀』では立憲政友会の田中義一首相が第一次山東出兵を命じ、憲政会・政友本党が浜田雄幸《おさち》総裁のもとに合同して立憲民政党を結成したとき（一九二七年）。『藤氏家伝』では、枢密院ができて、超然主義をとる黒田清隆内閣が成立したとき（一八八八年）。『上宮聖徳太子伝補闕記』では、アメリカ東インド艦隊司令官ビッドルが浦賀に来航して通商条約の締結を求めたり（一八四七年）、江戸幕府が諸大名に沿岸防備の強化をもとめ、海防論がさかんに幕府に届けられたとき（一八四九年ごろ）、にあたる。そういうあたりのできごとについて、いまここで書いていることになる。解釈のし直《なお》しならともかく、いまからどれだけあらたな史料を集めえて、定説を書き直しうるものだろうか。

どれだけの年代差の範囲ならば、比較的に信頼性の高いことを書きうるか。年代差が大きくなるほどむずかしいと考えるのが穏当で、彼我《ひが》の時代差から判断して、どの書物の信頼性が高くなるかは明白である。とうぜん信頼性が高いのは『日本書紀』である。『日本書紀』の記述を『藤氏家伝』や『上宮聖徳太子伝補闕記』の著者がなぜ変えようとするのかは、それとしてべつの問題として考えなければいけない。それでもそのことは、信頼性の高い『日本書紀』の記述を核とし、どのような著者がのちのどういう時代の要請があって、どのような立場から『日本書紀』の記述に足《た》し引きしたのか。そう考えていくべき問題だろう。

蛇足を加えれば、筆者は『日本書紀』が全面的にただしいとは思っていない。改竄《かいざん》がいつでもどの部分についても可能な編纂物であるから、編纂目的の観点で記述のなかに歪《ゆが》めた部分もあるだろうし、編纂者の自己弁護のための記事があっておかしくない。(3) それに対する異説がながく巷間《こうかん》にあってもよい。一般論としてはそう思う。

だが山背大兄王討伐事件の首謀者が入鹿かどうかという問題がそれにあたるのならば、軽王・蝦夷らの参画の事実発覚という記載は『上宮聖徳太子伝補闕記』よりも、『藤氏家伝』にすでにあって差し支えないはずだ。巷間に『日本書紀』に対する異説が溢れていたのなら、『藤氏家伝』が採用すればよかった。軽王が貶《おとし》められても、そのときとくに政界内で不都合なことなどなにもないからだ。あとになって、時代がくだるほどどんどんくわしくこまかいことまで分かってくるというのは、なにより不自然である。政府・台閣の重鎮が事実確認のために特別委員会を設置して調査に乗り出したというのなら、すべての記録を提出させて再調査したために、かつてより詳しくわかることもあろう。だが不明とはいうものの、奇異を好む『上宮聖徳太子伝補闕記』の著者に、それほど信憑性の高い機密資料が入手できるとは思えない。

こうした史料価値の序列についての判断をしようとしないと、執筆者の筆先でいかようにも踊らされる。歴史の経験や知恵などを自分に生かすためではなく、真実を求めて事実を見きわめようとするのでもなく、混ぜ返しを好み目あたらしい説に飛びつくだけの軽はずみな人、珍説・奇説・異説の蒐集家になってしまう。裏にある史料としての価値の優劣を瞬時に見きわめる努力をすべきであって、異説の蒐集に力を注ぐことはむなしいと思う。

【注】

（1）「翔」二十九号（一九九九年十月）に掲載。のち松尾光編『忘れえぬ女性　松尾聰遺稿拾遺と追憶』（豊文堂出版刊、二〇〇一年）に収録。

（2）拙稿「聖徳太子の伝記」（『古代の神々と王権』所収。笠間書院刊、一九九四年）

（3）拙稿「『古事記』『日本書紀』編纂の裏側」（『天平の木簡と文化』所収。笠間書院刊、一九九四年）

※本稿は、平成十七年十一月六日に奈良県立万葉文化館で行なわれた第四回奈良県立万葉文化館ボランティア研

修会での講演「歴史と趣味」を採録したものである。

（「翔」四十八号、二〇〇五年十一月）

3　図書・情報室のジレンマ

図書・情報室には、しばしば「この書籍を寄贈したい」という申し出がある。自分が精魂込めて書きためてきた研究論文集・随筆集・短歌集、奈良県内を縦走して撮ったであろう自然や旧跡などの写真集や種々の収集品・膨大な資料集、あるいは両親や家族が苦労して集めた数千冊にもなろうという大量の蔵書などまで、さまざまである。しかもわざわざ当館を訪ねてきてくださって、かつ無料でよいというのだから、このうえなくありがたい夢のような話である。それがこの上ない善意であるとは重々承知しているのだが、この申し出は受けられない。それが図書・情報室の大きなジレンマとなっている。「えっ、人が好意でいってやっているのに、なんだそれは」と思われるかもしれないが、まあ聞いていただきたい。

一　図書室の抱える事情

当館の図書・情報室は、奈良県立万葉文化館を運営する奈良県万葉文化振興財団（財団理事長は奈良県知事）が付設させた万葉古代学研究所の施設の一部で、万葉集を国際的・学際的な見地から幅広く研究するために、それに関係する必要不可欠な書籍を集めて開示している。日本文学・歴史学・考古学・地理学・民俗学・民族学・宗教哲学・倫理学・社会学・人類学・美術学・音楽学など諸分野の研究成果を採り入れて、万葉集の歌の背景からその真の意味を解明しようとしているから、個人の所蔵図書とは異なって、多くの分野にまたがりかつ桁外《けたはず》れの数の書籍が必要となる。

こうした観点で必要になってくる書籍は、しだいに多くなっていくとしても減ることはない。賞味期限・消費期限が切れたり、保存義務期間が規定されている事務書類や商品の部材・部品などとはちがって、人文系の書籍には古くなっても価値を失わないものが多くある。その上に、あらたな研究書・著作などが毎年確実に増えていくから、書籍は増える一方である。

これに対して、図書・情報室の書棚スペースはその書籍の量に見合うように適宜拡幅されていくわけではない。もしあらたに書架・書棚を作ろうとすれば、以前の設《しつら》えとの整合性や模様替えなど部屋全体にかかわる設計のしなおしもふくんで、それは大きな出費となる。

高岡市万葉歴史館（高岡市民文化振興事業団による財団運営。財団理事長は高岡市長）では、雑誌に掲載された万葉集関係の研究論文（以下、雑誌論文と略す）を初出の状態で複写し、研究しようという人たちに開示している。もちろん雑誌論文以外にも、それなりの研究書や著作は書籍の形で常備している。この図書の格納施設は、開架式書棚と司書室の奥にあるわずかな可動式書架のみである。雑誌論文の複製は増え続け、すでに図書閲覧室内の書棚の半分以上が埋まっている。複製が仕上がってくるたびに、その厚みの分の書籍が司書室の奥にしまい込まれる。このさきいったいどうなるのか。どう考えても、十年後はもはや図書室内に格納できず、書籍・雑誌論文とも室外にあふれ出てしまう。そこで「図書室の前に講義室があるから、そこに研究論文を持っていって雑誌コーナーとし、書籍コーナーと分離しよう」とか「講義室は、駐車場を壊してそのあとに別棟を建てよう」とか、そういう夢のようなプランが口にされた。しかしその実現はとなれば、至難である。講義室をあらたに建てるのならば高岡市の予算に組み込まれなければならないが、大多数の利用客に直接関係しない図書閲覧室にかかわる増改築に数億円の予算がつくことなどまずない。

姫路市立姫路文学館は、播磨地域の文学の振興と関連資料の保存を目的とした文化施設である。この館には、高岡市万葉歴史館とは比較にならない大容量の書庫がある。十段の書棚が十個連結されて、それが可動式で十数列か数十列をなしていたと記憶している。これだけの容量があれば、播磨地域の作品を網羅的に蒐集しても、なおゆとりがありそうである。しかしすこし考えて見れば、播磨地域の文学の振興には、播磨地域の文学書と関連資料を集めておけばいいわけではない。参考とすべきそれ以外の地域の文学資料がなければ、とうぜん播磨地域の文学振興などはかれない。また文学の分野だけを蒐集すれば、文学作品が書けるわけでもない。歴史・地理・社会などいろいろな分野の書籍が揃っていて、はじめて文学作品のある場面が描ける。これはものの道理で、自分で書こうとしてみればすぐにわかる。ともあれ開館時にはいくつかのまとまった寄贈図書を受け入れたが、それでもまだゆとりがあった。これで五十年は大丈夫と思って建てたのだろうが、その思いははじめの数年だけに終わった。この館でも、十年ほどですでに書庫が満杯となったあとを懸念しなければならない状態である。

さて、奈良県立万葉文化館ではどうか。図書・情報室の開架スペースのほかに、レファレンス・カウンターの奥に格納施設があるにはある。しかしこの容量は、高岡市万葉歴史館とおなじかむしろ狭い。もしも現在の書棚から図書が溢れたら、図書室内の書棚を増やしていけるだろうか。書棚の間隔を同じようにとって増設するとすれば、あと一列だけは可能だ。書棚の間を詰めて並べ直そうとすれば、照明器具の位置変更・室内カメラの設計変更・床材貼り替えなどをふくめて、かなりの経費がかかる。書棚を二、三増やすだけの経費では済まない。

二　図書蒐集の基本方針

各館の事情はおおむね同じであり、ようするに現在あるスペースのなかで、将来の増大が確実に見込まれる書籍を収めていく算段をするほかない。

その算段とは、なにか。結論をさきにいえば、収容能力を勘案しながら、自分の判断で冷静に慎重に一冊づつ買い集めていくことである。評価も定かでない新刊書を慌てて買わなくても、たとえ五年後に二倍の値段で購入することになっても、不要なものを購入してしまうよりましである。

個人蔵書を一括して寄贈してくれるのは、たしかにありがたい。だが多くの場合、所蔵書籍を一冊も落とさずに一括して受け入れることという条件がつく。たとえば漢文学者のＹ氏の蔵書の寄贈を受け入れ、Ｊ大学が「Ｙ文庫」と命名して所蔵している。漢文学の研究者が必要とする書籍は、とうぜん基礎的なものから研究論文集まであるが、その大半は市販されていたものだ。それならば文学部を持つ大学の図書館であればそのときどきにとうぜん購入してきたはずで、Ｙ文庫の過半は大学図書館の蔵書と重なってしまう。かりに五〇〇冊の貴重書がほしいために、五〇〇〇冊の蔵書をそのまま一括して受け入れれば、四五〇〇冊分の書棚がみすみすむだに埋まってしまう。この分をあらたに収容できるようにするための建設費用はいくらだろう。寄贈だから図書購入費がかからなくて得したようだが、けっきょくは書棚の増設費用・図書館書庫の新設費用がかかるために、得失では損となることがある。図書館の書棚の一メートルの建設費はいくらにあたるかを考えに入れて、得失を判断すべきだろう。おそらく膨大な建設費用と比べれば、一メートル分の書籍などいくらかけて購入してもはるかに安いだろう。

かりに、図書室兼書庫を総工費十億円で建てることになったとしよう。ここに八段の書棚を七二〇個置くことにする。書棚の幅が八十五センチメートル（幅を広くすると、書籍の重さによって中央部がたわんでしまう）、一段に平均三十五冊入るとして、これで二〇万一六〇〇冊が収まる。ちなみに桜井市立図書館の蔵書数が、一四万一七六七冊（平成十七年度）である。そうすると、総工費を収納可能冊数で割ると、一冊（二・四三センチメートルとする）の幅の書棚代金は四九六〇円となる。つまり一冊買って書棚におくたびに、四九六〇円分の棚が消えていくわけである。消えていくといっては価値ある書籍に失礼だが、書棚からすればそれだけの経費をかけて用意した棚の上に置くのである。無料で寄贈されるといっても、それを受けて架蔵するには四九六〇円がかかる。受けた側が、無料で済むわけではない。ちなみに一メートル分の書棚を持つには、さきほどの試算例では二〇万四一一五円ほどかかる。

そのことを考えれば、書籍の重複は書棚の無意味な損失である。

万葉図書・情報室の蔵書は創設時に県立橿原図書館万葉文庫を継承し、かつ犬養万葉記念館の余剰本（犬養孝氏と清原和義《かつよし》氏の蔵書を収容したため、重複する書籍が多数あった）を受け入れたので、重複している書籍がかなりある。同じ本で棚を埋めるのはもったいないが、創設時にはそれなりの事情があったのであろう。しかし重複はできる限り避けたい。このさきどうしても書棚に困る事態に陥れば、そのときは重複する書籍のよい利用法や処分を考えなければなるまい。

こうしたなかで、「重複していない書籍だから、この一冊を是非」といって寄贈されようとする方もいる。たとえば自分の万葉集研究の成果を綴じて、または刊行されて寄贈を申し出られる。「万葉関係の研究をしてきて、やっと一書に纏めた。ここに置いて、研究を志す人たちに読ませたい」といわれる。

万葉古代学研究所としては、万葉関係の多様な研究がなされることを求めているし、そうした試みを大いに歓迎する。しかしそのことは、その図書・情報室としてそれぞれの個人的な成果を所蔵すべきかどうかとはべつの問題である。どういう内容のものであり、研究を志す方たちにあまねく開示する必要があるかどうか。それは、その書籍ごとに判断しなければならない。その基準は、私たちのなかにあるが、万葉研究の進展状況とともに変わってくるだろうし、さきほどあげた収容能力の見通しなども関係する。普遍的な明快な一文によって示せるほど単純な基準ではない。

蒐集・所蔵すべきかどうかのその判断基準を、だれもが納得するように説明するのははなはだ困難である。寄贈者が「万葉集について私が研究してきた成果なのだから、研究の一大推進者たることを標榜する研究所の図書室としてはとうぜん所蔵すべきだ」といわれても私たちとして受けられない場合が出てくるが、判断が一致しなければ気を悪くさせることになる。そこで万葉古代学研究所としては、「所蔵すべき書籍は、原則として寄贈を受けず、すべからく購入によって蒐集する」という基本方針を立ててきた。

書籍の急激な増大を防ぐために、所蔵すべき書籍を慎重に検討し、蒐集すべき基本図書のリストを作っている。もちろんすでに述べたように「万葉集を国際的・学際的な見地から幅広く研究するために、それに関係する必要不可欠な書籍」かどうかを討議した上のものである。それを学会誌や新刊書の情報などを勘案して逐次更新しつつ、急がずに計画的に購入するようにしている。

自分で苦労して書き上げた書籍を無料で寄贈しようというのに、それをかたくなに辞退するとは失礼の極みと思われよう。だが、申し出た人によってとか、館員に顔が利くとかなどで寄贈を受けたり受けなかったりするのでは、さらに失礼なことになる。そこで図書・情報室では、寄贈を受けない。これだけは不動の基本方針とした。

所蔵者には大切な書籍であり、それを行方不明にされたとか廃棄されたとかは不愉快な話であろうから、送付いただいた場合は心ならずも返送している。せっかくの篤志に対して心苦しいことだが、図書・情報室の一〇〇年の計を考えて、受けないと決めた。小癪《こしゃく》な生意気なと思わず、心苦しいと思っている胸中を察していただきたい。

三　懸念される先行き

ところで図書館のなかには、書籍の貸し出し回数を目安にして、数年間の範囲で借り手の数が一定基準を超えなければ廃棄処分とするところもあると聞く。広報紙などで宣伝に努め、廃棄印を押した上で、図書館の前に並べておいて取られていくのを待つのだそうだ。またK文学館は「棄てる勇気を持て」と主張し、自館の蔵書の廃棄処分に着手しただけでなく、ほかの館にまで廃棄を勧めている。しかし、こうしたことは少なくとも万葉図書・情報室の採るところでない。

図書館には貸し出して文化を普及させるという役割もあるが、保存して長く後代に伝える役割もある。貸し出し回数を基準とされたら、学術図書の大半はどうなる。その基準では、貸本屋の営業方針とかわるところがない。研究上の論議は、三十年・五十年という単位で一つ進むような分野も多い。「十年も顧みられないから」「誰も利用しないし、読まれていないから」といって廃棄されてしまったら、図書館から学術書はまたたくうちに駆逐《くちく》されてしまう。

またたとえば広告雑誌に載せられた記事は、いま価値がないと思っていても、そこに書かれた文がのちに脚光をあびることもある。忘れ去られてしまった雑誌に、すでに先見の明のある人物が寄稿して論じていることもないとはいえまい。いまは価値が定まらない微力な雑誌だから、みんなが持っていなくともいいと思って棄ててしまう。だからこそ、それをあえて保存している図書館の蔵書があてにされ、図書館が貴重な施設と見なされるのである。個人レベルに期待されるものと図書館に期待されている役割は、おのずから異なる。しかもいまの価値基準によって、幸いにして持っているものまで棄ててしまってもよいのか。この措置については、たいへん疑問に思う。あるいはマイクロフィルムやデジタルデータなどで電子化して保存するのかもしれないが、書籍はただの活字の集合体でない。装幀《そうてい》もあれば、製紙・製本・印刷の技術も駆使された文物である。書籍の形での保存と継承は、図書館の大切な使命である。当館が所蔵する書籍は、せめてそういう目に遭わせたくない。

（「万葉図書・情報室だより」十九号、二〇〇七年十一月）

古代天皇系図

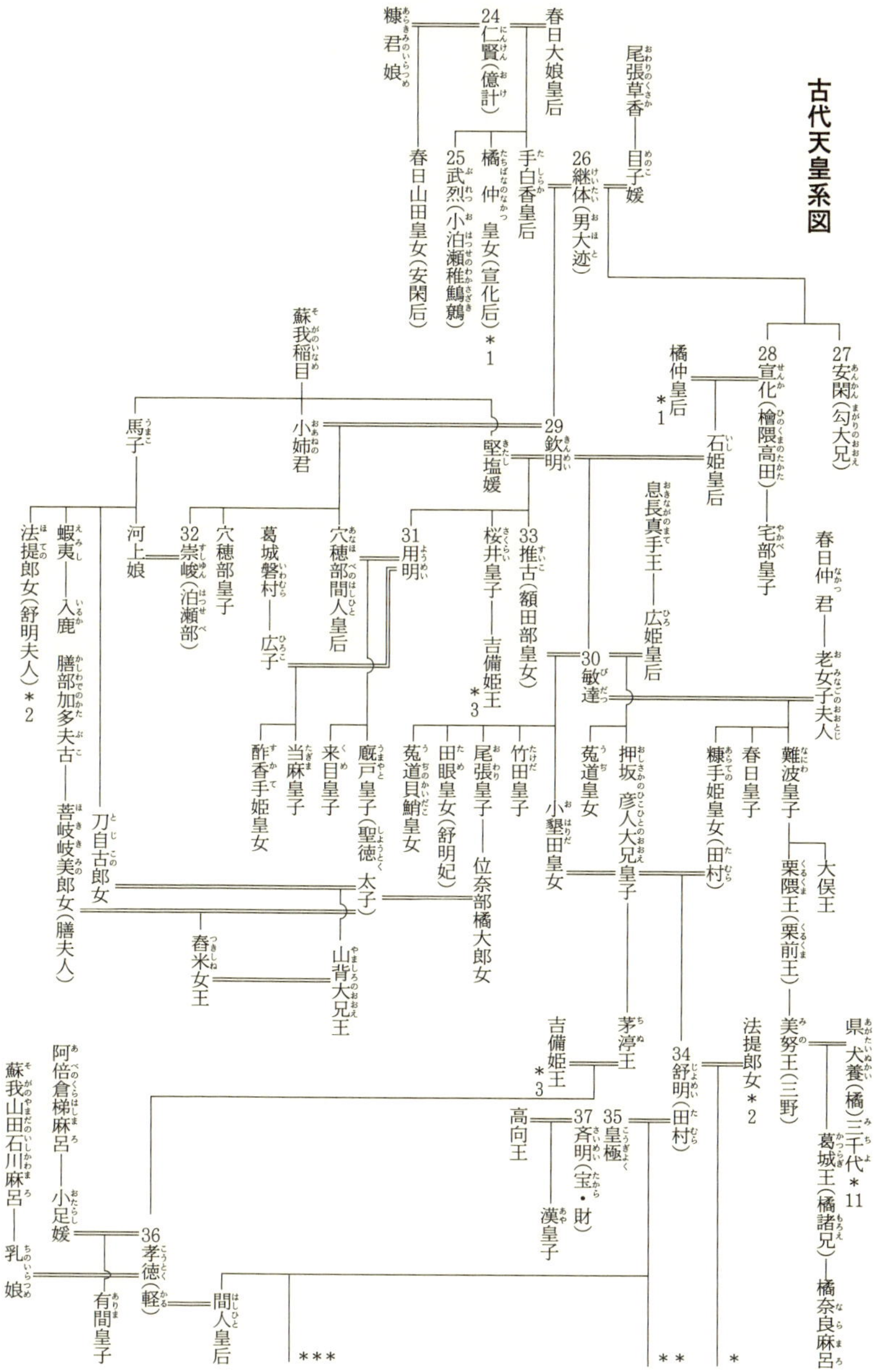

尾張草香《おわりのくさか》
目子媛《めのこ》
春日大娘皇后
24仁賢《にんけん》(億計《おけ》)
糠君娘《あらきみのいらつめ》
26継体《けいたい》(男大迹《おほと》)
手白香皇后《たしらか》
橘仲皇女《たちばなのなかつ》(宣化后)＊1
25武烈《ぶれつ》(小泊瀬稚鷦鷯《おはつせのわかさざき》)
春日山田皇女(安閑后)
27安閑《あんかん》(勾大兄《まがりのおおえ》)
28宣化《せんか》(檜隈高田《ひのくまのたかた》)
橘仲皇后＊1
石姫皇后《いし》
宅部皇子《やかべ》
蘇我稲目《そがのいなめ》
29欽明《きんめい》
堅塩媛《きたし》
小姉君《おあねのきみ》
馬子《うまこ》
春日仲君《なかつ》
老女子夫人《おみなごのおおとじ》
息長真手王《おきながのまて》
広姫皇后《ひろ》
30敏達《びだつ》
33推古《すいこ》(額田部皇女)
桜井皇子《さくらい》
吉備姫王＊3
31用明《ようめい》
穴穂部間人皇后《あなほべのはしひと》
葛城磐村《いわむら》
広子《ひろこ》
穴穂部皇子
32崇峻《すしゅん》(泊瀬部《はつせべ》)
河上娘
蝦夷《えみし》
入鹿《いるか》
膳部加多夫古《かしわでのかたぶこ》
菩岐岐美郎女《ほききみの》(膳夫人)
法提郎女《ほての》(舒明夫人)＊2
刀自古郎女《とじこの》
難波皇子《なにわ》
春日皇子
糠手姫皇女《あらての》(田村《たむら》)
押坂彦人大兄皇子《おしさかのひこひとのおおえ》
菟道皇女《うち》
小墾田皇女《おはりだ》
竹田皇子《たけだ》
尾張皇子《おわり》
田眼皇女《ため》(舒明妃)
菟道貝鮹皇女《うちのかいだこ》
廐戸皇子《うまやと》(聖徳《しょうとく》太子)
来目皇子《くめ》
当麻皇子《たぎま》
酢香手姫皇女《すかて》
大俣王
栗隈王《くるくま》(栗前王《くるくま》)
位奈部橘大郎女
春米女王《つきしね》
山背大兄王《やましろのおおえ》
県犬養《あがたいぬかい》(橘)三千代《みちよ》＊11
美努王《みの》(三野)
葛城王《かつらぎ》(橘諸兄《もろえ》)
橘奈良麻呂《ならまろ》
法提郎女＊2
34舒明《じょめい》(田村《たむら》)
茅渟王《ちぬ》
吉備姫王＊3
35皇極《こうぎょく》
37斉明《さいめい》(宝《たから》・財)
高向王
漢皇子《あや》
阿倍倉梯麻呂《あべのくらはしまろ》
小足媛《おたらし》
蘇我山田石川麻呂《そがのやまだのいしかわまろ》
乳娘《ちのいらつめ》
36孝徳《こうとく》(軽《かる》)
有間皇子《ありま》
間人皇后《はしひと》
＊＊＊
＊＊
＊

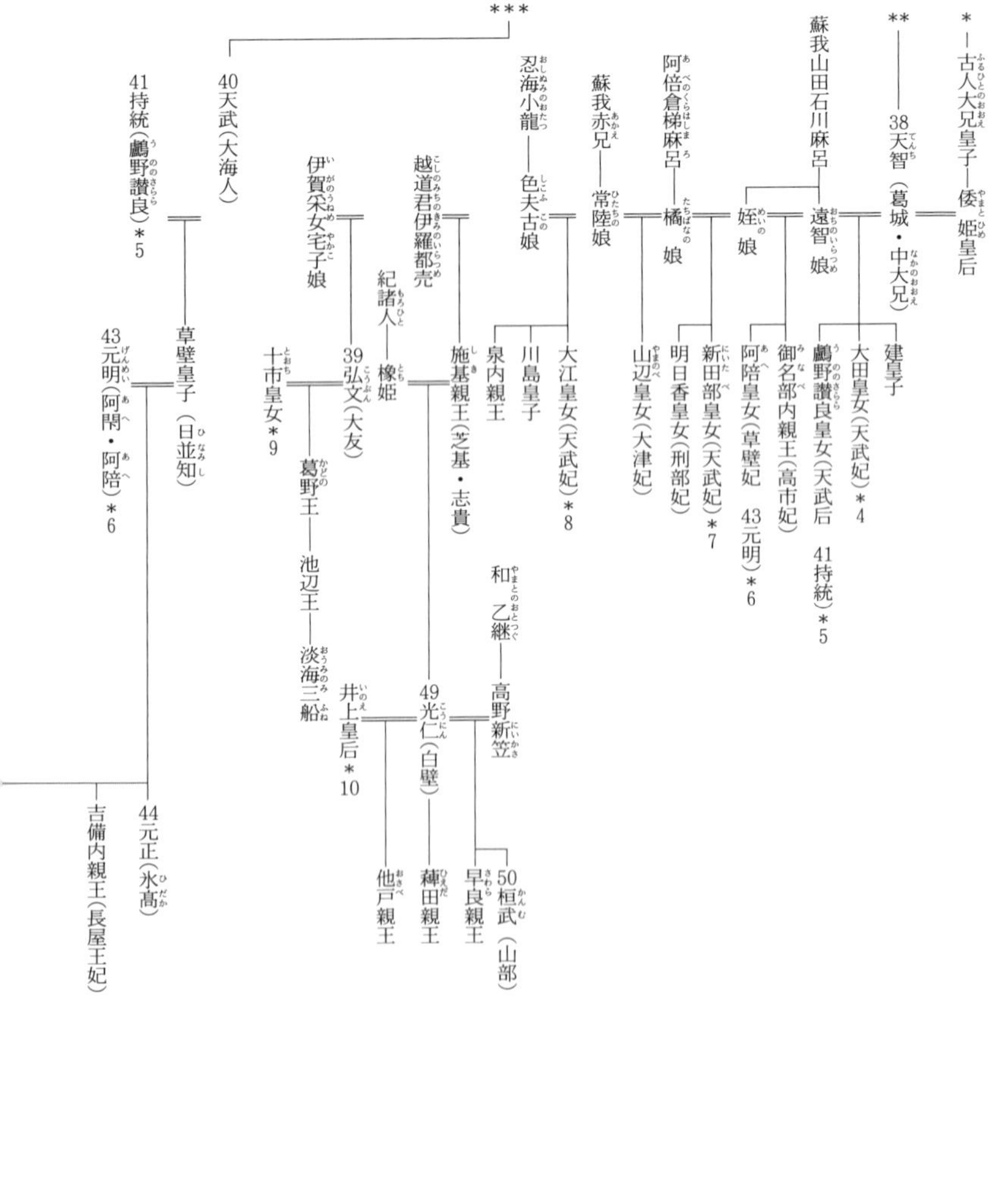

＊―古人大兄皇子《ふるひとのおおえ》―倭《やまと》姫《ひめ》皇后
＊＊―38天智《てんち》（葛城・中大兄《なかのおおえ》）
建皇子
大田皇女（天武妃）＊4
遠智娘《おちのいらつめ》
鸕野讃良《うののさらら》皇女（天武后　41持統）＊5
蘇我山田石川麻呂
姪《めいの》娘
御名部《みなべ》内親王（高市妃）
阿陪《あへ》皇女（草壁妃　43元明）＊6
阿倍倉梯麻呂《あべのくらはしまろ》
橘《たちばなの》娘
新田部《にいたべ》皇女（天武妃）＊7
明日香皇女（刑部妃）
蘇我赤兄《あかえ》
常陸《ひたちの》娘
山辺《やまのべ》皇女（大津妃）
忍海小龍《おしぬみのおたつ》
色夫古《しこぶこの》娘
大江皇女（天武妃）＊8
川島皇子
泉内親王
越道君伊羅都売《こしのみちのきみのいらつめ》
施基《しき》親王（芝基・志貴）
紀諸人《もろひと》
橡《とち》姫
和乙継《やまとのおとつぐ》
高野新笠《にいかさ》
49光仁《こうにん》（白壁）
50桓武《かんむ》（山部）
早良《さわら》親王
稗田《ひえだ》親王
井上《いのえ》皇后＊10
他戸《おさべ》親王
伊賀采女宅子《いがのうねめやかこ》娘
39弘文《こうぶん》（大友）
十市《とおち》皇女＊9
葛野《かどの》王
池辺王
淡海三船《おうみのみふね》
＊＊＊
40天武（大海人）
41持統（鸕野讃良《うののさらら》）＊5
草壁皇子（日並知《ひなみし》）
43元明《げんめい》（阿閇《あへ》・阿陪《あへ》）＊6
44元正（氷高《ひだか》）
吉備内親王（長屋王妃）

- 大田皇女＊4
  - 大来《おおく》皇女（大伯）
  - 大津皇子
- 大江皇女＊8
  - 長《なが》親王
    - 智努《ちぬ》王（文室浄三《ふんやのきよみ》）
    - 大市《おおち》王（文室邑珍《おおち》）
    - 栗栖《くるす》王
  - 弓削《ゆげ》皇子
- 新田部皇女＊7
  - 舎人《とねり》親王
    - 47淳仁《じゅんにん》（大炊《おおい》王）
    - 三原王―和気《わけ》王
    - 船王
    - 池田王
- 藤原鎌足
  - 氷上《ひかみの》娘
    - 但馬《たじま》内親王
  - 五百重《いおえの》娘
    - 新田部《にいたべ》親王
      - 塩焼《しおやき》王（氷上塩焼）
        - 氷上志計志麻呂《しけしまろ》
        - 氷上川継《かわつぐ》
      - 道祖《ふなど》王
- 蘇我赤兄―大蕤娘《おおぬの》
  - 穂積《ほづみ》親王
  - 紀《き》皇女
  - 田形《たかた》内親王
- 鏡王―額田姫王《ぬかたのひめみこ》
  - 十市《とおち》皇女（弘文妃）＊9
- 宗形徳善《むなかたのとくぜん》―尼子娘《あまこの》
  - 高市《たけち》皇子
    - 長屋《ながや》王
      - 膳夫王
      - 桑田王
      - 葛木王
      - 鉤取王
      - 安宿《あすかべ》王
      - 黄文《きぶみ》王
      - 山背王
    - 鈴鹿《すずか》王
- 宍人大麻呂《ししひとのおおまろ》―檝媛娘《かじ》
  - 忍壁《おさかべ》（刑部《おさかべ》）親王
    - 大野王
    - 山前王
    - 石田王
  - 磯城《しき》皇子
  - 泊瀬部《はつせべ》（長谷部）内親王（川島妃か）
  - 託基《たき》（多紀・当耆）内親王（施基妃）

- 42文武《もんむ》（軽《かる》・珂瑠）＝宮子《みやこ》（藤原不比等《ふひと》―宮子）
  - 45聖武《しょうむ》（首《おびと》）
- 藤原不比等＝県《あがた》犬養《いぬかい》（橘）三千代＊11
  - 光明《こうみょう》皇后（安宿媛《あすかべひめ》）
- 県犬養唐《もろこし》―県犬養広刀自《ひろとじ》
- 45聖武＝県犬養広刀自
  - 井上《いのえ》内親王（光仁后）＊10
  - 安積《あさか》親王
  - 不破《ふわ》内親王（塩焼王妃）
- 45聖武＝光明皇后
  - 基王（某王か）
  - 46孝謙《こうけん》（阿倍《あべ》）
  - 48称徳《しょうとく》

黛弘道先生編集執筆『年表日本歴史1・原始▼飛鳥・奈良』（筑摩書房刊）の巻末資料・天皇系図参照

あとがき

二〇〇八年三月三十一日、満六十歳の停年退職の日を迎えた。

神奈川学園中学高等学校教諭として二十一年勤務したあと、富山県の高岡市万葉歴史館に主任研究員（高岡市民文化振興事業団職員）として二年、兵庫県の姫路市立姫路文学館に学芸課長（姫路市職員）として四年二ヶ月、奈良県立万葉文化館のなかに置かれた奈良県万葉振興財団万葉古代学研究所に副所長兼総括研究員（奈良県職員からの出向）として六年十ヶ月勤務して、社会的に義務とされていると勝手に思ってきた勤務年限を無事に終えた。

私ていどの学力では研究をたつきになどできやしないし父と並んで博士になることなどとうてい無理だと思っていたのに、博士（史学）の称号も得られたし、ともかくこうして取り立てて苦労もしないで平穏に現役世代から身を引けた。だれに感謝してよいかわからないが、出会いまたこうして読んでくださる方々のだれもに感謝したい気持ちである。

かつて書いたことだが、大学での進学先を選ぼうとしていた十七歳のときに、停年（とうじはこの字だった）をテーマにしたドラマを見た。ある銀行員がとつぜん導入された停年制度の適用をうけて解雇され、生きる目標を失って愕然とし、惚《ほう》けたような毎日を過ごす、という筋書きだった。たしかに銀行員は銀行内にいなければ、多額の金銭を扱う技術など不要だ。退職後に自宅で、切った新聞紙を紙幣のように数えているさまは鬼気迫り、暗い画面だったこともあって怖かった。これと同じように、船員は陸にあがれば頭の皿が干上がった河童だそうだし、教員は生徒・学生がいなければ先生でない。自分の知識や技術は、銀行にいてこそ、乗船してこそ、学校にいればこそ発揮できる。こういう職場から退いてしまうと、自分が努力して身につけてきたものが、瞬時にして（いいすぎかもしれないが）無意味になる。しかも老齢期を迎えて心寂しくなったときに、そういう目に会わされる。それがいやだった。その点、歴史の勉強ならば年齢にかかわりなく続けられると思い、たつきの仕事の合間も歴史からは離れないよう齧りついてきた。銀行員の給与が桁外れに高く、また私学教員に止まった方が給与は高かったが、羨ましく思ったことはない。痩せ我慢に聞こえるかもしれないが、歴史に近いところにいられることの方が嬉しかった。そしていまやっと、健康を保ったままで退職できた。いよいよ、これまで見聞し培ったいろいろな経験を生かして、好きな歴史を心ゆくまで勉強できる。史料や学術文献などが手に入りにくくなったという問題はいささかあるが、勤務しているときに比べればかなりよい環境となった。単身赴任だった私が帰ってきたことを心から喜んでくれている妻・洋子《ひろこ》（旧姓・本多）も、そばにいる。これからが、私の夢にまで見た自由時間である。

さてこの十四年、私は文学の世界のなかに身を置いてきた。

高岡市では「万葉」歴史館、奈良県では「万葉」文化館・「万葉」古代学研究所であるから『万葉集』を、姫路市では姫路文学館が播磨地域の文学館を目指していたので『播磨国風土記《ふどき》』を扱うことになった。はしがきと重複する恐れはあるが、この十四年間それらの文学作品をめぐってどういう思いを懐いたかを記してみようと思う。といっても、しょせんは「あとがき」だから、それほど真剣な議論をしかけるつもりはないが……。

まずとまどったのは、文学は作品であり、作り事（フィクション）だという事実である。

天智天皇七年（六六八）五月、蒲生野《がもうの》での大海人皇子《おおあまのみこ》と額田姫王《ぬかたのひめみこ》との歌のやりとり（日本古典文学全集本『万葉集』巻一・二〇～二一）がほんとうの恋心を伝えているのだとすれば、どうしてそれをみんなが知っているのか。遠くにいるだろう野守《のもり》の目さえ気にして、手を振っていることを知られないようにと恐れている。それなのに、それほどひそやかに歌を詠みあったはずなのに、だれの目にも触れる『万葉集』に堂々と載っているのはどうしてなのか。歌が詠まれる場面設定そのものが作り事だったと考えなければ、この歌が残されるはずがない。大海人皇子と額田姫王のどちらかの従者が歌のやりとりを主人に内緒でひそかに書き留め、原『万葉集』の編者がその秘匿されたメモを偶然に見つけ出す。こうした不自然な行為・出会いが重ならなければ、この歌は『万葉集』に載らない。そう考えるよりも宴会のなかで堂々とかけあいがなされ、このセットでの組み合わせが称賛されて、右筆または歌好きの趣味人によって書き残された。そう解釈した方がよほど自然である。

つまり蒲生野に行ったのは事実だが、そこで詠まれた歌はその本人の心の表明でない。虚偽・虚構である。虚偽・虚構の話を、歴史学から追究できるのか、または追究する必要があるのか。

大伴坂上郎女《さかのうえのいらつめ》は、娘・大伴坂上大嬢《おおいらつめ》の婿にあたる大伴家持に恋歌を送っている。家持は、妻と岳母の両方と恋愛関係にあったのか。それは違う。岳母との間で、恋歌の練習をしているにすぎない。こういう世界だったのなら、ほかの恋歌もそれがじっさいの気持ちだったのかどうか怪しい。恋愛関係・

恋人同士と思っていたが、じっさいは歌仲間にすぎない。そういう判断のあやまりも起こる。

高岡市万葉歴史館在職中に、「中臣宅守《なかとみのやかもり》の配流《はいる》」（「高岡市万葉歴史館紀要」七号、一九九七年三月。のち『古代史の異説と懐疑』所収、笠間書院刊）を執筆した。中臣宅守の事件とは、宅守が采女《うねめ》の狭野弟上娘子《さののおとがめのおとめ》と結婚したことをいう。采女は天皇にのみ奉仕することを義務づけられており、臣下との結婚はもちろん恋愛も禁止されていた。その禁を破って結ばれたために、宅守は越前国に配流となった。ところが同罪であるべきの狭野弟上娘子は平城宮内に留め置かれ、罰せられなかったらしい。狭野弟上娘子が赦免されたのはなぜか、を解明する試みだった。つまり筆者はこれをじっさいにあった事件と考え、先例・法律などを検討した上で、「聖武天皇がどうしても手放そうとしなかったから」として、超法規的な措置と考えた。律令はもともと天皇が統治するための基準を示したものであり、天皇自体の判断を拘束するものでない。これはときと場合にもよるが、基本理念としてはただしい。だから、超法規的措置と結論づけたのである。

しかし、この話の設定が架空・虚構で、結婚・配流は歌の材料としてそういう場面を設定したに過ぎないとしたら。この設定に見合うような律令や先例を検討する意味など、もともとないのかもしれない。「超法規的な措置があって、宅守だけが配流となる」と、作者側が設定した。あるいはそんなことはどうでもよくて、親の反対でも、村の長老の横槍でも、ともかく「恋人同士がむりやり離された状況で詠み合うとしたら」という場を約束事として歌のやりとりをしていただけ、だったのでは。

テレビジョンでドラマを見ていれば、そうした無理でおかしな設定にはよく出くわす。

「やまとなでしこ」（中園ミホ演出。松嶋菜々子・堤真一主演。フジテレビ／共同テレビ制作）では、結婚式の当日、エアドリーム航空スチュワーデスの神野桜子《じんのさくらこ》（松嶋）が内閣総理大臣を介添役として教会内のバージンロードを歩いている。そのときに、かねて気になっていた魚春勤務の中原欧介（堤）の容態が「入院先で急変した」と聞こえたので、我を忘れすべてを放擲《ほうてき》してウェディングドレスのまま慶明大学付属病院に駆けつける。このために結婚式も、八〇〇人を招いた披露宴も取り止めとなった。ドラマでは、桜子はこのあと婚約者・東十条一郎病院副院長の東十条司（東幹久）とその両親のところに謝罪に行っているが、彼女は何も賠償しているようすがない。もしこれが事実ならば、婚約者と怒り心頭に発している司の両親からは婚約不履行の慰謝料のほか、結婚式・披露宴の当日キャンセル（解約）にともなう莫大な会場費の賠償請求がなされるはずである。それは彼女が負うべき借金だが、彼女はすでに航空会社を退職している。だから、桜子の嫁ぎさきの夫・欧介が肩代わりして支払い続けることになる。マサチューセッツ工科大学非常勤講師からかりに教授となれたとしても、その給与ではおそらく一生かけても払い終われるかどうか。となれば、巨額な債務はどうやって支払われるのか、または免除されるのか。いや、このさきを考え続ける必要などなかろう。そういう設定にしないと、作品として劇的でない。だから、そうしてあるに過ぎないからだ。「慰謝料と損害賠償が払えないために、けっきょく好きでもない男と金目当てに結婚した」という筋書きでは、現実的過ぎておもしろくない。すべてが現実的な話ならば、生活の日常風景を顧みればよい。家に帰ってくつろいでいるときに、そんなものをわざわざ見たくないのである。

　場面設定に無理があろうと、極端すぎる設定だろうと、どうでもよい。そういう約束事のなかで、揺れ動く女心と結婚をめぐる男女の思いが、このドラマでは問われている。この設定を現実的にいつでも収拾できるよう小さくするより、「これを中止したらおおごとになる。だから、もう戻れっこない」という設定を前に、それほどの大事よりもさらに大切なものが心のなかにはっきり見えてくる。そのようにしたいから、賠償ができないほど無理な、絶対に戻れないところにまで追い込まれたように設定した。これは文学作品だから、それでいい。もともと現実的にそれを辿る必要などない。映画評論家・田山力哉《りきや》は「映画は、あってはならないことを撮るのだ」（松尾洋子からの聞き書き）といったそうだ。文学作品は、現実をそのまま描いているわけではないし、むしろもとからそのまま描く気がない。

そうであれば、描きたいものをはっきりさせるためにした作り事について、ことさらにその部分を捉えて「なぜだったのか」と追究されてはたまらない。もともとそんな事実などありはしないからだ。さきほどの結婚式・披露宴を当日キャンセルした場面をもしも数百年後に無粋な者が研究したならば、この時代にはキャンセル代金を保障する保険、婚約と同時に婚約解消時に備えた慰謝料保障の保険があって、それに入ることが常識とされていたのではないか、とでも結論づけてしまいそうだ。文学作品だというのを忘れると、誤った結論を導いてしまう。それならば、狭野弟上娘子が平城宮内に留められた問題を追究することも、「キャンセル・慰謝料対策保険に広く入っていた」と想定するような誤りだったかもしれない。筆者に文学的センスがなかったことを証明し、手間をかけて恥をかいただけの徒労だった。そういうことなのかもしれない。

たしかに、これは文学的な作為だと感じる部分もあった。高等学校の日本歴史の講義では、山上憶良の貧窮問答歌（『万葉集』巻五・八九二〜三）で重税に呻吟する里人の姿を思いやり、『日本霊異記』（日本古典文学全集本）中巻第三縁で防人《さきもり》の吉志火麻呂《きしのひまろ》が母を殺してまで妻のもとに帰りたいとする心情を汲んで力役・兵士役などの不条理を教えてきた。しかしそれらは、ともに作品の作為だったようだ。前者は同時代の中国文学で流行っていたテーマであり（「貧窮問答歌は社会科の教材たりうるか」『古代の豪族と社会』所収、笠間書院）、後者は防人が廃止されたあと制度が分からなくなった時点での創作らしい（「吉志火麻呂の母」、本書所収）。そしてさきほどの中臣宅守の事件もそうなのかもしれない。こうした歴史資料として使えるものと作為されたものとに引き剝がす作業が、歴史学の立場にいる者のすべきことかと思う。

さらに、歴史学の立場からすべきこと。それは作為がかなり多いとしても、文学作品を描くときの材料は歴史学にとって考察の対象となしうる。その追究だろう。

「さし鍋に　湯沸かせ子ども　櫟津《いちいつ》の　檜橋より来む　狐に浴むさむ」（『万葉集』巻十六・三八二四）とある意味のない歌でも、さし鍋では湯を沸かさないのなら、橋は檜材で作られないのならば、ほかの詠み方にするなりして、こうは詠まなかったろう。『日本霊異記』中巻・第三十二縁には、紀伊国名草郡の薬王寺（勢多寺）の話が載せられている。寺は薬の基金を増やすために、岡田姑女《おばめ》に金銭を貸した。姑女はそれで酒を造って、利息を稼いでいた、という。あるとき、その寺にまだら模様の子牛がやってきて、八年間も寺の仕事に使われることになった。これは隣村の物部麿の生まれ変わりで、彼はかつて寺の薬の基金となる酒二斗を借りたまま返済せずに死没した。そのために牛となって、寺に使役されて本利を償っている、という。この話も、物部麿が牛に生まれ変わったとか、岡田石人《いわひと》の夢のなかで前世の話をしたとかは作り事だ。だが寺が造酒をさせ、それを貸し出して寺の施楽の経費などを得ていた、というのは事実だろう。農村では、春秋の農繁期に田植え・刈り取りの期間労働者の確保に一苦労していた。そのとき誘致するために用意したという高価な魚酒とは、こうしたところにある酒を都合していたわけだ。この貸し出し利息が高いので、貧農たちは借りたあと返せなくなったのである。寺には外部に貸し付けるための酒があり、農村にはそういう需要が多くあった。そういうことは事実だろう。もしこの習慣が作り事で、クリーニング屋では酒を売っていないように、寺がそんなことをするはずがないのならば、この話は話として成り立たない。こうして描かれた具体的な村里や市場などの場面から学ぶものは多い。こうした部分を歴史学の観点から研究することは大切であり、またそれなりの成果があげられるとも思う。

ドラマ「やまとなでしこ」でも、エアドリーム航空・魚春・東十条一郎病院や慶明大学付属病院・渋谷アップル信用金庫などはとうぜん架空だが、描かれたような国際便を持つ航空会社・小さな魚屋・大学の付属病院・地元に根付いた信用金庫ならばいくつもある。最寄りとされる鉄道の駅舎は実在する。またそこに描かれた買物客・病人・顧客は臨時に動員されたエキストラだが、そういう風景ならばいつどこにでも見られる。一九九一年とうじの現実の社会が、そのままに描かれている。

文学作品がいかに虚偽・虚構または作り事に満ちていようと、話の筋・場面の大半はどこででもありそうで、起こりそう。どこにでもあって、いつ起こってもおかしくないことのはず。そうでなければ、この話を聞く人・読む人が承知しないだろう。

そう、この歌の詠み手の前には聞き手や書き手がいる。仏教説話などの文学作品を語る人の目の前には、これを聞いている聴衆がいる。これを切実に肌で感じ取れたのが、文学館に勤めた成果の一つだった。

もちろん『古事記』『日本書紀』『続日本紀』など古代史の基本史料も、ある編纂意図のもとに作られている。編纂者の意図はもちろん読み手・聞き手を意識したもので、彼らの頭のなかにその意図を貫こうと思って書いている。史料の選び方・取り上げ方や書き方で、自分の書いた意図がそのまま伝わるよう作為している、といってもよい。だが、聞き手の納得という意識の仕方は文学作品ほど強くない。文学作品では、たとえば『平家物語』を巻間で弾《ひ》き語《がた》りしていると「その戦いの場面をもうすこし詳しく」という声がかかるので『源平盛衰記』ができあがった。「そのうちの源義経の活躍ぶりをもうすこし」という声に押されて『義経記』ができた。まるで隣りで聞いていたかのような表現になったが、学生時代だったかに三兄・檀からそういう話を聞いたことがある。つまり『源平盛衰記』『義経記』は『平家物語』の異本の一つにすぎない。これは聞き手との間で、彼らが納得するように、満足するように、読み手が書き加えたものだった。しかもそれは現実であるかどうかよりも、聞き手に納得・満足がいくようにしなければならない。義経が『平家物語』に出てくるような醜男《ぶおとこ》では困る。客が納得し満足するように語れば、義経は色白の優男《やさおとこ》となる。文学作品は、書かれた内容から探るだけでなく、「なぜそう書かれたのか」の背景に読み手の耳目を介在させる必要がある。筆者はこの観点から「畝火山の性別―聞き手の意識の時代性」(『古代の豪族と社会』所収)を書いて、聞き手側の立場で読み解くよう説いたことがある。『記紀』などでも書き手の意図や事情はもちろん考え合わせるが、書き手は文学作品ほど読み手が納得するかどうかに左右されない。歴史資料では読ませる側の著者・編纂者の意図が強い、というべきだろう。しかし文学作品が作品として成立するためには、巷間に流布していくためには、なによりも読み手に支えられる必要がある。読み手の賛同を、より多く意識するのだ。もちろん読者など気にしない作品が書かれてもいたろうが、それらは時代とともに淘汰される。したがって読み手を意識した作品しか残っていない、ともいえる。その意味で、『源氏物語』とその周縁の作品の扱われ方の違いは格好の例となるだろう。

さて勤務先は興味深い所だったが、それでも場違いなところにきたという違和感も味わった。

たとえば草壁《くさかべ》皇子は、『万葉集』では日並知皇子と呼ばれている。柿本人麻呂は「日並《ひなみし》の　皇子《みこ》の尊《みこと》の　馬並《な》めて　み狩り立たしし　時は来向かふ」（巻一・四九）と詠んで、彼を日並知皇子と讃えた。日並知とは、日（太陽）神の子孫である天皇と並んで天下を知らす（支配する）ことである。草壁皇子は皇太子で天皇と同格だったかのように扱って詠んでいる。これは『万葉集』の認識である。しかし、歴史学から見れば、これは一つも常識でない。天皇家の皇族たちも、宮廷の臣下たちも、承知していない。持統天皇とその一統がそう思いたかったのであって、草壁皇子を皇太子または天皇待遇とすることで、その子・珂瑠《かる》皇子（文武天皇）に天皇即位の権利を持たせたかった。しかし草壁皇子は天皇になっていないし、皇太子という地位は彼の生きた時代になかった。それを皇太子だとか天皇と同格だとかいうのは、廷内の激しい反発を招く危険性の高い無謀な主張である。創作が許される特性を持つ文学世界の作品のなかだから、これだけつよく一方的に主張できている。原『万葉集』の編纂者をどう見るかにもよるが、ともかくこのような認識は『万葉集』世界だけに通じることで、古代社会に通用していたのではない。いや、むしろこの感覚は過半の人たちに通用しない。

そういう「『万葉集』世界のなかに限定された感覚」に危惧の念を懐くのは、たとえば「磐代《いわしろ》の

浜松が枝《え》を　引き結び　ま幸《さき》くあらば　またかへりみむ」（巻二・一四一）のなかの「ま幸くあらば」の受け止め方である。この歌は、斉明天皇四年（六五八）十一月に孝徳天皇の子・有間《ありま》皇子が詠んだ。彼は謀反の容疑でのちに藤白坂《ふじしろざか》で処刑されてしまうが、それに先立って斉明天皇らの訊問を受けるために紀伊の牟婁《むろ》の湯に連行されていく。その途次、西岩代（和歌山県日高郡南部町）にある松の枝を結び、前途の吉事をあらかじめ祝した。本人は、もちろん蘇我赤兄《あかえ》の計略に陥れられたことであって、自発的に謀反するつもりなどなかったと弁明するつもりだったろう。その弁明が通るという望みを懐いて、「ま幸くあらば」と詠んだ。「ま幸くあらば」は、おそらく古代社会でよい結果を祈るために広くなされていた行為の一つで、この歌はその一例であろう。そう思うのだが、「これは不吉な言葉であって、ま幸くならないという意味で使う。『万葉集』のなかではそうだ」と理解されているようだ。しかし『『万葉集』のなかでは」といっても、ただの一例である。この歌詠の結果が不吉だったからといっても、一般的な意味では明らかに吉事を祈っている。不吉な言葉のわけがない。『万葉集』のなかで完結する因果に、こだわりすぎではないか。

とはいえ、もともと科学は分かるものと分からないものを区別し、分かるものだけについて証明する。科学では解けないものがあることも認める、という前提ではじまったのだそうだ。だから、「『万葉集』のなかでは」というのも、証明できないものが混ざることを避け、「『万葉集』のなかでは」と範囲を限って厳密さを保った禁欲的な物言いなのだろう。学問・研究としては、それでよいと思う。同じ材料（文献史料など）を並べたとき、いつだれがやってもまただれが考えても同じ結論に辿り着くのが学問のすじだと思うからだ。

だがそれは、学問・研究段階（分野の方がよいかもしれない）でのことだ。筆者がかつて「歴史学の三段階」（『天平の木簡と文化』所収、笠間書院刊）で述べたように、研究段階ではなく、叙述・講演などの段階では、みずからの世界観・構想力・感覚などが問われる。研究者に向けた研究発表ではなく、講師名を明示して他人様《ひとさま》に広く語りかける講演、また著者名を明記して一般書を叙述するときには、「『万葉集』のなかでは」に止まらない、著者・講師が頭のなかに描いてきたもっと広い世界が問われている。その思いが、試される場でもある。『万葉集』をふくめた古代文学の世界で、いや広く古代社会のなかで、『万葉集』のこのいい方や認識は外部に通用しているのか。「『万葉集』のなかでは」こうだが、その外側にはもっと広い世界があり、講師・著者としてはこうだったと思っているという見通しが示せないものか。若い研究者はとりわけて柔軟な頭脳を持っており、これから描かれるだろう構想は遠く深く広いはずだ。若さゆえでもよいから、何回構築して破壊して構築してまた破壊してもよいから、そういうもっと率直な物言いでのフリー・トークが聞きたかった。いろいろに考えられることを学びたいのであって、限られることだけを学びたかったわけではない。とくに講師名・著者名をつけて書いたり話したりするのはあくまでもその個人の思いを語るのであって、学界を代表しての話しではない。「『万葉集』のなかでは」で止まらずに、自分の考える構想・思念をいますこし生々しく語ってほしかった。その上で、ぶつけ合いたい思いもあった。「『万葉集』のなかでは」という堅いガードには、いささか辟易した。

偉そうな物言いをして済まなかったが、かくいう筆者には『万葉集』などに向かうのにいちばん大切なはずの文学的な感覚・情緒が欠如している。これは筆者を産み、比類ない善意をもって見守ってくれていた母・八洲子が諦めたようにそういっているのだから、間違いない。筆者も、これぱかりは自覚している。目の下三寸の真鯛の塩焼きを目の前に出されているのに、その骨と皮にしか興味がないようなものだ。いちばんおいしいはずの身は、味覚音痴でまったく賞味できない。しかし骨でもあらでも、そこからおいしいスープが取れる。そう自分を慰めて、そろそろ次の仕事に取りかかることにしよう。

さて本書は筆者の単著の八冊目となり、本の背に筆者の名を入れている書籍としては十六冊目にあたる。笠間書院から刊行する筆者の書では、これが九冊目になる。笠間書院の池田つや子社長・橋本孝編集長より格別のご厚意をいただいていることに、そしていつも編集の実務をとって下さっている大久保康雄氏に、心から感謝申し上げる。そして笠間書院との縁を作ってくれた亡き父・松尾聰にも深甚なる愛惜の気持ちと謝意を捧げたい。

平成二十一年四月一日

松尾　光

■著者紹介

松 尾　光（まつお　ひかる）

略　歴　1948年、東京生まれ。学習院大学文学部史学科卒業後、学習院大学大学院人文科学研究科史学専攻博士課程満期退学。博士(史学)。神奈川学園中学高等学校教諭・高岡市万葉歴史館主任研究員・姫路文学館学芸課長・奈良県万葉文化振興財団万葉古代学研究所副所長をへて、現在、鶴見大学文学部・早稲田大学商学部非常勤講師。

著　書　単著に『白鳳天平時代の研究』(2004、笠間書院)『古代の神々と王権』『天平の木簡と文化』(1994、笠間書院)『天平の政治と争乱』(1995、笠間書院)『古代の王朝と人物』(1997、笠間書院)『古代史の異説と懐疑』(1999、笠間書院)『古代の豪族と社会』(2005、笠間書院)。編著に『古代史はこう書き変えられる』(1989、立風書房)『万葉集101の謎』(2000、新人物往来社)『疎開・空襲・愛—母の遺した書簡集』(2008、笠間書院)、共著に『争乱の古代日本史』(1995、廣済堂出版)『古代日本がわかる事典』(1999、日本実業出版社)などがある。

万葉集《まんようしゅう》とその時代《じだい》

2009年4月30日　初版第1刷発行

著　者　松尾　光

発行者　池田つや子

発行所　有限会社　笠間書院

東京都千代田区猿楽町2-2-3［〒101-0064］

☎03-3295-1331㈹　FAX03-3294-0996

振替00110-1-56002

NDC分類：911-12

装　幀　椿屋事務所

ISBN978-4-305-70477-1

㈱壮光舎印刷　印刷・製本

落丁・乱丁本はお取りかえいたします。

出版目録は上記住所までご請求下さい。

http://www.kasamashoin.jp

松尾光著　既刊図書

税込価格

古代の神々と王権
あいついだ古代新発見の遺跡・遺物の持つ意味を探り、騎馬民族征服王朝説・帰化人論も取り上げる。出雲の存在を古代文献等より究明し、聖徳太子・藤原鎌足などの足跡と伝説の形成を跡づける。

2,446円

天平の木簡と文化
古代人の持っていた優れた文化と技術。彼らの日々のつぶやきを伝える地中からのメッセージ——木簡から読み解く新しい古代史像。〈**構成**〉『古事記』『日本書紀』の諸問題　天平木簡の世界　古代の文化と技術他
2,446円

天平の政治と争乱
拡大を続ける律令国家にあって、中央政界また辺境で、時代の変転に抗う者たちの悲しみと怒りの中に、歴史の潮流を読みとる。〈**構成**〉律令国家の成立　寧楽の都と地方　古代の政争と戦乱　古代史の周辺
2,446円

古代の王朝と人物
歴史をつくるのはつねに人間である。悩む人、栄光の人、敗れて舞台をおりる人。王朝びとの生きざまを追って、古代社会の真相に迫る。〈**構成**〉神々と王朝びとたち　改新に揺れる宮廷びと　聖武朝とその前後他
2,940円

古代史の異説と懐疑
古代史ブームにのって舞い散る数々の異説・異論。その核心を斬るとともに、また透徹した史観で、古代史研究の真の問題点を探る。〈**構成**〉古代史の異説を探る　記紀万葉を探る　歴史学の環境を探る
3,150円

古代の豪族と社会
物部氏だけに許された大王家類似の降臨神話、山部の職名起源、外交にたけた氏族と藤原氏との葛藤、また、持統女帝・光明皇后が女帝にしかけた陰謀など、古代史の実相を知るための31の切り口。

2,730円

白鳳天平時代の研究
大化改新から、社会はどのように変わったのか。地方の行財政を政府はどのようにして国司支配のもとに一本化したのか。持統女帝・光明皇后らはどんな思惑と秘策で政争を乗り切ろうとしたか。その全貌を考察。

品切